상사의 본색

2

상사의 본색 2

초판 1쇄 발행 2022년 11월 4일

지은이 | 차해솔

발행인 | 김성룡
기획, 편집 | (주)스마트빅(쉼표)
교정 | 김은희
표지디자인 | 우물
출판등록 | 제2014-000017호 (2011년 6월 30일)

펴낸곳 | 도서출판 가연
주 소 | 서울시마포구 월드컵북로 4길 77, 3층 (동교동 ANT빌딩)
전 화 | 02-858-2217
팩 스 | 02-858-2219
ISBN | 978-89-6897-116-7 03810

차 례

9. 용기

　기획팀은 여느 날과 다름없이 바쁜 일상을 보내는 중이었다. 기획팀, 디자인팀, 그리고 영업팀이 함께하는 프로젝트가 결성되면서 하루가 멀다고 회의가 잡혔다. 이 사안이 괜찮은가 싶으면 저 사안이 마음에 걸렸고, 그래서 다른 사안을 택하면 따라오는 리스크가 치명적이었다.

　이대로라면 괜찮은 결과물은커녕 회사에서 목이 댕강 잘릴지도 모른다는 아득함이 불쑥불쑥 엄습하던 날이었다. 단비 같은 사건이 일어났다.

"안녕하세요, 앞으로 세현과 일하게 된 포토그래퍼 김세나라고 합니다."

회의실에 모여 있던 직원 모두가 멍한 얼굴로 세나를 바라봤다. 전부터 괜찮은 포토그래퍼를 섭외했다는 최 대리의 언질이 있긴 했지만, 굉장한 미인이라는 설명은 듣지 못한 터였다. 게다가 한정우 팀장과 결혼을 약속한 사이라는, 소문만 무성했던 주인공이 떡하니 나타나자 누구도 섣불리 입을 열지 못했다.

"김세나 씨는 앞으로 디자인팀과 협력하면서 촬영 콘셉트를 잡아갈 겁니다."

세나를 손수 초대한 진원은 그간 자신이 구상한 아이디어를 능숙하게 펼쳐가며 팀원들의 시선을 집중시켰다. 깔끔하게 준비된 PPT가 어느덧 마지막 장에 다다르자 여기저기서 감탄사가 터져 나왔다.

"이야, 진원 씨. 이런 아이디어는 어떻게 생각해냈어?"

"그러게요. 포토그래퍼와 함께하는 의류 전시회전이라……. 뭔가 요즘 어린 친구들이 쉽게 접할 수 있으면서도 예술적이고 세련된 느낌을 줘서 그런가, 가벼운 느낌도 없어요. 전 좋다고 봅니다."

"나도 나쁘지 않다고 생각해."

"나정 씨 생각은 어때요?"

"네?"

"나정 씨 의견은 어떤지 궁금해서요."

진원이 진심으로 궁금해하는 눈빛을 내비치자 나정은 열심히 필기 중이던 펜을 조용히 내려놓았다. 안 그래도 디자인팀과 좀처럼 합이 맞지 않아 골머리를 썩이던 중이었다. 디자인팀이 추구하는 방향을 그대로 끌고 가자니 기획팀이 목표로 잡은 매출과 멀어지는 게 보였고, 그 반대가 되면 상업적인 냄새를 숨길 수 없었다.

예술성과 상업성. 두 마리 토끼를 잡기란 쉽지 않았다. 그뿐인가. 괜찮은 아이템이다 싶어 정우에게 가지고 가면 그는 감흥 없는 얼굴로 기획안을 짧게 훑더니, '다른 기획안은 없습니까?'라며 대놓고 별로라는 감정을 내비쳤다.

그럴 때마다 매번 당황하는 쪽은 나정이었다. 마치 다른 사람이라도 된 것처럼 표정 없는 그의 얼굴을 보고 있으면 함께한 추억이 전부 부정당하는 기분이었다. 먼저 선을 그은 건 그녀인데, 무던한 태도로 일상을 보내는 정우를 상대할 때면 가슴 한편이 욱신거렸다.

"전……."

나정은 미소를 머금고 있는 세나를 바라봤다. 눈이 마주치자 그녀가 방긋 웃어준다. 고작 얼굴을 본 건 두 번째인데, 예쁘다는 생각밖에 들지 않았다.

'똑똑.'

정중한 노크 소리와 함께 익숙한 얼굴이 회의실로 들어섰다. 외부 일정을 끝내고 돌아온 정우였다.

"한 팀장. 글쎄 우리 최 대리가 말이야."

영업팀의 강유석 팀장이 신나게 진원의 기획안을 가지고 주절주절 떠들어댔다. 잠자코 듣기만 하던 정우가 진원의 등 뒤에 서 있는 세나를 발견하자 표정을 굳히며 말했다.

"누구 마음대로 외부인을 함부로 출입시킵니까?"

"아, 한 팀장. 이분은 최 대리가 섭외한 포토그래퍼, 김세나 씨인데……."

"내 동의는 없었던 걸로 아는데."

정우가 시선을 틀어 진원을 응시했다. 예상하지 못한 전개에 팀
원들의 눈이 휘둥그레졌다. 회의실을 가득 메운 살벌한 공기를 의
식한 진원이 눈치껏 입을 열었다.

"미리 말씀 못 드린 점 죄송합니다. 김세나 씨 스케줄이 오늘밖
에 되지 않아서. 하루라도 더 빨리 소개시켜 드리고 싶었는데, 제
생각이 짧았네요. 다음부터는 주의하겠습니다."

진심 어린 사죄였으나 정우는 아무 반응도 보이지 않았다. 다른
직원들이 진원을 대신해 민망할 정도였다. 한 손에 파일철을 든
채 묵묵히 서 있던 정우가 일순 나정과 눈이 마주치자 차갑게 돌
아서며 말했다.

"김세나 씨는 잠깐 나 좀 보죠."

'쿵.'

굳게 닫힌 문을 바라보는 팀원들의 표정이 허망했다. 세나가 부
드럽게 미소 지으며 허리를 공손히 숙였다.

"죄송합니다. 폐를 끼치게 돼서. 한 팀장님과는 좋게 이야기 마
무리 지을 수 있도록 노력할 테니, 먼저 일보고 계세요."

그녀가 뒤따라 회의실을 나가자 팀원들이 옹기종기 모여 속닥
거렸다.

"뭐야, 둘이 결혼할 사이라고 하지 않았어?"

"그러게. 그새 한바탕 싸웠나?"

"맞네. 그건가 보네. 요 며칠 한 팀장 엄청 예민하더라니."

"말도 말아요. 원래도 극성이었지만, 요즘은 난리도 그런 난리가

없다니까요. 저번에 오 대리님이 기획서 하나 잘못 올렸다가 된통 깨졌잖아요. 그렇죠, 대리님?"

현정은 상상도 하기 싫다는 듯 아니꼬운 눈으로 정우가 나간 문을 노려보았다.

"욕만 안 할 뿐이지, 입에 칼 문 양반이라니까. 내가 말했잖아. 생긴 것만 멀쩡하다고. 기다려 봐. 어? 전세 대출만 다 갚으면 바로 부서 이동해버릴 테니까."

"낙동강 오리알 신세 되기 싫으면 가만히 있지?"

"뭐예요? 이주열 과장님 지금 말 다 했어요?"

"내가 틀린 말 했어? 최소한 실적 눈치 안 보고 회사 다닐 수 있는 게 누구 덕인데."

기획팀은 몇 년째 실적에서 부동의 1위를 달리고 있었다. 정우의 역할이 컸다. 그는 옳지 않은 방향으로 팀원들을 이끈 적이 한 번도 없었다. 혹시나 고심해서 준비한 프로젝트가 예상 매출이 나와 주지 않을 상황을 대비해 최소 3개 이상의 차후 대비책은 준비하고 진도를 나갔다. 그 때문에 팀원들도 함께 고생해야 했지만, 생각해보면 그렇게 했기 때문에 훗날 인사 카드에 좋은 기록을 남길 수 있었다. 최소한 실적 때문에 눈칫밥을 먹으며 회사에 다니지는 않았으니까.

"나정 씨, 요즘 무슨 일 있어요?"

"네? 아니요. 왜……."

문에서 눈을 떼지 못하던 나정이 깜짝 놀라며 고개를 들었다. 진원이 코앞까지 다가와 있었다.

"낯빛이 창백해서요. 어디 아픈 건 아니죠?"

"네. 괜찮은데. 화장을 대충해서 그러나."

최근 들어 나정은 썬크림만 대충 바르고 출근하는 경우가 빈번했다.

그나저나 대화가 길어지네. 나간 지 10분이 넘었는데도 정우와 세나는 도통 들어올 기미가 보이지 않았다. 진짜 싸우기라도 한 건가. 그럼 두 사람이 사귄다는 소리인 건데. 자연스레 마음이 가라앉으려던 찰나, 나정은 고개를 내저었다.

아니지. 네가 왜 궁금해하는데. 정신 차려 은나정.

흐트러진 마음을 정돈하는데, 나정이 멈칫하며 어딘가를 바라봤다. 혜나가 팔짱을 낀 채 죽어라 회의실 문을 노려보고 있었다. 장난감을 빼앗긴 아이처럼 초조하게 입술을 말아 물더니, 손톱을 뜯기도 했고, 또 회의실 테이블을 위태롭게 두들기기도 했다.

"그러지 말고 나정 씨가 한 번 나가보는 건 어때?"

"네? 제가요?"

나정이 화들짝 놀라며 강유석 팀장을 바라봤다.

"그래도 한 팀장이 나정 씨 예뻐하는 눈치던데."

"……저를요? 설마요. 잘 못 보신 거겠죠."

예뻐하기는 무슨, 욕이라도 안 먹으면 다행이었다. 그러나 나정이 아무리 부정해도 이미 팀원들은 확신하는 눈치였다.

"이번 프로젝트에서 중요한 업무를 주신 것도 그렇고. 상황만 대충 살피고 와봐."

아니, 이 사람들이. 우기면 다인 줄 아나. 엎친 데 덮친 격으로 혜나의 살벌한 시선이 느껴졌다. 안 그래도 거슬려 죽겠는데, 왜 너까지 설치냐는 듯한 눈빛이었다. 순간 욱한 감정이 치밀었지만 결국 나정은 떠밀리듯이 회의실에서 나와야 했다.

"어딜 간 거야."

당연히 문밖에 서 있을 줄 알았던 정우와 세나가 보이지 않았다. 휴게실에 가봐야 하나, 고민하던 차 중저음의 목소리가 희미하게나마 들렸다. 나정의 시선이 비상구 계단을 향했다. 순간 부적절한 장면이 머릿속을 강타하며 붉은 경고등이 울려 퍼졌다. 어서 돌아가라고. 가서 좋을 게 없다며 한 줌 남은 이성이 나정을 붙잡았으나 그녀의 두 다리는 부지런히 움직이고 있었다.

*　*　*

"지금 뭐 하자는 겁니까?"

정우가 뻐딱한 얼굴로 세나를 내려다봤다. 세나에게는 낯설지 않은 얼굴이었다. 한때 이 얼굴이 좋아 카메라를 습관처럼 손에 쥐고 다닌 적이 있었다. 이 얼굴 안에 담긴 진실한 내면을 꺼내고 싶어 수도 없이 플래시를 터트렸던 나날들이 영상처럼 흘러가자 세나는 한숨을 얕게 내쉬었다.

"한 팀장님이야말로 프로답지 못한 거 아닌가요?"

"프로?"

작게 곱씹던 정우가 기가 찬다는 듯 낮은 조소를 터트렸다.

"말 한번 잘했네요. 지금 프로답지 못 한 게 누군지 알고 말하는 건가."

"……"

"누누이 말했지만, 난 김세나 씨 도움 같은 거 필요 없습니다.

아니, 절대 안 받습니다. 이 정도 말했으면 충분히 알아듣고도 남 았을 텐데."

"……."

"되도록 회사에서는 얼굴 마주하지 말죠."

"그럼 밖에서는 만나준다는 말로 들어도 돼?"

정우가 어깨가 크게 솟아올랐다 내려앉았다. 그는 엇나가려는 이성을 간신히 붙들며 뒤를 돌아봤다. 뻔뻔하게도 세나의 눈에는 어떠한 기대감이 부풀어 있었다.

"대체 원하는 게 뭐야."

"말했잖아. 그런 거 없다고."

"그런 게 없는데 곁에 있게만 해달라? 그게 바라는 게 아니면 뭐 지? 상대방이 싫다는 데도 꾸역꾸역 붙어 있을 만큼 김세나 씨 자 존심 없는 사람 아니잖습니까."

비수 같은 말이 우수수 쏟아졌지만, 세나는 흔들리지 않았다. 10년 전이라면 상처받고도 남았겠지만, 스물셋의 김세나가 아니 라 서른셋의 김세나가 한정우를 마주하고 있는 지금, 그녀에게는 어떤 것도 두려울 게 없었다.

"그깟 자존심이 뭐 대수인가요. 이 정도로 물러설 거였으면 애 초에 다시 한국에 오지도 않았어요."

단단한 세나의 음성에 정우의 표정이 더욱 가라앉았다. 입안 가 득 신물이 몰려왔다. 상처를 줄 때는 언제고 이제 와 달라진 모습 을 보여주겠다는 선포가 어이없기만 했다.

어렵게 연 마음이었다. 아버지가 돌아가신 후로 정우는 한동안 마음의 문을 열지 못했다. 눈을 감을 때면 매일같이 악몽을 꿨고,

깊이를 알 수 없는 어둠이 하루도 빠지지 않고 정우를 집어삼켰다. 모두가 그를 포기하던 때, 세나는 끝까지 정우의 상처를 어루만져준 사람이었다. 한때 그녀를 존경하고 좋아하지 않았다면 거짓말이다. 그녀와 함께 보내는 시간만이 유일한 낙원이었으니까. 하지만 스물하나. 그녀가 떠났다. 하나뿐이었던 정우의 낙원을 단숨에 부서트리며 손 닿을 수 없는 곳으로 훨훨 날아갔다.

"설마 김세나 씨가 다시 나타나면 내가 애송이처럼 꼬리라도 바짝 흔들 줄 알았습니까?"

정우는 문득 한국을 떠나기 전, 세나의 마지막 모습을 떠올렸다. 언제나 그의 곁에 머무르겠다며 습관처럼 말하던 그녀는 하루아침에 전혀 다른 사람이 되어 정우의 앞에 나타났다.

"다른 건 몰라도 이 사실은 변함없겠지."

그날을 떠올리며 정우가 차게 말했다.

"그때 넌 날 믿지 못했다는 거고, 그리고 너 자신을 믿지 못해 떠났다는 거야."

"……."

"아니. 버렸다는 말이 더 정확하겠군."

다시는 돌아오지 않을 것처럼 도망치듯이 파리로 떠난 여자였다.

'미안해, 정우야. 이대로 가서 정말 미안해.'

고작 그 한마디였다. 또다시 외톨이가 될 그에게 남기고 간 그녀의 마지막 인사는. 죄스러운 감정에 한동안 말을 잇지 못하던 세나는 숨을 크게 들이켜며 단호히 말했다.

"그래도 나 이 프로젝트에서 못 물러나. 이건 내 일이기도 해. 엄연히 의뢰받고 찾아온 거야. 내가 아무리 타지에서 명성을 얻었다지만, 나라마다 추구하는 색이란 게 있어. 이번 기회로 상업적인 면도 살려보고 싶어. 그러려고 다시 한국 들어온 것도 없지 않아 있으니까."

"……."

"그러니까 우리 작업할 때만큼은 예전처럼 지낼 수 없을까?"

예전처럼. 왜 항상 떠나간 사람은 이토록 쉬운 걸까. 남겨진 사람은 그런 생각조차 쉽게 가지지 못하는데.

"미안하지만 난 한번 끝난 인연은 상대 안 합니다."

정우가 매몰차게 돌아서며 비상구 문을 열었다. 그때였다. 우다다다 급히 뛰어가는 발소리가 들렸다. 아니, 도망치는 소리라고 하는 게 더 정확하겠다. 그것만으로 정우는 범인의 존재를 알아챘다.

그가 느긋하게 회의실 쪽으로 향하나 싶더니, 돌연 몸을 틀어 노선을 바꾸었다. 휴게실이 있는 코너를 돌기 무섭게 입술을 양손으로 꽉 틀어막고 있는 자그마한 인영이 보였다. 혹여 숨소리라도 흘러나갈까, 얼굴이 빨개질 정도로 숨을 꾹 참고 있는 여자의 앞으로 정우가 다가갔다.

"여기서 뭐 합니까?"

"……끄읍."

나정이 크게 딸꾹질을 하며 정우를 올려다봤다.

"남몰래 엿듣는 취미가 있을 줄은 몰랐는데."

정우의 따가운 눈총에 나정은 있는 힘껏 고개를 털었다. 그게 아니라고 말하고 싶었지만, 딸꾹질이 눈치 없이 터져 나와 목소리를 내기가 어려웠다.

"끄읍, 실은 그런 게 아니라."

"무슨 일이야?"

회의실로 향한 줄 알았던 정우가 복도에 서 있자 세나가 이상함을 느끼며 다가왔다.

"어? 아까 진원 씨 옆에 앉아 있던 그 여직원분 맞죠."

나정을 본 세나가 눈매를 곱게 접으며 알은체를 했다.

"근데 왜 회의실이 아니라 여기에 있을까요?"

"그게…… 끄읍. 기다려도 안 들어오시길래 나가보라고 하셔서…… 끄읍. 죄송합니다."

고의가 아니었다고 해도 두 사람의 대화를 엿들은 건 사실이었다. 나정은 허리를 깊이 숙이며 사죄했다.

"아니에요. 사과는 제가 해야죠. 미안해요. 나 때문에 괜히 회의 흐름이 끊겨버려서. 지금 바로 들어갈게요. 가죠, 한 팀장님."

어서 가자며 세나가 회의실 쪽을 향해 손짓하자, 줄곧 나정에게 머물러 있던 정우의 눈길이 미련 없이 떠나갔다. 그리고 세나와 함께 보폭을 맞추며 나정의 곁에서 멀어져갔다. 그 광경을 나정은 멍하니 바라보았다. 다른 건 몰라도 이것 하나만큼은 똑똑히, 그리고 선명히 들어버렸다.

'그때 넌 날 믿지 못했다는 거고, 그리고 너 자신을 믿지 못해 떠났다는 거야.'

두 사람이 깊게 엮인 관계라는 건 눈치채고 있었지만, 이런 사연이 있을 줄은 꿈에도 몰랐다. 버려진 쪽이 정우라는 사실에 나정은 기분이 묘했다. 그가 안쓰럽다가도 까끌까끌한 불쾌함이 식도를 타고 올라왔다. 하지만 뒤이어진 한마디에 마음이 금세 가라앉았다.

'미안하지만 난 한번 끝난 인연은 상대 안 합니다.'

며칠 전. 집 앞에서 그를 돌려보내며 느꼈던 직감은 틀리지 않았다. 이미 끝난 인연. 되돌릴 수 없다는 걸 알면서도 나정은 정우의 뒷모습을 하염없이 응시했다. 나란히 걸어가는 두 사람이 잘 어울린다는 생각을 짓누를 수 없었다.

* * *

"한 번 더 인사드릴게요. 포토그래퍼 김세나라고 합니다. 앞으로 우리 잘해 봐요."

세나의 인사에 디자인팀의 직원들이 크게 환호했다. 지나칠 정도로 아름다운 외모에 누군가는 휘파람까지 불어댔다.

"아까 한 팀장님이 안 된다고 하셔서 얼마나 졸렸는지 몰라요."

직원 중 한 명이 크게 안도하며 가슴을 쓸어내렸다. 우여곡절 끝에 성사된 만남이었다. 세나의 교류를 용납하지 못하던 정우는 그를 제외한 팀원들 모두가 세나를 원하자 하는 수 없이 그녀를 프로젝트에 합류시켜야 했다.

"사실 기획팀이랑 의견이 자꾸 틀어져서 골머리를 썩이던 중이 었거든요."

그러면서 굳이 이쪽을 노려보는 이유가 무엇인지. 디자인팀 직원의 날카로운 눈살에 나정은 모른 척 고개를 돌렸다. 얼굴을 보아하니 정우에게 몇 번이나 기획안을 까였던 여직원 중 한 명이었다. 뭐랬더라. 이름이 하수진이었던가.

혜나와 종종 점심을 먹은 걸 몇 번 본적이 있어 안면이 익었다. 그녀는 나정의 존재를 달갑지 않아 했다. 따지고 보면 디자인팀 전부가 그러했다. 전적으로 기획안을 전달하는 역할은 나정의 몫이었다. 그래서 더 기분 나빠 하는 것도 없지 않아 있었다.

직급 높은 상사에게 까이는 거면 자존심이라도 덜 상하지, 이제 1년 차인 신입사원에게서 '죄송하지만, 채택될 수 없는 기획안이라고 하십니다.'라는 말을 들으면 쪽팔리다 못해 수치심이 들게 뻔했다. 억울한 건 나정도 마찬가지였다. 상사가 시키는 대로 할 뿐인데, 욕은 죄다 자신이 먹는 기분이었다.

"은나정 씨 맞죠?"

애써 바닥만 바라보는데, 살굿빛으로 예쁘게 물든 발톱이 눈에 들어왔다. 언제 다가온 건지 세나가 활짝 웃으며 나정을 바라보고 있었다.

"아까는 경황이 없어서 인사를 제대로 못 했어요. 앞으로 잘 부탁할게요. 진원 씨 말로는 기획팀 대표로 디자인팀과의 소통을 맡고 있다죠? 아직 신입이라서 쉽지 않을 텐데, 대단하네요."

"……아니요. 그저 시키는 일을 하는 게 다인걸요."

"한 팀장님이 많이 예뻐하나 봐요."

"……네?"

무슨 말인가 싶어 나정은 둥근 눈을 끔뻑였다.

"부하직원으로서 아낀다는 소리였는데, 혹시 내가 말실수했을
까요?"

"아, 아니요."

나정은 손사래 치며 어색하게 웃어 보였다. 역시 그럼 그렇지. 내
이야기를 전달할 이유가 뭐 있어.

"그나저나 기획팀이면 김혜나 사원이랑도 아는 사이겠어요."

"네, 그렇긴 한데……."

어떻게 혜나를 아냐며 눈을 끔뻑이자 세나가 남몰래 다가와 나
정의 귓가에 작게 소곤거렸다.

"실은 혜나, 내 여동생이거든요."

그러고 보니 두 사람의 이름이 비슷했다. 김세나와 김혜나. 그럼
회의 시간 내내 세나를 노려보던 혜나의 눈빛은 알고 보니 친언니
를 향한 질투심이었던 건가. 뭔가 복잡해지는 구도에 자리를 피
하고 싶다는 생각이 간절히 들었다.

"다음에 혜나랑 같이 식사 한번 해요."

마음은 고마우나 선뜻 그러자는 말이 나오질 않았다. 나정은 그
저 희미한 미소를 띨 뿐이었다.

* * *

프로젝트에 몰두한 지 어느덧 일주일이 흘렀다. 항상 콜콜거리
던 디자인팀이 모처럼 눈을 빛내며 회의에 집중하고 있었다. 세나

는 구세주와도 같았다. 이름을 널리 알린 포토그래퍼답게 그녀는 다양한 시각에서 의류 상품을 볼 줄 알았다. 어떻게 하면 소비자들에게 '세현'이라는 브랜드가 좀 더 친숙하게 다가갈 수 있을지, 실용적인 아이템은 무엇인지 등 여러 가지 의견을 내놓았다. 그중 하나를 선별해 나정이 기획팀으로 향하던 중이었다.

"나정 씨, 회의 끝나고 가는 길이에요?"

"아, 안녕하세요. 최 대리님."

이제 막 승강기에서 내린 최진원 대리가 반갑게 손을 들어 보였다. 외부 일정을 끝내고 돌아온 길이었는지 팔목에는 재킷이 들려 있었다.

"곧 여름이 오려는지 밖에 잠깐 서 있었다고 그새 땀이 흐르네요."

"그러게요. 날씨가 많이 더워졌어요."

프로젝트를 시작한 지도 어느새 한 달을 꽉 채워가고 있었다. 꽃을 피웠던 나무에는 푸른 잎이 돋아났고 아침저녁으로 쌀쌀하던 봄바람은 습한 열기를 머금고 있었다. 예전 같았으면 빡빡한 일정에 시간이라도 빨리 지나갔으면 바랐을 텐데, 나정은 어쩐지 마음이 무거워졌다. 붙잡을 새도 없이 흘러가는 하루하루가 야속하기만 했다. 정우가 떠나기까지 이제 고작 두 달밖에 남지 않았다.

"그날 내가 실수했을까요?"

창밖을 구경하던 나정이 고개를 돌려 진원과 시선을 마주했다.

"무슨 말씀이실까요?"

"김세나 씨 말이에요. 여러모로 능력 있는 사람이라 도움이 될 거 같아서 데리고 온 건데, 뭔가 큰 실수를 한 거 같아서요."

"아니에요. 덕분에 회의도 수월하게 돌아가고 있고. 대리님 말씀처럼 여러모로 팀원 분들이 김세나 씨에게 도움 많이 받고 있습니다."

"난 부서가 아니라 나정 씨를 말한 건데."

"네?"

진원이 가까이 다가오며 나정의 안색을 살폈다.

"오늘도 낯빛이 안 좋네요."

"아……. 선크림밖에 바르지 않아서."

"평소에는 화장하고 다녔나."

"……다녔다면요?"

"아. 그게 한 거였어요?"

어디선가 겪어본 반응이었다. 나정의 이마에 사정없이 미간에 사정없이 내 천(川) 자가 그어졌다.

"네. 열심히 한 겁니다."

억울한 목소리로 따지자 진원이 풋, 웃음을 터트렸다.

"아, 미안해요. 피부가 워낙 좋아서 화장한 줄 몰랐습니다."

입바른 거짓말 하고는. 침이나 좀 바르고 말씀하시지. 나정은 고개를 설레설레 저으며 파일철을 꽉 감싸 안았다. 곧 있으면 정우가 해외 개발팀과 잡힌 회의를 끝내고 돌아올 시간이었다. 오늘이야말로 무조건 그에게서 기획안을 승낙 받아야만 했다.

"내 착각일 수도 있는데."

진원에게서 등을 보인 찰나였다.

"김세나 씨가 온 후로 자꾸 못 보던 그림자가 나정 씨 얼굴에 드리운 기분이에요."

나정이 한 발짝도 떼지 못하며 고개를 돌렸다. 눈이 마주친 순간, 진원이 한쪽 눈가를 찡그리며 미소 지었다.

"이런. 정곡을 찔렀나 보네."

"……그런 거 아닙니다. 그냥 좀 피곤해서."

"그래서 요즘 미술학원도 못 가나 보군요."

"네. 안 간 지 벌써 한 달이 넘었네요. 재현 선배한테도 연락해 봐야 하는……."

잠깐만. 방금 뭐라고? 판도라의 상처를 열기라도 한 것처럼 나정의 얼굴이 아연했다.

"……어떻게 아셨어요?"

"글쎄요. 어떻게 알았더라."

빙글빙글 미소 짓는 진원의 태도가 수상했다. 나정은 살금살금 물러나며 거리를 벌렸다.

"설마 제 뒷조사하셨어요? 아님 스, 토킹?"

"그랬다면."

진원이 보폭 넓은 걸음으로 다가와 대뜸 허리를 숙였다.

"벌써 철컹철컹, 하지 않았으려나."

그가 손목을 모으며 가볍게 흔들어 보였다.

"퇴근하는 길에 우연히 봤습니다."

"……저를요?"

"네. 버스 타고 열심히 가던데요."

진원은 차가 있어도 주말이 아닌 평일에는 대중교통을 이용하는 편이었다. 출퇴근 시간에 서울에서 차를 운전한다는 것은 개미처럼 기어가겠다는 선언과 다를 게 없었다.

그날은 지하철이 아닌 버스를 타고 집으로 향하던 중이었다. 뒷좌석에 앉아 휴대폰을 매만지는데, 익숙한 사원증이 진원의 눈앞에서 찰랑거렸다. 그가 얼마 전에 옮긴 회사, 세현의 사원증이었다. 시선을 들자 한 여자가 안전바를 잡은 채 열심히 졸고 있었다. 운동신경이 좋은 건지 버스가 과속방지턱을 밟는 와중에도 고개만 위아래로 까딱 흔들리기만 할 뿐, 미동조차 보이지 않았다.

진원의 눈길이 자연스레 여자의 사원증에 닿았다. '은나정'이라고 적힌 이름 위에 여자의 사진이 박혀 있었다. 증명사진을 찍기 위해 큰마음 먹고 앞머리를 자른 거 같은데, 눈썹 위까지 짧아진 길이는 딱 봐도 망한 케이스처럼 보였다. 그런데도 잘 어울렸다. 둥그런 얼굴형과 살며시 미소 지은 핑크빛 입술. 호수처럼 말간 눈동자와 웃을 때 도드라진 하얀 볼살은 잘 익은 복숭아처럼 뽀얗고 사랑스러웠다. 그 후로도 진원은 몇 번이나 나정을 마주쳤지만, 나정은 작은 공책에 무언가를 열심히 끄적이느라 진원의 존재를 알아차리지 못했다.

진원은 어렵지 않게 그것의 정체를 알아챘다. 그림이었다. 다양한 인체가 여러 가지 구도로 공책에 빼곡하게 그려져 있었다. 고작 취미 생활로 즐기기엔 나정의 실력은 남달랐다. 그녀의 그림에는 항상 진심이 묻어 있었다. 선 하나하나 정성을 다해 긋는 게 느껴졌다. 그때부터였던 거 같다. 은나정이란 여자가 궁금해지기 시작한 것은. 그리고 얼마 있지 않아 뜻밖의 인연이 나타났다.

'대학 다닐 때는 쉬지 않고 여자를 만나더니. 서른 넘으니까. 왜? 없던 철이 들었냐?'

대학 선배, 주열과 점심을 해결하던 중이었다. 끊임없이 연애하던 진원이 회사를 옮긴 뒤로 업무에만 매진하자 주열은 내심 수상하다는 눈빛이었다.

'글쎄요. 철이 들었다기보다 딱히 끌리는 상대가 없달까.'
'그래? 그럼 우리 막내 한번 소개받아 볼래?'
'죄송하지만, 사양하겠습니다.'

이십 대 후반을 지나 서른이 되며 느낀 게 있다면, '사랑'이란 감정이 처음에는 특별해 보일지 몰라도 시간이 흐르면 다 거기서 거기란 거였다. 처음에는 사랑해서 배려하던 연인들도 시간이 지나면 사랑하기 때문에 집착하며 진원을 구속했다. 모든 것이 지겨웠고 권태로웠다. 유일하게 그의 구미를 당기는 사람이 있다면.

'아, 왜. 우리 막내가 얼마나 예쁜데. 은나정이라고 이제 1년 차 신입인데 얼마나 똑 부러지는지 몰라.'

순간 잘못 들었나 싶어 그는 주열의 입술을 지그시 바라보았다.

'글쎄. 출근을 아침 일곱 시 반에 한다니까. 그리고 여섯 시만 되면 칼같이 퇴근. 누가 붙잡아도 소용없어. 아마 한 팀장이 나서도 안 될걸. 무조건 여섯 시면 칼퇴근인 거야.'
'방금 누구라고요?'
'누구? 우리 은나정이?'

왜 여태까지 그녀가 기획팀인 걸 눈치채지 못했을까. 그저 은나정이란 이름 석 자에 콕 박혀 다른 생각을 할 겨를이 없었다. 그제야 자신이 얼마나 그 여자를 깊이 생각하고 있었는지를 깨달았다. 그리고 현재. 보란 듯이 눈앞에 서 있는 나정을 보며 진원은 마치 스무 살로 돌아간 듯한 기분을 느꼈다. 청춘이라는 명목 아래, 모든 것이 다 수용되고 용서받을 거 같았던, 그때가 말이다.

"……비밀로 해주실 거죠?"

나정이 작게 소곤거렸다. 그녀는 자신의 취미 생활을 누군가 알게 됐다는 것에 굉장히 조심스러워하는 태도였다.

"비밀? 죄지은 것도 아닌데 굳이 숨길 필요가 있어요?"

"그래도 사생활인데, 누가 아는 게 좀 그래서요."

"오늘 나랑 저녁 먹어주면 생각해볼게요."

"네?"

"내가 친구 한 명 없는 외로운 인생이라."

아니, 이 남자는 왜 자꾸 말도 안 되는 거짓말을 하는 거야. 진원과 저녁을 먹지 못해 안달인 여직원만 몇 명인데. 언젠간 한 팀장 파와 최 대리 파가 회사에 나누어져 있다는 여진의 귀띔대로 그는 시간이 흐를수록 많은 여직원의 호감을 사고 다녔다.

"알겠습니다. 딱 한 끼만 먹어 드리면 되는 거죠?"

마지못해 고개를 끄덕이자 진원이 눈을 가늘게 떠 보였다.

"고작 한 끼로 퉁 치겠다는 겁니까?"

"그럼요?"

"좀 그렇네요. 뭔가 내가 은나정 씨랑 밥 먹지 못해 구걸하는 기분이라."

"아니, 그런 게 아니라. 아, 알겠어요. 세 끼! 세 끼면 되죠?"

하는 수 없이 손가락 세 개를 펼쳐 들어 보이자 언제 그랬냐는 듯 진원이 싱긋 웃었다.

"생각보다 구걸에 잘 넘어가는 성향인가 봐요. 다음에도 써먹어야겠네."

"……아, 진짜."

전에도 느낀 거지만 이 남자랑만 있으면 자꾸만 말리는 기분이다. 어서 빨리 자리를 털자며 돌아서던 나정은 짐짓 걸음을 멈추며 물었다.

"저 근데요, 대리님."

"네."

"전부터 물어보고 싶었던 건데요."

뭐냐는 듯 진원이 눈썹을 들어 올렸다. 고민하던 나정은 이내 고개를 저었다.

"아니에요. 뭔가 실례되는 질문인 거 같아서요."

"그렇게 물어보면 이미 실례한 거 아닌가. 뭔데요. 괜찮으니까 편히 물어봐요."

"저 그러니까……."

입술을 잘근잘근 깨물던 나정이 조심스레 입을 열었다.

"예술대 나오셨는데, 디자인팀이 아닌 영업팀을 택한 이유가 뭔가 싶어서요."

"난 또 뭐라고. 만나는 여자 있냐고 궁금해하는지 알았더니."

긴장감 어려 있던 나정의 얼굴이 순식간에 일그러졌다. 그녀는 차오르는 분노를 삭이려 호흡을 크게 들이켰다.

"일은 다 본 거 같네요. 수고하세요."

"한계를 느꼈습니다.

나정이 우뚝 멈추며 고개를 돌렸다. 진원이 양복바지 주머니에 양손을 꽂아 넣은 채 푸르른 여름의 향연을 고요히 바라보고 있었다.

"어렸을 때부터 예술 쪽으로 기질이 보여서 입시까지는 무난히 성공했는데, 그때부터는 현실이 펼쳐지더군요. 합격률이 희박한 대학인만큼 날고 긴다는 천재들은 다 모여 있었습니다. 아무리 발버둥 쳐도 그 친구들의 재능을 붙잡기엔 한계가 있었죠. 그래서 그만뒀습니다."

그래도 노력하면 따라잡을 수 있겠지, 언젠간 나도 저들만큼이나 신선하다는 이야기를 들을 수 있겠지, 그 희망만으로 열심히 작품을 만들었으나 세상에는 노력으로 안 되는 것들이 분명 존재하는 법이었다.

군대를 다녀온 후로 그 확신은 더 깊어졌고 진원은 현실에 수긍하며 취업 준비에 박차를 가했다. 그래서 더 나정에게 눈길이 가는 것도 있었다. 꿈을 꾸는 것도 다 때가 있다는 것처럼 나이를 먹을수록 무언가를 도전하는 것조차 쉽지 않은 일이었다. 현실의 벽에 가로막혀, 돈의 궁핍함에 시달려, 주변 시선이 의식돼서, 사소한 이유 하나하나가 길을 가로막았다. 무엇보다 젊었을 적의 열정이 살아나질 않았다. 좋은 결과가 당장 눈앞에 나타나지 않더라도 언젠가는 해내고 말겠다는 투지가 꺼져버린 불씨처럼 생명력을 잃어갔다.

다 그렇게 살아가는 줄 알았는데.

나정을 보며 진원은 자신이 틀렸다는 걸 깨달았다. 그동안 얼마나 좁은 시야에 갇혀 있었는지를 이 자그마한 여자가 알려주었다. 회사에 적응하기도 바쁠 텐데, 나정은 자기가 맡은 바를 책임감 있게 행하면서 또 그림을 그릴 때는 어린아이처럼 눈을 빛냈다. 예쁘고 싱그러웠다. 꿈을 가슴 속에 품고 있는 그녀의 모습은 풋풋하면서도 한편으론 부러움을 안겨주었다.

"그럼 이제 예술은 아예 안 하시는 건가요?"

나정이 눈을 둥글게 뜨며 묻자 진원이 고개를 내저었다.

"아뇨. 여전히 이쪽 분야를 사랑하니까 영업팀을 택한 것도 있어요. 어떻게 하면 좀 더 다양하게 제품을 알릴 수 있을까, 내가 느낀 이 희열을 어떻게 하면 다른 사람에게도 효과적으로 전달할 수 있을까. 이게 곧 영업팀의 숙명이니까요. 이건 또 이것대로 재미가 있더군요."

"신기하네요."

"뭐가요."

"최 대리님처럼 완벽한 사람한테 그런 시련이 있었다는 게 좀 의외라서요."

"완벽이라……."

가만히 입술을 엄지로 쓸던 진원이 누군가를 발견하곤 의미심장한 미소를 지었다.

"완벽은 나보다 저쪽에 더 어울리는 표현 같은데."

저쪽? 진원이 가리킨 곳으로 눈을 돌린 나정은 몸을 굳혔다. 회의를 끝내고 돌아온 정우가 승강기 문 앞에 서서 두 사람을 지켜보고 있었다.

"그럼 퇴근하고 봐요."

진원이 스스럼없이 나정의 어깨를 가볍게 터치하며 돌아섰다. 홀로 남은 나정은 파일철을 꽉 끌어안으며 입술을 말아 물었다. 하필 이럴 때 마주칠 게 뭐야. 조바심이 났지만, 애써 입가를 끌어올리며 정우를 독대했다.

"디자인팀과 함께 구상한 기획안이 막 완성돼서요. 시간 되시면 한 번 살펴봐 주실 수 있을까요?"

정우는 말이 없었다. 속내를 알 수 없는 얼굴로 나정을 직시하더니, 그녀를 지나치며 무심히 말했다.

"따라와요."

나정은 숨을 크게 내쉬며 정우의 뒤를 밟았다. 그가 자리에 앉기 무섭게 팔을 뻗었다. 어서 기획안을 내놓으란 소리였다. 후다닥 파일철을 내밀자 그가 관자놀이를 지그시 누르며 종이에 박힌 활자들을 살펴보기 시작했다.

'차르륵, 차르륵.'

종이가 한 장, 한 장씩 넘어갈 때마다 나정의 손끝에 식은땀이 뱄다. 이번에도 캔슬 당하면 어떡하나. 안 그래도 디자인팀에게서 종종 살기가 담긴 눈빛을 받고 있는데. 이 기획안마저 빠꾸 당하면…….

"괜찮네요."

"……네?"

나정은 믿기지 않아 눈꺼풀을 크게 끔뻑였다. 기획안의 마지막 장을 검토 중이던 정우가 흘긋 눈을 들어 나정을 바라봤다.

"전체적으로 튀지 않고 무난한 게 나쁘지 않아요. 브랜드가 주는 가치를 제대로 파악하고 있는 것도, 매출에 영향이 가지 않는 선에서 시도하는 전시회전도. 깔끔히 정리돼서 눈에 확 들어옵니다. 이대로 잘 실행시켜 봐요."

몇 번의 고비 끝에 드디어 승낙이 떨어지자 나정은 주먹을 꽉 움켜쥐었다. 이번만큼 회사 일을 하며 희열을 느낀 적은 처음이었다. 하지만 기쁨도 잠시였다.

"은나정 씨 의견인가?"

정우가 기획안의 출저를 물어보자 모호한 감정이 나정의 가슴을 조였다.

"……아뇨. 전체적인 뼈대는 김세나 씨가 잡으셨고, 남은 구상을 디자인팀과 함께 채워 나갔습니다."

이상하지. 있는 그대로를 전달한 것뿐인데, 왜 이렇게 기분이 물먹은 솜처럼 가라앉는 걸까.

"그래요, 수고했다고 전해줘요."

정우가 미련 없이 대화를 끝내며 모니터에 시선을 고정했다. 나정은 공손히 고개를 숙였다. 그러다 문득 키보드 옆에 놓인 진통제가 눈길을 붙잡았다.

"저 팀장님."

의지와 상관없이 목소리가 튀어 나갔다. 무슨 일이냐는 듯 정우가 눈을 들었다. 그제야 나정은 자신이 얼마나 바보 같은 짓을 저질렀는지를 깨달았다.

"뭡니까?"

되묻는 정우의 음성이 차가웠다. 좀처럼 찾아보기 힘든 희미한 분노가 그의 까만 눈을 감싸고 있었다.

"아, 저."

나정은 마른침을 꼴깍, 삼켰다. 이성보다 본능이 앞서는 바람에 일어난 실수였다. 기획안을 보는 내내 관자놀이를 지그시 누르는 게, 요즘 들어 정우의 건강 상태가 썩 좋지 않다는 걸 나정은 은연중에 느끼고 있었다. 그래도 자기 관리 하나만큼은 철저한 남자였는데. 묻고 싶은 말이 산더미였지만, 꾹 삼켜 넣었다. 여기서 더 나섰다간 오지랖 부리는 것밖에 되지 않았다. 먼저 그를 밀어낸 것도, 멀리한 것도 자신이란 걸 되새기며 나정은 뒤로 물러났다.

"아닙니다, 아무것도."

빠른 걸음으로 부서를 빠져나가는 나정의 뒤태를 보며 정우는 손에 쥔 펜을 조용히 내려놓았다. 차갑게 굳은 입술 새로 짙은 한숨이 흘러나왔다.

요 며칠 편두통 때문에 잠 한숨 편히 자지 못했다. 무슨 이유인지 자꾸만 꿈에 아버지, 태주가 나타났다. 그것도 아버지가 생을 마감하기 직전의 상황이 펼쳐졌다. 어떤 날은 발작하듯이 잠에서 깨어나야 했고, 또 어떤 날은 청승맞게 눈꼬리에 눈물이 맺히기도 했다. 그 현상이 꼭 너의 현실을 자각하라는 세상의 메시지 같아 가슴이 갑갑했다. 무엇을 위해 지금까지 달려왔는지, 앞으로 어떤 삶을 살아가야 하는지 또한 잘 알고 있다.

태주의 죽음 이후로 정우는 아버지가 미처 겪지 못한 인생을 대신 살아가야 했다. 최소한의 양심이 있다면 그것만이 아버지에게도, 자식 중 태주를 유독 아꼈던 한 회장에게도 사죄할 수 있는 유일한 방도였다. 그렇게 잘 살아왔으면서, 앞으로도 그 길을 쭉 밟을 거면서 그것이 이토록 버겁게 느껴지는 건 아마도 다 저 여자 때문이겠지.

은나정.

때로는 그의 신경을 거슬리게 만들고, 때로는 멋대로 가슴을 헤집어놓고, 때로는 사람을 나락으로 빠트리게 하는 이름 석 자가 오늘처럼 원망스러운 적도 없었다. 여자는 아주 잘 지냈다. 우리는 아무 사이라도 아니라며 선을 그은 것도 모자라 하루하루 피가 마르는 정우와 다르게 보란 듯이 회사생활을 잘 이어갔다. 난 감해하던 디자인팀과의 교류도 언제 그랬냐는 듯 막힘없이 일을 진행해갔다. 생각해보면 늘 그러했다. 여자는 지금껏 포기한 적이 없었다. 시간이 걸릴지라도 꿋꿋하게, 또 맡은 역할에 성실하게 임하며 끝내 괜찮은 결과물을 만들어냈다.

그녀를 처음 만난 10년 전에도, 그리고 10년이 지난 지금도 항상 변함없는 모습이 오늘은 괘씸하기만 했다. 그녀의 인생에 자신은 보잘것없는 존재 같아서. 미미한 영향력도 끼치지 못한 사람이 된 거 같아 업무에 몰두하는 여자를 보고 있노라면 가슴에 불이 일었다. 그뿐인가. 진원과 나란히 서서 대화를 나누는 모습을 봤을 때는 온몸의 피가 차갑게 식는 기분이었다. 진원의 손이 슬며시 나정의 어깨에 닿았을 때는 어떠했나. 그 손을 당장이라도 비틀고 싶은 충동이 일었다. 접근조차 하지 못하게 뭉개버리고 싶은 걸 겨우 참아냈다.

'지이이잉.'

책상을 울리는 진동 소리에 정우가 시선을 숙였다. 액정에 메시지 한 통이 떠올랐다.

오늘 할아버지네 가는 거 잊지 않았지? - 태오

* * *

"오랜만이에요, 할아버지."

"그래, 태오 왔느냐."

태오가 성북동을 방문한 건 거의 1년 만이었다. 마음 같아선 이번에도 불참석하고 싶었지만, 오늘 아침 혜수가 한 회장으로부터 받은 연락 때문에 그럴 수 없었다.

'이러나저러나 아버님은 어떻게든 정우 결혼을 성사시킬 생각이시나 보네.'

그 한마디가 태오를 여기까지 이끌었다. 다행히 아직 정우는 저택에 도착하지 않은 모양이다.

"그래, 그 흉측한 건 이제 끌고 다니지 않나 보지?"

한 회장이 눈썹을 들어 올리며 물었다. 그가 말하는 흉측한 것이란 태오의 보물이자 운송 수단인 바이크를 가리켰다.

"흉측이라뇨. 엄연히 면허 따서 타고 다니는 건데."

"그래서 아직도 끌고 다닌다는 게야?"

"스피드는 곧 생명이라서요."

"쯧쯧, 네가 또 골로 가봐야 정신을 차리지."

알고 있다. 한 회장이 왜 이렇게 바이크를 탐탁지 않게 여기는지. 2년 전, 비가 억수로 쏟아지는 날. 질주하던 오토바이가 그대로 빗길에 미끄러지며 360도를 돌다 못해 도로를 굴러다녔다. 다행히 헬멧을 착용한 태오는 목숨을 부지할 수 있었지만, 3개월 가까이 병원 신세를 져야 했다.

"근데 할아버지. 진짜 우리 형 결혼시킬 생각이에요?"

"그렇다면?"

"그냥요. 결혼을 반대할 생각은 없지만, 상대가 누군지에 따라 말이 달라지거든요."

"언제부터 네 형 앞날을 걱정했다고 그러냐. 미워해도 모자랄 판에."

"⋯⋯누가 미워한대요?"

"형 원망할 시간에 네 앞날부터 개선해. 언제까지 철딱서니 없이 살 게야. 머리가 있으면 생각이란 걸 좀 하고. 지금이라도 늦지 않았으니까 회사로 들어와. 밑바닥부터 차근차근 밟아가다 보면 혹시 아냐? 네가 정우보다 더한 놈일지."

따지고 보면 태오는 태주의 유일한 핏줄이었다. 정우가 아니었다면 태오를 중심으로 세현의 권력 구도가 형성됐을 것이다. 하지만 태오는 경영의 '경' 자만 들어도 치를 떨었다. 보란 듯이 더 밖으로 나돌았고, 철이 없을 때는 정우를 방패로 삼아 신나게 놀고 다녔다. 태오가 책임져야 할 역할까지 죄다 정우한테 몰아넣은 셈이었다. 생각이 거기까지 닿자 태오의 기분이 가라앉았다.

"알잖아요. 저 누구 밑에서 일 못 하는 거."

"그러니까 네 힘으로 노력해서 우두머리가 되란 소리 아니야."

"싫어요. 누구 인생을 책임지는 것도 싫고 내 인생을 저당 잡히는 건 더 질색이에요."

한 회장이 기가 찬다는 듯 헛웃음을 터트리며 이마를 짚었다.

"누굴 닮아서 이 모양 이 꼴인지. 가만 보면 태주랑 판박이인 건 네가 아니라 정우 같단 말이지. 태주처럼 차분한 성격도 고분고분 업무를 처리하는 방식도 그렇고."

"형이 좋아서 그 회사에 짱박혀 있다고 생각하세요? 할아버지가 제일 잘 알면서."

한 회장이 눈초리를 가늘게 뜨며 한층 가라앉은 목소리를 냈다.

"하고 싶은 말이 뭐냐."

때를 기다렸다는 듯 태오가 준비한 말을 꺼내었다.

"정략결혼이니 뭐니 그런 거 형한테 시키지 말아요. 이제 그만 형 괴롭히시라고요."

"괴롭혀? 누가? 내가 말이냐?"

허허. 한 회장이 웃음 비스름한 소리를 터트리며 미묘한 표정을 지었다.

"태오, 너 정우를……."

의미심장한 미소가 한 회장의 입가에 떠오른 참이었다.

'똑똑똑.'

정중한 노크와 함께 고용인의 목소리가 들렸다.

"회장님, 도련님 오셨습니다."

"들라 해."

미닫이문이 스르륵, 열리며 정우의 얼굴이 나타났다. 그가 한 회장을 향해 허리를 깍듯이 숙였다.

"늦어서 죄송합니다. 차가 좀 막혔습니다."

"아니다. 아직 손님이 도착하기 전이니 이리로 와 앉거라."

"또 누가 와요?"

수상함을 느낀 태오가 영문을 모르겠다는 표정을 지었다. 반면 정우는 깊고 잠잠했다. 누가 올지 이미 알고 있다는 듯 허리를 곧게 세우며 바른 자세를 유지했다.

'똑똑.'

또다시 노크 소리가 들려왔다.

"손님 도착하셨습니다."

"들라 하게."

굳게 닫힌 미닫이문이 부드럽게 열리며 작고 하얀 얼굴의 여자가 모습을 드러냈다.

"할아버지, 저 왔어요."

"……세나 누나?"

여자의 정체를 확인한 태오의 동공이 커다래졌다. 여자 또한 태오 못지않게 놀란 입을 다물지 못했다.

"……태오?"

한 회장이 저녁 식사에 초대한 손님은 바로 세나와 혜나였다.

* * *

저녁 식사는 꽤 화기애애한 분위기 속에 이루어졌다. 주로 대화를 나누는 사람은 세나와 태오였다. 거의 10년 만에 마주 보는 얼굴이 반갑기 그지없었다.

"이야, 그 꼬맹이가 벌써 스물이라니. 세월 참 빠르다."

"꼬맹이라니. 그래봤자 나랑 누나 열 살 조금 넘게 밖에 차이 안 나거든."

"어머, 열 살이 조금이라니. 열 살씩이나 차이 나는데. 너 어디 가서 나, 누나라고 부르지도 마. 양심에 찔린다."

세나는 태오에게도 가까운 지인이었다. 어린아이를 좋아하는 성향 때문인지 그녀는 종종 정우의 집에 놀러 와 어린 태오와 놀아주곤 했다. 그때의 기억 때문인지 세나에 대한 호감을 느끼는 태오와 달리 정우의 표정은 고요했다.

한 회장이 이 자리를 주선한 연유가 눈에 선했다. 한 가지 이해가 되지 않는 게 있다면 한 회장의 속내였다. 세나의 아버지, 김 회장이 한때 두 사람의 교제를 강력 반대한 것처럼 한 회장도 과거에는 세나와 정우의 만남을 마뜩잖게 여기는 쪽이었다.

'나는 김 회장 마음 충분히 이해한다. 아무렴 눈에 넣어도 안 아플 새끼를 명목만 있는 남자한테 보내기엔 걸리는 게 많겠지. 그러니 정우, 네가 먼저 마음 정리하거라.'

무 자르듯 쉽게 관계를 끊으라 해놓고 이제 와 자리를 만드는 본심은 무엇인지.

"그래, 세나 너는 만나는 짝은 없고?"

한 회장이 본격적인 용건을 꺼내었다. 예기치 못한 질문에 세나는 당황했고 그녀의 옆자리에 앉은 혜나는 젓가락질하던 손을 멈추었다. 세나가 식기를 조용히 내려놓으며 대답했다.

"아직은 누굴 만날 생각이 없어요. 한국에 들어온 지도 얼마 안 됐고. 당분간은 일에 집중하고 싶어요."

"그래도 시기란 게 있는데 놓쳐선 안 되지. 그래서 말인데, 나는 네가 정우 짝이 됐으면 싶다."

한 회장은 빙빙 돌려 말하는 법이 없었다. 핵심을 찔러 쓸데없는 시간 낭비는 줄인다. 그가 늘 추구하는 화법이었다.

"왜? 이미 헤어진 짝은 별로라 그러냐?"

두 사람이 한때 연인 사이였다는 걸 모르는 사람은 아무도 없었다.

"아뇨, 그게 아니라 좀 갑작스러워서요."

"갑작스러울 게 뭐 있나. 이미 김 회장을 통해 다 들었을 텐데."

세나는 난감한 눈으로 정우의 표정을 살폈다. 혜나도 마찬가지였다. 한 회장이 세나를 본가로 초대했다는 소리에 기어코 언니를 따라 동행했다. 역시나 직감은 틀리지 않았다. 혜나는 무릎 위에 올려둔 손을 꽉 마주 잡았다. 제발 정우가 이 결혼을 부정하길, 제발 거부하길 간절히 바라는 순간.

"죄송하지만, 이번만큼은 회장님 의견에 따르지 않겠습니다."

정우의 입에서 그토록 바라던 한마디가 떨어졌다. 그러나 천국과도 같은 안도감은 아주 잠깐뿐이었다.

"왜?"

덧붙여진 한 회장의 물음에 절망이 혜나를 집어삼켰다.

"마음에 담아뒀다는 그 처자 때문에 그러느냐?"

마음에 담아둔 사람. 그게 누구일지 묻지 않아도 알 것만 같다. 세나가 아니라면 남은 사람은 단 한 명이었다. 혜나는 이 상황이 도무지 납득되지 않았다. 어떻게, 어떻게 그럴 수가 있어. 정우 오빠가 진짜 그 여자를 좋아한다고? 혜나가 믿을 수 없다는 눈으로 정우를 바라봤다. 그가 의자를 밀고 일어났다.

"이만 일어나보겠습니다."

그러고는 미련 없이 돌아서서 다이닝 룸을 빠져나갔다. 뒤늦게 상황을 파악한 태오가 서둘러 정우를 뒤따랐다.

"저도 먼저 가볼게요. 세나 누나, 만나서 반가웠어. 할아버지는 다음에 또 인사드릴게요."

두 남자가 한 번에 사라지자 휑한 기운이 커다란 식탁 위를 맴돌았다. 한 회장이 한숨을 길게 내쉬며 세나와 혜나를 향해 말했다.

"미안하구나. 이런 실례를 범해서."

"아니에요. 저희는 할아버지 얼굴 뵈려고 찾아온 건데요. 신경 쓰지 말고, 마저 식사하세요."

세나는 괜찮다는 듯 매끈한 은수저를 한 회장의 손에 쥐여 주었다. 끊긴 식사가 이어지나 싶더니, 혜나가 밥을 먹다 말고 소리 나게 숟가락을 내려놓았다. 세나가 한 회장을 의식하며 혜나를 바라봤다. 동생의 얼굴이 당장이라도 울음을 터트릴 것처럼 울긋불긋했다.

"……혜나야."

"먼저 갈게. 죄송해요, 할아버지."

붙잡을 새도 없이 혜나가 자리를 박찼다. 결국 한 회장과 세나만이 정적인 식사를 이어가야 했다. 그러면서도 정우가 마음에 담고 있다는 사람이 누구인지, 움튼 궁금증이 세나의 가슴에 피어올랐다.

* * *

"형, 잠깐만 기다려."

태오가 주차장으로 향하는 정우를 급히 뒤따랐다. 정우가 운전석에 올라타기 직전 태오가 다급히 정우의 팔목을 붙잡았다.

"뭐야. 어떻게 된 거야?"

"너도 늦지 않게 집으로 들어가."

"그 말 듣자고 따라온 게 아니잖아. 마음에 담아둔 사람이라니. 나정 누나 말하는 거야? 두 사람 사귀기로 한 거야?"

"아니."

"……그럼?"

"차였어."

"뭐?"

"그렇게 됐으니까 너도 괜히 나서지 말아. 어머니한테는 안부 전해드리고."

그게 끝이었다. 왈가불가 설명도 없이 정우는 그대로 차를 타고 드넓은 저택을 빠져나갔다. 한동안 멍하니 서 있던 태오는 이해할 수 없다는 얼굴로 중얼거렸다.

"……형이 차였다고? 왜?"

* * *

"잘 먹네요."

진원이 흐뭇한 눈으로 맞은편 앉은 나정을 바라봤다. 그녀의 입에 초밥이 가득했다. 우걱우걱. 작은 입으로 열심히 씹는 모습이 햄스터를 떠올리게 하다가도 꿀꺽, 삼키며 하얀 이를 살짝 보일 때면 귀가 쫑긋 세워진 토끼를 연상케 했다.

"회사 근처 일식집이 맛있다길래 여기로 온 건데, 잘 먹어서 다행이에요."

"그래서 그런가 맛있네요."

"그러게요. 입맛 없다고 했던 거 같은데."

단무지를 집으려던 나정의 젓가락이 멈칫했다. 그녀는 빼꼼히 눈을 들어 진원을 바라봤다. 이 상황이 매우 즐겁다는 듯 그의 입가에 얄미운 미소가 걸려 있었다.

"크흠. 그나저나 대리님은 어느 동네에 사세요?"

"호구 조사하는 거예요? 갑자기 떨리네."

"그냥 궁금해서 물어보는 거예요."

"나정 씨 동네랑 가까워요."

"우리 동네요? 제가 어디 사는 줄 알고요?"

"글쎄요."

또, 또 저 의미심장한 미소. 나정이 가까이 다가오는 진원과 거리를 두며 머리를 굴렸다. 그러고 보니 같이 버스를 탄 적이 있다고 했었지.

"제가 사는 동네랑 가까우면 서초동 쪽에 사시나 봐요."

"뭐, 비슷해요."

"그냥 알려주면 될 걸, 뭐 그리 대단한 걸 감춘다고 그래요."

"그러는 나정 씨는요? 뭐 그리 대단한 걸 감추겠다고 숨어서 그림을 그려요?"

"그건……."

졌다, 졌어. 도무지 진원에게는 말로 이길 수가 없었다. 묘하게 사람을 자극하며 판을 뒤집는 게 왜 여직원들이 그에게 관심을 가지는지 알 것만 같았다. 나정은 아무에게도 말하지 못한 속사정을 서슴없이 털어놓았다.

"그냥 눈치가 보여서요."

"눈치?"

진원이 한쪽 눈썹을 들어 올리며 물었다.

"특별한 이유가 있을까요?"

"어렸을 때 미술을 하고 싶었는데, 집안 사정이 넉넉지 못해서 접어야 했거든요. 이제야 좀 주머니 사정이 여유로워져서 학원도 다니기 시작한 건데, 회사 사람들이 알게 되면 말 나올 게 뻔하잖아요."

어렸을 때도 맘 편히 그림을 그려본 적이 드물었는데, 지금에 와서까지 그런 환경에 노출되고 싶진 않았다.

"난 또 뭐라고. 아무것도 아니네요."

"네?"

그게 무슨 말이냐며 나정이 고개를 갸웃거리자 진원이 태연한 얼굴로 덧붙였다.

"나정 씨가 아무것도 아니라고 생각하면 아무것도 아니라고요. 우리나라야 뭐 남의 인생에 워낙 관심 많은 민족이라. 좋게 말하면 정이 많은 거고, 나쁘게 말하면 오지랖이 넓은 겁니다. 근데 가장 중요한 건 본인 마음이 아니겠어요?"

나정이 의아한 표정을 지었다. 진원이 팔짱을 끼며 눈매를 부드럽게 휘었다.

"남들이 뭐라 하던 내가 아니라면 아닌 거고, 맞다면 맞는 거고.

눈치 볼 거 없어요. 툭 까놓고 말해서 남의 인생사에 관심이 많다는 건 그만큼 내 인생이 재미없다는 거거든. 반대로 생각하면 나정 씨 인생이 그들 눈에는 굉장히 흥미로워 보이는 거죠. 내가 잘살고 있다는 증거니까 그냥 즐겨요. 그럼 돼요."

뭐가 이렇게 쉬울까. 막힘없이 이야기의 결론을 내리는 진원의 목소리가 담백해서 나정은 할 말을 잃어버렸다. 가만 생각해보면 또 틀린 말은 아니라서 실없는 웃음이 새어 나왔다.

"대리님은 참 시원시원하네요."

"이제야 매력을 느꼈어요?"

"이런 능구렁이 같은 면만 빼면요."

"능구렁이? 남들은 친절해서 좋다고 하던데. 그러는 나정 씨는 이상형이 따로 있어요?"

"이상형이요? 저는……."

당연히 다정한 남자라고 말하려던 나정은 선뜻 입을 떼지 못했다. 왜일까. 이 순간 정우의 얼굴이 떠오르는 건. 그와 함께했던 순간들이 조각조각 이어지자 가슴 근육이 땅겨왔다. 몇 주 전부터 보인 증상이었다. 정우의 곁을 스쳐 지나갈 때, 혹은 그가 제 곁을 스쳐 지나갈 때마다 지금과 같은 통증이 찾아왔다. 가끔가다 아픔이 짙어질 때면 남몰래 왼쪽 심장 부근을 부여잡아야 했다.

나정은 애써 감정을 정돈하며 진원을 바라봤다. 웃음기 맺힌 여우같은 눈매에 은근한 기대가 번져 있었다. 그것이 명백한 호감이란 걸 알아챘으나 나정은 진원에게 경계를 푸는 대신 다른 방법을 택했다.

"저는 잘생긴 남자 좋아해요."

"솔직하네요? 잘생기면 다 되는 거예요?"

그렇다면 진원도 이상형에 포함이었다. 앞으로 보나 뒤로 보나 그는 상위권에 속하는 외모의 소유자였다. 그러나 나정은 단호했다. 검지를 추켜올리며 좌우로 까딱였다.

"아니요. 그냥 잘생기면 안 되고 독보적이어야 해요. 등장만으로 모든 사람의 이목을 쓸어 담는 그런 얼굴이요. 당연히 몸매도 좋아야 해요. 그냥 탄탄한 정도가 아니라⋯⋯."

순간 머릿속으로 한 남자의 상체가 범람했다. 나정의 바람대로 등장만으로 수강생들의 이목을 단숨에 끌어당겼던 몸매. 이제는 잊힐 법도 한데, 여전히 정우의 몸이 생생히 기억나자 나정은 씁쓸한 투로 말했다.

"⋯⋯삼각근도 딴딴해야 하고, 광배근은 넓어야 하고. 척주기립근은 무조건 깊게 파여 있어야 해요. 힘 줄 때마다 등 근육이 들어가는 게 엄청 멋지거든요. 복근은 당연히 왕자로 박혀 있어야 하고요."

주문을 외우듯 술술 나오는 조건에 진원이 애매한 미소를 지었다.

"은근 까다롭네요."

"그래서 실망하셨어요?"

제발 실망해라. 실망해라. 간절히 바랐으나 진원은 손쉽게 나정의 공격을 튕겨냈다.

"아니요. 솔직해서 좋아요. 이참에 운동하러 갈까 봐요. 마침 뼈근했는데 잘됐네."

"하."

나정은 전투의지력을 상실하며 축 늘어졌다. 진원은 다른 의미로 철벽이었다. 좀처럼 물러설 줄을 몰랐다. 마치 저돌적이었던 누군가처럼.

왜 자꾸 생각나는 거야.

수시로 아른거리는 정우의 잔상에 마음이 울적해졌다. 더는 생각하지 말자고, 눈을 감았다 뜬 순간이었다. 나정의 두 눈이 통유리창 너머로 보이는 풍경에서 떨어질 줄을 몰랐다. 그녀의 시선을 따라 진원이 고개를 돌렸다. 한 남자가 통화를 이어가며 회사 쪽을 향해 걸어가고 있었다. 익숙한 인물이었다.

"한 팀장님이네요. 회사로 다시 들어가는 거 보니까 뭘 두고 가셨나 봐요."

"아니요. 업무 보러 가시는 걸 거예요."

"이 시간에?"

진원이 손목에 감긴 시계로 시간을 확인했다.

"아홉 시가 넘었는데."

"종종 그럴 때 있으세요."

나정의 시선은 좀처럼 정우의 뒤태에서 달아날 줄을 몰랐다. 그 모습을 지그시 지켜보던 진원이 먼저 몸을 일으켰다.

"이제 그만 일어날까요?"

"아, 네."

나정은 가방을 챙기며 진원의 뒤를 밟았다. 함께 계산대로 향하나 싶더니, 돌연 데스크를 앞에 두고 멈춰 섰다.

"죄송한데요, 대리님. 제가 볼일이 있어서요. 먼저 들어가시겠어요? 대신 오늘 식사는 제가 살게요."

진원이 주머니에 손을 꽂아 넣으며 나정을 바라봤다. 뭔가를 망설이는 듯 입술을 말아 무는 얼굴이 초조했다.

"나야말로 미안한 이야기인데, 계산은 이미 했어요."

"네? 언제요?"

나정이 눈을 크게 뜨며 묻자 계산대에 서 있던 사장님이 '아가씨 화장실 갈 때 계산했어요.'라고 진원을 대신해 입을 열었다. 망연히 서 있던 나정의 입술에서 탄식이 터져 나왔다.

"그럼 다음 식사는 제가 꼭 살게요. 덕분에 잘 먹었습니다."

"그래요. 내일 봐요."

집에 데려다주겠다면 어떡하나, 걱정했는데 다행히 진원은 순순히 물러나 주었다. 그가 식당에서 완전히 빠져나간 것을 확인하자 나정은 큰 목소리로 말했다.

"사장님. 모둠 초밥 1인분만 포장해 주시겠어요?"

* * *

"대체 이걸 어쩌자고 가져온 거야."

나정은 난처한 눈으로 손에 들린 쇼핑백을 내려다봤다. 그 안에는 정갈하게 포장된 모둠 초밥이 담겨 있었다. 충동적인 행보였다. 오늘도 야근을 강행하는 정우를 발견하자 무작정 구매해 버렸다. 야근까지 하면 저녁을 간단히라도 챙기기 마련인데, 정우는 아니었다. 먹는 시간도 낭비라고 생각한 건지 그의 책상에는 항상 진한 커피 혹은 차 종류의 티백이 놓여 있었다.

나정은 막막한 눈으로 쇼핑백을 들어 보였다. 일단 포장한 건 그렇다 쳐도, 문제는 이걸 어떻게 전달해 주냐는 것이었다. 직접 전해 줄 수도 없고. 아득함에 가로막혀 있던 때, 나긋한 음성이 불 꺼진 부서에서 들려왔다.

"내가 이럴 줄 알았어."

세나였다. 그녀가 정우의 곁에 서 있었다. 두 사람 지금까지 같이 있었던 건가? 정우가 한숨을 낮게 내쉬며 넥타이를 느슨히 잡아당겼다.

"왜 왔어. 집으로 가지."

"식사도 제대로 안 하고 나갔잖아."

정우를 걱정하는 세나의 음성이 다정다감했다. 마치 예전부터 그래왔다는 것처럼 너무나도 자연스러운 한 장면이었다. 나정이 끼어들 수 없는 커다란 벽이 두 사람 앞에 놓여 있었다.

"혹시 몰라서 근처에 도시락집이 하나 있길래 포장해왔어. 먹고 일해."

세나가 정우의 눈앞에 종이백을 흔들어 보였다. 나정도 종종 점심을 해결한 적 있는 도시락집이었다.

"일식집도 보이던데, 너 초밥은 별로 안 좋아하잖아. 다른 메뉴는 품절이래서 고기 들어간 걸로 포장해왔는데, 괜찮지?"

나정의 가슴께에 닿아 있던 쇼핑백이 팔 밑으로 툭, 낙하했다. 몰랐다. 정우가 초밥을 좋아하지 않는지. 생각해보면 그가 무얼 좋아하는지, 무얼 싫어하는지 하나도 알지 못했다. 그에 비해 정우는 어떠했나. 말해준 적도 없는데 나정이 좋아하는 작가를 알았고, 함께 전시회를 가줬으며, 어린 날 못다 이뤘던 캠퍼스 추억까지 만들어주었다. 나정은 어쩐지 초라해지는 기분에 등을 돌리며 부서를 빠져나갔다.

한편 정우와 세나는 아직도 대립 중이었다. 몇 번이나 권유해도 정우에게서는 젓가락을 들 기미가 보이지 않았다.

"됐으니까 도로 가져가."

"한정우."

"혼자 있고 싶어서 그래."

세나가 한숨을 푹 내쉬며 도시락을 정우의 책상에 내려놓았다.

"너는 그 습관부터 버려야 해. 무슨 일을 결정할 때마다 식사 거르는 거 말이야. 그때는 어렸다고 치지만 우리가 언제까지 이팔청춘은 아니잖아."

커다란 갈림길에 서서 신중한 선택을 해야 할 때마다 정우는 습관처럼 식사를 걸렀다. 그 모습을 어렸을 때부터 지켜봐 온 세나는 정우를 억지로라도 끌고 와 밥을 먹이곤 했다.

안쓰러웠다. 뛰어놀기 바쁜 10대 시절에 항상 어른들의 눈치를 보고, 기대에 부응하는 사람이 되기 위해 쉴 틈 없이 노력하는 그가 가끔은 투정도 부리고 또래 친구들처럼 성질도 부렸으면 했다. 그래서 그를 카메라에 담기 시작한 점도 있었다. 렌즈 앞에서만큼 정우는 순수했고, 깨끗했으며, 늘 애정에 목말라하는 아이였으니까.

"입맛이 없어서 그래."

정우가 고개를 저으며 한 번 더 식사를 거부했다.

"왜?"

"……."

"마음에 담아두고 있다는 그 사람 때문에?"

정우의 입술이 굳게 다물렸다. 무거운 침묵은 곧 그의 속마음을 대변했다. 세나는 알 거 같다는 듯 한숨 섞인 미소를 지었다.

"그 사람."

"……."

"은나정 씨 맞지?"

정우의 눈매가 사뭇 날카로워졌다. 여태까지 동요 없던 그가 오늘 처음으로 보인 감정표현이었다.

"맞구나."

"그만 가지 그래."

정우는 이 상황이 불편하다는 듯 관자놀이를 짚었다. 감정을 고스란히 드러내며 세나와 거리를 두었다.

"벌써 날부터 세우지 마. 누구한테 물어서 알게 된 건 아니니까. 그냥…… 그럴 거 같았어."

직감. 그래, 직감에 의한 확신이었던 거 같다. 한정우의 시선이 자꾸만 한 사람에게 머무르는 듯한 기분에, 나정을 마주한 그의 눈동자에 희미한 원망이 담겨 있다는 걸 알게 된 순간 확신할 수 있었다. 나정을 향한 정우의 감정이 남다르다고.

"그렇게 좋아하면 고백하지 그래."

"……."

"괜히 속앓이하지 말고."

세나가 나직이 덧붙였다. 정우는 묵묵부답이었다. 무언가를 말하고 싶어도 쉽사리 입을 뗄 수 없는 표정이었다.

"왜? 회장님 때문에?"

정우는 어렸을 때부터 한 회장의 말은 법이라도 되듯 곧잘 따랐다. 그의 혈육이 아니라서, 그게 아버지 태주에게 혹시나 피해를 줄까, 항상 치열한 삶을 살았다. 태주가 세상을 떠난 뒤로는 그게 더욱 심해졌다.

"……말했잖아. 아저씨 그렇게 된 건 정우 네 탓 아니라고. 그건 아주머니 말씀처럼 운이 없어서 일어난 사고였어."

정우의 아버지 태주는 세나에게도 좋은 사람으로 기억되고 있었다. 가진 것이 많지만 항상 겸손하고, 베풀기를 좋아했던 어른이었다.

빗길에 일어난 교통사고라고 들었다. 정우와 함께 동해를 보고 돌아오던 날. 빗길에 미끄러진 덤프트럭이 그대로 두 사람을 태운 차를 들이받았고, 몇 바퀴를 구른 차는 운이 좋지 못하게도 엔진까지 터져 화재를 일으켰다. 거센 화마 속에서 살아남은 건 정우, 오직 한 명뿐이었다.

'내가 가자고만 하지 않았어도. 함께 가달라고만 하지 않았어도…… 아버지가 그렇게 죽지는 않았을 거야.'

태주의 죽음 앞에 정우는 처음으로 무너져 내렸다. 비로소 어린 아이처럼 세나의 허리를 끌어안고 펑펑 눈물을 쏟아냈다. 그토록 바라던 그림이었는데, 세나는 웃을 수 없었다. 이런 걸 바란 건 아니었다. 이렇게 세상이 그를 벼랑 끄트머리로 내모는 상황을 원한 적은 단 한 번도 없었다.

그 후로 정우는 감정 없는 로봇이 된 것마냥 지나치게 계획적이고 철두철미하게 하루하루를 살아갔다. 닫힌 마음을 열기 위해 세나는 항상 그의 곁을 맴돌았고, 긴 노력 끝에 렌즈 속에 그의 미소를 담게 됐다. 하지만 간신히 피어오른 정우의 행복은 오래가지 못했다.

'그럼 당장 보여 봐라. 네 이름 석 자 정도는 이 세상에 널리 알릴 수 있다는 걸 당장 증명해 보이란 말이다.'

세나의 오랜 꿈을 탐탁지 않게 여기던 채섭이 기어코 그녀를 사지로 몰아세웠다. 정우와 헤어지고 싶지 않다면 1년 안에 괄목할 만한 결과물을 가지고 오라며 못을 박았다. 그때 세나는 슬럼프를 겪고 있었다. 세상에 인재는 많았고, 그녀도 그중 하나였지만 최고는 아니었다. 결국 그녀가 택한 것은 도망이었다. 성장해서 나타나겠다고 정우를 홀연히 두고 파리로 떠났다. 오직 자신의 꿈을 지키기 위해.

"정우야."

그때의 미안함이 떠오르는 듯 세나가 아련한 눈동자로 정우를 바라보았다.

"네가 생각하는 그런 거 아니야."

그러나 정우는 차게 선을 그었다. 권 회장도, 아버지의 죽음도 아닌 다른 무언가가 그를 가로막고 서 있다는 듯.

"설마 나정 씨한테 차이기라도 했어?"

혹시나 하는 마음에 내뱉은 소리였다. 하지만 정우가 침묵을 지키자 세나는 웃을 수밖에 없었다. 놀랄 일이었다. 다른 사람도 아닌 한정우가 먼저 감정표현을 한 날도 찾아오다니.

"그래서 죽어도 결혼은 못 하겠다는 거구나."

왜 그가 결혼이 아닌 캐나다행을 택했는지 알 것 같았다. 그렇게라도 나정을 좋아하는 마음을 지키고 싶은 것이다. 과거의 자신과는 다른 선택에 세나는 씁쓸히 웃을 수밖에 없었다.

* * *

"……나 좋아한다면서."

골목길을 걷는 나정의 발걸음이 신경질적이었다.

'툭, 툭.'

나정은 굴러다니는 돌맹이를 단화 끝으로 차며 곱씹고 또 곱씹었다. 은나정 씨에게 관심이 있다고. 이렇게 보니까 더 예쁘다고. 너만 보면 매번 이렇게 된다고. 그랬으면서 아무렇지 않게 다른 여자와 함께 있다니. 켜켜이 쌓여가는 분노가 언제 그랬냐는 듯 펑, 터진 폭죽처럼 힘을 잃었다.

"하……. 은나정. 너 왜 이렇게 찌질하냐."

이제 와 그가 한 말을 되새기는 꼴이 한심스러웠다.

"몰랐어?"

"……!"

갑자기 귓가를 찌르는 음성에 나정이 숨을 삼키며 고개를 돌렸다. 나은이 무표정한 얼굴로 서 있었다.

"원래 사랑은 찌질한 거야."

"……제발 소리 좀 내고 나타나 주면 안 되니?"

"저기서부터 걸어왔는데, 눈치 못 챈 건 언니야."

나은이 골목 끄트머리를 친절하게 가리키며 말하자 나정은 한숨을 푹 내쉬었다.

"……그래, 내가 죄인이다. 죄인이야."

"밥 안 먹었어?"

"응?"

나은이 손에 들린 쇼핑백을 눈짓했다.

"아, 이거. 오는 길에 포장한 건데, 너 먹을래?"

"난 먹고 오는 길."

"어디서?"

나은이 잠시 머뭇거리더니, 덤덤히 대답했다.

"……아르바이트하는 곳에서."

"요새는 과외 하는 집에서 선생님 식사까지 챙겨줘? 세상 참 좋아졌다."

"혹시 안 먹을 거면 나람이 줘. 지금쯤이면 운동 끝나고 올 시간인데."

세 자매는 머리가 좋은 만큼 어려서부터 운동신경도 좋았다. 대학생 때 역도 선수로 활동한 적 있는 진희의 영향 때문이었다. 그중 막내 나람은 온갖 운동을 섭렵하고 다녔다. 어려서부터 꾸준히 다닌 합기도는 3단을 넘어선 지 오래였다.

집에 도착하자 텅 빈 고요함이 나정와 나은을 맞이했다. 아직 부모님은 퇴근을 못 한 모양이다. 나정은 나은이 귀가할 것을 생각해 포장해온 모둠 초밥 용기를 꺼내 부엌 선반에 내려놓았다.

"전부터 묻고 싶었던 건데 언니가 차인 거야. 찬 거야?"

"……푸우!"

나정이 입에 머금고 있던 물을 그대로 싱크대에 내뱉었다. 콜록, 콜록 기침을 연달아 터트리며 뒤를 돌아보았다. 팔짱을 낀 채 서 있는 나은의 표정이 고요했다.

"므, 뭐?"

"차였구나."

"아니거든!"

"그럼 찼어?"

"……그게 왜 궁금한데."

"얼굴에 미련이 덕지덕지 묻어 있어서."

나정은 애써 못 들은 척 입술에 묻은 물기를 손등으로 훔쳐냈다. 나은이 이해할 수 없다는 얼굴로 물었다.

"뭐가 문젠데."

"그런 거 없어."

"언니는 꼭 얼굴에 다 써놓고 아니라고 우기더라."

"그냥……."

말끝을 흐리던 나정이 처음으로 속마음을 털어놓았다.

"그냥 그 사람에 비하면 내가 가진 게 너무 없어서."

능력도, 돈도. 뭐 하나 대립하기 어려운 남자라서 그래서 놓아줄 수밖에 없었다는 나정의 진솔한 고백에 나은은 한동안 말이 없더니, 예상 밖의 소리를 내뱉었다.

"이런 말 잘 안 하는데."

"……."

"언니 꽤 괜찮은 사람이야."

잘못 들었나 싶어 나정은 눈을 끔뻑였다. 나은은 원체 감정표현이 무딘 아이였다. 종일 웃고 다니는 애교쟁이 나람과 달리 엄마 배 속에서 태어났을 때를 제외하곤 눈물 한 방울을 흘리는 걸 본 적이 없었다.

"그 사람이 언니 능력이 부족하대?"

나은의 물음에 나정은 고개를 가로저었다.

"……아니."

"그럼 우리 집이 자기 집 재력에 비해 턱없이 별로래?"

"……아니, 그렇게 말할 사람 절대 아니야."

"그럼 뭐가 문제야? 중요한 건 상대방과 언니 마음이지. 그 외적인 건 나중에 생각해도 늦지 않잖아. 물론 사람이 사랑만으로 평생 살아갈 수 없다지만, 반대로 외적인 게 풍족해도 사랑 없는 삶이 난 더 불행하다고 생각해."

나정은 아무 말도 하지 못했다. 이런 주제로 나은과 이야기를 나눠본 적이 처음이었다.

"그래서 우리 부모님도 여기까지 버틸 수 있었던 거겠지."

도권이 다니던 회사가 부도났을 때 진희는 남편을 나무라기보다 그가 짊어지고 가야 할 가장의 죄책감을 끌어안아 주었다. 당신 탓이 아니라고. 그러니 함께 이 역경을 이겨내 보자며 도권을 도닥여 주었다. 진정으로 사랑하기 때문에 우러나올 수 있는 말과 행동이었다. 생각해보면 두 사람을 둘러싼 환경이 가난할지라도 부모님의 사랑은 남루한 적이 없었다. 언제나 배려와 신뢰로 풍족했다. 세 자매가 올바르게 자라날 수 있었던 것도 다 그런 영향 때문이었다.

"언니가 부족한 사람이라고 생각해본 적 없어."

나은이 단호한 목소리로 말했다.

"도움을 받으면 받았지, 언니 때문에 피해 본 적은 한 번도 없단 소리야."

언제나 희생만 하던 나정이었다. 첫째란 이유로 동생들에게 많은 것을 양보했다. 자신의 꿈조차 맘껏 펼쳐보지 못한 큰 언니는 나은에게 은인이었고, 삶의 목표를 정해 주었다. 꼭 성공해 보이겠다고. 큰돈을 벌어 언니의 꿈을 뒤늦게라도 응원해 주겠다고. 그래서 남몰래 의류 모델 아르바이트를 시작한 것도 있었다.

"맞아! 나도 큰언니가 제일 자랑스러워."

"······나람아."

언제 온 건지 나람이 운동화를 벗으며 두 사람에게 달려왔다.

"난 커서 언니 같은 사람이 될 거야."

"······뭐?"

"물론 키도 작고, 가끔은 지나칠 정도로 신중한 게 안쓰러울 때도 있지만."

이것은 욕인가, 칭찬인가. 혼란이 찾아오던 찰나, 나람이 제 나이답게 활짝 웃으며 말했다.

"그래도 언니가 제일 좋아. 이거 봐봐. 내가 초밥 좋아하는 건 어떻게 알고. 이거 나 주려고 사 온 거 맞지?"

"······어? 어, 그래. 너 먹어."

의도치 않게 나람을 위한 게 됐으나 굳이 부정하진 않았다.

"나은아, 너도 같이 먹어. 양 많아."

방으로 향하는 나은을 불렀으나 나은은 손을 가볍게 흔들어 보였다.

"됐어. 과제 해야 해."

바쁘다는 이유로 냉정히 방문을 닫는 행동에 평소라면 정 없다고 생각했을 텐데, 나정은 실없이 웃고 말았다. 무거웠던 마음이 한순간에 깃털처럼 가벼워진 기분이었다.

* * *

"……제가요?"

아침부터 청천벽력 같은 소식이 날아들었다. 기획안이 통과되고 전시회 컨셉 회의가 있기 10분 전이었다. 갑자기 기획팀에 찾아온 세나가 아무도 없는 탕비실로 나정을 불러냈다. 그리고 대뜸 양손을 붙잡으며 부탁했다.

"나정 씨가 이번 브랜드 전시회전에서 첫 그림을 맡아줬으면 좋겠어요."

이 상황을 받아들일 수 없다며 나정은 절망에 빠진 얼굴로 세나를 마주했다. 그녀가 꽃같이 웃으며 말했다.

"진원 씨가 그러더라고요. 나정 씨가 그림을 잘 그린다고."

"하하. 그게 그러니까……."

이 남자를 진짜. 나정은 날카롭게 눈을 치켜떴다. 때마침 탕비실 문이 열리며 진원이 나타났다. 눈이 마주치자 그가 빙그레 웃어 보인다. 마치 자신은 아무것도 모른다는 듯 뻔뻔하기 그지없는 태도였다.

"콘셉트를 대략 짜봤는데, 전시회는 첫 이미지가 굉장히 중요하거든요. 문을 열고 딱 들어오자마자 처음으로 마주하는 그림이 전체 콘셉트를 설명해주죠."

그러니까……. 그렇게 중대한 사안을 왜 내게 맡기냐며 나정은 거의 울 거 같은 표정으로 세나를 바라봤다. 그러나 그녀는 아랑곳하지 않고 말을 이었다.

"많은 디렉터랑 작업을 하면서 느낀 건데, 가끔은 취미로 예술을 하는 사람들의 그림이 더 참신할 때가 있거든요. 틀에 갇혀 있지 않달까요?"

"뭔가 잘못 아신 거 같은데, 저는 참신함을 줄 만큼 뛰어난 실력이 아니라서요. 정말 간소하게 취미로 하는 거라……."

"인체 구도 잘 잡는다면서요."

"네? 누가……."

누구긴 누구겠나. 저 입 싼 최진원 대리겠지. 이 배신자. 절대 말안 한다면서. 등 뒤로 움켜쥔 나정의 주먹이 부르르 떨렸다.

"아무래도 세현이 가진 의류 브랜드 이미지는 세련미를 곁들인 편안함이라서 셔츠만 입고 있는 남성을 크로키나 소묘로 그렸으면 하는데, 나중에 광고 낼 때도 나쁘지 않을 거 같아요. 그림이 카메라에 클로즈업되며 서서히 실존 인물로 바뀌는 컨셉도 괜찮을 거 같거든요. 나정 씨 의견은 어때요?"

모델을 그리는 일은 나정에게 그다지 어려운 과제가 아니었다. 몇 년 가까이 그녀가 꾸준히 해 온 것 중 하나였다. 다만 마음에 걸리는 게 한둘이 아니었다.

"제가 프로도 아니고. 어떻게 회사 일을……."

"잘 그린 거 바라지 않아요. 느낌이 충만한 걸 원하지."

"그래도 엄연히 디자인팀이 있는걸요. 제가 맡는 건 실례가 되는 사례라고 생각합니다."

이제 겨우 기획안이 통과된 마당에, 괜히 불씨를 만들 필요는 없었다. 단호히 안 된다고 선을 그으려는데, 세나가 전보다 더 간절히 나정의 손을 맞잡았다.

"나도 그 생각을 못 한 건 아니에요. 혹시 몰라 디자인팀 몇 분에게 다양한 구도로 인체를 그려달라고 부탁한 적이 있어요. 근데."

근데?

"하나같이 다 엉망이더라고요."

"……네?"

나정은 얼른 얼굴로 되물었다. 항상 부드러움이 공존하던 세나의 얼굴에 본 적 없던 단호한 감정이 묻어났다.

"아무래도 회사에 입사한 뒤로 의류만 계속 디자인하다 보니까 인체 쪽으론 손이 굳은 거 같았어요. 내가 원하는 시안은 단 하나도 없었어요. 노력해도 안 될 거예요, 아마."

조금 전 나정을 북돋워 주는 것과는 상반된 음성이었다. 희망은 한 톨도 찾아볼 수 없는 냉랭한 반응에 나정은 할 말을 잃어버렸다.

"혹시 한 팀장이 마음에 걸려서 그래요?"

속마음을 들킨 거 같아 입술을 말아 물었다. 세나가 부드럽게 웃으며 나정의 어깨를 다독였다.

"그런 거면 걱정 마요. 공과 사는 확실한 사람이니까. 사적인 감정으로 나정 씨를 대하지는 않을 거예요."

……사적인 감정? 뭘 알고 있나 싶어 세나의 표정을 골똘히 살

피는데.

'달칵.'

탕비실 문이 열리며 디자인팀 직원 중 한 명이 얼굴을 들이밀었다.

"다들 여기 계셨구나. 곧 회의 시작입니다. 팀장님들 벌써 자리 잡으셨어요."

"금방 갈게요."

세나가 알겠다며 직원을 돌려보냈다. 다른 직원들도 회의실을 간 모양인지 부서가 텅텅 비어 있었다. 그 틈을 타 세나는 혹시 스케치라도 좋으니까 가볍게 그린 그림이 있으면 보여 달라고 나정에게 요구했다. 나정은 마지못해 항상 회사 가방에 넣고 다니는 공책 한 권을 꺼내었다. 세나가 종이를 착착, 넘기며 그려진 그림을 꼼꼼히 살폈다. 그걸 지켜보는 나정의 심장은 빠르게 뛰었다. 듣기로는 세나도 진원처럼 유명한 예술대를 졸업했다고 들었다. 그것도 무려 상위 3%에 수재만 다닌다는 영국 국립 코벤트리 대학교였다.

"진원 씨 말이 맞네요."

세나의 입가에 만족스러운 미소가 번졌다.

"기본기가 탄탄한 게 아주 좋아요."

깊은 안도감이 몰려오는 동시에 불길함이 엄습했다. 그림까지 보여준 마당에 빠져나갈 구멍은 없었다. 겁먹으며 뒤로 주춤거리자 세나가 올무처럼 나정의 허리를 당겨 안았다.

"걱정 마요. 안 잡아먹을 테니까."

……어디선가 들어본 말 같다면 기분 탓이려나.

* * *

"회의 시작하죠."

정우의 간략한 지시와 함께 회의실에 불이 꺼졌다. 커다란 스크린 화면에는 디자인팀이 준비한 브랜드 전시회 컨셉의 PPT가 띄워졌다.

PPT가 끝장에 가까워질수록 나정은 초조해졌다. 적당한 타이밍에 맞춰 세나가 입을 열 텐데, 다른 직원들과 어떤 얼굴로 마주해야 할지 막막했다. 그냥 지금이라도 안 된다고 할까. 못 한다고. 절대 못 한다고. 짧은 시간. 수천 번의 고민이 오가던 사이, 불현듯 얼굴이 따가웠다. 어디선가 시선이 느껴졌다. 흘끔 눈을 든 나정은 그대로 얼어붙었다. 정우가 그녀를 고요히 응시하고 있었다. 볼펜을 손가락에 낀 그가, 귀밑 턱을 손으로 받치며 나정을 지그시 주시했다.

왜…….

왜 그런 눈으로 보냐고 묻고 싶었지만, 이런 식으로 서로를 마주하는 게 무척 오랜만이라서 그럴까. 이대로 시간이 멈춰도 좋을 거 같다는 생각이 들었다. 애석하게도 나정의 바람은 이뤄지지 않았다. 디자인팀이 준비한 PPT가 끝이 나자 직원들이 고생했다며 박수를 쳤다. 그러자 정우가 미련 없이 나정에게 머물던 눈길을 거둬내고 정면을 바라봤다.

"이대로 쭉 진행하는 거로 하죠."

그가 수고했다는 의례적인 인사를 남기며 의자를 밀고 일어났다. 세나가 입을 연 것도 그때였다.

"그 전에 한 가지 전할 소식이 있습니다."

직원들이 자료를 챙기다 말고 세나를 응시했다. 그중에는 정우도 포함이었다. 올 게 드디어 왔구나. 나정은 질끈 눈을 감았고, 세나는 빙빙 돌려 말하지 않고 바로 본론을 꺼냈다.

"우리 브랜드 전에 전시할 첫 그림을 그려줄 사람을 소개하고 싶어서요."

"누구요?"

팀원 중 한 명이 묻자 세나가 망설임 없이 대답했다.

"은나정 씨요."

이게 무슨 소리야? 여기서 은나정이 왜 나와? 기획팀을 비롯한 다른 팀 직원들이 의아한 얼굴로 나정을 쳐다봤다. 나정은 황급히 시선을 바닥으로 떨구었다.

"물론 프로가 아닌 아마추어에게 일을 맡긴다는 게 신뢰가 가지 않을 수 있겠지만, 우리는 옷을 전시하는 거지. 그림과 사진은 그걸 더 돋보이게 해주는 하나의 소품일 뿐 거기에 너무 힘을 줘서도 안 된다고 봅니다. 최대한 자연스러움을 추구했으면 해요."

"아니, 근데 나정 씨가 그림을 그릴 줄 알던가?"

"네. 일취월장하던데요."

부풀려도 정도란 게 있지. 뒷일을 어떻게 감당하려고 그런 거짓말을 하냐며 나정이 세나를 흘끔 쳐다봤다.

"나정 씨 전문적으로 그림 배운 지 꽤 됐다고 들었습니다. 학생 때부터 그려왔던 걸로 아는데, 아마. 그렇죠?"

게다가 진원까지 합세해 나정을 밀어주자 나정의 얼굴이 사과처럼 빨갛게 무르익었다. 곧 터지기 일보 직전이었다. 이런 관심은 태어나서 처음이었다.

"은나정 씨."

익숙한 부름에 나정의 고개가 들렸다. 정우가 회의실 문고리를 잡으며 말했다.

"잠깐 나 좀 보죠."

* * *

정우와 틀어진 날부터 나정은 남몰래 바라곤 했다. 다시 한 번 그를 마주하게 된다면 그땐 다른 선택을 하고 싶다고. 후회의 잔해가 매일 밤 찾아왔다. 하지만 이런 상황을 바란 건 아니었다. 이성으로서 그를 마주하길 바랐지, 상사와 부하직원으로서의 단독 대면을 원한 건 결코 아니었다.

"무슨 일로 그러실까요?"

나정이 조심스레 목소리를 냈다. 비상구 계단으로 나정을 데리고 간 정우는 한동안 벽만 주시했다.

"전부터 묻고 싶었던 건데."

허리춤에 손을 얹은 정우가 천천히 돌아서서 나정을 마주했다.

"은나정 씨는 입 없습니까?"

"……네?"

"본인 주장이란 게 없어요? 싫으면 싫다, 좋으면 좋다. 왜 보란 듯이 남한테 끌려가고 있습니까?"

"……팀장님."

"가서 당장 말해요. 못 하겠다고. 부담된다고."

나정은 마른침을 조용히 삼켰다. 이제 그에게 자신은 안중에도 없는 줄 알았는데, 그 짧은 시간에 속마음을 읽어냈나 보다. 그래서 계속 지켜봤던 모양이다. 이유 모를 뭉클함이 목을 쳤다. 왜인지 모르겠지만 어젯밤 나람에게 들은 충고가 떠올랐다. 중요한 건 외적인 게 아니라 언니의 마음이라던. 나정은 호흡을 크게 들이마시며 주먹을 다부지게 움켜쥐었다.

"할 수 있습니다."

정우의 눈매가 가느스름해졌다. 의심의 눈초리였다. 나정은 굴하지 않고 한 번 더 말했다.

"할 수 있어서 가만히 있었던 겁니다."

"그걸 지금 나보고 믿으라는 겁니까?"

벌벌 떨던 여자였다. 자신에게 쏟아진 이목이 부담스럽다는 듯 가냘픈 초식동물처럼 애써 떨림을 감추던 나정의 모습이 잊히지 않았다.

"팀장님이 그러셨잖아요. 기회는 준비된 사람한테 찾아오는 거라고."

정우를 응시하는 나정의 시선이 올곧았다. 지나치게 말간 눈동자였다.

"처음엔 제의받고 당황스러웠던 게 사실입니다. 근데 다시 생각해보니까 좋은 기회인 거 같아서요. 저는 이 기회 절대 놓치고 싶지 않습니다. 그러니까……."

하아. 어떡해. 심장이 터져버릴 거 같아.

준비한 다음 말을 꺼내야 하는데, 심장이 입 밖으로 당장이라도 튀어 나갈 것처럼 울렁거렸다. 맥박이 거세게 요동치는 게 꽉 쥔 손이 떨릴 정도였다.

팀장님이 안 된다고 하면 어떡하지. 단호히 거절하면 어떡하지.

정말로. ……늦어버린 거면 어떡하지.

그런데 이미…….

"팀장님이 제 모델 좀 해주세요."

좋아져 버렸는걸.

"저번에 그러셨잖아요."

상처 받아도 좋으니까.

"제가 부탁하면 언제든지……."

"……."

"언제든지 벗어주겠다고."

그래도 당신이 좋아져 버렸는걸.

10. 진실

꾹꾹 담아왔던 진심을 내뱉고 나니 현실감이 찾아왔다.

……사고 쳤다. 그것도 제대로.

나정은 초조한 눈으로 정우의 표정을 살폈다. 희미한 움직임조
차 보이지 않는 잘난 이목구비에서 감정을 읽기란 불가능이었다.
말도 안 되는 부탁이란 걸 알고 있다. 억지 부리는 거로 보일 수도
있겠지. 그래도 말하고 싶었다. 언제부턴가 정우를 보면 가슴 속
에 넘쳐 찰랑거리는 이 감정을 이제라도 솔직하게 전하고 싶었다.

"미안하지만 그건 안 될 거 같습니다."

나정의 입술이 허망하게 벌어졌다. 정우가 한 걸음 물러나며 선을 그었다.

"다른 사람에게 부탁해 봐요. 필요하면 김세나 씨가 적절한 모델을 구해줄 겁니다."

그게 전부였다. 고백에 대한 그의 대답은. 그가 미련 없이 비상구를 빠져나갔다. 홀로 남은 나정은 한동안 깊은 침묵에 잠길 수밖에 없었다.

* * *

일주일 후.

"나정 씨, 제안서 좀 뽑아줄래?"

"나정 씨, 복사기에 잉크 떨어졌더라."

"나정 씨, 저번에 재무팀에서 보내준 서류 어디 있다고 했지?"

오늘따라 나정을 찾는 입이 많았다. 기획안이 성공적으로 넘어가며 프로젝트에 발동이 걸리게 되자 온 부서가 통틀어 바빴다. 나정은 실연의 아픔을 겪을 새도 없이 이곳저곳을 뛰어다녀야 했다. 기획팀에서 준비한 자료를 곧바로 디자인팀에게 전달하고, 디자인팀과 의견을 주고받으면 다시 기획팀에게 전달해야 했다. 그뿐인가. 영업팀과도 끊임없는 대화를 나눠야 했다.

'쿵!'

번개가 내리꽂는 듯한 마찰음에 팀원들이 어깨를 흠칫 떨었다. 이제 막 비품실에서 돌아온 나정의 손에 A4용지가 한가득 들려 있었다.

"영업팀에서 온 제안서는 바로 뒤돌면 있고요."

"어, 어?"

나정의 무표정한 얼굴에 그녀를 찾았던 팀원이 어버버, 눈을 끔뻑였다.

"그리고 오 대리님."

어쩐지 살벌한 기운에 오 대리는 피신할 겸 의자를 슬금슬금 뒤로 물렀다. 나정이 어금니를 사리 물며 말했다.

"잉크는 제가 방금 다녀온 비품실에 잔뜩 쌓여 있더라고요."

그러니 알아서 가지고 오라는 뜻이었다.

"마지막으로 재무팀에서 보내준 서류는 엊그제 이 과장님 파일철 안에 끼워 드렸다고 말씀드린 거 같은데요."

"아, 그러네. 여기 있네. 미안해, 나정 씨."

이주열 과장만이 이 상황을 스스럼없이 넘기며 마저 업무에 집중했다.

"그럼 저는 볼일이 있어서."

나정이 빠르고 정확한 걸음걸이로 부서를 빠져나갔다. 그제야 팀원들이 참고 있던 숨을 터트리며 고개를 갸웃거렸다.

"나정 씨 뭔가 바뀐 거 같지 않아? 사람이 좀 차가워졌달까? 요새 잘 웃지도 않고."

"그러게. 아까 눈빛 봤어? 1년 넘게 같이 일했지만 그런 얼굴은 생전 처음 봐."

"배딱지가 부른 거지."

오현정 대리가 쯧쯧, 혀를 차며 나정의 빈자리를 못마땅하다는 눈으로 흘겼다.

"중대한 업무도 단독으로 맡게 됐겠다, 눈에 뵈는 게 있겠어? 지가 세상 잘 나가는 줄 아는 거야. 안 그래, 혜나 씨?"

"그런가요?"

혜나가 눈꼬리를 곱게 접어 보였다. 세나가 개인적으로 나정에게 그런 업무를 줬다는 게 탐탁지 않았지만, 정우와 나정의 사이가 틀어졌다는 것만은 확실했다. 무슨 이유인지는 몰라도 어느 날부터 나정을 바라보는 정우의 눈동자에는 전과 같은 애틋함을 찾아볼 수 없었다. 그 사실이 썩 마음에 들었던 혜나는 능청스럽게 화제를 전환했다.

"이번 주에 있을 워크숍 말이에요. 듣기로는 프로젝트를 맡은 부서들끼리 한 팀이 돼서 체육대회를 한다는 이야기가 있던걸요?"

* * *

"나정 씨, 어디 가요?"

부지런히 1층 로비를 가로지르던 중이었다. 익숙한 음성이 나정을 불러 세웠다. 뒤를 돌아보자 진원이 파일철을 든 손을 가볍게 흔들어 보였다. 곁으로 다가온 그가 나정을 빤히 직시하며 물었다.

"화났어요?"

"아니요."

"근데 왜 심통이 난 얼굴일까."

나, 지금 굉장히 심기가 거슬리니 건드리지 말라는 경고가 나정의 하얀 얼굴에 덕지덕지 묻어났다. 아무 말도 하지 않던 나정이 불쑥 입을 열었다.

"괘씸해서요."

"누가? 내가?"

진원이 손가락으로 제 가슴팍을 콕, 가리키자 나정은 굳이 부정하지 않았다.

"생각해보면 최 대리님도 괘씸하긴 하네요. 누구 때문에 제가 일복이 터진 상황이라."

"그건 미안하다고 했잖아요. 김세나 씨가 괜찮은 사람 있냐고 물어보는 질문에 대답한다는 게 그만."

나정 씨가 가장 먼저 떠올랐다며 변명하곤 했다. 하도 귀가 닳도록 들은 말이라 그런지 이젠 별 감흥도 없었다.

"네. 뭐 이미 물은 엎질러졌고 저는 열심히 쓸고 닦으면 되니까요."

"그래요, 이왕 쓸고 닦는 거 제대로 닦아 봐요. 혹시 알아요? 승진이라는 어마어마한 포상이 기다리고 있을지."

전에도 느낀 거지만 참 철판 하나는 기가 막히게 깔고 다니는 남자다. 더는 말려서 좋을 게 없다며 자리를 뜨려는데, 진원이 다시금 물었다.

"무슨 일인데 그래요."

"별일 없어요."

"별일 없는데, 억울한 사람처럼 구나?"

……억울? 그제야 나정은 자신이 어떤 마음으로 회사에 출근했는지 깨달았다. 아침에 눈을 뜨면 분노가 치밀었고 밤이 되면 어떻게 그럴 수 있냐며 정우를 향한 원망에 허덕인 지 오늘로써 일

주일째였다.

"시간 되면 달달한 음료 한 잔 마시면서 이야기 좀 나눌까요?"

결국 진원의 손에 끌려 나정은 로비 1층에 마련된 카페로 장소를 옮겨야 했다. 주문한 음료가 나오자 진원이 나정의 앞에 테이크아웃 잔을 내밀며 운을 띄었다.

"뭐가 그렇게 불만인데요?"

"불만이라기보다……."

말끝을 흐린 나정은 한동안 창밖에서 눈을 떼지 못했다. 복잡한 감정이 말간 눈동자에 고스란히 묻어나오나 싶더니, 그녀가 조심스레 물었다.

"대리님은 좋아하는 상대한테 고백했다가 차이면 바로 마음을 접는 편인가요?"

"글쎄요. 왜요? 누가 나정 씨한테 고백이라도 했어요?"

"아뇨, 그냥……."

나정이 난감한 눈으로 말끝을 흐리자 진원이 낮게 웃으며 대답했다.

"많이 좋아했다면 바로 마음을 접는 게 쉽지는 않겠죠. 오히려 이루어지지 못한 사랑이라고 더 괴로워할 수도 있고요."

"……괴, 로워요?"

"더는 좋아하고 싶어도 좋아할 수 없다는 사실이 고백한 입장에서는 가장 큰 슬픔일 테니까요."

"만약 상대가 갑자기 마음을 바꾸고 사귀자고 한다면요? 아니, 사귀자고 했는데 거절하는 건 대체 무슨 심보일까요?"

막힘없이 대답해주던 진원이 이번에는 쉽사리 입을 열어주지 않앉다. 다리를 꼰 상태로 나정을 응시하는 표정이 고요했다. 나정은 순간 아차, 싶었다. 너무 많은 정보를 풀어버렸나. 어떻게 수습해야 고민하는데, 진원이 나지막이 말했다.

"둘 중 하나겠죠."

"……."

"그렇게 해서라도 지키고 싶은 사랑이거나, 그렇게 해야지만 지킬 수 있는 사랑이거나."

* * *

몸이 좋지 않았다. 컨디션 난조로 찾아온 피로감은 기어코 정우를 불구덩이 속에 허덕이게 했다. 몇 년에 한 번 낼까 말까 한 연차를 낸 정우는 해가 중천에 떴는데도 잠에서 깨어나지를 못했다. 뜨거웠다. 온몸이. 눈앞에서 불길이 일렁이는 듯한 뜨거운 감각이 낯설지 않았다.

아아, 그래. 또 그 꿈이구나.

힘겹게 눈을 뜨자 가장 먼저 보인 것은 차 보닛에 붙은 불길이었다. 양옆으로는 희뿌연 연기가 솟아오르며 시야를 좀먹었다. 숨을 쉬는 게 버겁던 찰나, 긴 팔이 검은 연기를 뚫고 나와 물에 젖은 수건을 정우의 코와 입에 가져다 댔다. 그 손의 정체를 알아챈 정우가 울먹이며 속삭였다.

'……아버지.'

'코, 콜록콜록. 정우야, 정신 차려. 눈 떠라. 힘들어도 좀만 버텨.'

환영이란 걸 안다. 살아 숨 쉬는 태주가 아닌 것도 안다. 이것은 그저 켜켜이 쌓아온 죄책감이 만들어낸 악몽이란 걸 아는데도 정우는 눈앞에 보이는 태주를 향해 필사적으로 고개를 저었다.

말하지 말라고.

제발.

부탁이니까 입을 열지 말라고.

태주가 평소 차에 구비하고 다니던 손수건은 단 한 장뿐이었다. 그는 그것을 물에 적신 후, 망설임 없이 정우의 코와 입에 가져다 댔다. 시커먼 연기를 고스란히 들이켜는 중에도 정우의 안색을 살피는 그의 눈은 부지런했다.

'······정우야. 문 열 수 있겠니?'

태주가 간신히 한마디를 토해냈다. 정우는 긴 다리를 이용해 죽기 살기로 구겨진 차 문을 가격했다. 그러자 몇 번의 구타 끝에 기적처럼 문이 떨어져 나갔다. 커다란 굉음이 터진 것도 그때였다.

'펑!'

불길한 신호임을 알아챈 태주가 크게 소리쳤다.

'나가! 어서 빨리!'

'······안 돼요. 혼자 갈 수 없어요.'

'안 돼. 너까지 여기 있으면 우리 둘 다 목숨을 잃을 수 있어. 가, 정우야 당장 여기서 나가!'

'안 돼요. 아버지. 아버지. 제발······.'

이럴 순 없는 거였다. 어떻게 얻은 품인데. 어떻게 얻은 나의 아버지인데. 정우는 죽기 살기로 다시 차 안으로 달려들었다. 태주를 구하기 위해 뿌연 연기를 뚫고 들어가자 그를 맞이한 건 단 한 줌의 희망이 아닌 손쓸 수 없는 절망이었다. 아버지의 다리는 납작해진 차 보닛에 꽉 껴 있는 상태였다. 그가 입고 있는 청바지가 핏물에 젖어 축축했다. 충격에 빠진 정우를 보며 태주가 소리 냈다.

'정우야.'

그 순간에도 아버지의 부름은 한없이 다정했다.

'⋯⋯네 탓이 아니야.'

그는 죽음 앞에서도 웃음을 잃지 않았다. 죄책감에 젖어 살아갈 정우의 미래를 알고 있다는 듯 그토록 정우가 좋아했던 다정한 음성으로 그의 상처를 어루만져 주었다.

'널 살릴 수 있어서 아버지는 기뻐. 널 만난 게 내 삶에서의 가장 큰 축복이었고, 가장 값진 행복일 거야.'

으흐, 정우의 입에서 어린 짐승이 내는 울음소리가 새어 나왔다. 목이 턱 막혔고 시야가 온통 눈물로 뿌예졌다.

'다시 태어나도 내 아들이 돼줄 수 있겠니?'

정우는 빗물에 흠뻑 젖은 얼굴을 거세게 끄덕였다. 태주야말로 정우에게 다시는 없을 가장 큰 행복이자 축복이었다. 왜 태어났고 왜 사는지를 방황하던 시기에 찾아와준 그는 하나뿐인 희망이었으며 때로는 인생의 목표가 기꺼이 되어 주었다.

'네 엄마랑 태오를 잘 부탁하마.'
'……안 돼요, 아버지.'

태주는 마지막 남은 힘을 생존이 아닌 정우를 밀어내는 것으로 사용했다.
'펑!'
불길이 한 번 더 치솟아 오르며 두 사람 사이를 갈라놓았다. 애석하게도 쏟아지는 빗물은 불길을 죽이기는커녕 더 활활 타오르게 했다. 정우의 행복 또한 갈기갈기 불태웠다. 마지막으로 태주와 눈이 마주친 순간, 그가 눈매를 곱게 접으며 속삭였다.
사랑한다, 정우야.
'펑!'
거센 화마가 단숨에 차체 곳곳에 퍼지며 태주를 집어삼켰다.

'……아아, 안 돼. 안 돼요, 아버지. 제발. 아버지!'

소리쳐도 닿을 수 없었다. 발버둥 쳐도 다시 아버지를 만날 수 없었다. 무릎을 꿇고 아무리 빌고 애원해도 그는 돌아오지 않았다. 그 사실 앞에 정우는 처참히 무너져 내렸다. 거칠게 일렁이는 목울대에서는 짐승 같은 울음이 왈칵, 쏟아져 내렸다. 흐르는 빗물에 쉬지 않고 눈물을 씻겨 보내도 마를 틈이 없었다. 그리고 악몽은 언제나 이 순간에 끝이 나곤 했다.

암막 커튼이 쳐진 침실에 누워 있던 정우의 눈이 천천히 눈을 떴다. 눈꼬리에 맺힌 눈물이 또르르, 귀밑을 타고 흘러내렸다. 정우는 손등으로 눈물을 훔쳤다. 그의 표정이 고요하고 무감했다. 언제부턴가 다시 꾸게 된 악몽이었다. 태주를 잃게 된 후, 남은 10대 시절은 항상 이 악몽에 시달렸다고 해도 과언이 아니었다. 겨우 안정이 될 수 있었던 건 세나의 꾸준한 관심과 호의 때문이었다. 그러나 그녀가 바람처럼 사라지자 또다시 혼자라는 절망감이 정우를 허덕이게 했고, 그럼에도 그는 일어나야 했다.

아버지를 위해. 남은 가족들을 위해. 하지만 가끔은. 그래, 아주 가끔은 회의감이 찾아올 때가 있었다. 넘어져도 일어나야 하는 이유는 무수히 많았지만, 그중에 그가 정한 목표는 존재하지 않았다. 그가 원하는 진정한 목표가 무엇인지 단 한 번도 생각해본 적 없었다. 정우의 나이, 스물하나에 찾아온 뒤늦은 사춘기였다. 방황의 갈림길에서 그 여자아이를 만났다. 열일곱의 은나정을.

습관처럼 조깅을 하던 이른 새벽이었다. 항상 돌던 코스에서 정우는 새벽 기도에서 돌아오다가 가방을 도둑맞은 노인을 맞닥뜨렸다. 그녀는 가방 안에 얼마 전 세상을 떠난 남편의 사진이 있다며, 눈물을 뚝뚝 흘리며 도움을 청했다. 그 모습에 두 발이 본능적으로 움직였다. 범인을 쫓는 건 어렵지 않았다. 단숨에 격차를 좁혔지만, 범인의 손에 흉기가 들려 있을 줄은 예상 범위에 없었다. 남자가 휘두른 날카로운 칼날에 정우의 손이 베였다. 손목을 타고 흐르는 붉은 선혈이 팔딱이는 심장처럼 뜨거웠다.

'괜찮으세요?'

파고드는 통증에 주저앉던 때 한 여고생이 정우의 곁으로 달려왔다.

'어떡해. 손에 피가……. 저 남자가 그런 거죠? 소매치기범인 거죠?'
'괜찮으니까 따라가지 말아요.'
'그래도……'
'신경 쓰지 말고 가던 길이나 가요.'

정 없는 말투에 여고생은 당황하다가도 돌연 인상을 찌푸리며 성을 냈다.

'다 잡아놓고 여기서 포기하겠다고요? 억울하지도 않아요?'
'그러다 학생이 다치는 수가 있습니다.'
'세상에 다칠 거 알고 덤벼드는 사람도 있어요? 그냥 무작정 부딪히는 거지. 야, 이 미친 새끼야. 거기 안 서!'

위험하다며 가지 말라고 몇 번이나 붙잡았으나 나정은 머리를 높이 묶으며 무작정 달리기 시작했다. 필사적인 뒷모습이 낯설기보다 그녀의 삶의 일부분인 것처럼 자연스러웠다. 항상 그렇게 살아왔다는 듯이.

문득 그녀의 삶이 자신과 다를 게 없는 것 없는 것처럼 보이자 정우는 묻고 싶었다. 고작 열일곱이던 네가 필사적으로 굴 수밖에 없는 이유는 무엇인지. 무엇이 너를 그토록 절실하게 만들었는지. 그렇게 죽을힘을 다해 달리다 보면 과연 원하는 걸 얻을 수 있는지.

숨을 헉헉거리며 돌아온 나정은 정우를 찾기 위해 고개를 두리번거렸지만, 그녀를 멀리서 지켜보던 정우는 끝내 돌아가지 않았다. 신분이 노출돼서 좋을 게 없었다. 한 회장의 귀에 들어가면 괜한 꼬투리만 잡힐 뿐이었다. 그리고 4년 후. 기적처럼 또다시 만나게 되었다. 스무 살의 은나정을.

'띠리링.'

추억에 잠겨 있던 정우가 고개를 비스듬히 돌렸다. 휴대폰 액정에 떠오른 번호가 익숙했다. 통화 버튼을 누르자 탐탁지 못한 목소리가 스피커 새로 흘러나왔다.

ㅡ그래, 연차를 냈다고?

전화를 건 상대는 다름 아닌 한태평 회장이었다. 정우가 불덩어리인 몸을 반쯤 일으키며 침대 헤드에 기댔다.

"몸이 좀 안 좋아서 하루 쉬기로 했습니다."

ㅡ쯧쯧, 젊은 녀석이. 벌써 그렇게 컨디션 조절을 못 해서 앞으로 어떻게 살아가려고 그래.

"죄송합니다. 앞으로는 이런 일 없도록 주의하겠습니다."

―주의만 하지 말고, 건강검진도 해마다 받고 그래.

"네, 그러겠습니다."

―대답만 꼬박꼬박 잘하지 말고. 그래, 떠날 준비는 잘하고 있는 게야?

떠난다? 몽롱한 머리가 현실을 자각하는 데는 다소 시간이 걸렸다. 겨우 정신을 차린 정우는 관자놀이를 짚으며 막힘없이 대답했다.

"네. 이번 프로젝트만 무사히 마치면 바로 캐나다로 넘어갈 생각입니다."

―후회하지 않을 자신 있어?

언제 돌아올지 모르는 일정이었다. 한 회장이 원하는 목표에 도달하지 않는 한 한정우의 두 발은 꼼짝없이 캐나다에 붙들릴 수도 있었다. 그것이 곧 태주의 희생을 헛되이 하지 않을 수 있는 유일한 길목이었다. 하지만 정우는 선뜻 입을 뗄 수 없었다. 하필이면 이럴 때 일주일 전 용기 내 고백한 나정의 얼굴이 떠오르는지 모를 일이었다.

'팀장님이 제 모델 좀 해주세요.'

정우는 조용히 눈을 감았다. 전보다 더 몸이 뜨거워지는 기분이었다.

* * *

예정대로 워크숍을 진행하는 날이 찾아왔다. 많은 인원을 감당하기 위해 부서마다 대형 버스를 이용해 대관 장소까지 움직이기로 했다. 도착한 팀원들이 하나둘씩 버스에 올라탔다. 빈자리 하나를 남겨둔 채 모두가 도착한 때였다.

"그거 들으셨어요? 오늘 종목 중에 짝 피구도 있대요."

팸플릿을 가져온 팀원 중 한 명이 운을 띄우자 오 대리가 눈살을 구겼다.

"짝 피구? 언제 적 짝 피구야. 대체 누가 그런 시답잖은 종목을 껴 넣었대."

"누구긴 누구겠어요. 임원 중 한 분이시지. 소문으로는 최 전무님이라고 하던걸요."

"그때 우리 단체 회식 주도한?"

"맞아요. 그분."

"아주 나이 먹고 제대로 노망나셨어."

"근데 한 팀장님은 이번에도 참여 안 하시는 거예요? 엊그제 연차도 연달아 쓰시더니. 무슨 일 있으신가?"

팀원들이 아직 도착하지 않은 정우를 찾기 위해 부지런히 고개를 돌렸다. 유일하게 나정만이 맨 앞좌석에 홀로 앉아 눈을 감고 있었다. 엊그제 연차를 낸 것도 궁금한데, 며칠 동안 정우를 보지 못하자 마음이 심란했다. 따로 연락해 볼까 싶었지만, 용기가 나지 않았다. 제대로 걷어차인 게 불과 며칠 전인데, 연락을 받을까 싶었다.

"출발하겠습니다."

운전기사가 안전벨트를 매라며 신호를 주자 일어서 있던 직원들이 분주히 자신의 자리로 돌아갔다. 시동이 걸리며 앞문이 스르르 닫혔다. 그때였다.

'똑똑똑.'

정중한 노크 소리가 울려 퍼졌다. 다시금 문이 열리더니, 한 남자가 계단을 성큼성큼 밟고 올라왔다. 긴 다리의 주인공을 알아챈 팀원들이 반갑게 소리쳤다.

"팀장님, 오셨군요!"

나정의 두 눈이 번뜩 뜨였다. 정말로 정우가 가벼운 트레이닝복 차림으로 눈앞에 서 있었다.

"늦어서 미안합니다."

가볍게 인사한 그가 주변을 짧게 탐색하더니, 나정의 빈자리를 응시하며 말했다.

"여기밖에 자리가 없네요."

그리고 털썩, 옆자리를 차지하는 게 아닌가. 나정은 할 말을 잃어버렸다. 당황스러워서 도무지 목소리가 나오질 않았다. 정우와 눈이 마주치자 성급히 창밖으로 고개를 돌렸다. 아무렇지 않아 보이는 정우에 비해 방금까지 그를 생각했던 자신이 초라하게만 느껴졌다. 얼굴이 화끈 달아올랐다.

"그럼 정말로 출발하겠습니다."

운전기사가 부드럽게 액셀을 밟자 차가 울퉁불퉁한 방지턱을 넘어 도로에 진입했다. 한동안 나정과 정우 사이에는 침묵만이 맴돌았다. 그 정적이 깨진 건 뒷좌석에 앉은 주열이 난입하면서부터였다.

"몸은 괜찮으십니까?"

……몸? 나정이 귀를 쫑긋 세우며 대화 소리에 신경을 집중했다.

"요즘 무리한다 싶었습니다. 그나마 한 팀장님 정도 되니까 버텼지, 저희 같은 약골은 일 년은커녕 한 달도 못 버티고 나가떨어졌을 겁니다."

며칠 전이었다. 업무 문제로 정우에게 개인적으로 연락한 주열은 그의 몸 상태가 썩 좋지 않다는 걸 알게 됐다. 팀원들에게는 알리지 말라는 정우의 부탁에 지금까지 꾹 입을 닫고 있던 터였다.

"안 그래도 나정 씨가 요 며칠 팀장님이 보이지 않으니까 걱정한 눈치더라고요."

나정은 당장이라도 주열의 입을 틀어막고 싶었다. 내가 언제 그랬냐며 눈을 부라리며 따졌지만, 그는 싱긋 웃어 보일 뿐이었다.

"아, 왜. 틈만 나면 팀장님 자리 힐끔대던 게 걱정돼서 그런 거 아니었어?"

아니라고 대답하기도 난감했다. 걱정하지도 않았는데 남의 자리를 힐끔거렸다는 걸 무슨 수로 설명할 것인가. 하는 수 없이 고개를 끄덕였다.

"……네, 뭐."

그러자 정우가 조용히 나정의 옆모습을 주시했다. 어쩐지 노골적인 눈빛에 나정은 더 당당히 정우를 마주 봤다. 하지만 담대함은 짧았다. 고작 트레이닝복만 걸쳤을 뿐인데, 말끔한 얼굴과 떡 벌어진 어깨는 지나치게 완벽했다. 몸이 안 좋았다더니, 턱선이 더 날카로워진 것 같기도 하고.

"프로젝트 진도는 잘 나가고 있습니까?"

프로젝트라면. 나정의 눈매가 살며시 올라갔다. 며칠 만에 보는 건데 한다는 말이…….

"네. 덕분에요. 모델도 따로 구했고요."

거짓말이었다. 세나가 그림에 도움 될 만한 모델을 직접 구해주 겠다며 손을 뻗어왔지만 나정은 괜찮다며 그녀의 호의를 한사코 거부했다. 그리고 싶지 않았다. 다른 남자의 몸 따위. 그런 건 집 에 있는 화보만 펼쳐도 얼마든지 볼 수 있었고, 또 그릴 수 있었 다. 수 없이 연습해왔던 것 중의 하나였다.

"죄송한데, 저 어제 잠을 설쳐서요. 눈 좀 붙이겠습니다."

나정은 재빨리 눈을 감으며 몸을 반쯤 돌렸다. 더는 흔들리고 싶 지 않았다. 동요되고 싶지 않았다. 다행히 정우는 더 말을 걸지 않 았다. 그새 잠든 나정의 얼굴을 물끄러미 응시할 뿐.

* * *

대관 장소의 크기는 어마어마했다. 실제 운동선수들이 경기를 치르는 운동장과 강당이 드넓게 펼쳐지자 워크숍에 참석한 직원 들은 뭔가 잘못됐다는 생각을 했다.

"아아. 마이크 테스트."

임원 중 한 명인 최 전무가 넥타이를 비틀며 단상에 올라섰다.

"올해도 무사히 워크숍을 열 수 있어서 아주 기쁜 마음입니다. 이 자리에 참석해주신 우리 가족 같은 직원 분들에게 감사하다는 인사 전하며 이번 워크숍은 특별히……."

인사말을 맡은 최 전무가 말끝을 흐리며 등 뒤에 있는 커다란 스크린을 바라봤다. 그 행동을 신호라고 알아챈 누군가가 강당 불을 끄며 준비한 빔 프로젝터를 켰다. 그러자 뜻밖의 인물이 스크린 화면에 나타났다.

"안녕하십니까."

남자의 얼굴을 알아챈 직원들이 작게 속닥거렸다.

"……회장님 아니셔?"

직원들이 생각하는 한태평 회장은 깐깐하고 까다롭기로 유명한 인물이었다. 이제 회장직을 자식들에게 넘겨줄 때도 됐다며 언론에서 별별 이슈를 터트려도 굳건히 자리를 지켜냈다.

"일도 많은데 워크숍까지 참석하느라 고생이 많죠? 그래서 준비해 봤습니다. 인간이란 목표가 있어야 성취감을 느끼는 법 아니겠습니까. 상반기 프로젝트를 함께하는 부서끼리 한 팀이 돼서 오늘 있을 워크숍에서 가장 많은 점수를 낸 팀에게 회사 측에서 확실한 포상을 제공하려고 합니다."

포상? 직원들의 눈빛이 순식간에 달라졌다.

"그럼 최선을 다해 뛰어놀고, 즐기고, 쟁취하기를 응원하겠습니다."

확실한 포상이 무엇인지 한 회장은 끝까지 말해주지 않았다. 그게 더 사람을 안달 나게 했다. 크흠, 목소리를 가다듬은 최 전무가 다시금 마이크를 잡으며 말했다.

"그럼 포상에 관해 설명하겠습니다."

* * *

"대박. 괌 여행이라뇨? 세 팀을 전부 다 보내준다는 소리인데. 우리 회사 복지 좋은 곳인 줄은 알았지만, 통이 엄청 크네요."

모처럼 기획팀의 분위기가 화기애애했다. 숙소로 마련된 공간에서 옹기종기 모여 오늘 한 회장이 말한 포상에 대해 떠드느라 정신이 없었다.

"그것도 일주일씩이나 보내준다잖아. 이거 무조건 따내야겠는데? 잠깐만. 첫 번째 경기가 짝 피구라고 했던가?"

오 대리가 주변을 두리번거리더니 창가 쪽에 앉아있는 나정을 향해 손짓했다.

"나정 씨, 이리 와봐."

나정은 목까지 차오르는 한숨을 꾹 짓눌렀다. 솔직히 가고 싶지 않았다. 정우와 함께 버스를 타고 온 후로 마음이 복잡했다. 그래도 공과 사는 엄연히 구별해야 했기에 터덜터덜 직원들이 몰려 있는 곳으로 다가갔다.

"무슨 일이신데요?"

"그래도 우리 팀에서는 나정 씨랑 혜나 씨 체력이 가장 좋지 않아? 그런 의미로 되도록 모든 종목에 참여했으면 해."

장난하나? 순간 욱 하고 분노가 치솟았지만 고분고분 팸플릿에 적혀 있는 일정을 읽어 내려갔다.

짝 피구, 깃발 뽑기, 전략 줄다리기, 농구, 대형바통 릴레이 이어달리기…….

"……이걸 다 참, 여하라고요?"

"왜? 싫어? 팀을 위해서 이 정도도 못 해줘? 가만 보면 나정 씨 회식 자리에도 항상 빠지고 말이야. 개인주의 성향 이해 못 하는 건 아니지만 여기서까지 내빼는 건 좀 아니지 않아?"

오 대리가 총대를 메며 경고하자 다른 여직원들의 눈이 매섭게 빛났다. 곧 있으면 잡아먹기라도 할 기세였다.

땀 흘리는 건 딱 질색인데. 잠시 고민에 빠진 나정의 등 뒤로 누군가 다가왔다. 혜나였다. 그녀는 서슴없이 나정에게 팔짱을 끼며 다정스럽게 말했다.

"그래요, 나정 씨. 나랑 같이 잘 뛰어 봐요. 나정 씨랑 같이하면 더 잘할 수 있을 거 같거든요."

갑자기 왜 이래? 혜나가 서슴없이 애교까지 부리자 나정은 속이 울렁거리는 것을 느꼈다. 얼마 전까지만 해도 정우를 주제로 두고 한껏 경계하던 그녀였다. 설마 팀장님이랑 틀어졌다고 생각해서 이러나? 수시로 정우를 관찰하는 혜나였다. 그만큼 눈치가 빠를 수밖에 없었다. 나정은 팔뚝에 감긴 혜나의 팔을 조용히 풀어내며 대답했다.

"알겠습니다. 대신 오 대리님도 꼭 참여해 주세요."

"……뭐?"

여기서 내가 왜 나오냐며 오 대리가 눈을 크게 떠 보이자 나정은 의례적인 미소로 화답했다.

"오 대리님 말씀처럼 뭐든지 함께 해야 팀워크가 상승하지 않겠어요?"

* * *

나정은 체육대회가 시작한 지 5분도 되지 않아 후회했다. 회사에서까지 땀을 벅벅 흘리는 건 딱 질색이었다.

처음으로 치러질 종목은 짝 피구였다. 프로젝트를 맡은 부서끼리 한 팀이 됐는데, 그 안에서 짝 피구에 나갈 남녀 선수를 인원수에 맞게 선발했다. 라인 밖에서 수비를 맡는 인원은 총 열두 명이었고, 라인 안에서 공격과 수비를 담당할 인원은 총 스무 명이었다. 그중에는 나정도 포함이었다.

"나정 씨도 나왔네요."

"최 대리님도 나오셨네요. 자진해서 나오신 거예요?"

"아뇨, 화장실 다녀온 사이에 이름이 적혀 있더라고요."

이쪽이나 저쪽이나 신세가 처량한 건 똑같았다.

"한정우 팀장님도 오셨네."

작년에는 해외 출장 때문에 출전하지 못한 정우가 모습을 드러내자 다른 팀에서도 그를 주목하는 게 느껴졌다.

"자, 경기 시작하겠습니다."

심판의 호령과 함께 각자 맡은 포지션 자리로 이동했다. 나정은 공격과 수비를 맡은 쪽이었다. 짝 피구는 남자가 아닌 여자를 맞추면 아웃이 되는 게임인지라 날쌔게 피해 다니는 것만이 최선의 수비였다.

'휘익!'

호루라기가 울려 퍼지며 경기가 시작됐다. 한동안 공이 허공을 왔다 갔다 하더니, 체격 좋아 보이는 남성이 공을 잡았다.

"나정 씨, 조심해요. 저 사람 고등학생 시절에 청소년 대표 배구 선수였대요."

뭐? 그걸 왜 이제 말해 주냐며 나정이 황당한 얼굴로 진원을 바라봤다. 그가 이쪽으로 오라며 손짓했다. 하지만 그 전에 남자의 시야에 나정이 떡하니 걸려들었다.

……설마 죽을힘을 다해 던지겠어.

남직원의 눈이 살벌하게 번뜩였다. 허리를 뒤로 최대한 젖히더니, 팔을 높이 들어 올리며 그대로 공에 힘을 싣는다. 목표물은 정확히 나정이었다. 남자가 던진 공의 세기는 어마어마했다. 공기를 날카롭게 가르며 날아오는 공이 나정의 둥근 머리통을 강타하기 직전이었다.

'퍽!'

둔탁한 소음이 얼어붙은 공기를 울렸다. 두 눈을 질끈 감은 나정은 잠시 생각했다. ·

……공을 맞은 거 같은데, 왜 안 아프지?

뒷골이 울리는 듯한 어지러움도, 알싸한 통증도 느껴지지 않았다. 슬그머니 실눈을 떠 상황을 살핀 나정은 별안간 숨을 굳혔다. 정우가 긴 팔로 나정을 감싼 채 코앞에 서 있었다. 나정은 멍하니 눈꺼풀을 끔뻑였다. 상황을 파악할 새도 없이 정우가 돌아섰다.

"서브 들어가죠."

그가 발밑에 굴러다니는 공을 손에 쥐며 가볍게 위로 튕기기를 반복했다. 고작 그뿐인데, 공을 던진 남직원은 귀신이라도 본 것처럼 재빨리 걸음을 뒤로 물렀다. 정우는 지체할 거 없이 날렵하게 공을 던졌다. 한 치의 오차도 없이 직선으로 날아간 공은 남직원의 어깨를 강타한 것도 모자라 옆에 서 있던 여직원의 옆구리까지 가격하며 바닥으로 툭 떨어졌다.

"아웃!"

심판이 크게 소리치며 두 직원의 퇴장을 알렸다. 고작 1분도 안 되는 짧은 순간에 일어난 상황이었다.

"계속 멍하니 서 있을 겁니까?"

낮은 일침이 나정의 어깨를 울렸다. 어쩐지 정우가 화가 난 얼굴로 나정을 내려다보고 있었다.

"정신 제대로 차리고 앞 똑바로 봐요."

원치 않은 충고를 듣게 된 나정은 서운함이 밀려옴을 느꼈다. 이해할 수 없었다. 냉정하게 돌아설 땐 언제면서 이제 와 걱정해주는 태도가 마음을 시큰하게 했다.

"나정 씨, 괜찮아요?"

뒤에서 상황을 지켜보던 진원이 다친 곳은 없냐며 곁으로 다가왔다. 나정은 고개를 작게 저었다. 그녀의 두 눈이 상대 팀에게 공격을 가하는 정우의 뒷모습에 닿았다. 방금 던진 공은 몸풀기에 불과했다는 듯 그는 수비를 맡은 팀원과 공을 번갈아 주고받으며 상대편 여직원들을 하나둘씩 아웃시켰다. 그 모습에 나정은 왜인지 모르겠으나 오기심이 불쑥 생겨났다. 가볍게 어깨를 돌리며 머리를 한데 모아 높이 묶었다.

그 후로도 나정을 향한 공격은 수도 없이 많았다. 이 정도면 아웃 될 만도 한데, 초반에 보여주던 굼뜬 동작은 어디 가고 나정은 날쌘 초식동물처럼 날아다니는 공을 이리저리 피해 다녔다. 그뿐만 아니라 정우와 진원이 재빠르게 몸을 날려 나정을 보호했다. 그 횟수가 잦아질수록 경기를 관람하던 다른 팀원들의 여직원들이 작게 소곤거렸다.

"너무 저 직원만 막아주는 거 아니야?"

"그러게. 저기 한 팀장님 말고 체격 좋은 사람, 최 대리님 맞지? 좋겠다. 완전 복 받았네. 두 남자가 동시에 날 위해 몸을 던져주다니."

부러움 섞인 감탄사가 마침 수비를 맡고 있던 혜나의 귀에 고스란히 흘러 들어갔다.

뭐야, 왜 또 둘이 붙어 있는 건데.

며칠 전까지만 해도 나정과 정우의 관계는 완벽히 틀어진 것으로 보였다. 아니, 그게 확실했다. 혜나의 직감은 한 번도 빗나간 적이 없었다. 그런데 또다시 불안한 직감이 연기처럼 피어오르자 그녀는 신경질적으로 손톱을 잘근 깨물었다. 불행 중 다행히도 세나와 정우의 결혼은 물 건너가게 되었다. 그것만으로도 세상을 다 가진 거 같았다. 그런데 또다시 나정이 거슬리기 시작하자 혜나의 두 눈이 어둡게 가라앉았다. 때마침 심판이 호루라기를 크게 불며 말했다.

"스코어 3:1로 A팀 승!"

기획 1팀과 디자인 1팀, 그리고 영업 1팀으로 이뤄진 A팀이 양팔을 활짝 벌리며 소리를 내질렀다. 완벽한 승리였다.

* * *

피구에서 완벽한 승리를 이뤄낸 A팀은 그다음 종목인 깃발 뽑기에서도 수월하게 승리를 거머쥐었다. 줄다리기도 마찬가지였다. 정우가 맨 앞에 서서 첫 시작의 중심을 잘 잡은 덕분에 어렵지 않게 상대 팀의 줄을 끌고 올 수 있었다. 그리고 현재 시각. 오후

3시 30분. 남직원들만 참여하는 농구가 한창이었다.

완벽한 포상이 걸린 만큼 이 팀 저 팀 할 거 없이 혈안이었다. 틈만 나면 경계하고 날을 세우기 바빴는데, 이번 경기는 뭔가 좀 달랐다. 초록색 코트 주위로 여직원들이 옹기종기 모여 앉아 있었다. 알 만했다. 그들이 휴식 시간을 선뜻 반납하면서까지 이곳을 찾을 이유는 단 하나였다.

"이야, 한 팀장님 명성이야 워낙 자자한 건 알고 있었지만, 이 정도일 줄은 몰랐네. 나정 씨도 가서 응원해야 하는 거 아니야?"

그늘진 나무 밑 벤치에 앉아있던 나정이 흘긋 주열을 바라보며 시큰둥하게 대꾸했다.

"과장님은 참여 안 하시나 봐요."

"뭐? 농구? 응. 난 무릎이 안 좋아서."

주열의 나이는 올해로 서른다섯이었다. 무릎이 안 좋을 리 없었다. 게다가 그가 평소 즐기는 운동은 무릎을 자주 사용하는 테니스였다.

"저처럼 땀 흘리기 싫은 게 아니고요?"

"역시. 우리는 통하는 게 있다니까."

그럴 줄 알았다는 듯 나정이 픽, 웃음을 흘리며 앞을 바라봤다. 여직원들이 저마다 하트가 튀어나올 거 같은 눈으로 정우를 바라보고 있었다. 한 번은 눈길을 줄 법도 한데, 그의 시선이 머무는 곳은 공 아니면 골대가 전부였다.

"꺄아아악!"

누군가 자리에서 벌떡 일어나 소리를 내질렀다. 정우가 그새 골을 넣은 모양이었다. 콧등에 맺힌 땀을 닦기 위해 그가 살며시 티

셔츠를 들어 얼굴을 묻자 선명한 복근이 살며시 모습을 드러냈다. 전보다 함성이 더욱 거세졌다. 그 현상이 오늘따라 불편하게만 다가왔다.

유치한 발상일지 몰라도 자신이 아닌 다른 여자가 정우의 살갗을 본다는 게 석연치 않았다. 난생처음 느껴보는 소유욕이 나정을 불태웠다. 정우와 눈이 마주친 건 그때였다. 꽤 먼 거리에도 불구하고 그의 시선은 정확히 자신에게 꽂혀 있다는 걸 나정은 느낄 수 있었다. 다만 아쉽게도 표정까지는 읽지 못했다. 어떤 얼굴로 날 바라보고 있을까. 가까이 다가가고 싶은 마음이 들었지만, 나정은 끝내 고개를 돌렸다. 괜한 희망에 들뜨고 싶지 않았다.

"계주 나간다면서."

"어떻게 아셨어요?"

재열의 알은 척에 나정이 눈을 끔뻑였다.

"아까 오 대리가 하는 이야기 잠깐 들었어. 근데 괜찮겠어?"

"뭐가요?"

"계주 점수가 가장 크잖아. 부담되지 않아?"

"아, 점수가 제일 커요?"

"100으로 쳤을 때 40을 가져가는 거면 거의 핵심이라고 볼 수 있지."

"그럼 설렁설렁하면 안 되겠네요?"

"그랬다가는 몰살당하지 않을까?"

어떻게든 1등을 쟁취하고 말겠다는 팀원들의 눈빛이 떠올랐다. 1년 넘게 회사에 다니면서 그렇게 독기 어린 눈들은 처음이었다. 나정은 고개를 설레설레 저으며 자리에서 일어났다.

"어디 가?"

주열의 물음에 나정은 한숨을 푹 내쉬며 말했다.

"몸 풀러 갑니다."

* * *

한편 농구에서까지 완벽한 승리를 거둔 정우는 얼굴에 맺힌 땀을 가볍게 쓸어내렸다.

"받으시죠."

정우가 멈칫하며 눈을 가리고 있던 손을 내렸다. 함께 경기를 치른 진원이 정우만큼이나 땀에 젖은 얼굴로 곁에 서 있었다. 그가 마른 수건을 건네며 웃어 보였다.

"역시 듣던 대로 실력이 남다르시네요. 어렸을 때 청소년 하키 국가대표로 뛴 적이 있다고 들었는데요."

정우가 싸늘하게 식은 얼굴로 진원을 쳐다봤다.

"남의 사생활을 캐묻고 다니는 게 취미인가 봅니다."

한때 선수로 뛴 적이 있다는 걸 아는 사람은 없었다. 기획팀도 아닌 영업팀에 속한 진원이 그런 정보까지 알고 있다는 것에 정우의 심기가 불편해졌다.

"캐묻기보단 우연히 들은 거라. 기분 나쁘셨으면 사과드리죠."

진원이 싱긋 웃으며 사죄를 표했다. 무시하며 돌아서는데, 진원이 툭 내뱉은 한마디에 정우의 두 발이 붙잡혔다.

"나정 씨랑은 잘 안 됐나 보죠?"

정우가 천천히 고개를 돌렸다. 표정 없는 얼굴이 냉랭한 기운을 풍겼다. 진원은 주눅 드는 기색 없이 진심을 드러냈다.

"이미 눈치채셨겠지만, 제가 나정 씨한테 관심이 있어서요."

그래서 어쩌라고. 굳이 입을 열지 않아도 웃음기 하나 없는 정우의 표정이 그렇게 말해주었다.

"이젠 속도를 내볼까 합니다."

"……."

"그래도 엄연히 직함으로 따지면 한 팀장님이 곧 제 상사신데, 중간에 끼어들어서 훼방을 놓는 건 예의가 아니라고 생각했거든요. 근데 이젠 그럴 필요가 없을 거 같네요."

그 말은 곧 적극적으로 나정에게 다가가겠다는 선전 포고와도 같았다. 진원은 고생 많았다는 담백한 인사를 남기며 나정이 있는 곳으로 멀어져갔다.

"하."

짙은 한숨이 정우의 입술 새로 흘러나왔다. 예정대로라면 오늘 워크숍은 불참할 생각이었다. 하지만 한 번이라도 더 얼굴을 보고 싶어서. 미련한 행동이란 걸 알면서도 떠나기 전 마지막으로 나정의 얼굴을 코앞에서 마주하고 싶었다. 하지만 직감은 틀리지 않았다. 역시나 오는 게 아니었다. 극진한 후회가 파도처럼 밀려왔다. 버스에서 그녀를 본 순간부터 그랬다. 수시로 반복되는 질문이 머릿속에 범람했다.

그가 평생을 짊어지고 가야 할 죄책감을 벗어던지고서라도 나정의 옆에 있고 싶다면. 제 모든 것을 버리고서라도 그녀와 함께하고 싶다면.

부질없는 질문이란 걸 알고 있다. 미련은 더 큰 미련을 가지고 오는 법이었다.

* * *

"나정 씨."

"네?"

계주를 앞두고 몸을 풀던 참이었다. 나정의 등 뒤로 다가온 혜나가 식은땀을 흘리며 부탁했다.

"죄송한데, 저랑 순서 좀 바꿔줄 수 있을까요?"

"순서를요?"

"사실 아침부터 컨디션이 좋지 않았거든요. 제가 다른 운동은 잘해도 달리기는 취약한 편이라 부담돼서인지 심장이 빨리 뛰는 거 있죠? 미안한데, 마지막 주자는 나정 씨가 맡아주면 안 될까요?"

나정은 석연치 않은 얼굴로 혜나의 안색을 살폈다. 이마에 송골송골 맺힌 식은땀과 입술에 색깔이 없는 걸 보면 거짓말은 아닌 모양이다.

"그 정도로 상태가 안 좋으면 차라리 주자에서 빠지고 다른 사람을 넣어보자고 하지 그래요?"

"아, 그게……."

혜나가 잠시 난감한 표정을 짓더니, 눈썹을 축 늘어뜨리며 대답했다.

"이미 명단이 넘어간 뒤라 바꿀 수 없다 하더라고요. 그리고 마지막 종목인데 갑자기 빠진다는 것도 눈치 보이고요."

"뭐, 알겠어요."

"……정말요?"

안 그래도 왕방울만 한 눈을 혜나는 크게 떠 보이며 나정의 손을 그러쥐었다.

"고마워요, 나정 씨. 이 은혜는 절대 잊지 않을게요. 회사 돌아가면 언제 한 번 같이 점심 함께해요. 제가 다 쏠게요."

"아니에요. 그냥 순서만 바꿔주는 건데요."

"그래도 다들 진심으로 이기고 싶어 하는 눈치인데, 부담되지 않아요?"

그건 맞는 말이었다. 하물며 나정이 속한 A팀은 상위권 순위에 진입해 있었다. 마지막 종목인 대형바통 릴레이 이어달리기에서 무조건 1위를 해야지만 그토록 바라던 포상을 쟁취해낼 수 있었다.

"한 팀장님도 있고, 최 대리님도 있으시니까요. 두 분께서 반 이상은 거리 벌려주실 거니까 너무 부담 갖지 말아요. 그럼 나정 씨 내 몫까지 힘내요!"

나정은 고개를 갸웃거렸다. 따지고 보면 혜나도 선수로 참여한 꼴인데, 자신의 몫까지 힘내라는 말이 이상했다. 기분 탓이겠거니 생각하며 나정은 마지막으로 점검차 허벅지를 길게 늘렸다. 그 모습을 멀리서 지켜보던 혜나가 의미심장한 미소를 지으며 속삭였다.

"과연 이길 수 있으려나."

생각보다 나정은 순진한 편이었다. 당연히 안 된다고 할 줄 알았더니, 순순히 계주 순서를 바꿔주는 태도에 이리 고소할 수가 없었다.

"어쩌겠어. 네가 내 눈에 띈 게 죄지."

순간적으로 먹은 못된 마음을 합리화하며 혜나는 자신의 자리로 돌아갔다. 어수선한 분위기가 정돈되고, 곧 경기가 시작되려는지 심판이 호루라기를 불었다. 곳곳에서 각자의 팀을 응원하는 함성이 터져 나왔다.

대형 바통 이어달리기라는 종목에 걸맞게 바통의 크기가 어마어마했다. 옆구리에 껴야지만 간신히 손에 들 수 있었다.

"자, 준비하시고!"

관계자가 소총을 머리 높이 들었다. 긴장감이 한껏 커다란 운동장을 메울 무렵 '탕!' 소리가 울려 퍼지며 경기가 시작됐다. 형평성을 위해 첫 번째 주자부터 세 번째 주자까지는 모두 다 남성이었다. 그리고 A팀의 첫 번째 주자는 정우였다.

"이야, 역시 한 팀장님이시네."

라인 밖에서 경기를 관람하던 이주열 과장이 존경의 박수를 보냈다. 정우는 아주 손쉽게 다른 남직원들과의 격차를 벌렸다. 현역으로 뛰는 선수가 아닐까 싶을 정도로 교차하는 그의 두 다리가 깃털처럼 가벼웠다. 한 바퀴를 언제 돌았나 싶을 정도로 빠르게 완주한 그가 바통을 건네주기 위해 팔을 뻗었다. 그다음 타자는 진원이었다. 조금 전 서로를 경계했던 게 무색할 정도로 두 남자는 순식간에 바통을 주고받았다.

"최 대리도 장난 아니네."

오 대리가 감탄하자 주열이 어깨에 잔뜩 힘을 주며 말했다.

"그럼. 우리 최 후배도 학교에서 나름 간판이었다고."

진원의 달리기 실력은 정우와 견주어도 손색없었다. 정우가 벌려놓은 격차를 더 벌리며 순조롭게 다음 타자에게 바통을 건넸다. 하지만 문제는 거기서부터였다.

"아, 안 돼. 마지막 주자가 누구야. 누가 재 명단에 올렸어?"

오 대리가 불같이 화를 내며 발을 동동 굴렀다. 애석하게도 세 번째 주자를 맡은 직원의 속도가 현저히 느렸다. 정우와 진원이 벌려놓은 격차가 조금씩 줄어들기 시작했다. 하필 남은 세 명의 주자는 모두 다 여자였다. 형평성을 위해 조정된 위치 선정이었다. 바통을 이어받은 여직원의 실력은 출중한 편도, 못난 편도 아니었다. 하지만 상대 팀이 워낙 날렵한 탓에 결국 두 바퀴를 남기고 따라잡히고 말았다. 초조해진 나머지 직원들이 벤치에서 일어나 일렬로 줄지어 늘어섰다.

이제 남은 주자는 혜나와 나정뿐이었다. 갖은 운동을 섭렵했다는 소문대로 혜나는 순조롭게 뜀박질을 강행했다. 벌어진 격차를 다시 좁히는가 싶더니, 겨우 1위를 달리고 있는 주자와 가까워졌다. 손에 땀을 쥐게 만드는 경기가 아닐 수 없었다. 그대로 바통을 이어받으려고 나정이 손을 뻗은 순간이었다. 혜나가 손에서 힘을 풀었다. 누구도 눈치채지 못할 만큼 치밀한 타이밍에 일어난 일이었다.

허공으로 떨어지는 바통을 잡느라 그만 나정의 스텝이 꼬이며 몸이 옆으로 갸우뚱 넘어갔다. 그와 동시에 발에 걸린 바통이 툭 치여 라인 밖을 데구르르 굴러갔다. 곳곳에서 탄식이 터져 나왔다.

"나정 씨, 미친 거 아니야? 저걸 못 받으면 어떡해!"

"졌네. 졌어. 이번 포상은 물 건너갔네."

"누가 은나정 마지막 주자로 집어넣었어?"

"그러고 보니까 마지막 주자는 나정 씨가 아니라 혜나 씨 아니었어?"

"은나정 저거 요새 기 좀 살았다고 지가 주인공인 줄 아나!"

나정을 힐난하는 소리가 운동장을 가득 메웠다. 다친 그녀를 걱정하기는커녕 눈살을 찌푸려지게 하는 욕을 서슴없이 내뱉었다. 유일하게 정우와 진원만이 상황의 심각성을 인지하며 당장이라도 나정에게 튀어 나갈 것처럼 자세를 잡았다.

그때 나정이 몸을 일으키며 저만치 굴러간 바통을 옆구리에 끼고 다시 출발선으로 돌아왔다. 그 와중에도 나정을 씹어대는 소리가 난무했다. 분명 상처받고도 남았을 텐데, 어찌 된 영문인지 나정의 표정은 고요했다. 주눅 드는 기색 없이 서서히 다리에 속도를 올리며 뛰기 시작했다. 뭐, 끝까지 포기하지 않겠다는 건가. 모두가 승산 없는 게임이라며 등을 돌리던 때였다.

"뭐, 뭐야?"

오 대리가 다소 놀란 눈으로 나정을 뒤쫓았다. 반 이상 벌어져 있던 격차가 어느새 반으로 줄어들어 있었다. 두 눈으로 보고도 믿을 수 없는 광경이었다. 유일하게 평온한 얼굴로 서 있던 주열이 나지막이 말했다.

"몰랐어? 나정 씨 육상선수 출신이잖아."

뭐라고? 혜나가 미간을 좁히며 나정을 바라봤다. 고작 몇 초 흐른 거 같지도 않은데, 1등을 달리고 있는 여직원과 나정의 거리가 확 좁혀져 있었다. 다들 놀란 입을 다물지 못하던 중 정우는 복잡한 눈으로 나정을 응시했다. 그에게는 낯설지 않은 그림이었다. 그때도 지금과 비슷한 광경이 눈앞에 펼쳐졌었다.

지금으로부터 7년 전. 고등학생이었던 나정을 정우가 다시 재회하게 된 건 'H' 대학교의 체육대회에서였다. 그때 나정이 속한 팀은 다섯 팀 중 꼴찌를 달리고 있었다. 마지막 주자였던 나정이 바통을 건네받았을 때도 정우는 별다른 관심이 없었다. 나정이 모자를 푹 눌러쓰고 있는 탓에 그녀의 얼굴이 잘 보이지 않았을 뿐더러 승산 없는 게임이라는 판단이 섰다. 그녀에게 눈길이 간 건 어느 함성 때문이었다.

'은나정! 포기하지 마!'
'나정아! 달려!'

친구들로 추정되는 동기 몇몇이 목청껏 그녀를 응원했다. 그 마음에 보답하듯 나정은 눈앞에 있는 몇몇 팀을 빠르게 젖히며 어느새 2위로 선도하기 시작했다. 하지만 안타깝게도 1등으로 달리고 있는 주자의 실력이 만만치 않았다. 노력해도 안 되는 건 어쩔 수 없는 거라며 돌아서는데, 또다시 이변이 일어났다.

믿을 수 없게도 한계라고 생각한 격차를 나정이 좁히기 시작한 것이었다. 그것은 기적이 아니었다. 악바리. 남들은 다 포기하던 때 필사적으로 뛰는 나정의 노력 때문에 이루어진 결과였다. 우려했던 것과 달리 나정은 간발의 차로 결승선에 들어섰다. 동기들이 달려와 나정을 껴안으며 환호했다. 그러던 중 나정이 쓰고 있던 모자가 바닥에 툭 떨어졌다. 봄바람이 불어와 어깨까지 흘러

내린 나정의 머리칼을 흩트렸다. 뽀얀 얼굴이 고스란히 나타나며 활짝 웃는 순간, 정우는 아무 말도 하지 못했다. 모든 사물의 시간이 멈춘 것처럼 오직 나정만 보였다.

……그 애였다.

필사적으로 날치기범을 잡았던 그 여고생. 4년이 흐른 뒤에도 포기를 모르는 나정을 보며 정우는 이유 모를 뭉클함을 느꼈다. 그리고 7년이 흐른 지금. 이제야 알 거 같다. 나정이 그렇게 필사적일 수밖에 없었던 이유를. 그리고 그가 지금까지 필사적일 수밖에 없었던 이유를.

우리는.

행복해지고 싶었던 거다.

행복이 누구보다 절실하고 간절했던 사람들.

그래서 쉴 틈 없이 달려야만 했고, 그런 나정을 보며 자신은 위로 아닌 위로를 받았다는 걸. 자꾸만 그녀가 눈에 밟혔고 끝내 좋아할 수밖에 없었다는 걸.

"꺄아아악!"

"우리가 1등이다!"

기획팀원이 환호하며 나정에게 달려갔다. 그새 나정이 결승선에 골인한 모양이었다. 무릎을 짚으며 헉헉, 거칠게 호흡하던 나정은 자신에게 달려오는 팀원들을 보고는 기겁하며 물러섰다. 갑자기 바뀐 그들의 태도가 당황스러웠다. 하지만 이내 엄지를 추켜들며 진심으로 기뻐하는 팀원들의 모습에 픽, 웃고 말았다.

"나정 씨, 1등도 했겠다, 하늘을 날아봐야지."

팀원 중 한 명이 대뜸 양팔을 뻗었다. 다른 직원들도 너나 할 거 없이 나정을 떠받들기 위해 다가왔다.

"아, 하지 말아요. 싫어요. 오지 말라고요!"

나정이 소름 돋는다는 표정을 지으며 뒷걸음질 쳤다. 땀 흘리는 것 외에 질색인 게 있다면 과도한 관심 집중이었다. 이제야 좀 쉴 수 있나 싶었더니, 또 다른 뜀박질이 나정을 기다리고 있었다.

* * *

"헉, 헉…… 이제 안 따라오겠지?"

겨우 팀원들을 따돌린 나정은 강당에 마련된 화장실로 들어가 몸을 숨겼다. 들썩이는 가슴이 어느 정도 정돈되자 수돗물을 틀어 흙이 묻은 손을 물로 씻어냈다. 아무도 없을 줄 알았던 화장실 칸막이에서 달칵, 마찰음이 울리더니 누군가 걸어 나왔다. 나정은 거울에 비치는 어여쁜 얼굴을 바라봤다. 혜나가 우뚝 서 있었다. 한동안 적막한 침묵이 두 사람 사이를 맴돌더니, 혜나가 먼저 운을 떼며 다가왔다.

"미안해요, 나정 씨."

방금까지 무표정으로 서 있던 그녀가 죽을죄를 지었다는 표정으로 호소하기 시작했다.

"내가 그만 긴장한 바람에 손이 미끄러진 거 있죠? 그럼 안 됐는데. 정말 미안해요. 욕먹어도 싼 건 난데, 괜히 나정 씨만 피해 봤네요."

나정은 아무 말도 하지 않았다. 그저 물기가 묻은 손을 탈탈, 털어내며 고요한 눈으로 혜나를 응시할 뿐이었다.

"그걸 바라고 한 짓 아니었어요?"

"……네?"

혜나가 당황하며 되물었다. 나정이 한숨을 푹 내쉬며 덧붙였다.

"유치하다는 생각 안 들어요?"

분명 보았다. 고의로 바통을 떨어트리던 혜나의 손목을. 어렸을 때 육상선수로 뛴 이력 덕분인지, 혜나의 치밀한 작전은 나정의 눈썰미만큼은 피해 가지 못했다.

"김혜나 씨."

"……."

"한 팀장님 좋아하죠?"

단도직입적으로 묻자 혜나가 얼굴을 굳혔다.

"좋아하면 직접 얼굴 보고 고백을 하세요. 괜히 엄한 사람한테 분풀이하지 말고."

"……분, 풀이라고요?"

"이게 분풀이 아니면 뭔데요? 그래도 기본적인 예의는 지킬 줄 아는 사람이라고 생각했는데."

최소한 도를 넘는 짓은 하지 않길래 그래도 나쁜 사람은 아니구나, 막연히 생각했었다. 원체 남한테 관심이 없는 나정의 성격도 한몫했지만, 자신 또한 한때 재현을 짝사랑한 경험이 있기에 혜나의 마음을 이해 못 하는 것도 아니었다. 그런데 제 넓은 포용력을 이런 식으로 이용할 줄 알았다면 이런 아량은 베풀지 않았을 것이다. 웬만하면 좋게 넘기려고 했지만, 이번 만큼은 용납이 되지 않았다.

"김혜나 씨한테 많이 실망했어요."

"하."

혜나가 입술을 비틀며 어처구니없다는 표정을 지었다.

"은나정 씨가 뭘 안다고 함부로 말해요?"

"그럼 김혜나 씨는 무슨 권한으로 나한테 이렇게 굴어요? 한 팀장님 여자친구라도 돼요?"

당장이라도 나정의 머리채를 잡을 거 같던 혜나가 입술을 꾹 깨물었다.

이거 봐. 이렇게 나오면 한마디도 못 할 거면서.

"안타까워서 그래요."

그게 무슨 말이냐며 혜나가 인상을 찡그렸다. 잠시 생각에 잠긴 듯 한동안 입을 열지 않던 나정은 예고 없이 목소리를 냈다.

"매일같이 주변 사람들한테 신경 곤두세우고 사는 거 괴롭지 않아요?"

적어도 나정은 그랬다. 최소한 재현을 좋아할 때만 해도 그는 모두에게 친절한 남자니까 그리 초조해지지 않았지만, 정우는 달랐다. 혹시 그가 처음 보는 여성과 이야기를 나눌 때면 괜히 귀가 쫑긋 세워지고 무슨 대화를 나눴는지 캐묻고 싶어질 때가 빈번했다. 괴로웠다. 하루를 대부분 정우에게 집중하다 보니 업무의 효율성이 떨어지는 건 물론이고 이러다 상사병이라도 걸리면 어떡하나 노파심이 들 정도였다.

"그래도 좋아하는 마음을 어떻게 할 수 없겠죠. 그 정도까지는 이해해요. 근데 최소한."

"……."

"사람이 비겁해지지는 말아야죠."

혜나의 눈이 크게 일렁거렸다.

"본인 마음이 힘들다고 남한테까지 피해를 주는 게 정당화될 수 있다고 생각해요? 날 싫어하는 건 어쩔 수 없다고 쳐요. 한 팀장님을 좋아하는 김혜나 씨 눈에는 내가 당연히 거슬렸겠죠."

"……."

"하지만 오늘처럼 비겁하게 굴 바엔 난 차라리 상처받아도 고백부터 하겠어요. 차이더라도 최소한 남한테 피해를 주는 것보단 덜 쪽팔린다고 생각해요."

"……은나정 씨가 뭘 안다고 그래요?"

혜나가 분에 찬 얼굴로 반박했다. 두 눈은 이미 눈물이 그렁그렁 차올라 있었다.

"나라고 고백 안 하고 싶어서 이러는 줄 알아요? 몇 번이나 했어요. 근데……. 정우 오빠는 거들떠보지도 않았단 말이에요. 언제나 난 여동생이었고, 늘 오빠 곁을 지키는 건 언니였어요."

지난날의 서러움이 떠오르는 듯 혜나가 울먹거리며 말을 이었다.

"내가 먼저 좋아했어요. 내가 먼저 정우 오빠랑 친해졌고, 오빠랑 먼저 말을 튼 것도 나였다고요. 워낙 무뚝뚝한 사람이니까 말실수하면 어떡하나 어린 나이에도 전날 밤에 오빠한테 무슨 이야기부터 꺼내야 할지 날이 새도록 생각하고 또 생각했어요."

열네 살. 정우에게 첫눈에 반한 세나는 정우가 평소 뭘 좋아하는지 알아내는 것에 시간을 소비하면서도 그에게 좋은 사람으로 기억되고 싶어 잠도 자지 않고 학업에 열중했다.

"근데 그렇게 노력해도 결국 또 김세나야. 언니가 미웠어요. 미친 듯이 원망스러웠어요. 내가 오빠를 좋아한다는 걸 알면서도 오빠랑 사귀고, 그래놓고 자기 꿈을 위해서 나 몰라라 파리로 떠나버리는데……."

나정은 조용히 입을 다물었다. 세나와 정우, 두 사람 사이에 무슨 일이 있었다는 건 알고 있었지만 이런 내막이 숨겨져 있을 줄은 몰랐다. 그때였다. 어디선가 발소리가 나지막이 들려왔다. 뜻밖의 인영이 나타났다. 정우였다. 이곳저곳을 뛰어다닌 모양인지 그의 넓은 가슴께가 위아래로 들썩였다. 정우의 기척을 느끼지 못한 혜나는 끝내 투명하게 차오른 눈물을 후드득, 떨어트렸다.

"이쪽 분야에는 소질도 없으면서 밤새워 공부했어요. 조금이라도 오빠랑 같이 있고 싶어서. 내 분야가 아닌데도 전공을 바꾸면서까지 노력했다고요. 그렇게 13년을 기다렸는데, 여전히 난 동생이래요. 김세나 동생 그 이상 그 이하도 아니래."

……십, 십삼 년씩이나? 나정이 재현을 짝사랑했던 기간과는 비교도 안 될 엄청난 시간이었다.

나정은 지그시 정우를 응시했다. 이 무심한 사람 같으니라고. 아무리 그가 주변에 관심이 없는 편이라지만 이 순간만큼은 혜나의 마음에 동요된 기분이었다.

"알아요. 오빠가 날 좋아할 일은 절대 없다는 거. 그래도 포기 못 하겠는걸 어떡해요. 얼굴만 보고 있어도 가슴이 뛰는데, 자꾸만 같이 있고 싶은데……. 그런 무심한 사람이 언제부터 나정 씨만 보잖아요. 부러웠어요. 미친 듯이 부러워서 괴로웠다고요. 10년 넘게 노력한 내가 가지지 못한 걸 너무나도 쉽게 얻어버리니까……, 정우 오빠."

뒤늦게 정우를 발견한 혜나의 얼굴이 하얗게 질렸다. 어디서부터 들었을까. 혜나는 어깨를 바르르 떨더니, 이내 황급히 화장실을 빠져나갔다.

"혜나 씨, 잠깐만요!"

나정이 급히 혜나를 따라가려고 했지만, 순간 발목에서 느껴지는 찌릿한 통증에 그대로 주저앉고 말았다. 아무래도 바통을 받기 위해 옆으로 굴렀던 게 발목에 무리를 줬나 보다.

"잡고 일어나요."

눈앞에 커다란 손등이 내밀어졌다. 굳이 고개를 들지 않아도 누구의 것인지 알 수 있었다.

"……괜찮습니다."

나정은 무시하며 허리를 펴려고 했지만, 또 한 번 시큰한 통증이 발목을 강타하자 절로 얼굴을 찡그렸다. 그때 머리 위로 커다란 그림자가 드리웠다. 정우가 무표정한 얼굴로 나정을 내려다보고 있었다. 그도 잠시, 현실감을 깨우치기 전에 나정의 몸뚱어리는 정우의 두 팔에 안겨 있었다.

"내, 내려줘요! 누가 보려면 어떡하려고 그래요!"

나정의 두 다리가 허공에서 버둥거렸다. 물론 정우는 꿈쩍도 하지 않았다. 견고한 성벽처럼 나정을 더욱 단단하게 감싸며 나무가 우거진 벤치로 다가갔다. 불행 중 다행히도 가는 동안 마주친 사람은 한 명도 없었다.

나정을 벤치에 사뿐하게 내려놓은 정우는 곧바로 무릎을 꿇더니, 주머니에서 아이스 얼음팩과 붕대를 꺼냈다. 뭐라 할 새 없이 나정의 발이 들렸다. 신발이 벗겨지고 양말까지 허물처럼 정우의 손에 의해 내던져지자 얼굴이 빨갛게 달아올랐다.

"뭐, 뭐 하는……, 아!"

나정은 두 눈을 질끈 감았다. 정우가 발목 주변에 아이스 얼음팩을 대자 시큰했던 통증이 배가 되어 뼈마디 곳곳을 찔렀다.

"다치지 말라니까."

정우가 한숨 섞인 짜증을 내뱉자 나정의 표정이 멍해졌다. 예전에도 이런 적이 있었던 거 같은데. 태어나서 첫 소개팅을 맞이한 날이었던 거 같다. 안타깝게도 소개팅은 폭삭 망했지만, 그날 나정은 슬프지 않았다. 오히려 누구 때문에 심장이 빠르게 뛰기 바빴다.

'가만히 있어요. 물집 터지면 은나정 씨만 고생입니다.'

'웬만하면 다치지 말지.'

그래, 그때도 그는 이렇게 잔뜩 부은 발을 감싸며 걱정 어린 목소리로 치료해 주었다. 너무 빤히 바라본 걸까. 정우와 정통으로 시선이 부딪쳤다. 줄곧 감정을 읽을 수 없던 그의 얼굴에서 희미한 분노가 느껴졌다.

"거기서 조금이라도 자세가 틀어졌다면 금이 갔을 겁니다."

정우와 둘이서 마주하는 게 무척 오랜만이었다. 그를 보면 따지고 싶은 게 한둘이 아니었다. 그런데 막상 이 잘난 얼굴이 보니 아무 생각도 나질 않았다. 머릿속이 하얘지며 심장은 줏대 없이 쿵쿵쿵, 뛰기 바빴다.

"……안 다쳤으면 된 거죠. 이제 가보세요. 누가 오기라도 하면 어떡하려고 그래요."

어서 가보라며 손짓했지만, 그는 묵묵부답이었다. 나정의 손에서 얼음팩을 빼앗더니, 나정의 맨발을 서슴없이 감싸며 찜질을 강행했다.

"한 팀장님!"

"가만히 있어."

"……."

"간신히 참고 있으니까."

대체 뭘?

나정은 원망스러운 눈으로 정우를 바라봤다.

왜. 왜…… 그런 눈으로 보는 거야.

화내야 할 쪽은 그가 아닌 자신인데, 싸늘하게 식은 정우의 눈과 마주하자 온몸이 밧줄로 꽁꽁 묶인 것만 같았다.

"나정 씨, 여기 있었군요."

때마침 구세주가 나타났다. 진원이었다. 그가 한 손에 수건을 들고서 나정의 곁으로 달려왔다.

"한참 찾았어요."

"아, 죄송해요. 잠깐 손만 씻는다는 게. 혹시 저 찾던가요?"

"그거라면 걱정 마요. 대충 둘러댔더니 먼저 숙소에 가 있겠다고 하더군요. 한 팀장님도 여기 계셨네요."

진원이 아는 체를 했지만, 정우는 입도 뻥끗하지 않았다. 나정이 무안할 정도였다.

"다리는 괜찮아요? 아까 넘어지면서 꺾인 거 같던데."

"네. 뭐, 며칠 지나면 괜찮을 거 같아요."

'탁.'

정우가 신경질적으로 얼음팩을 벤치에 내려놓았다. 그 소리에 흠칫 놀란 나정이 상사의 눈치를 살폈다. 정우의 이마 끝에 땀이 송골송골 맺혀 있었다. 그게 꼭 여태까지 자신을 찾아다니느라 그런 거 같아 마음이 좋지 않았다. 그런 나정의 속마음을 읽은 건지 진원이 알맞은 타이밍에 치고 들어왔다.

"한 팀장님. 최 전무님이랑 강 팀장님이 찾으십니다. 아마 워크숍 마무리 때문에 그런 거 같은데."

"최소 30분 이상은 쥐고 찜질하고 있어요."

이번에도 정우는 진원이 아닌 나정을 바라보며 대답했다.

"다음날 발목이 많이 부어오를 겁니다. 걷기 힘들 수도 있어요."

살벌한 충고에 나정은 마지못해 고개를 끄덕였다. 정우가 등을 보이며 멀어져가자 진원이 기다렸다는 듯 나정에게 물었다.

"그러고 보니까 누드모델은 구했어요?"

"네?"

갑자기 그 이야기가 왜 여기서 튀어나오냐며, 나정은 눈썹을 들어 올렸다. 진원이 싱긋 웃어 보였다.

"혹시 안 구했으면 내가 도와줘도 될까요?"

"……최 대리님이요?"

막힘없이 교차하던 정우의 두 다리가 거짓말처럼 멈춘 건 그때였다. 뭔가 좋지 못한 기류를 감지한 나정은 하하, 어색한 웃음을 흘렸다.

"아직 안 구하긴 했는데, 부담스럽지 않으세요?"

"글쎄요. 딱히? 부담스러울 게 있나. 예전에 학교 다닐 때 오기로 했던 모델이 펑크 내면 대신 수업에 서주기도 해서."

"맞다. 최 대리님. 대학 때 전공이 조소라고 하셨죠?"

최 대리의 체격은 세나가 추구하는 모델의 사이즈와 비슷했다. 적당히 슬림하면서 핏이 살아 있는. 셔츠만 몸에 걸친 모습을 그리기로 약속이 됐기 때문에 몸 선이 살아 있는 사람일수록 좋은 그림이 나올 수 있는 확률도 높아졌다.

"저야 감사하긴 한데……"

나정은 말끝을 흐리며 곁눈질을 했다. 그러다 '어?' 하고 소리 내며 눈을 끔뻑였다. 방금까지 이곳에 있던 정우가 눈 깜짝할 새에 사라진 후였다.

* * *

정우의 예견은 틀리지 않았다.

워크숍이 끝난 다음 날, 나정의 발목은 벌에 쏘인 것처럼 퉁퉁 부어올랐다. 아침 일찍부터 일어나 냉찜질을 해야 했다. 그나마 오늘이 주말이라서 다행이었지, 출근하는 평일이었다면 상상만으로 아득했다. 빡빡한 지하철은 이 다리로 어떻게 뚫었을 것이며 무엇보다 출근하기가 부담스러웠다. 어제 무사히 워크숍이 끝난 후부터 기획팀은 물론이고 영업팀과 디자인팀은 틈만 나면 나정의 이야기를 하기 바빴다.

'나정 씨, 다시 봤어.'

'나 무슨 영화 보는 줄 알았잖아. 어쩜 달리기를 그렇게 잘해?'

일도 싹싹하게 잘하더니. 만능 신입이네. 기획팀은 복 받은 거야.'
'나정 씨 덕분에 포상 휴가도 받아보고, 이 은혜는 절대 잊지 않을게!'

그들은 마치 나라를 구한 영웅이라도 된 것처럼 나정을 하늘 끝까지 치켜세웠다. 관심의 농도가 짙어질수록 나정은 자리를 박차고 싶은 마음이 굴뚝같았다. 그렇게나 많은 주목을 받은 건 그녀의 인생에서 처음이었다. 도무지 적응할 수 없는 분위기였다.

"다리는 좀 괜찮아?"

방문을 열고 나타난 진희가 얼굴을 내밀었다.

"네. 근데 엄마 어디 가세요?"

진희의 차림새가 남달랐다. 한껏 꾸민 티가 역력했다.

"응. 오늘 오후에 모임이 있어서. 가기 전에 편지 하나만 우체국 앞에 있는 우체통에 넣고 오려고."

"아, 그럼 거기 두세요. 제가 다녀올게요."

"어머, 얘는. 다리도 성치 않으면서. 주말이겠다, 집에서 푹 쉬어."

"근육도 안 써주면 약해지고 굳어요. 어차피 이 앞인데요."

"정말 괜찮겠어? 정 힘들면 나람이나 나은이 시키고."

나람은 곧 나갈 합기도 전국체전 연습에 한창이었고, 나은 또한 시험공부를 위해 아침 일찍 도서관으로 떠난 뒤였다.

"괜찮으니까 두고 가세요."

"아휴, 그래. 아프면 무리하지 말고. 급한 거 아니니까."

"알겠어요."

무슨 일 있으면 언제든지 연락하라는 말과 함께 진희가 방을 빠져나갔다. 홀로 남은 나정은 광합성이라도 할 겸 티와 청바지를 챙겨 입고 진희가 두고 간 봉투를 집어 들었다. 그러다 문득 시선을 침대 위에 덩그러니 놓인 휴대폰에 주었다.

"……문자 한 통이 없네."

주말에는 절대 연락하지 않던 회사 식구들이 발목은 괜찮냐며 안부 인사를 보내왔다. 그래서 한편으론 기대했다. 정우에게도 연락이 오진 않을까. 하지만 아무리 기다려도 그의 번호는 액정에 뜨지 않았다. 무거워진 마음을 환기시킬 겸 서둘러 봉투를 들고 집을 나왔다.

우체통이 있는 우체국까지는 도보로 채 5분도 걸리지 않았다. 골목길을 지나면 보이는 큰길 바로 건너편에 자리 잡고 있었다. 신호를 건너고 우체통에 막 편지를 집어넣던 참이었다.

"나정이?"

누군가 나정을 아는 체했다. 익숙한 음성이었다. 나정이 화들짝 놀라며 남자의 얼굴을 확인했다.

"……재현 선배?"

정말로 재현이었다. 그가 활짝 웃으며 나정의 등 뒤에 서 있었다.

"오랜만이네?"

"아, 네."

무슨 말을 해야 할지 막막했다. 반가움 마음 반, 미안한 마음 반이었다. 재현이 운영하는 학원에 가지 않은 게 벌써 한 달을 넘어가고 있었다. 그 마음을 알아챈 듯 재현이 부드럽게 웃으며 제안했다.

"혹시 시간 되면 차 한잔 어때?"

* * *

항상 즐겨 마시던 딸기 프라푸치노가 나정의 앞에 놓였다. 굳이 말하지 않아도 나정의 취향을 잘 알고 있는 재현의 행동 하나하나가 자연스러웠다.

"저희 동네는 어쩐 일이세요?"

나정은 용기 내 안부를 물었다. 재현이 곧바로 고개를 끄덕이며 옅은 미소를 머금었다.

"근처에 볼일이 있어서 잠깐 들렸어."

"아, 그렇구나. 그동안 잘…… 지내셨어요?"

"응. 나야 잘 지냈지. 학원에서 애들 가르치고, 시간 날 때면 전시회 준비도 하고."

"전시회 준비요?"

"응. 좋은 기회가 생겨서 한 프로젝트팀과 함께 작업하기로 했어."

"와……. 멋져요."

"그런가. 동기들에 비하면 전시회가 늦은 편이라."

"그게 무슨 상관이에요. 사람마다 다 시기가 있다잖아요. 게다가 선배는 경험도 풍부하고. 준비된 시기에 찾아온 기회니까 분명 좋은 결과 있을 거예요."

"나정이 네가 그렇게 말해주니까 안심이 된다. 더 힘내야겠다는 생각이 드네. 그나저나 너야말로 잘 지내고 있어? 우리 얼굴 보고 이야기하는 거 오랜만이잖아."

순간 입술이 바짝 말랐다. 이제 와 돌이켜보니 재현에게 고백했던 일화는 흑역사에 가까웠다. 나정은 손톱을 초조하게 매만지며 고개를 푹 수그렸다.

"죄송해요, 선배. 제가 그때 일방적으로 굴지만 않았어도……."

"아냐. 나야말로 진심으로 네 마음을 들여다봐 주지 못해서 미안해. 그래도 네가 나한테 소중한 후배라는 말은 진심이었어."

나정은 고개를 느리게 끄덕였다. 그가 자신을 여자로 봐주지 않는다는 걸 알면서도 후배로서는 진심으로 아껴준다는 게 피부로 확연히 와닿아서, 늘 재현의 곁에 머물고 싶은 마음도 있었다.

"근데 나정이 너, 무슨 일 있나 보구나."

"네? 아뇨, 그런 건 딱히 아닌데……."

"왜? 정우가 속상하게 하기라도 해?"

나정이 아무 말도 하지 못하자 재현이 난감한 미소를 지으며 커피를 한 모금 마셨다.

"그냥 찔러본 건데, 맞혀 버렸네."

"……그러게요. 촉이 굉장히 좋으시네요."

나정은 최대한 어색하지 않게 상황을 받아쳤다. 하지만 이미 속내를 다 꿰뚫어 보고 있다는 듯 재현은 어렵지 않게 핵심을 콕 찔러왔다.

"정우 때문에 속상하다는 건 나정이 너도 정우한테 마음이 있다는 소리로 들리는데."

"아……."

머릿속이 하얘졌다. 더는 마음을 감추는 게 불가능했다.

"사실 저…… 차였거든요."

"차여? 나정이 네가?"

재현답지 않게 그의 목소리가 한층 높아졌다.

"이상하다. 정우가 널 거절하는 일은 절대 없을 텐데."

"그게…… 처음에는 팀장님이 먼저 관심을 보이긴 했는데요."

"관심 정도가 아니지. 청혼을 했다면 모를까."

"네?"

청, 혼? 갑자기 진도가 널을 뛰자 나정의 표정이 멍했다. 이게 다 무슨 소리야. 도통 갈피를 잡지 못하는 나정을 보며 재현은 잠시 고민하더니, 한숨을 낮게 내쉬며 말문을 열었다.

"사실 정우가 말하지 않길 바랐었는데, 지금은 상황이 꼬인 거 같으니까 지인 찬스 좀 쓸게. 혹시 대학생 때 내가 동아리 방에 찾아갔던 거 기억나?"

나정은 순순히 고개를 끄덕였다. 기억이 안 나려야 안 날 수 없는 추억이었다. 그때 재현이 나타나지 않았다면 지금까지 나정이 그림을 그리는 일도 없었다.

"실은 그거 정우가 부탁해서 간 거야."

"……네?"

나정이 한 박자 늦게 되물었다. 순간 두 귀가 잘못됐나 싶었다. 자그마치 7년이나 흐른 추억이었다. 그 추억에 얼굴도 본 적 없던 정우가 끼어 있다는 사실에 뭔가 잘못됐다는 생각이 직감적으로 들었다.

"어느 날 갑자기 대뜸 찾아와서는 자기 동아리 후배 한 명한테 그림 좀 알려줄 수 있냐는 거야. 자기 눈에는 재능이 충분히 있어

보이는데, 만약 내 눈에 달리 보인다면 그때 거절해도 늦지 않겠
냐고. 신기했어. 나정이 너도 알겠지만. 한정우, 그 녀석. 누구한
테 부탁하는 성격이 절대 아니거든."

"선배, 그럼……."

나정이 흔들리는 눈으로 재현을 바라봤다. 이미 정답을 알고 있
음에도 믿지 못하는 그녀를 보며 재현은 자리에 없는 정우를 대
신해 나긋한 목소리로 말했다.

"아마 그때부터 나정이를 마음에 담아두고 있던 게 아닐까, 싶
어."

……말도 안 돼.

순간 비명이 터져 나올 거 같아 입술을 꽉 틀어막았다. 동시에
정우가 스쳐 가듯 했던 말이 라디오의 한 소절처럼 귓가를 아른
거렸다.

'어차피 알았다고 해도 내가 그 대학에 다녔는지 은나정 씨는 기
억 못 했을 거 아니야.'

'누구처럼 치열하게 살기 바빴습니다.'

'연애가 사치처럼 느껴지기도 했고, 또 누가 자꾸 눈에 밟혀서.'

조각난 기억들이 서로서로 짝을 만나 한 폭의 그림을 만들어내
자 나정은 말을 잇지 못했다. 그때부터 팀장님이 날 좋아했다고?
곱씹으면 곱씹을수록 현실감 없는 이야기처럼 다가왔다.

"……그래봤자 떠날 사람인걸요."

크게 활개 치려던 나정의 심장이 언제 그랬냐는 듯 시무룩 가

라앉았다.

"한 팀장님. 곧 캐나다에 있는 지사로 떠난대요. 언제 돌아올지는 모르고요. 제가 보기엔 이미 저한테 마음이 뜬 게 아닐까, 싶어요. 그러니까……."

미련 없이 떠날 준비를 하는 거겠지. 또 한 번의 실연을 당한 거 같아 입술을 꾹 깨무는데, 재현이 꽤 단호한 투로 말했다.

"자기 의지로 가는 건 절대 아닐 거야."

나정의 고개가 천천히 들렸다. 재현은 확신하는 눈빛이었다. 정우가 결코 그런 선택을 할 수 없다는 듯.

"정우. 가정사가 좀 복잡해. 이것까지 자세히 말해주는 건 당사자한테 예의가 아닌 거 같아서 솔직하게 이야기해 줄 수 없지만."

이 사랑을 계속 지속해야 하냐며 갈팡질팡하는 나정에게 재현은 어느 때보다 진솔한 눈빛을 내비쳤다.

"나정아."

"……네."

"이번에는 너한테 어떤 선택을 하라고 강요하지 않을게. 다만 나정이가 끌리는 방향대로 나아갔으면 좋겠어. 후회할지 몰라도 살면서 한 번쯤은 자신이 원하는 방향으로 가보는 것도 나쁘지 않지 않을까?"

그 말이 꼭 마지막 기회밖에 남지 않다는 소리로 들려 나정은 자리에서 벌떡 일었다. 생각이란 걸 하기도 전에 몸이 먼저 반응했다.

"선배, 저……."

나정의 표정이 다급했다. 이미 마음의 결정을 내린 사람의 얼굴이었다. 재현이 어서 가보라는 듯 고개를 끄덕였다. 카페를 나선 나정은 무작정 택시를 붙잡았다. 뒷좌석에 올라타기 무섭게 띠링, 휴대폰이 울렸다. 그토록 연락 오기를 바라던 한 남자의 번호가 액정에 떠올랐다.

줄 게 있습니다. 시간 되면 내 집에 한 번 들르죠. – 한정우 팀장님

* * *

"하아……."

나정은 떨리는 눈으로 '508호'라고 적인 팻말을 바라보았다. 어떻게 여기까지 온지 모르겠다. 겨우 정신을 차린 건 정우가 사는 오피스텔 로비 앞에 선 직후였다. 로비에서 정우의 집 호수를 누르자 한 치의 망설임도 없이 입구가 열렸다. 정우가 자신을 기다리고 있다는 사실이 명백해지는 순간이었다.

이제 단 하나. 문 옆의 벨만 누르면 되는데, 심장이 입 밖으로 튀어나올 것처럼 떨려 도무지 팔이 움직이질 않았다. 심호흡을 크게 하며 조심스레 손가락을 펼친 찰나였다. 예고 없이 현관문이 벌컥 열렸다.

"……팀장님."

문을 연 주인공은 역시나 집주인인 정우였다. 이제 막 샤워를 하고 나온 건지 그의 검은 머리칼이 물기에 젖어 촉촉했다. 어쩐지 색정적인 분위기에 당황하기도 잠시. 눈앞에 보이는 집안의 풍경에 나정은 말을 잇지 못했다.

가구마다 하얀 천이 뒤덮여 있었다. 정말로 그가 떠날 것을 암시라도 하는 것처럼. 나정의 눈이 속절없이 흔들렸다. 가슴이 발치로 쿵 떨어지는 기분을 막을 수 없었다.

"왔으면 벨부터 누르지, 왜 가만히 서 있습니까?"

"아……."

정우가 낮게 타박하자 한동안 우물쭈물하던 나정은 돌연 고개를 치켜들며 말했다.

"줄 게 있으시다고요."

"들어와요."

정우가 몸을 돌리며 다시 집 안으로 들어섰다. 도대체 뭘 주려고. 잠시 망설이던 나정은 신발장을 지나 거실로 향하는 정우의 뒤를 조용히 밟았다. 역시나 거실에 배치된 가구와 수납장에도 하얀 천이 뒤덮여 있었다.

……진짜로 떠나는 건가.

말없이 정우를 따라나서던 나정은 뒤늦게 자신의 두 발이 그의 침실까지 들어섰다는 걸 뒤늦게 알아챘다.

"잠깐 여기서 기다려요."

"어디 가세요?"

"가져올 게 있습니다."

그게 뭐냐고 묻기도 전에 정우가 방을 나섰다.

'달칵.'

어디선가 문이 열리며 곧이어 닫히는 소리가 들리더니 정우가 다시금 모습을 드러냈다. 그의 양손에는, 이 집에서는 흔히 찾아볼 수 없는 물건이 들려 있었다.

"이걸 왜……."

정우가 가져온 것은 다름이 아니라 커다란 스케치북과 나무 재질의 이젤이었다.

정우는 그것을 문 옆에 두었다. 그리곤 다시 방 밖으로 나가 나정이 앉을 것으로 추정되는 의자를 가지고 와 이젤을 마주 본 자리에 내려놓았다. 더 기가 막힌 건 그의 다음 행동이었다.

"뭐, 뭐 하시는 거예요?"

나정이 화들짝 놀라며 입을 벙긋거렸다. 그도 그럴 것이 정우가 입고 있던 흰색 반팔 티를 단숨에 머리 위로 탈의해버렸기 때문이다. 환한 햇살이 가득 찬 공간에 그의 조각 같은 몸이 고스란히 드러나자, 나정은 눈을 어디에다 두어야 할지 난감했다. 이런 마음을 아는지 모르는지 당사자는 무심한 얼굴로 속삭인다.

"모델 해달라며."

"네? 그건……."

그쪽이 진즉에 퇴짜 놓지 않았느냐며 인상을 찌푸렸지만, 정우는 이미 햇살이 가장 드리우는 곳에 자리를 잡은 지 오래였다.

"이쯤에 서면 맞을 거 같은데. 은나정 씨 의견은 어때요?"

기가 막혀 말이 나오질 않았다. 그제야 나정은 정우가 이곳으로 자신을 부른 이유를 알 거 같았다.

"설마 줄 게 있다는 게 이거였어요?"

"……."

"떠나기 전 마지막 선물, 뭐 그런 거라도 되나요?"

다소 날카로운 음성이 흘러나갔다. 정우에게서는 말이 없었다.

결국 이번에도 속이 터질 거 같은 쪽은 나정이었다. 어떻게 사람이 이럴 수 있을까. 어떻게 끝까지 자기 멋대로일 수가 있지. 어떤 마음으로 내가 여기까지 왔는데.

그의 집으로 향하는 택시 속에서 얼마나 가슴을 졸였는지 모른다. 어쩌면 아주 오래전부터 정우가 널 좋아했을지도 모른다는 재현의 말을 듣게 된 순간부터 별별 생각이 다 들었다. 대체 언제부터였냐고 당장 정우에게 따지고 싶다가도 어째서 그의 마음을 더 빨리 눈치채지 못했는지, 왜 그에게만큼은 선을 두고 경계했었는지. 지난날의 자신이 이토록 원망스러울 수 없었다. 그런 속도 모르고 태연하기 짝이 없는 남자가 새삼 얄미워 보였다. 밉고 화가 났다.

그렇다고 내가 못 그릴 줄 알아? 나정은 쿵쿵, 발소리를 내며 이젤 앞에 놓인 의자에 엉덩이를 붙였다. 준비된 연필을 손에 쥔 찰나였다.

"본격적으로 작업 들어가기 전에 이 작업부터 하는 걸로 하죠."

정우가 등 뒤에 있는 옷장 문을 열어 넥타이를 하나 꺼내었다. 종잡을 수 없는 전개에 나정이 다급히 물었다.

"팀장님 지, 지금 뭐 하시는 거예요?"

"각자 임무에 충실하기 위한 조치라 치죠. 난 오늘 하루 은나정 씨, 모델로서. 은나정 씨는 예술 정신이 투철한 화가로서."

"……그래서 지금 팀장님, 손목을 묶겠다고요?"

나정은 남자의 손목을 멍하니 응시했다. 어느새 넥타이가 두 번의 회전 끝에 꽉 매여 있었다. 이제 남은 것은 단 하나. 양 갈래로 축 늘어진 타이를 보며 그가 눈짓했다.

"매듭은 은나정 씨 손에 맡길게요. 날 불신하는 만큼 조여 봐요."

뭘, 조여? 나정은 귀를 의심했다. 영화에서나 볼법한 빨간 장면에 정신이 아찔했다. 가출하려는 이성을 간신히 붙들었다.

"굳이…… 이럴 필요까지 있을까요?"

"필요성을 못 느끼면."

경고하는 남자의 눈이 차게 가라앉았다.

"날 믿는다는 건가?"

"……."

"나도 날 못 믿겠는데."

열기가 묻어나는 위협적인 말투였다. 그의 시선이 제 등 뒤에 있는 침대로 향했을 때는 애석하게도 가슴이 뛰었다. 꼭 그날 밤의 일탈을 각인시키는 거 같아서. 충동에 휩쓸려 서로의 입술을 끊임없이 탐했던 그 밤이 선명히 떠오르자 목 언저리가 뜨거워졌다. 동시에 어떠한 기대감이 불쑥 가슴에 차올랐다. 어쩌면 팀장님은 아직도 날…….

"뭐합니까? 안 묶고."

정우의 재촉에 나정은 간신히 정신을 차리며 손을 움직였다. 떨리는 손끝으로 넥타이를 매듭지었다. 그러자 정우가 원래 서 있던 자리로 돌아갔다. 드넓은 등판을 멍하니 바라보던 나정은 호흡을 크게 하며 다시금 손에 연필을 쥐었다.

어느 정도 마음이 진정되자 시선을 널리 뻗어 정우를 눈에 담았다. 그새 또 몸을 만든 건지, 학원에서 봤던 것보다 더 완벽한 선이 커다란 몸을 이루고 있었다. 물기를 머금은 촉촉한 머리칼은

청초한 느낌을 주는 동시에 퇴폐적인 이미지까지 더했다. 게다가 양 손목까지 넥타이로 묶여 있자 이보다 더 선정적일 수 없었다.

나정은 홀린 듯이 첫 번째 선을 사각, 도화지 위에 그렸다. 인물의 중심을 잡은 후, 정우가 십수 년 노력해서 만든 근육 하나하나를 놓치지 않고 정성스레 하얀 도화지에 빼곡히 채어 넣었다. 걱정과 달리 나정은 금세 집중력을 발휘했다. 재현의 학원에서 정우를 그렸던 그날처럼, 그리고 처음 연필을 잡고 그림을 그렸던 어린 날의 기억처럼 설레는 마음으로 손을 놀렸다.

그림이 어느 정도 완성됐을 때쯤이었다. 문득 그런 생각이 들었다. 정말로 그가 떠나길 원한다면 보내주는 게 맞지 않을까? 만약 그게 진정 팀장님의 뜻이라면……. 아무리 생각해도 그것만이 현명한 답안이라고 머리가 끊임없이 말했지만, 나정은 그 의견에 선뜻 동의할 수 없었다.

이대로 정말 보내도 괜찮겠어? 아니. 과연 아무렇지 않은 얼굴로 보낼 수 있겠어?

나정의 눈길이 무의식적으로 도화지에 선을 채우고 있는 자신의 손에 닿았다. 그녀에게 가족 다음으로 소중한 게 있다면 두말하지 않고 그림이었다. 오랜 시간 그녀가 바라고 또 바라왔던 꿈.

'어느 날 갑자기 대뜸 찾아와서는 자기 동아리 후배 한 명한테 그림 좀 알려줄 수 있냐는 거야. 자기 눈에는 재능이 충분히 있어 보이는데, 만약 내 눈에 달리 보인다면 그때 거절해도 늦지 않겠냐고. 신기했어. 나정이 너도 알겠지만. 한정우, 그 녀석. 누구한테 부탁하는 성격이 절대 아니거든.'

재현의 목소리가 오버랩 돼 귓가를 맴돌자 도화지 위를 노닐던 손이 우뚝 멈추었다. 그 말을 듣고 정우에게 묻고 싶은 게 참 많았다. 왜 솔직하게 그날의 진실을 말하지 않았느냐고. 대체 내가 모르는 이 인연은 어디서부터 시작이었던 거냐고.

하지만 생각해보면 솔직하지 못한 건 그녀도 마찬가지였다. 파도처럼 끊임없이 밀려오는 정우를 먼저 밀어냈던 자신이 아니었던가. 그 차가운 밤을 떠올리자 나정은 그제야 알 거 같았다. 어째서 그를 멀리할 수밖에 없었는지.

겁이 났던 거다. 그림보다 이 남자가 좋아져 버릴까 봐. 상상할 수 없을 만큼 너무 좋아져 버릴까 봐, 겁이 났던 거다. 간절하면 간절할수록 꿈은 멀어지고, 언제나 아픔이 찾아왔으니까.

'툭.'

하얀 도화지 위로 맑은 액체가 떨어졌다. 후드득, 투명하게 부푼 눈물이 나정의 하얀 볼을 타고 흘러내렸다. 손등으로 훔쳐도 소용없었다. 아무리 닦고 또 닦아도 그새 시야가 뿌예지며 목울대가 울컥했다. 훌쩍이는 소리를 들은 모양인지 이곳으로 다가오는 정우의 발소리가 들렸다. 애써 이젤에 몸을 숨기고 있는 나정을 기어코 찾아내며 그가 차갑게 굳은 표정으로 물었다.

"왜 우는데."

"……미워서요."

"……."

"팀장님이 너무 미워서요."

나정이 코를 훌쩍이며 고개를 들었다. 턱에 고인 눈물이 툭, 떨어지며 바닥을 적셨다.

"어떻게 떠날 생각을 해요? 어떻게 이렇게 미련 없이……."

한 번 터진 원망은 멈출 새가 없었다. 이성이 흐려지고 꾹꾹 눌렀던 감정만이 선명히 남자 나정은 어린아이처럼 응어리진 마음을 토해냈다.

"멋대로 좋아하게 만들어놓고…… 멋대로 떠나는 게 어디 있어."

이젤이 옆으로 스르르 밀려나는 건 한순간이었다. 코앞까지 다가온 정우가 깊어진 눈으로 나정을 응시했다. 언젠간 본 적 있던 갈망이 그의 까만 눈동자에 차오르자 나정은 저도 모르게 의자에서 일어나 뒤로 물러났다. 벽에 등이 닿고 나서야 더는 물러설 공간이 없다는 걸 알아챘다.

정우는 손목이 묶인 상태였다. 그러니 두려울 게 하나도 없어야 하는데, 한 발 한 발 다가오는 그에게서는 위협적인 분위기가 짙게 풍기었다. 그가 고개를 낮게 숙이며 나정을 내려다보았다.

"이럴까 봐."

"……."

"이럴까 봐 네 모델 따위 안 한다고 했던 건데."

나정이 상처받은 눈으로 정우를 응시했다. 지금 뭐라고……. 파르르 떨리는 그녀의 입술을 보며 정우가 한숨 쉬듯 말했다.

"이제 더는 한계야."

대체 뭐가…….

도무지 갈피를 잡을 수 없다가도 이거 하나만큼은 확실히 알 수 있었다. 제 심장이 빠르게 뛰고 있었다. 언젠간 느껴본 적 있는 설렘이 나정의 가슴을 아프게 두들겼다. 아무리 지우고 잊으려고 해도 자꾸만 밤을 헤치고 찾아왔던 두근거림.

정우가 묶인 양손을 머리 위로 들어 올리며 나정의 허리를 휘감 았다. 확, 당겨 안아서는 그답지 않게 애원하듯이 속삭였다.

"그러니까 밀어내지 마."

"……."

"이번엔 네가 자초한 거야."

성큼 다가온 그가 막을 새도 없이 입술을 포개었다.

11. 본능

정우에게 삶은 언제나 끝없는 터널 같은 것이었다. 아무리 내달려 끝이 보이지 않은 어둠. 그러던 어느 날, 그에게도 한 줄기의 빛이 찾아왔다.

'안녕하십니까. 00학번 경영학과 은나정이라고 합니다.'

허리를 넙죽 숙이며 인사하는 자그마한 1학년 후배는 정우가 기억하던 그대로 다소 아담한 키에 가녀린 체구를 지니고 있었다.

그때보다 조금 키가 큰 듯싶었지만 하얀 얼굴에 오밀조밀 자리 잡은 이목구비는 기억 그대로였다.

'네가 이번 계주에서 역전승으로 드라마 한 편 썼다는 그 애구나? 왜 여태까지 같은 동아리인 걸 몰랐지? 안 그래, 한정우?'
'선배님. 죄송한데, 저 수업이 있어서 먼저 가보겠습니다.'
'어어, 그래. 나중에 또 보자.'

애석하게도 나정은 정우를 기억하지 못했다. 또렷이 그녀를 기억하는 그와 달리 그녀는 정우에게 눈길을 주지도, 관심을 주지도 않았다. 그저 동아리에 속한 선배 중 한 명, 그조차 얼굴도 이름도 잘 기억나지 않는.
어찌 보면 차라리 다행이었다. 괜히 과거 일을 들먹여봤자 좋을 게 없었다. 하지만 시선이 자꾸만 그 아이에게 향하는 건 어쩔 수 없었다. 그러다 우연히 동아리 방에 들렀다가 나정과 그녀의 동기가 나누던 대화를 듣게 됐다.

'그래서 네 말은 학원 다닐 돈이 없어서 줄곧 혼자 그림을 그려 왔다는 거야?'
'아니, 꼭 돈이 없어서가 아니라.'
'부모님한테는 말씀은 드려봤고? 야, 이 정도 실력이면 충분히 미대 가고도 남았을 텐데. 내가 다 아깝다.'
'그 정도는 아니고. 그냥…… 취미인 거지.'

그렇다고 하기엔, 처음으로 그 애의 말간 눈동자에 씁쓸함이 어렸다. 그제야 왜 그 애가 지금껏 치열하게 살아왔는지 어렴풋이 알 거 같았다. 학교 수업이 끝나면 항상 머리를 높이 묶은 채 부리나케 교정을 나서던 아이였다. 가끔 그 애와는 어울리지 않는 고깃집 냄새가 은은하게 느껴질 때면 밤새 아르바이트를 하고 왔다는 걸 굳이 두 눈으로 보지 않아도 알 수 있었다. 삶이, 환경이 그 애를 치열하게 만든 것이었다. 자신과 다를 게 없다는 삶을 살아가고 있다는 것에 어쭙잖은 동정심을 느끼기라도 한 걸까. 정신을 차렸을 때 정우의 두 발은 재현이 있는 미술대에 도달해 있었다.

'그때 가서 재능 없다고 해도 좋으니까 네가 한 번만 그림 좀 봐줘. 부탁한다.'

태어나서 그답지 않은 부탁을 처음으로 청했다. 제 삶도 책임지기 바쁜 와중에 그 아이의 삶에 멋대로 침투했다. 하지만 처음이자 마지막 일거라며 정우는 학교를 떠났다. 그 아이와 엮일 일은 그게 마지막일 거라고 생각했다. 그가 속한 부서에 신입사원이 들어서기 전까지는.

'안녕하십니까, 올해 기획 1팀에 새로 입사하게 된 신입사원 은나정이라고 합니다.'

스물여섯의 은나정은 여전히 변함없었다. 그 사실이 정우를 단숨에 과거로 돌아가게 했다. 자꾸만 궁금하게 만들었다. 왜 네가 여기 있는 건지. 미술은 이제 하지 않는 건지. 더는…… 아프지 않은 건지. 아직도 삶이 너를 불행하게 만들지는 않는지.

신경 쓰고 싶지 않아도 한 부서에 속한 이상 매일같이 그녀의 얼굴을 봐야 했다. 그게 자꾸만 그의 이성을 흩트렸다. 정신을 차려보면 두 눈이 나정의 자리에 머물러 있었다. 불행 중 다행히도 그녀는 여전히 정우를 기억하지 못했다. 가끔은 그 사실이 왜 이렇게 괘씸하게만 느껴지는지. 그래도 나정을 보는 건 퍽퍽한 정우의 삶에 있어서 유일한 낙이었다.

'왜 아직도 자리에 남아 있습니까?'

하루는 봄바람이 살랑거리는 어느 월요일의 늦은 오후였다. 모두가 퇴근한 시각. 윗선에 간략한 보고를 마치고 내려온 정우는 여전히 자리에 남아 업무를 보고 있는 나정을 발견하자 넥타이를 느슨히 잡아당겼다. 부서에 그녀와 둘이서만 남게 되자 이유 모를 갈증이 치밀었다.

'아까 오전에 보고서를 꼭 완료하라고 하셔서.'

아아, 그거. 형식상 내뱉은 말이었다. 그래봤자 팀원마다 맡은 우선순위 업무가 있어서 그렇게라도 말하지 않으면 꼭 마감 기한보다 하루씩 늦게 보고서를 제출할 때가 많았다. 순진한 건지. 일머리가 없는 건지. 있는 그대로 상황을 받아들인 나정을 보며 정우는 상황을 정정해주기보다 도리어 짓궂게 나갔다.

'그래서 완료는 다 했습니까?'

'아, 넵! 이제 막 다 끝나가던 참이었습니다. 전송만 하고 바로 퇴근하겠습니다.'

재빨리 파일을 전송하고 책상을 정리하는 그녀의 손짓이 다급해 보였다. 누가 봐도 상사인 정우가 퍽 불편하다는 조급한 뒤태였다. 그 모습이 괘씸하다가도 나정이 퇴근하느라 미처 치우지 못한 메모지 한 장을 발견한 정우는 한참을 서 있어야 했다.

융통성이라곤 1도 없는 팀장 같으니라고. (ง •̀_•́)ง
그래도 얼굴은 더럽게 잘 생겼으니까.... (•̀ ᴖ •́)

어렸을 때부터 워낙 외모에 대한 소리를 많이 듣고 자라난 정우였다. 남들보다 특출 난 이목구비를 찬양하는 이야기가 대부분이었지만, 정작 그는 별 감흥이 없었다. 그저 태어나니 이 얼굴이라서 살아가는 것 그 이상 그 이하도 아니었다. 하지만 왜. 고작 낙서에 불과한 이 여자의 글씨에 기분이 좋아지는 이유는 무엇인지. 착각이겠거니 단정을 짓다가도 며칠 뒤 정우는 제 생각이 틀렸다는 걸 절실히 깨달았다.

'나정 씨, 혹시 시간 되면 소개팅 한번 안 받아볼래?'

나정의 사수였던 이주열 과장의 목소리를 들은 게 화근이었다.

'소개팅이요?'

'응. 내가 아끼는 대학 후배인데, 애가 생긴 것도 훤칠하고. 옷 입는 패션 감각도 좋고. 일단 마인드가 참 괜찮아서. 나정 씨만 괜찮다면 자리 주선해보고 싶은데, 어때?'

파일철을 쥔 정우의 손등에 힘줄이 솟아났다. 알 수 없는 초조함과 조바심이 들끓었다. 은나정은 알게 모르게 주변 이성들의 관심을 받고 다녔다. 아담하지만 선이 고운 몸매와 회사에서는 흔히 볼 수 없는 학생 같은 순수함이 그녀의 얼굴에 햇살처럼 깃들여 있었다. 특히 동그란 눈매를 크게 뜨고 평소 좋아하는 딸기 프라푸치노를 행복하게 마실 때면 은근슬쩍 그녀를 흘깃거리는 눈들이 많았다.

'죄송하지만, 거절하겠습니다.'

'아니, 왜? 진짜 괜찮은 녀석이야. 만나보면 후회 안 할걸.'

'그게 아니라 지금은 연애에 대한 생각이 별로 없어서요. 죄송해요.'

단호히 거절하는 나정을 보며 정우의 가슴에는 안도감이 물감처럼 퍼져나갔다. 그 사실이 주는 깨달음을 그는 모를 만큼 둔하지 않았다. 은나정한테 관심이 있다는 것. 부정할 수 없는 사실이었다. 언제부턴가 궁금했다.

사랑을 나눌 때 너는 어떤 얼굴을 할지. 어떤 눈으로 상대를 바라보고 어떨 때 활짝 웃어줄지. 활짝 웃는 얼굴의 너는 얼마나 예쁠지.

 처음엔 그 모습이 막연히 보고 싶다가도, 움을 튼 욕심은 기어
코 줄기를 뻗어나가며 감히 바라선 안 될 마음을 가지게 했다. 네
웃음을 마주할 상대가 나였으면. 헛된 욕심이란 걸 알면서도 네
가 날 사랑해준다면. 그렇게 네 곁에 있고 싶다면. 그 누구에게
도 네 품을 양보할 수 없다면. 더는…… 이 간절함을 참는 게 한
계라면…….

* * *

 "……으읍."

 입술을 가르며 파고든 정우의 혀가 뜨거웠다. 입천장을 둥글게
휘저으며 쓸어내리는 감각은 지나치게 야릇했다. 주먹 쥔 나정의
양손이 절로 펴졌다. 그러자 쥐고 있던 연필이 바닥에 툭, 떨어지
며 어디론가 데구루루 굴러갔다. 그 틈을 타 그가 허리를 더욱 세
게 당겨 안았다.

 '쿵쿵쿵.'

 빈틈없이 맞붙은 가슴 사이로 누구의 것인지도 모를 심장 소리
가 크게 울려 퍼졌다. 이건, 이건 뭔가 잘못됐다. 깊어지는 키스에
나정의 두 눈이 번뜩 뜨였다. 눈물이 뚝 그치며 사고가 돌아왔다.
잠깐만. 이 남자, 손목 묶인 거 아니었어?

 "앗……."

 나정이 돌연 신음을 터트렸다. 정우가 아랫입술을 아프게 깨문
탓이었다.

"집중 안 하지?"

그가 얼굴을 비스듬히 기울이며 경고했다. 촉촉한 물기가 맺힌 둥근 눈매가 이토록 사랑스러울 수 없었다. 뭐가 그리도 억울한지 여자가 고개를 뒤로 물리며 물었다.

"약속, 하지 않았어요? 그림만 그리기로."

"글쎄. 내가 그랬던가."

"그새 기억상실증이라도 걸리셨어요?"

정우는 반박하는 대신 시선을 내리깔았다. 타액으로 젖어 번들거리는 나정의 도톰한 입술을 지그시 응시하더니, 입꼬리를 부드럽게 휘었다.

"그랬나 보지."

좋아한다는 말을 그녀에게 듣게 된 이 순간 정우에게는 더 이상 두려울 게 없었다. 언제나 그림자처럼 따라붙던 죄책감도 사라진 지 오래였다.

언젠간 아버지가 했던 말이 떠올랐다. 정말로 간절한 순간이 찾아온다면 생각지 못한 용기가 찾아올 것이라고. 그 순간이 정우에게는 바로 지금이었다. 눈앞의 여자를 얼마나 바라고 또 갈망했던가. 그간 그를 얽매였던 지난 과거 따위 이젠 생각하고 싶지 않았다. 매일 밤 찾아와 괴롭혔던 죄책감 또한 이 여자를 향한 마음 앞에서는 부질없는 부스러기에 지나지 않았다. 누군가 그를 향해 죄인이라고 손가락질할지라도 상관없었다. 나쁜 사람이라고 낙인이 찍힐지라도 눈앞의 여자를 감히 포기할 자신이 없었다.

반면 나정은 할 말을 잃은 얼굴이었다. 항상 무표정을 고수하던 정우의 얼굴에 한 줌의 미소가 번지자 머릿속이 하얘졌다. 하지만 금세 고개를 털며 그를 노려봤다. 하마터면 또 홀릴 뻔했다. 가끔 제 상사는 축복받은 외모를 적재적소에 써먹을 때가 있었다. 지금처럼 훅 파고들 때면 나정은 괜스레 신이 원망스러워졌다.

"한정우 팀장님."

힘주어 직함을 부르자 정우의 시선이 다시금 나정의 입술에 닿았다.

"응?"

……왜 또 목소리는 나른하고 난리야.

"대체 절 왜 부르신 거예요? 분명 거절하셨잖아요. 먼저 선 그은 건 팀장님 아니었나요?"

나정은 확실하게 정우가 정의해주길 바라는 눈치였다. 당신의 마음은 무엇인지. 우리의 관계는 어떻게 되는지. 한 번만 더 모델로 서줄 수 없냐는 제안을 칼같이 거절한 건 눈앞의 남자가 아니었나.

정우는 말없이 나정을 내려다보았다. 그때 허리를 꽉 죄던 그의 팔이 나정의 머리 위로 들렸다. 여전히 그의 양 손목은 넥타이로 단단히 묶인 상태였다.

"왜일 거 같습니까?"

어깨를 울리는 낮은 음성에 흠칫, 고개가 들렸다. 실오라기 하나 걸치지 않은 너른 가슴팍과 물기 맺힌 갈색 머리칼에 시선이 붙잡혔다.

"은나정 씨 말처럼 우린 마주해서 좋을 게 없잖아."

"……."

"그걸 알면서도 왜 널 불렀을까, 생각이란 걸 해봤는데."

너. 방금 그가 분명 너라고 했다.

정우의 긴 다리가 천천히 교차했다. 느긋하게 다가오는 그를 보며 나정은 본능적으로 뒷걸음질을 쳤다. 한 발, 한 발. 서로의 거리가 좁혀질수록 그의 입술에 걸린 미소가 연기처럼 증발했다.

"화가 나."

"……."

"그 눈이 나 아닌 다른 놈을 훑는다고 상상하니까 불쾌하다 못해 기분이 아주 더러워."

항상 정숙하고 딱딱한 억양을 고집하던 남자였다. 다소 거친 언사에 기분이 나쁠 법도 한데, 나정의 정신은 멍했다. 오히려 그의 말이 취할 것처럼 달콤하게 들린다면, 드디어 제 머리가 본 기능을 상실해버린 걸까. 빙글빙글 돌아가는 정신 속에 갈피를 잡지 못한 몸뚱어리가 침대 모서리에 걸리며 풍덩, 넘어갔다. 머리칼이 물결처럼 퍼지며 얼굴에 열이 몰렸다. 나정은 침대 앞까지 다가온 정우를 무방비하게 올려다보았다.

"그래서 뭔데요?"

그가 짙은 눈썹을 살며시 들어 올렸다. 질문의 의도가 뭐냐는 듯. 나정은 파르르, 떨리는 입술을 힘주며 되물었다.

"찾은 답이 있을 거 아니에요."

당신이 나를 부른 진짜 목적. 당신이 내 모델을 하겠다는 진짜 이유. 당신의 진짜…….

"뭐겠습니까?"

본색.

정우는 순발력 좋게 나정의 몸 위를 올라탔다. 돌덩이 같은 허벅지가 나정의 다리를 활짝 벌리며, 단숨에 자리를 잡았다.

"답은 뻔하잖아."

정우의 얼굴에 아른거리던 햇살이 지며 그늘이 드리웠다. 숨겨진 본색이 완벽히 드러난 순간, 그가 손목에 묶인 넥타이를 입술로 슥, 풀며 고백했다.

"본능에 충실하기 위해서지."

스르르, 매듭 풀린 넥타이가 나정의 귀 옆으로 툭 떨어졌다. 오랜 세월 정우를 옥죄였던 족쇄가 산산이 부서지는 순간이었다. 차창에 쏟아지는 환한 빛줄기가 남자의 너른 등을 비추었다. 그가 상체를 숙이며 다시금 입술을 겹쳤다. 나정은 거부하지 않았다. 서로의 숨결을 온전히 포개며 정우의 목을 가득 끌어안았다. 가슴이 저릿하고 시큰할 만큼 뜨거운 입맞춤이었다.

* * *

나정은 슬그머니 얼굴을 가린 시트를 내려 눈동자를 분주히 굴렸다. 어느새 밤이 깊어져 있었다. 깜빡 잠이 들어버린 모양이다.

"……팀장님 방에서 잔 거야?"

숨을 크게 들이켜며 황급히 옆자리를 둘러봤다. 잠들기 전까지 자신을 단단히 끌어안았던 정우의 모습이 보이지 않았다. 귀를 기울이니 문밖에서 주방 식기를 만지는 소리가 들렸다. 깊은 안도감을 느끼는 동시에 아득함이 밀려왔다.

"……어떡해."

도무지 맨정신으로 정우를 볼 자신이 없었다. 그도 그럴 것이 그와 얼마나 진득한 키스를 나눴는지 모른다. 숨이 찰 거 같으면 정우가 잠시 입술을 놓아주더니, 윗입술과 아랫입술을 번갈아 머금으며 깊은 입맞춤을 이어갔다. 혀를 먼저 얽는 문란한 키스를 하기도 했고, 그의 상체에 올라타 서로의 숨결을 섞이기도 했다. 가슴이 벅차 강아지처럼 정우의 목에 얼굴을 비비적거리면 그의 묵직한 한숨이 정수리를 울렸다.

'여기서 더하면 못 멈출 거 같은데.'
'……괜찮아요.'

지나치게 뛰어대는 심장은 때론 이성을 흩트렸다.

'못 멈춰도 괜찮다고요.'

나정은 정우의 목을 꽉 껴안으며 그를 올려다보았다.

'저도 알 거 다 아는 나이예요.'

대학생 때부터 정우가 자신을 알았다면 연애 전적이 없다는 것도 당연히 알고 있을 것이다. 그러나 정우는 나정의 용기에 힘입어 진도를 더 빼는 대신 그녀를 제 품에 쏙 당겨 안았다.

'안 돼.'
'……왜요?'

선연한 실망감이 나정의 얼굴 위를 스치자 그가 다시금 억누르는 듯한 한숨을 내뱉었다. 한 손으로는 나정의 머리칼을 부드럽게 귀 뒤로 넘기며 말했다.

'어떻게 손에 들어온 건데 한 번에 해치울 순 없지.'
'……뭘, 해치워요?'

당황하며 버벅거리자 그가 이마에 입을 맞추나 싶더니, 돌연 나정의 귓불을 깨물었다.

'야금야금. 생각날 때마다 조금씩 먹을 겁니다.'
'저 먹는 거 아닌데요. 팀장님 저번에 토끼도 잡아먹을 거 같다고 하시고. 가만 보면…….'

잠깐만. 불길한 직감이 나정의 머릿속을 스쳤다. 정우가 나정의 얼굴을 빤히 직시했다.

'가만 보면 토끼랑 똑같이 생겼단 말이지.'

맙소사. 그 말이 진심이었어? 비로소 드러난 정우의 본색에 나정은 이곳이 그의 침실이 아닌 먹이 소굴이란 걸 깨달았다.

'저, 저는 이만 가 보겠습니……, 으억!'

정우의 품에서 도망치려고 했으나 헛수고였다. 바닥에 다리가 닿기도 전에 정우의 두꺼운 팔목이 나정의 허리를 휘감았다. 상체가 뒤로 풍덩, 넘어가며 전보다 더 밀착하다시피 서로의 몸이 맞붙었다. 정우는 여전히 상체에 아무것도 걸치지 않은 상태였다. 도무지 어디에 눈을 두어야 할지 난감했다. 음영이 드리운 굴곡진 근육은 탄탄하다 못해 단단했다.

'나쁜 마음 안 먹을 테니까 같이 눈 좀 붙이죠.'

손만 잡고 자자는 수작과 다를 게 없는 발언이었다. 나정이 불신하는 눈으로 정우를 바라보자 그가 픽, 웃으며 좀 더 나정을 끌어안았다.

'오늘 누구 때문에 한숨도 못 잤습니다. 지금 못 자면 내일 스케줄에 지장이 생길 거 같은데.'

그게 누구냐고 물어보려던 나정은 입술을 굳게 다물었다. 정우와 정통으로 눈이 마주친 탓이었다. 서로의 코끝이 닿을 만큼 좁디좁은 거리였다. 그가 나지막이 속삭였다.

'이젠 알아챌 때도 됐잖습니까.'
'……숙면하겠습니다. 어서 준비하시죠.'

나정은 서둘러 눈꺼풀을 닫았다. 물론 잠이 올 리 없었다. 하지만 정우가 머리칼을 쓰다듬어주자 사고가 멈추었다. 알 수 없는 뭉클함이 마음속에 퍼져나갔다. 결국 정우의 부드러운 손길에 나정은 까무룩 잠이 들었다. 그리고 눈을 떠보니 이 시간이었다.

'달칵.'

침실 문이 열리며 빛줄기가 문 틈새로 스며들었다. 나정은 털썩, 다시 침대에 드러누우며 이불을 머리끝까지 덮어썼다. 정우의 것으로 추정되는 발소리가 들렸다. 침대 머리맡을 앞두고 멈춰선 정우가 아직 나정이 깊은 잠에 빠져 있다고 생각하는지 다시금 돌아섰다. 뒤이어 문 닫히는 소리가 들리자 나정은 '푸아' 참고 있던 숨을 크게 내뱉으며 이불을 걷어냈다.

"숨바꼭질이 하고 싶었습니까?"

나정은 흠칫 놀라며 옆을 돌아봤다. 정우가 팔짱을 낀 채 벽에 기대서 있었다.

"……팀장님."

"나름 열심히 숨은 거 같아서 찾아볼까 싶었는데. 아쉽네요."

거짓말. 남자의 입가에는 옅은 웃음기가 번져 있었다. 회사에서는 흔히 볼 수 없는 미소였다.

"배 안 고픕니까?"

"……어, 조금?"

나정의 배꼽시계가 꼬르륵, 하고 말갛게 울려 퍼졌다. 순식간에 귀까지 열이 몰렸다. 정우가 피식 웃으며 이불을 걷어냈다. 그리고 나정의 자그마한 손에 깍지를 끼며 말했다.

"나와요, 저녁 먹게."

"와……."

나정은 식탁을 채운 음식 가짓수를 보며 감탄을 금치 못했다. 정우가 직접 저녁을 준비했다길래 간단한 음식이겠거니 싶었다. 하지만 예상을 뒤집고 문양이 예쁘게 박힌 접시에는 여러 가지 반찬들이 먹기 좋게 담겨 있었다.

"이걸 다 팀장님이 하신 거예요?"

"이 중에 반 이상은 어머님이 보내주신 거고 내가 한 건 밥이랑 반찬 몇 가지. 그리고 국밖에 없습니다."

"잘 먹겠습니다!"

나정은 설레는 마음으로 뽀얀 김이 모락모락 피어오르는 쌀밥을 한 숟갈 입에 집어넣었다. 평소 좋아하는 숙주나물까지 곁들이자 향긋하고 고소한 향기가 입안 가득 퍼져나갔다.

"……맛있어요."

간도 딱 맞는 게 완전히 제 스타일이었다. 알맞게 구워진 오리고기도, 싱그러움이 가득한 샐러드도, 고소한 호박 부침도 죄다 맛있었다. 가만 생각해보니 식탁에 있는 음식들 죄다 나정이 평소 즐겨 먹는 것들이었다.

"팀장님은 안 드세요?"

나정이 오물오물 열심히 입술을 움직이며 묻자 정우가 턱을 괴며 나정을 지그시 응시했다.

"보는 것만으로도 배부릅니다."

"……컥!"

갑작스러운 공격을 나정은 미처 방어하지 못했다. '콜록콜록' 연달아 터져 나온 기침에 얼굴이 토마토처럼 익어갔다.

정우가 정수기에서 물을 따라 한 잔 건네자 나정은 허겁지겁 그것을 들이켰다.

"하……."

물 한 컵을 해치우고 나서야 기침이 멈추었다. 나정은 저도 모르게 흘긋 눈을 들어 정우의 눈치를 살폈다.

"……혹시 일부러 그러시는 거예요?"

"뭘 말입니까?"

"아니, 막 잡아먹겠다는 둥, 방금처럼 먹는 것만 봐도 배부르다는 둥. 이런 멘트 하실 성격 절대 아니시잖아요."

"내 성격이 어떤대?"

"네? 어, 그게……."

상사로서는 인정머리가 없는 이미지라고 솔직히 말할 수 없었다.

"나도 표현할 줄 압니다."

정우가 상체를 숙여 거리를 좁혀왔다. 그리고는 긴 팔을 뻗어 나정의 입술 근처에 묻은 밥풀을 떼어주며 미소를 머금었다.

"내 여자한테만큼은."

화르륵. 안 그래도 뜨거운 나정의 얼굴은 이제 활화산과 견주어도 밀리지 않았다. 뒤늦게 실감이 났다. 이제 정우와는 연인 사이라는 걸. 그가 제 남자친구란 걸.

"……고마워요."

나정이 자그맣게 중얼거렸다. 정우가 눈썹을 들어 올리며 고개를 비스듬히 세웠다.

"갑자기?"

"실은 재현 선배한테 이야기 다 들었어요. 팀장님이 절 대학생 시절부터 알고 있었다고. 왜 말씀 안 해주셨어요? 그랬으면……."

"부담 주기 싫었습니다."

"……."

"오래전부터 은나정 씨를 좋아했다는 이유로 그 시간을 강요하고 싶진 않았어요. 본인 마음이 크다고 상대방의 진심까지 커지길 바라는 건 결국 자신을 망치는 지름길이랑 다를 게 없으니까."

생각해보면 정우는 한 번도 강요한 적이 없었다. 나정을 기다려주었고, 또 기회가 생기면 거침없이 파고들었다.

"감사해요, 덕분에 아직도 그림을 그릴 수 있게 됐어요."

나정이 자리에서 일어나 공손히 허리를 숙였다. 진심이었다. 재현의 가르침도 한몫했지만, 정우가 먼저 나정에게 눈길을 주지 않았다면 만나지 못했을 인연이었다.

"……캐나다로 곧 떠나시는 거죠?"

나정의 얼굴이 사뭇 어두워졌다. 까마득하게 잊고 있었다. 그가 곧 떠난다는 걸. 정우에게서는 말이 없었다. 읽을 수 없는 그의 표정은 나정을 초조하게 했다.

"충분히 이해해요. 회사 일이 팀장님이 마음대로 조율할 수 있는 부분도 아니고. 장거리 연애도 좋죠. 제 친구 중에도 장거리 연애를 하는 애가 있는데, 만날수록 애틋해진다고 하더라고요. 그러니까 저희도 애틋해지지 않을까, 하는 기대감이 드네요. 하하."

기대되긴 개뿔. 지금 무슨 소릴 하는 거야. 실은 그가 가지 않았으면 하는 간절함에 횡설수설 아무 말이나 막 튀어나온 거였다.

"미안하지만 장거리는 내 취향이 아니라서."

"네? 그럼……."

그럼 박스에 정리된 이 짐들은 죄다 뭐냐며 나정이 눈길을 돌렸다. 정우는 대답 대신 자리에서 일어나 냉장고로 다가갔다. 냉동실에서 딸기 막대 아이스크림을 하나 꺼내서는 능숙하게 포장지를 걷어냈다.

"집 계약 기간이 끝나서 다른 동네로 거처를 옮길 생각입니다."

"어디로, 요?"

나정이 희망을 놓지 않으며 물었다. 그 틈을 타 정우가 나정의 입안으로 아이스크림을 집어넣었다. 달콤함이 혀끝에 잔뜩 퍼지나 싶더니, 그보다 더 달달한 소식이 나정에게 찾아왔다.

"도정동이요."

도정동이라면……

"……제가 사는 동네요?"

"근처에 신축 오피스텔이 생겼다길래 엊그제 계약했습니다."

엊그제라면. 회사 워크숍이 있던 날이었다. 나정이 입가에 묻은 아이스크림을 혀로 쓸며 황급히 물었다.

"그럼 캐나다로 떠날 생각이 처음부터 없으셨던 거예요?"

"떠나기로 예정은 돼 있었죠."

"근데 왜……."

"안 가겠다고 무작정 선언했습니다."

"선언이요? 누구한테요?"

"회장님께요."

"회장님이라면……."

회사 워크숍 때 커다란 스크린 화면에서 보았던 건장한 노인의 얼굴이 떠오르자 나정이 다급히 물었다.

"……그럼 진짜로 팀장님이 세현의 후계자세요?"

"후계자?"

정우의 한쪽 눈썹이 들썩였다.

"누가 그런 말도 안 되는 소릴 합니까?"

당황한 나정은 아무 말도 하지 못했다. 알만하다는 듯 정우가 고개를 저으며 상황을 정정했다.

"한 회장님과는 가족 관계는 맞지만, 그게 전부입니다. 회사를 이어받을 입장도 못 되고요."

"그럼 결혼은요? 안 하시는 거죠? 막 드라마에서 보면 명문 있는 집안하고 맞선 같은 거 하고 그러잖아요. 그런 거 절대 안 보는 거죠?"

나정의 눈동자가 초조함에 일렁거렸다. 그 모습이 귀여워 정우는 픽 웃음을 흘렸다.

"그래서 그때 날 그렇게 밀어냈습니까? 누군 매일이 지옥이었는데 말이야."

"그게……."

"맞선을 본 적도 없고 앞으로도 볼 생각 따위 없습니다."

"그럼 진짜로 캐나다 안 가시는 게 저 때문에……."

정우는 부정하지 않았다. 더는 나정을 향한 마음을 감출 생각이 없었다. 애초에 그녀가 모델 제의를 했을 때 거절을 했던 건 돌이킬 수 없을 거 같아서였다. 짓눌렀던 마음을 더는 억누르지 못

할 게 뻔했으니까.

"최 대리랑은 어떻게 됐습니까?"

"……최 대리님이 갑자기 여기서 왜 나와요?"

"내 기억으로 직접 모델로 서고 싶다고 했던 거 같은데."

되묻는 정우의 어감이 살벌했다.

"……죄송하지만, 괜찮다고 거절했어요."

정우가 아닌 다른 남자를 그리고 싶지 않다는 생각에는 여전히 변함이 없었다. 정우의 입가에 보일 듯 말 듯 한 미소가 번져 갔다. 그게 어쩐지 얄미웠다.

"팀장님이야말로 말 돌리지 말아요. 저 때문에 캐나다로 떠나지 않는 거냐고 먼저 물었잖아요."

"그렇다면? 나한테 미안함이라도 갖게?"

"당연한 거 아니에요?"

"그럼 그런 걸로 치죠. 난 연민이든 동정이든 은나정 씨 관심은 받아야겠으니까."

"네? 그게 무슨……. 앗."

갑자기 몸이 벽으로 밀려나자 나정은 손에 쥔 아이스크림을 머리 위로 올렸다. 그녀를 벽에 가둔 정우의 얼굴이 사뭇 위협적으로 느껴졌다.

"뭐, 뭐 하시는 거예요?"

"그거."

"……."

"아까부터 일부러 하는 건가."

"네? 뭘요?"

나정이 영문을 모르겠다는 얼굴로 입가에 묻은 아이스크림을 할짝이자 정우의 목울대가 느리게 솟아올랐다 내려앉았다.

"가만두질 못하네."

"그러니까 뭘……."

정우가 손을 뻗어 나정의 입술을 슬며시 닦아냈다. 서슴없이 그 손을 자신의 입술로 가져가는 것도 잊지 않았다. 나정은 황급히 손등으로 입술을 가렸다.

"아씨! 아이스크림 묻혀 놓은 게 누군데요."

억울함을 표출할 기회는 나정에게 주어지지 않았다. 정우가 성큼 다가와 제 입술로 나정의 입술을 훔쳤다. 미처 피할 새도 없이 일어난 일이었다. 아직 다 먹지 못한 딸기 아이스크림이 힘없이 바닥으로 툭 떨어졌다.

그가 부드럽게 아랫입술을 핥으며 혀를 얽었다. 서로에게 묻은 아이스크림의 향 때문인지 기분 좋은 달달함이 타액처럼 엉켜 들었다. 그 느낌이 싫지 않아 나정은 까치발을 들어 정우의 목을 감싸 안았다. 말로 설명할 수 없는 진한 행복이 가슴에 퍼져나갔다. 절대 헤어 나오고 싶지 않은 달콤함이었다.

* * *

'삐걱.'

대문을 열고, 마당으로 들어서는 나정의 발걸음이 조심스러웠다. 남몰래 밀회를 나누다 온 것처럼 현관문을 여는 그녀의 손길이 신중했다.

"언니, 어디 다녀왔어?"

"어?"

나정이 화들짝 놀라며 뒤를 돌아봤다. 아직 잠자리에 들지 않았는지 막내 나람이 화장실 문을 연 채 양치질을 하고 있었다.

"어디서 이제 오는 거야?"

"아, 그게……."

도무지 솔직하게 말할 자신이 없었다. 안 그래도 정우가 차로 집 앞까지 데려다준 터였다. 혼자 갈 수 있다는 만류에도 그는 부어오른 나정의 발목을 들먹이며 안전한 귀갓길을 강요했다. 그런데 막상 헤어지는 길목이 다가오자 아쉬운 마음이 들었다. 충동적으로 정우의 입술에 살며시 입을 맞추었다. 가벼운 입맞춤은 그새 농밀해졌다. 한동안 질척이는 소리가 차 안을 울렸다. 그 장면을 되새기던 나정은 새삼 낯부끄러워 빠르게 변명했다.

"……친구 좀 잠깐 만나고 왔어."

"친구? 여진 언니 만났어?"

"아니."

"언니가 여진 언니 말고 친구가 또 있었어?"

"……미안한데, 네가 걱정하는 것만큼 내 인간관계가 좁진 않거든?"

"아님 말고."

미련 없이 돌아서는 나람을 보고 나서야 나정은 방 안으로 들어갔다. 닫힌 문에 등을 기대기 무섭게 스르르, 주저앉았다.

"니야아아옹."

나정의 기척을 들은 토루가 꼬리를 살랑살랑 흔들며 다가왔다.

"토루야."

"니야아옹."

"나 이제 어떡하지."

정우와 함께 있을 때는 잘 몰랐는데, 그를 떠나보낸 후에야 실감이 났다.

"언니 드디어 남자친구 생겼다."

"니야아옹."

정우의 냄새가 옷에 묻기라도 했는지 토루가 나정의 품을 파고들었다. 얼굴을 비비며 소리를 내는 게 딱 봐도 기분이 좋을 때 보이는 행동이었다.

"근데 왜 이렇게 기분이 묘할까."

처음이었다. 누군가를 좋아한 적은 있어도 누군가 나정을 진심으로 좋아해 준 적은. 그것도 까다롭기로 소문이 자자했던 상사일 줄이야.

'그럼 절 언제부터 좋아하신 거예요? 재현 선배를 스무 살에 만났으니까 설마 그때부터…….'

정우는 궁금증을 해소해주는 대신 의미심장한 미소를 지었다.

'어쩌면 더 길 수도 있고.'

적어도 자그마치 7년 전부터 자신을 알고 있었다는 건데.

"……말도 안 돼."

나정은 믿을 수 없다며 고개를 젓다가도 번뜩 떠오른 생각에 허리를 바로 세웠다.

"앞으로 회사에서 팀장님을 어떻게 보지?"

공개적인 사내 연애는 두 사람에게 전부 치명적이었다. 암묵적으로 비밀 연애를 유지하기로 합의가 된 듯한데, 내일부터 당장 출근해야 한다는 현실이 막막하게 다가왔다. 전처럼 아무렇지 않게 팀장님을 대할 수 있으려나.

'띠링.'

그때, 휴대폰에서 알람음이 울렸다.

푹 쉬고, 내일 보죠 – 한정우 팀장님

"니야아아아옹."

토루가 한동안 액정에서 눈을 떼지 못하는 나정을 보며 소리를 냈다. 그제야 옷장 옆에 걸린 거울에 비친 제 모습이 눈에 들어왔다. 입이 거의 귓가에 닿을락 말락 늘어져 있었다. 나정은 두둥실 차오르는 감정에 토루를 와락 껴안았다. 침대에 널브러진 채 이불을 팡팡팡, 차댔다. 꿈만 같았다. 다른 누구도 아닌 한정우가 그녀의 첫 남자친구란 게.

* * *

고대하던 아침이 밝았다. 평소처럼 새벽 여섯 시에 눈을 뜬 나정은 분주히 출근 준비를 했다. 부모님과 두 여동생을 대신해 간단

한 토스트를 만드는 배려도 잊지 않았다. 무사히 회사에 도착했을 때는 콧노래를 흥얼거리며 다이어리를 정리했다. 그러던 중 늘 두 번째로 출근하는 주열과 눈이 마주쳤다.

"나정 씨, 일찍 왔네?"

"과장님도요."

"뭐지. 그 눈빛은?"

"눈빛이요? 왜요? 제 얼굴에 뭐 묻었나요?"

지그시 나정을 주시하던 주열이 커피를 책상에 내려놓으며 말했다.

"오늘따라 초롱초롱 빛이 나서."

"……네?"

"발목 다쳐서 주말을 죽상으로 보낼 줄 알았더니. 기분 좋은 일이라도 있었어?"

"주말이니까 당연히 기분이 좋은 거죠."

좋아. 방금 변명 괜찮았어. 주열이 쳐놓은 그물을 용케 빠져나왔다며 속으로 기뻐하는데, 그가 또다시 새로운 그물을 내던졌다.

"앞으로 최 후배랑은 어떻게 지내볼 생각이야?"

"최 대리님이요? 대리님이 왜요?"

"내가 두 사람 자리 만들어 준 게 언제인데, 이제 진도 나갈 만도 하잖아. 진원이는 기회만 노리고 있던 거 같은데."

"……대리님이요? 저랑요?"

그럴 만한 낌새가 있었다. 진원이 싫은 건 아니었지만, 그렇다고 이성으로 호감이 있는 것도 아니었다. 그는 친절한 직장 동료자 때로는 주먹을 부르르 떨게 만드는 상사였다. 또 아주 가끔은 편한 친구 같기도 한.

"설마 여태 나정 씨한테 관심 있는 거 몰랐어?"

선뜻 모델 제의를 한 것도 그래서였나.

"이런. 최 후배 벌써 가슴앓이하는 소리가 여기까지 들리네. 들어오는 소개팅도 죄다 거절하고 나정 씨만 바라보는 눈치던데."

"아, 저 그게……."

걸렸구나. 주열의 입가에 만족스러운 미소가 피어올랐다. 전과 달리 나정의 얼굴에 난감함이 역력했다.

……이를 어쩌지.

미처 진원의 마음을 살필 새가 없었다. 정우와의 냉전이 이어지면서 나정의 신경은 오직 그에게만 곤두서 있었다.

"좋은 아침입니다."

"한 팀장님 오셨군요."

듣기 좋은 중저음이 들리자 펜을 쥔 나정의 손에 힘이 꾹 들어갔다. 이 시간에 팀장님이 올 리가 없는데. 지금껏 겪은 바로는 20분은 더 흘러서야 정우의 모습을 볼 수 있었다. 설마 과장님과 한 이야기를 들었으려나. 나정은 최대한 덤덤한 얼굴로 뒤를 돌아봤다. 하지만 정우와 눈이 마주치자 마음이 허물어졌다. 원래도 완벽한 슈트 핏으로 유명한 그였지만, 오늘처럼 눈에 확 들어오는 건 또 처음이었다.

깔끔하게 넘긴 포마드 헤어와 스트라이프 선이 일자로 들어간 짙은 남색 슈트. 그리고 포인트로 맨 와인색 넥타이까지. 가장 경이로운 것은 역시나 정우의 얼굴이었다. 조명 아래 드러난 날카로운 이목구비와 건강한 피부는 잡티 하나 없이 매끄러웠다.

"좋은 아침입니다, 팀장님."

나정은 간신히 멍한 정신을 붙들며 고개를 숙였다. 그는 눈길을 주나 싶더니, 무심히 나정의 곁을 지나쳤다. 순간 서운한 마음이 파도처럼 밀려왔지만, 이곳은 곧 직장이자 일터라며 흔들리는 마음을 다잡았다.

"이 과장님."

자리에 앉은 정우가 평소와 같은 무심한 목소리로 주열을 불렀다.

"네, 팀장님."

뜻밖의 음성이 주열의 발목을 걸고넘어졌다.

"우리 부서에서 앞으로 소개팅 제안은 금지입니다."

"……네?"

이것은 아군인가 적군인가. 나정의 고개가 뻣뻣하게 정우를 향해 돌아갔다. 그가 주열과 나눈 대화를 들은 게 분명했다. 그렇지 않고서야 이런 폭탄을 상의도 없이 내던질 수는 없었다.

"소, 소개팅 제안 금지요?"

생전 듣도 보도 못한 사안에 주열도 나정만큼이나 당황한 눈치였다. 그러거나 말거나 정우는 깍지 낀 손에 턱을 묻으며 표정 변화 없이 한 자, 한 자 씹어뱉었다.

"타 부서 직원의 소개팅을 추진하는 데는 제약 두지 않겠습니다. 이의 있으면 얼마든지 말씀하세요."

"그러니까…… 팀장님 말씀은 우리 부서 직원들에게만 소개팅 제안을 금지하시겠다는 거죠?"

망했다, 망했어. 첫날부터 제대로 망쳐버렸어. 저 말도 안 되는 말을 듣고 수상함을 느끼지 않을 리 없었다. 주열이 눈치채는 건 순식간이라며 절망하는데, 그가 '오호라.' 의미심장한 감탄사를 내뱉었다.

"고도의 전략술, 뭐 그런 건가요?"

······응?

"한마디로 타부서 직원들의 환기를 사서 업무에 소홀해지게끔 말이죠. 그럼 우리 부서 이미지는 지키면서 경쟁 부서의 능률은 떨어트리고. 임도 보고 뽕도 따고. 꽤 괜찮은 전략인데요?"

순간 나정은 의자에서 삐끗하려는 몸뚱어리를 간신히 붙잡았다. 그녀는 기겁한 눈으로 주열을 바라봤다. 이 양반은 눈치를 별나라에 두고 오셨나. 아니면 없는 척을 하는 건가. 그러기엔 정우를 바라보는 주열의 두 눈에 경외심이 가득했다.

"안 그래, 나정 씨?"

"하, 하. 뭐, 그런 것도 같네요."

꼬일 거 같던 상황이 느슨히 풀려버리자 기가 찬 웃음밖에 나오지 않았다. 이걸 다행이라고 해야 할지 불행이라고 해야 할지, 나정의 머릿속이 혼란스러웠다.

* * *

"은나정!"

전쟁 같던 오전 근무를 끝낸 후였다. 승강기를 타고 1층 로비에 도착하자 나정을 미리 기다리고 있던 여진이 양팔을 펼치며 달려왔다. 나정을 가득 껴안은 여진이 부비부비 몸을 비비며 애틋한 눈으로 나정을 내려다봤다.

"계집애. 너, 워크숍 때 진짜 멋있었던 거 알아?"

"여진아. 일단 이 팔부터 좀. 나 숨, 숨 막혀."

"아, 미안미안. 너무 좋아서 그만."

여진의 키는 나정보다 9cm나 더 큰 170cm였다.

"나 진짜 대학 때로 돌아가는 줄 알았잖아."

점심을 먹으러 가는 내내 여진은 지난주에 있었던 워크숍 이야기를 생생하게 재연했다.

"어쩜 그렇게 잘 달릴 수가 있어? 나이 먹어서 그때보단 못 뛸 줄 알았는데, 실력이 하나도 녹슬지 않았더라니까?"

"운이 좋았지, 뭐."

"운이 좋긴. 1등이랑 반 바퀴나 차이 났는데 그걸 어떻게 운으로 이겨. 나 몸에 소름 쫙 돋았잖아. 나만 그런 줄 알아? 우리 팀도 그렇고. 거기 있던 직원들 전부 다 너만 보는데……. 혹시 아침에 출근하면서 못 느꼈어?"

"뭘?"

여진은 직접 설명하는 대신 시선을 널리 뻗었다. 그녀의 눈길을 따라 시야를 넓힌 나정은 뭔가 이상한 기분을 느꼈다. 왜인지 모르겠으나 회사 근처에 있는 직원들의 시선이 죄다 자신을 향해 있는 것 같은 착각이 일었다.

"은나정, 완전 유명 인사 된 거야."

"……뭐?"

나정이 미간을 좁히며 주변을 획획 둘러봤다. 원래 남한테 관심 받는 것을 극도로 싫어하는 성격일뿐더러 개개인의 사생활을 존

중하는 나정으로서 얼굴도 모르는 타 부서 사람들에게까지 주목
받는 건 딱 질색이었다. 쏟아지는 시선을 겨우 피해 식당에 도착
하자 여진이 뜻밖의 제안을 해왔다.

"시간 괜찮으면 소개팅 한 번 하는 거 어때?"

"갑자기?"

"실은 우리 부서 직속 선배가 그때 너 달리기하는 거 보고 첫눈
에 반했는지 계속 네 이야기만 하더라고. 너보다 나이가 5살 많
긴 한데, 인물도 괜찮고. 성격이 완전 진국이야. 여자를 많이 안
만나 본 게 조금 아쉽긴 하지만 그만큼 사람이 순수하다는 거니
까……."

"미안한데."

"응?"

"나 앞으로 소개팅 못 해."

"그게 무슨 말이야? 안 하는 것도 아니고 못 하다니?"

"실은 말이지."

주변에 사람이 없는 걸 확인한 나정이 여진의 귓가에 대고 작
게 소곤거렸다.

"나…… 남자친구 생겼어."

"뭐?!"

"야, 씨. 조용히 해!"

여진이 스프링처럼 자리에서 벌떡 튀어 올랐다. 나정은 다급히
여진의 팔목을 잡으며 그녀를 자리에 앉혔다. 충격에 휩싸인 여진
은 믿지 못하겠다며 몇 번이나 고개를 저었다.

"남사친 아니고, 남자 선배도 아니고, 남자 후배도 아닌 진짜

남친?"

"······꼭 내가 남친 있어선 안 되는 것처럼 말한다?"

"그게 아니라 그럴 만한 낌새가 없었으니까 그렇지! 대체 누구야? 설마, 저번에 내가 소개해준 그놈은 절대 아닐 테고. 설마······ 송재현이냐?"

"아니! 재현 선배는 절대 아냐."

"그럼 대체 누군데? 얼굴은? 얼굴은 괜찮아? 성격은 어떤데? 막 송재현처럼 여기저기 흘리고 다니는 놈은 아니고?"

흘리기는커녕 압사를 해버려서 문제지. 오늘 주열만 해도 그랬다. 앞으로도 나정에게 그럴 낌새를 보일 직원들은 정우의 지휘 아래 철저히 압사당할 게 눈에 선히 그려졌다. 이걸 좋다고 해야 할지, 암담하다고 해야 할지.

"아, 대체 누구냐니까."

"나중에. 어느 정도 상황이 정리되면 그때 다 말해줄게."

"그러는 게 어디 있어. 7년 우정 뽕으로 됐냐? 나 진짜 서운해?"

"대신 오늘은 내가 밥 살게. 조만간 말해줄 테니까 조금만 기다려줘."

칭얼거리는 여진을 달래느라 온갖 진을 다 빼야 했다. 겨우 그녀에게서 탈출한 나정은 양치질을 한 후, 탕비실로 향했다. 팀원들이 자리를 비운 사이에 정우가 평소 즐겨 마시던 히비스커스를 식후 차로 대령할 생각이었다.

'달칵.'

탕비실 문을 연 나정은 다급히 걸음을 뒤로 물렀다.

"어어, 나정 씨 어디 가?"

탕비실에 있던 무리가 나정을 불러 세웠다. 나정은 한숨을 푹 내쉬며 도로 문을 잡아당겼다.

"아, 잠깐 뭘 놓고 온 게 있어서요."

"그래도 커피 마실 시간 정도는 있을 거 아니야."

하필이면 마주친 상대는 오현정 대리였다. 옆에는 그녀가 자주 어울려 다니는 여직원들도 함께였다. 식후 커피를 즐겨 마시고 있었는지 고소한 원두 향이 코끝을 은은히 맴돌았다.

"나정 씨는 믹스 좋아하나?"

"괜찮습니다. 제가 타 먹을게요."

무슨 일인지 오 대리가 직접 정수기에서 뜨거운 물을 받아 커피를 타기 시작했다. 나정은 기겁하며 양손을 저었다. 원치 않은 호의였다.

"그래, 발목은 좀 괜찮고?"

"네. 주말에 푹 쉬었더니 거의 다 나았어요."

커피를 건네며 나정의 발목을 흘긋 살피는 오 대리의 눈빛이 예사롭지 않았다. 그녀와는 어울리지 않는 연민 비슷한 감정이 묻어났다.

"고생했어."

"네?"

잘못 들었나 싶어 되묻자 그녀가 크흠, 목을 가다듬었다.

"계주에서 1등 하느라 고생했다고."

그 말이 끝남과 동시에 감동의 물결이 여직원들 사이에서 흐르기 시작했다. 그게 퍽 부담스러워 나정은 슬금슬금 물러섰다. 서둘러 이곳을 빠져나가야 할 거 같은 불길한 직감이 들었다.

"나정 씨가 그렇게 악바리일 줄은 몰랐네. 나 같으면 진즉에 포기했을 텐데, 부서를 위해 죽어라 달리는 게 좀…… 감동이긴 하더라."

다수를 위해 달렸다기보다는 욕먹기 싫어서 뛰었다는 말이 더 정확했다.

"그래서 말인데."

"……."

"내가 좋은 자리 좀 놓아줄까 해."

익숙한 불안감이 엄습하자 나정은 남몰래 고개를 저었다.

"내 대학 후배 놈인데, 삼진 전자 다니고. 이른 나이에 벌써 과장까지 오른 녀석이야. 얼굴도 그만하면 봐줄 만하고. 나정 씨랑 잘 어울릴 거 같은데, 어떻게 내가 자리 좀 놔줘?"

신이시여. 나정은 잠시 의식의 끈을 놓고 싶어졌다. 오늘따라 왜 이렇게 다들 소개팅을 못 해줘서 안달인지 모르겠다. 이젠 소개팅의 '소'자만 들어도 노이로제가 걸릴 판이었다.

"저 대리님 죄송하지만……. 그 제안은 사양하겠습니다."

"아니, 왜?"

오 대리의 갈매기 눈썹이 날카롭게 치켜 올라갔다. 방금까지 나정을 향했던 연민은 싹 사라진 뒤였다.

"하. 나정 씨. 웃긴다. 내가 모처럼 큰맘 먹고 호의 좀 부리려는데 고민도 하지 않고 걷어차기 있기야? 나 막 서운 하려고 그러네?"

"아니요, 대리님. 실은 그게 말이죠."

"그래, 나도 인정해. 그동안 나정 씨한테 쌀쌀맞게 군 거. 근데 나는 개인적으로 나정 씨랑 잘 지내고 싶었는데, 자기가 워낙 선을 그으니까. 그게 좀 서운했던 거지."

주열을 좋아해서 그랬다는 말은 죽어도 꺼내지 않는 게 역시나 사람은 쉽게 변하지 않는 법이었다. 결국 나정은 빙빙 돌아가는 대신 정공법을 택하기로 했다.

"저 남자친구 있습니다."

"뭐?"

일순 탕비실에 정적이 감돌았다. 다들 믿지 못하겠다는 눈빛이었다.

"얼마 전까지 오 과장이 자리 놔준다고 이야기 오가지 않았어?"

"그렇긴 한데 어쨌든 지금은 만나는 사람 있습니다."

"누군데?"

그게 왜 궁금하시죠, 라는 말이 목 끝까지 차올랐으나 여긴 회사, 또 회사라며 이성의 끈을 마지막까지 놓지 않았다. 나정은 입가에 미소를 띠며 최대한 예의 바르게 오 대리를 상대했다.

"오 대리님은 모르는 분입니다."

"아니, 내가 지금 그걸 몰라서 물어? 뭐 하는 사람이냐고 묻는 거잖아. 능력은 어떤데? 내가 소개해주겠다는 후배보다 괜찮아? 보니까 사귄 지 얼마 안 된 거 같은데, 남자 능력 무시 못 한다?"

부글부글. 아침부터 끓어오르던 나정의 인내가 도달점에 다다르기 직전이었다. 눈치 없는 오 대리는 주야장천 연설을 늘어놓았다. 묵묵히 듣고만 있던 나정의 눈빛이 달라진 건 한순간이었다. 그녀는 한 손을 탁, 들어 올리며 오 대리에게 향해 있던 직원들의 관심을 돌려세웠다.

"도중에 말씀 끊어서 죄송한데요."

"……"

"제 남자친구 굉장히 좋은 사람이고요."

"……"

"남자 능력 보신다고 하셨는데, 유감스럽게도 오 대리님이 말씀한 그 대학 후배보다 아주 뛰어난 스펙을 지니고 있어서요. 게다가 성격은 또 얼마나 다정한데요. 너무 저밖에 몰라서 걱정이라니까요? 다정만 하게요? 생기기는 또 어찌나 잘생겨서는. 웬만한 유명 연예인은 명함도 못 내밀 정도입니다. 아주 그냥 등장만 하면! 후광이 막! 어? 막!"

양손을 활짝 펼쳐가며 속사포로 말하자 겁을 먹은 오 대리가 주춤하며 나정과의 거리를 확보했다.

"그러니까 소개팅은 다른 분 주선해주세요. 그럼 저는 이만 가보겠습니다."

이 정도면 충분히 알아먹겠거니 싶어, 나정은 후련하게 돌아섰다. 남자친구가 있다는 걸 실토한 게 마음에 걸렸지만, 원치도 않은 소개팅 제안을 받는 것보단 훨씬 나았다. 미련 없이 탕비실 문을 연 나정은 어째서인지 더는 앞으로 나아가지 못했다. 커다란 실루엣이 그녀의 길목을 막고 서 있었다.

나정의 배꼽을 훌쩍 넘어선 긴 다리가 익숙했다. 입가에 흥미로운 미소를 띤 얼굴 또한 마냥 낯설지 않았다. 눈앞의 남자는 방금 나정이 끝내주게 잘생겼다던 남자친구와 똑같은 얼굴을 하고 있었다.

그러니까.

"왜……."

팀장님이 왜 또 여기서 나와요?

나정의 얼굴이 울 것처럼 일그러졌다.

* * *

30분 전.

"자네 부서에 은나정이라는 신입 말이야."

정우는 점심시간부터 기분이 좋지 않았다. 그 낌새를 알아채지 못한 최 전무는 눈치 없이 나정에 대한 이야기를 줄줄 늘어트렸다.

"아, 글쎄. 뭘 먹었길래 그렇게 잘 뛰어다니나? 체구가 왜소해서 체력도 저질일 줄 알았더니. 자그마한 게 어찌나 잽싸던지."

정우는 입안에 있는 쌀밥을 묵묵히 씹었다. 마치 주절주절 떠들어대는 최 전무를 짓밟는 것처럼 그의 턱 근육이 느리게 꿈틀거렸다.

"그래서 말인데, 자네가 기회 봐서 자리 좀 놓아주지. 아, 우리 막내놈이랑 잘 어울릴 거 같아서 그래."

최 전무에게는 세 명의 아들이 있었다. 첫째 놈은 사업한다고 설치다가 말아먹은 돈만 수십억이 넘었고, 둘째 놈은 머리도 좋지 않으면서 꼴에 의사가 돼보겠다고 몇 년째 대학을 졸업도 하지 못하고 있었다. 막내는 그야말로 꼴통 중의 꼴통이었다. 실력은 쥐뿔도 없는 게 음악을 하겠다고 구매한 악기만 돈으로 합산하면 수천만 원은 될 것이다. 한마디로 그 아버지에 그 아들 녀석들이었다. 그런데 감히 누굴 소개해줘?

"자네도 알다시피 막내 놈이 답이 없는 거 같아도 날 닮아서 이 머리는 좋단 말이지. 요새 철이 들었는지 악기는 쳐도 보지를 않아. 괜찮으면 우리 회사에 입사시킬까 싶은데."

이젠 뻔뻔하게 부정 입사까지 시키겠다? 하도 우스워서 웃음도 나오질 않았다. 정우는 소리 없이 젓가락을 내려놓으며 나지막이 말했다.

"죄송하지만, 그건 안 될 거 같습니다."

"아니, 왜?"

"수준이 맞지 않습니다."

"누가? 그 은나정인가 뭔가 하는 여직원이? 나야 잘 알지. 우리 막내 놈 정도면 어떤 계집애가 와도 아깝지. 그래도 이 여자가 말이야. 살면서 깡다구가 있어야 해. 그 여직원 정도면 집안 살림도 잘할 거 같고. 고분고분 시아버지랑 시어머니도 잘 모실 거 같고."

벌써 거기까지 진도를 나간 건가.

최 전무는 임원 중에서도 알아주는 한량이었다. 한때는 한 회장을 착실히 도와 세현을 높이 세우는 데 일조를 했지만, 어느 날부터 물욕에만 관심이 많아지더니 무슨 일이든지 쉽게쉽게 가려고 했다.

정우를 탐탁지 않게 생각하는 이유 역시 그래서였다. 오직 자신의 능력만으로 팀장직에 오른 정우였다. 그는 다른 직원들과 달리 최 전무의 한량 같은 언변에 쉽게 넘어가 주지 않았다. 그럴 때마다 최 전무는 정우가 인생을 뻑뻑하게 살아간다며 비난하기 일쑤였다. 쉽게 말하면 임원들에게조차 머리를 숙이지 않고 일은 일로만 보는 정우의 마인드가 거슬리는 것이었다. 그 때문인지 정우를 눈엣가시로 여기던 작은 어머니, 송지영 여사와 꾸준히 소통하며 정우를 수렁으로 빠트리기 위해 힘을 썼다. 물론 성공한 이력은 한 번도 없었다.

"죄송하지만 제가 말한 수준은 그 수준이 아닙니다."

"그럼 뭐……."

최 전무의 얼굴이 불현듯 주름진 종잇장처럼 구겨졌다. 그가 손에 쥔 수저로 정우를 삿대질하며 소리쳤다.

"설마! 우리 막내 놈 수준이 떨어진다는 소리야?"

"알아들으셨으면 그만 일어나보겠습니다"

"아니, 한 팀장. 잠깐 기다리게. 어허! 내가 기다리라고 하잖아! 자네 그러고도 한 회장님께 잘 보일 수 있을 거 같아?"

언제부터 그딴 걸 신경 썼다고. 임원들은 한 회장의 혈육이 아니라는 이유로 정우를 이용하곤 했다. 멋모르던 20대 시절에는 군말 없이 그들의 지침에 따르는 게 죄책감을 더는 방법의 하나라 생각했지만, 이젠 아니었다. 같잖은 장난감 놀이에 불과했다. 무엇보다 한 회장이 진정 원하는 건 자신이 임원들의 입맛대로 휘둘리는 게 아니라 그들과 상응할 수 있는 능력을 키우고 성과를 만들어내는 것이었다.

"최 전무님은 언제까지 그 자리에 머무를 수 있다고 생각하십니까?"

"……뭐?"

"혹시 또 모르죠. 제가 다른 마음을 품고 위로 올라가고 싶어질지는."

"자, 자네······."

"살면서 가장 위험한 게 뭔 줄 압니까?"

"······."

"도태되는 겁니다. 내가 서 있는 자리에 안주하며 놀고먹기 바쁜 것만큼 미련한 짓은 없거든요."

최 전무는 누구보다 정우의 성향을 잘 알고 있었다. 한정우는 한다면 하는 놈이었다. 보이지 않은 또라이 기질이 내면 깊숙이 숨겨져 있었다. 하물며 능력적인 면에서는 최 전무를 월등히 앞서간 게 이미 오래전 일이었다.

"마저 식사하고 나오시죠."

정우는 흐트러진 옷깃을 정돈하며 식당을 빠져나왔다. 사실 최 전무와의 조우가 아니더라도 그 전부터 기분이 좋지 않던 참이었다. 오전 업무를 끝내고 로비를 걷기 시작한 후부터였다. 워크숍에 참여한 남직원 몇몇이 숙덕거리는 소리가 귀에 들려온 게 화근이었다.

'난 그 신입이 그렇게 귀엽더라.'

'누구?'

'그 계주에서 1등 먹은.'

'아, 은나정이라고 하던가?'

'그렇게 귀엽게 생긴 애가 우리 회사에 있었나? 마침 아는 선배가 기획 1팀에 속해 있거든. 기회 봐서 소개팅이나 부탁할까 봐.'

호감으로 가득 찬 음성이 거슬리다 못해 신경을 돋웠다. 나정을 향한 이야기는 부서로 향하는 길 내내 이어졌다.

이럴 줄 알았지.

멀리서 봐도 가까이서 봐도 나정의 얼굴은 예쁜 축에 속했다. 그리고 말로 형용할 수 없는 싱그러움이 언제나 그녀의 주변을 둘러쌌다. 가만히 보고 있으면 왠지 기분이 좋아지는. 오직 정우만 알고 있는 나정의 매력이었다. 심기가 불편한 상태로 부서에 도착한 정우는 주변을 둘러봤다. 여전히 나정의 자리가 비어 있었다. 함께 점심을 먹자는 제의에 조심 또 조심해야 한다며 극구 사양하던 나정의 자그마한 얼굴이 떠오르자 기분이 한층 더 가라앉았다.

어딥니까?

문자를 보낸 뒤 탕비실로 향했다. 나정의 것으로 추정되는 음성이 들려온 건 탕비실 문을 코앞에 둔 때였다.

"도중에 말씀 끊어서 죄송한데요."

평소보다 낮게 가라앉은 음성은 나정이 분노를 억누르는 중이란 걸 알려주었다. 무슨 일인가 싶어 정우가 문고리를 손에 쥔 찰나였다.

"제 남자친구 굉장히 좋은 사람이고요. 남자 능력 중요하게 보신다고 하셨는데, 유감스럽게도 오 대리님이 말씀한 그 대학 후배보다 아주 뛰어난 스펙을 지니고 있어서요. 게다가 성격은 또 얼마나 다정한데요. 너무 저밖에 몰라서 걱정이라니까요? 다정만 하게요? 생기기는 또 어찌나 잘생겨서는. 웬만한 유명 연예인은 명함도 못 내밀 정도입니다. 아주 그냥 등장만 하면! 후광이 막! 어? 막!"

투명한 유리 너머로 오 대리에게 위협적으로 다가서는 나정의 뒷모습이 보였다. 어깨까지 씩씩거리는 게 단단히 화가 난 모양이었다. 획 돌아서서 씩씩하게 문으로 다가오는 실루엣을 정우는 지그시 감상했다.

'달칵.'

문이 열리고 속이 후련하다는 나정의 얼굴을 본 순간 곤두선 신경이 뜨거운 물에 빠진 설탕처럼 녹아내렸다.

"왜……."

하지만 나정은 아니었다. 정우가 제 이야기를 들었다는 것에 수치심이 머리부터 발끝까지 퍼져나갔다. 나정은 정우를 지나치며 긴 복도를 부리나케 뛰어갔다.

"티, 팀장님."

정우의 시선이 탕비실에 남은 직원들에게로 향했다. 오 대리가 표정 관리를 하지 못한 채 얼뜬 얼굴로 물었다.

"들으셨어요? 나정 씨 남자친구 생겼다는 거."

"그럼 더 난입하지 말죠."

함부로 남의 연애사에. 뒷말은 생략했지만, 오 대리는 이미 알아먹고도 남은 눈치였다.

"이 과장님께 전달 못 받았나 봅니다."

"네? 뭘……."

"앞으로 우리 부서에서 소개팅 제안을 하는 것도, 받는 것도 전부 다 금지라는 거."

이게 뭔 소리야? 여직원들이 눈빛을 교환하며 금시초문이라는 표정을 지었다.

"최소한 프로젝트 끝날 때까지는 업무에만 치중하는 거로 하죠. 뭔가 착각하나 본데 워크숍에서 우승했다고 프로젝트 성과까지 완벽히 낸 건 아닐 텐데요?"

정우의 말에 토를 다는 사람은 아무도 없었다. 자칫하면 상사의 입에서 육두문자보다 더한 말들이 날아와 비수로 꽂힐지도 모른다. 직원들은 반항 한 번 하지 못하고 고개를 조아렸다. 이번에도 정우의 완벽한 압사였다.

* * *

쪽팔려, 쪽팔려, 쪽팔려. 비상구 계단으로 대피한 나정은 머리를 부여잡으며 주저앉았다.

"……다 들었겠지?"

그렇게 큰 목소리로, 그것도 아주 또박또박하게 말했는데 정우의 귀에 들리지 않는 게 이상했다.

'달칵.'

비상구 문 열리는 소리가 계단을 울렸다. 뒤이어 나정의 몸 위로 드넓은 그림자가 드리웠다. 나정은 어깨를 흠칫 떨며 시선을 들었다.

"죄지었어요?"

"……팀장님."

정우가 부드럽게 나정의 팔뚝을 잡으며 일으켜 세웠다.

"실은 오 대리님이 자꾸 소개팅을 주선해 주시겠다고 하셔서……."

정우가 성큼 다가왔다. 나정은 반사적으로 뒤로 물러났다. 한 발, 한 발. 물러서고 다가서기가 반복되더니 어느 순간 등이 벽에 닿았다. 정우의 품에 완벽히 갇힌 게 된 나정은 입술을 말아 물며 눈썹을 축 늘어트렸다.

"……죄송해요. 제가 먼저 비밀 연애하자고 해놓고, 눈치 없이 그런 이야기를 꺼내버려서. 많이 화나셨죠."

"그런 이야기? 무슨 이야기."

……다 알고 있으면서. 아무것도 듣지 못했다는 듯 정우가 빤히 시선을 맞추었다. 나정이 자신한테서 벗어날 수 없게끔 더 가까이 상체를 숙이기까지 했다. 그것도 모자라 예고 없이 손가락을 사이사이 얽기 시작하자 나정이 화들짝 놀라며 주변을 살폈다.

"티, 팀장님. 여기 회사인데."

"그런데?"

"……네?"

그런데라니. 누가 보기라도 하면 큰일이었다. 정우는 아랑곳하지 않고 기어코 다섯 손가락을 깊이 얽으며 깍지를 꼈다.

"말했잖아. 너만 보면 자꾸 이렇게 된다고."

비밀 연애 따윈 정우에게 그다지 중요하지 않았다. 마음 같아서는 종일 나정을 옆에 끼고 다니고 싶었다.

"누가 보면 안 되는데……."

나정은 입술을 말아 물면서도 손등을 어루만지는 정우의 손길은 피하지 않았다. 살면서 느껴본 적 없는 은밀한 감정이 몸 구석

구석 퍼져나가는 게 마냥 싫지 않았다.

"둥근 이마를 보면 자꾸 이렇게 하고 싶고."

정우가 서슴없이 나정의 이마에 입을 맞추었다.

"눈을 보면 자꾸 이렇게 하고 싶고."

눈가에 정우의 입술이 촉, 닿았다 떨어지자 나정의 긴 속눈썹이 파르르 떨렸다. 심장이 걷잡을 수 없이 널을 뛰었다. 이럼 안 되는데. 진짜 안 되는데. 이성은 당장 정신 차리라며 나정에게 압박을 가했지만, 돌덩이 같은 마음은 꿈쩍도 하지 않았다. 눈치 없이 끼어들지 말라며 이성을 발로 뻥 차냈다.

"자꾸만 이렇게 하고 싶게 만드는데."

나정의 콧등에 입을 맞춘 정우가 나지막이 속삭였다.

"이건 내 책임이 아니라 은나정 책임 아닌가?"

"……."

"그러니까 왜 쓸데없이 예뻐서는."

나정의 얼굴이 활화산처럼 빨갛게 타올랐다. 다른 사람도 아닌 자신의 상사가 이런 간드러진 표현을 할 줄 알았다니. 이제 정우의 입술은 단 한 곳의 종착지만을 남겨 두고 있었다. 나정의 작고 도톰한 입술을 응시하는 정우의 두 눈이 깊고 진했다. 서서히 다가오는 정우를 보며 나정은 저도 모르게 그의 목에 팔을 감았다. 한 자락 남은 그녀의 이성은 연기처럼 사라진 후였다.

정우는 더 지체하지 않고 나정의 허리를 당겨 안았다. 서로의 코끝이 스치고 다소 거친 숨소리가 나정의 윗입술을 적셨다. 그대로 정우는 나정의 아랫입술을 집어삼켰다. 부드럽게 입술을 감쳐 물던 정우는 참지 못하고 혀를 집어넣었다. 단숨에 나정의 혀를 휘감아서는 점막 하나하나 놓치지 않으며 간드러지게 입안을 휘저었다.

잠시 호흡이 가빠 서로의 입술을 지그시 바라볼 때면 나정의 심장이 터질 것처럼 두근거렸다. 밀회를 나누는 장소가 회사 비상구 계단이라는 사실이 나정의 얼굴을 붉게 물들였다. 당장이라도 들킬 거 같은 두려움과 그래서 찾아오는 아찔함이 뒤죽박죽 뒤섞여 찌릿함을 선사했다.

"다행이야."

정우가 타액으로 젖어 반짝이는 나정의 입술을 응시하며 속삭였다.

"······뭐가요?"

"내가 은나정 이상형이라서."

"······이, 상형?"

몽롱한 정신 속에 기억을 더듬던 나정은 얼굴을 붉히며 정우의 가슴팍을 내리쳤다.

"모른 척할 땐 언제고."

탕비실에서 했던 이야기를 말하는 게 분명했다. 회사에서는 흔히 볼 수 없는 부드러운 미소가 정우의 입술에 번졌다.

"능력 좋고, 얼굴 잘생겼고, 다정한 성격까지 갖춘 남자친구를 둔 소감이 어떤지 궁금하네."

나정은 못내 부끄러웠지만, 싫지 않았다. 오직 나에게만 다정한 남자. 그 사실이 주는 달콤함은 상상 그 이상이었다. 나정은 뒤꿈치를 들어 상체를 가까이 맞붙였다. 적극적인 자세에 정우의 눈동자 위로 조급함이 어렸다. 커다란 목울대가 위아래로 느릿하게 움직였다. 그 모습이 좋아서. 자신을 볼 때면 참지 못하겠다는 그의 뜨거움이 좋아서 나정은 정우의 입술에 짧게 입 맞추며 속삭였다.

"꿈같아요."

그러니 부디 깨지 않기를. 이 달콤함에서 영영 헤엄칠 수 있기를. 그 간절한 바람에 화답하듯 정우가 다시금 입술을 포갰다. 깃털처럼 한없이 보드라운 키스였다. 저절로 입가가 올라갔다. 나정은 확신할 수 있었다. 27년 인생을 살면서, 과거에도 앞으로도 이보다 행복할 순 없을 거라고.

12. 먹이 소굴

정우와 사귄 지도 어느덧 일주일이 흘렀다. 상사와 직원으로서
그를 대면하는 게 쉽지는 않았지만, 그래서 더 두근거리는 점도
많았다. 서류를 넘길 때 서로의 손가락이 스치는 순간이라든가.
모두가 없는 탕비실에서 남몰래 입을 맞춘 순간이라든가. 주차된
차 안에서 서로의 손을 꽉 움켜쥔 순간이라든가.

누가 볼까, 매번 심장을 졸이는 나정과 달리 정우는 더욱 대범해
졌다. 남의 시선은 안중에도 없다는 듯 그는 회사에서도 나정을
향한 감정을 숨김없이 드러냈다.

"안 된다니까요."

오늘도 마찬가지였다. 회의를 마치고, 점심을 앞둔 때였다. 정우와 나정은 벌써 몇 분째 실랑이 중이었다.

"고작 점심 한 번 같이 먹자는 게 그렇게 어려운 일입니까?"

정우의 표정이 탐탁지 못했다. 일주일에 한 번은 점심을 함께하자는 제안에 나정은 이번에도 칼같이 거절을 했다.

"회사에서는 되도록 조심하자고 했잖아요. 그리고 밥은 저녁에도 얼마든지 먹을 수 있으니까."

"그렇게 남들 눈이 신경 쓰여요?"

"그럼 팀장님은 안 쓰이세요? 다른 팀원들이랑 같이 먹는 것도 아니고 우리 둘이서 먹으면 다들 뭐라고 생각하겠어요?"

정우는 원체 팀원들과 밥을 먹지 않는 편이었다. 다른 부서의 팀장이나 혹은 임원들과 식사 자리를 가지는 경우가 대부분이었다.

"그러니까 우릴 둘러싼 환경이 문제란 거네요, 은나정 씨 말은."

나정은 뭔가 불길한 직감이 느껴졌다. 정우가 걸음을 옮기자 서둘러 뒤를 밟았다. 부서로 돌아가자 점심을 해결하기 위해 자리에서 일어나는 팀원들이 보였다. 그들을 향해 정우가 무심히 말했다.

"오늘 점심은 다 같이 먹는 거로 하죠."

순간 찬물을 뒤집어쓴 것처럼 팀원들의 표정이 멍해졌다.

"저, 저희랑요?"

누군가 무거운 침묵을 뚫고 물었다.

"네. 프로젝트 준비하느라 다들 고생이 많은데, 식사는 제가 살테니 앞장서죠."

토를 다는 사람은 없었다. 게다가 정우가 직접 계산까지 한다고 하니 도무지 거절할 용기가 나지 않았다. 도살장에 끌려가는 것처럼 팀원들은 일제히 정우를 뒤따라갔다. 그중에는 나정도 포함이었다. 울고 싶었다. 이럴 거면 그냥 순순히 둘이서 먹는다고 할 걸. 정우가 평소 진취적이란 건 알고 있었지만, 이렇게 막무가내일 줄은 몰랐다.

식사는 무난하게 중식당에서 이루어졌다. 먹고 싶은 메뉴를 편히 말하라며 정우가 언질을 놓았지만, 가시방석에 앉은 것마냥 직원들은 서로 눈치를 살피기 바빴다. 결국 나정이 총대를 메고 크게 외쳤다.

"저는 유린기요!"

팀원들의 눈이 휘둥그레졌다. '야, 막내. 왜 하필 유린기야.' 하는 작은 일침이 들렸지만, 나정은 꿈쩍도 하지 않았다. 그 속내를 알만하다는 듯 정우가 한쪽 입가를 끌어당기며 흔쾌히 고개를 끄덕였다.

"좋습니다. 이 과장님은 뭐 드실 겁니까?"

"저는 짜장면도 끌리고, 탕수육도 당기는데요."

"두 개 다 시키시죠. 인원수에 맞춰 시키는 것도 나쁘지 않겠네요. 여기 탕수육 대(大)짜로 세 개 주시죠. 다른 분들은 식사 안 정합니까?"

"아, 그럼. 저는 짬뽕을."

"저는 크림 새우가 먹고 싶은데……."

나정의 용기에 힘 얻어 팀원들이 소심한 목소리로 먹고 싶은 음식을 나열했다. 음식이 차례차례 나오고 다소 평화로운 분위기 속에 식사가 시작되던 참이었다.

"어? 한 팀장. 자네도 오늘 여기서 먹나?"

영업팀 강유석 팀장이 등장하며 정우를 알은체했다. 최진원 대리도 함께였다.

"웬일이야? 자네 평소 면 음식 안 좋아하지 않았어?"

……뭣이라? 직원들이 젓가락을 집다 말고 도로 테이블에 내려놓았다. 그 낌새를 알아챈 정우가 눈치껏 대답했다.

"중식은 좋아하는 편입니다."

"오, 그래? 그거 듣던 중 반가운 소리야. 이왕 이렇게 만난 거 합석 어때?"

정우의 시선이 강 팀장 등 뒤에 서 있는 진원에게로 향했다. 그는 방긋 웃으며 정우를 상대했다. 능글거리는 얼굴을 당장이라도 눈앞에서 치워버리고 싶었으나 공과 사는 구별해야 했다.

"그러죠."

"이야, 기획팀은 좋겠어. 능력 좋은 팀장 만나서 맛난 점심도 얻어먹고."

강 팀장은 허허, 웃으며 자연스럽게 정우의 옆자리를 차지했다. 그리고 진원은…….

'오지 마. 오지 마. 제발 오지 말라고.'

나정은 일부러 정우와 최대한 떨어진 곳에 자리를 잡았다. 자신의 간절한 눈빛을 눈치챘을 텐데도 진원이 이곳으로 다가오자 저절로 나정의 시선이 정우에게로 향했다. 역시나 그의 얼굴이 가라앉는 게 실시간으로 포착됐다.

"오랜만이네요."

진원이 싱긋 웃으며 나정의 옆자리를 꿰찼다.

……망했다.

나정은 절망하며 최대한 아무렇지 않은 척 미소 지었다.

"그, 그런가요?"

"워크숍 이후로 처음 보는 거 같은데요. 은나정 씨가 날 피하는 거 같기도 하고."

"제가요? 설마요. 요새 일이 바빠서 계속 부서에 틀어박혀 있었어요."

"그럼 작업은 잘 되고 있어요?"

"뭐, 그럭저럭……."

정우를 상대로 스케치를 연습하는 것은 매우 즐겁고, 설레는 일이었다. 엊그제는 세현에서 만든 셔츠만 걸치고 그를 그렸는데, 선 하나하나를 도화지에 그을 때마다 심장이 울렁거리던 감각을 잊을 수 없었다. 이번 주말에도 함께 합을 맞출 예정이었다. 그것도 정우가 새로 이사하는 집에서.

"식사 끝나고 할 이야기가 있어서 그러는데, 잠깐 시간 내줄 수 있어요?"

"할 이야기요?"

이 자리에서 말하면 안 되냐고 나정은 묻고 싶었으나 차마 그럴 수 없었다. 진원과 더 이야기를 나눴다가는 정우의 눈에서 살기가 흐를 거 같았다. 불행 중 다행히도 식사가 끝난 후 강 팀장이 의논할 일이 있다며 정우를 데리고 갔다. 그 틈을 타 나정은 재빨리 정우의 시야에서 사라졌다. 그리고 진원에게 1층 로비 카페에서 기다리겠다는 말을 문자로 남겼다. 얼마 지나지 않아 그가 모습을 드러냈다.

"걸음이 빠르네요. 잠깐 화장실 다녀온 사이에 그새 여기까지 왔어요?"

나정은 어색한 웃음을 흘리며 진원이 즐겨 마시는 아메리카노를 테이블에 내려놓았다.

"근데 하실 말씀이 뭐예요?"

"아, 그거."

진원이 커피를 한 모금 들이키며 씩 웃었다.

"없어요, 그런 거."

"네?"

"그냥 해본 말이었습니다."

"아니, 왜……."

"나정 씨가 자꾸 날 피하는 거 같아서요."

솔직히 그렇지 않다면 거짓말이었다. 주열에게 진원의 마음을 듣게 된 이상 계속 그를 마주하는 게 불편했다. 괜한 여지를 줄까, 만남이 조심스러워질 수밖에 없었다.

"무슨 말로 날 위로해야 하나 머리 아프게 고민하지 마요. 다 들려요."

나정이 흠칫 어깨를 떨며 진원을 바라보았다. 여전히 그의 입가에는 여유로운 미소가 맺혀 있었다.

"우리 아직 밥 두 번 더 먹는 거 맞죠?"

"아, 그렇죠. 근데 제가 사정이 있어서……."

"무슨 사정이요?"

나정은 머뭇거리며 입술을 깨물었다. 솔직히 털어놓기가 겁이 났다.

"알고 있습니다."

"……네?"

나정이 눈을 끔뻑이며 고개를 갸웃거렸다. 진원이 피식, 웃음을 흘리며 뜻밖의 이야기를 꺼내었다.

"한 팀장님이랑 만나는 거 알고 있다고요."

"그걸 어떻게……."

나정은 끝없이 아래로 떨어지는 턱을 간신히 닫으며 마른침을 꿀꺽 삼켰다. 대체 어떻게 알아챈 거지. 진원에게 정우와 있는 모습을 워크숍 이후로 보인 적은 한 번도 없었다. 설마 이 과장님에게 들은 건가. 그럼 회사 식구들도 어렴풋이 눈치를 챘다는 건데. 상상만으로 눈앞이 캄캄해졌다.

"왠지 그럴 거 같았어요."

"……그럴 거 같았다뇨?"

예상 밖의 대답에 나정은 의아한 표정을 숨기지 못했다.

"나정 씨가 한 팀장님에게 마음 있다는 거 전부터 알고 있었거든요."

그럴 만한 면을 보인 적이 있었나. 정우와 사귀기 전에도 사귄 후에도 나정은 되도록 직원들의 눈에 띄지 않기 위해 모든 행동에 신중한 편이었다.

"예전에 우리 엘리베이터에서 마주쳤던 날 기억나요?"

"어……."

나정은 까마득한 기억을 열심히 더듬거렸다. 그러다 번뜩 떠오른 장면 하나에 아, 하고 눈을 크게 떠 보였다.

'우리 구면이죠?'

'네?'

'기획 1팀 은나정 씨 아니에요?'

'……절 아세요?'

'잘 안다면 잘 아는 걸 테고. 모른다면 전혀 모르는 입장이긴 하죠.'

기억났다. 진원이 어떤 인사치레도 없이 알은체해서 무척 당황스러웠던 게 어제 일처럼 새록새록 떠올랐다.

"그럼 그때 한 팀장님도 같이 있었던 거 기억나겠네요."

나정은 고개를 위아래로 까딱였다. 이미 퇴근한 줄 알았던 정우가 갑자기 모습을 드러내자 얼마나 난감했던가.

"근데 그때가 왜……."

"은나정 씨가 한 팀장님을 엄청 신경 쓰고 있는 게 눈에 보였습니다."

"제가요?"

"아닌 척 굴면서도 두 눈은 계속 한 팀장님한테 향해 있던걸요. 그 모습을 보고 마음에 담아둔 상대가 있구나 싶었죠."

어쩌면 그때부터였나. 정우의 존재가 자꾸만 눈에 들어오기 시작한 게. 자신도 인지하지 못한 모습을 진원의 입을 통해 전해 듣게 되자 나정의 기분이 묘했다. 사실 그때 정우가 신경 쓰일 수밖에 없던 이유를 뽑으라면 단 하나였다. 팀장님의 몸. 실오라기 하나 걸치지 않은 정우의 상체가 밤낮을 불문하고 나정을 찾아왔다. 나정은 입을 꾹 다물었다. 그날의 속내를 차마 솔직하게 털어놓을 수 없었다.

"그래도 사귀는 건 아니니까 승산이 있는 게임인 줄 알았는데, 상대가 너무 강력하더군요."

정우와 나정. 두 사람 사이에는 진원이 파고들 틈조차 보이지 않았다. 애써 정우를 향한 감정을 억누르는 나정과 달리 정우는 숨김없이 드러내는 편이었다. 이따금 진원과 눈이 마주치기라도 하면 거슬린다는 표현이 걸맞게 항상 살벌한 표정을 지었다.

"……죄송합니다."

나정이 고개를 푹 숙이며 사죄했다.

"나정 씨가 왜요? 이럼 내가 더 불쌍해지는데."

"그게 아니라 제가 여지를 준 건 아닌가, 싶어서요."

"전혀요."

진원이 씩 웃으며 덧붙였다.

"너무 벽이라 당황스러울 정도였지."

"하하, 제가 좀 두꺼운 면이 있긴 하죠."

"그래도 그 방법이 한 팀장님을 제대로 자극하긴 했나 봅니다."

"방법이요? 무슨……."

"누드모델이요."

설마…….

"그래서 제 모델을 선뜻 하겠다고 하신 거예요? 일, 부러?"

진원이 그렇다는 듯 고개를 끄덕였다. 나정의 입이 떡, 벌어졌다.

"쿨하게 돌아서고 싶은데, 괘씸한 면이 없지 않아 있어서요. 질투가 나기도 했고."

언제나 나정의 관심과 시선을 가져가는 정우의 존재가 부럽지 않다면 거짓말이었다. 그러나 거기까지였다. 이 세상에 노력으로도 되지 않는 유일한 게 있다면 그건 바로 사랑이었다. 누구보다 그 사실을 잘 알고 있는 진원이었기에 그가 부릴 수 있는 욕심은 딱 여기까지였다.

"근데 아직 두 사람, 식 올린 건 아니잖아요?"

"……네?"

"긴장 늦추지 말라는 소리입니다. 사랑은 언제나 변하기 마련이거든요."

진원이 자리에서 일어나 돌아섰다. 나정이 사준 커피를 잘 마시겠다는 인사도 함께였다. 그러다 그가 돌연 걸음을 멈추며 나정을 바라보았다.

"그래도 밥 친구 정도는 돼줄 수 있죠?"

그러고 보니 진원에게 얻어만 먹었지, 나정이 밥을 사준 적은 없었다. 나정은 흔쾌히 고개를 끄덕였다.

"그럼요. 대리님 시간 될 때 제가 꼭 살게요."

"마음 같아선 오늘 먹고 싶은데, 선약이 있네요. 실연당한 걸 어떻게 알고 이 선배가 한잔하자고 하더군요."

"과장님이요?"

"이미 알고 있는 눈치던데요? 몰랐어요?"

뒤늦게 진원이 남긴 말의 의미를 알아챈 나정은 부리나케 카페를 빠져나갔다. 승강기 층수 판을 바라보는 그녀의 두 눈이 왠지 모르게 비장했다.

* * *

'쿵쿵쿵.'

고릴라 발소리와 비슷한 묵직한 울림이 주열의 등 뒤에서 들렸다. 주열은 저녁에 있을 술 약속을 위해 서둘러 남은 잔업을 해치우는 중이었다.

"이 과장님."

자그마한 그림자가 주열의 머리 위로 드리웠다.

"어, 나정 씨."

"오늘 약속 있으시다면서요."

"약속? 있지. 최 후배랑 한잔하기로 했어. 쯧쯧, 녀석. 모처럼 설레는 상대 만났나 싶더니 고백도 하기 전에 차일 게 뭐야. 하필 경쟁 상대가 한 팀……."

일순 싸한 기운이 주열의 어깨 너머로 넘어왔다. 주열은 마른침을 삼키며 뒤를 돌아보았다. 나정이 고요한 눈길로 그를 바라보고 있었다.

"언제부터 알고 계셨어요?"

"실은 그게, 말이지."

슬금슬금 의자에서 일어난 주열이 황급히 파티션을 빠져나가려던 찰나였다. 나정이 놓치지 않고 냉큼 주열의 카라 깃을 붙잡았다.

"어딜 내빼시려고."

"이, 이것 좀 놓고 말해주면 안 될까? 그래도 엄연히 내가 나정 씨 선배인데 지금 이 그림은 좀……."

불행 중 다행히도 부서에는 두 사람밖에 없었다. 하지만 점심 시각이 다 끝나갈 무렵이라 곧 있으면 팀원들이 들이닥칠 것이다.

"제가 묻잖아요. 언제부터 알고 계셨냐고."

나정은 끈질기게 물고 늘어졌다. 주열은 하는 수 없이 이실직고했다.

"……워크숍 때."

"워크숍이요?"

"한 팀장님이 계주 끝나고 나정 씨를 계속 찾길래 그때 눈치챘지. 단순히 동료를 걱정하는 눈이라기엔 너무 애틋하잖아. 한 팀장님이랑 5년 넘게 일했지만, 그런 얼굴은 생전 처음이었다고."

"언제는 팀장님 말에 고도의 전략술이라면서 맞장구치시더니."

"그거야 괜히 상사 눈에 찍혀서 좋을 게 없으니까. 근데 생각해보면 꽤 괜찮은 방안이지 않아?"

"하."

나정은 고개를 절레절레 저었다. 사내 연애를 들킨 첫 번째 상대가 주열이란 게 다행이라고 해야 할지 불행이라고 해야 할지.

"그럼 다른 분들은요? 다른 팀원들도 알고 있는 거예요?"

"그건 나도 모르지. 복사기도 다 아는 게 사내 연애 아니겠어?"

……안 돼.

나정은 절망하며 파티션에 얼굴을 파묻었다. 설마 정우와 나눴던 은밀한 밀회를 누가 보기라도 했다면……. 때마침 여직원들이 한 손에 커피 한 잔씩 들고 부서로 돌아왔다.

"그나저나 혜나 씨는 언제까지 쉬는 거야? 그동안 아낀 휴가 죄다 몰아 쓰는 거 같던데. 오 대리님은 뭐 들은 거 없어요?"

"내가 뭘 알겠어? 아무리 그래도 그렇지. 일주일 가까이 쉬는 게 어디 있어? 다른 팀원들 생각도 해야지. 프로젝트 준비가 한창인 와중에 생각이 있는 거야, 없는 거야."

혜나만큼 싹싹한 사원도 없다며 칭찬할 때는 언제고 현정의 얼굴에는 불만이 한가득했다. 그러고 보니 혜나가 출근하지 않은 지도 벌써 일주일이 흘렀다. 주열은 알만하다는 듯 쯧쯧, 혀를 낮게 찼다.

"여기저기 실연당한 희생자가 출몰하는구만. 안 그래, 나정 씨?"

"죄송하지만 저랑 최 대리님이랑 아무 일도 없었거든요."

"아휴, 불쌍한 우리 최 후배. 이리 냉정하니 마음을 접을 수밖에 없지."

"아, 과장님!"

"누가 마음을 접습니까?"

커다란 그림자가 소리 소문도 없이 다가왔다. 나정과 주열은 누가 뭐라 할 것도 없이 동시에 입을 다물었다. 언제 온 건지 정우가 두 사람 등 뒤에서 팔짱을 낀 채 서 있었다.

"하하. 제가 손목이 요새 안 좋아서."

주열이 삐그덕, 삐그덕 손목을 부자연스럽게 앞뒤로 까딱였다.

"나정 씨가 이렇게 하면 관절에 좋다길래. 그렇지, 나정 씨?"

나정은 마지못해 고개를 주억거렸다. 어차피 정우의 두 눈에는 하찮은 변명거리로밖에 보이지 않을 게 뻔했다. 등 뒤로 따라붙는 정우의 시선을 애써 모른 척하며 나정은 의자에 착석했다. 띠링. 휴대폰이 울렸다. 굳이 보지 않아도 누구한테 온 메시지인지 알 거 같았다.

끝나고 주자창에서 보죠. - 한정우 팀장님

* * *

"혜나야. 언제까지 방에만 틀어박혀 있을 거야."

아침부터 혜나의 집이 소란스러웠다. 벌써 며칠째였다. 혜나가 방에만 틀어박혀 물 이외에는 아무것도 먹지 않는 게. 이러다 쓰러지는 건 아닌지, 혜나의 엄마가 애간장 태우며 발을 동동 구르고 있을 때였다. 누군가 그녀의 어깨에 손을 얹으며 혜나의 방문을 조용히 열어젖혔다.

"안 먹는다고 했잖아요!"

혜나가 베개에 얼굴을 파묻은 채 날카롭게 소리쳤다. 하지만 아무런 기척도 들리지 않자 그녀는 훌쩍이며 고개를 들었다. 상대의 얼굴을 확인한 혜나는 돌연 표정을 굳히며 눈물을 뚝뚝 흘렸다.

"나가."

방에 들어온 주인공은 다름 아닌 세나였다. 아침 일찍부터 촬영이 있었는지 그녀의 차림새는 평소와 다르게 흐트러져 있었다. 손에 카메라까지 들려 있는 걸 보면 촬영 도중 엄마의 연락을 받고 집까지 달려온 모양이다.

"밥은 먹고 울어."

세나가 침대에 걸터앉으며 이불을 걷어내자 혜나가 핏발 선 눈으로 세나를 노려보았다.

"나가라는 말 못 들었어?"

"눈물도 먹어야 나와. 기력이 있어야 맘껏 울 수도 있는 거야."

"하."

그게 지금 실연한 동생한테 할 소리인가. 아직도 잊히지 않았다. 눈만 감으면 나정의 앞에서 자신을 바라보던 정우의 눈이 생각나 혜나는 미칠 것만 같았다. 실망했다는 눈빛. 이렇게까지 최악일 줄은 몰랐다는 그 서늘한 얼굴이 떠올라 눈만 감으면 눈물이 주룩주룩 흘러내렸다. 끝이었다. 전부 다. 이젠 그를 맘껏 좋아하는 것조차 허락되지 않았다.

"……언니가 뭘 알아?"

"그래. 나, 몰라."

"……뭐?"

"네가 정우 좋아하는지도 사귀고 나서 알았어."

"……거짓말."

"그럼 넌? 내가 정우 좋아하냐고 물어봤을 때 솔직하게 말한 적 있었어?"

혜나는 아무 말도 하지 못했다. 말라 부르터진 입술이 처연하기 그지없었다. 세나는 한숨을 푹 내쉬며 혜나의 손에 수저를 쥐여 주었다.

"이해해. 솔직하게 말해도 정우가 널 봐주지 않을 걸 아니까 입 꾹 다물었겠지."

"지금 누구 염장 지르러 왔어?"

"아니. 현실을 일깨워 주려고 온 거야."

세나가 손을 뻗어 혜나의 눈에 맺힌 눈물을 훔쳐냈다.

"혜나야."

"……"

"때로는 상처받을 걸 알면서도 용기 내야지만 지킬 수 있는 게 있어."

그게 세나에게는 정우와의 사랑이었다. 꿈을 포기해서라도, 꼭 성공하지 않더라도 그의 곁에 남을 수 있었을 텐데 그럼에도 정우의 손을 먼저 놓은 건 자신이었다.

"너 못지않게 언니도 겁쟁이였어. 아니, 어쩌면 너보다 더 나약할지 몰라. 네 말처럼 난 내 꿈이 먼저인 애였거든. 근데 아니더라. 오랜 시간 타지에서 지내면서 알게 됐어. 이 꿈을 갖게 해준 사람이 누구인지."

정우였다. 그를 찍을 때마다 가슴 설레었던 그날의 기억이 지금의 세나를 만들어냈다고 해도 과언이 아니었다. 손에 쥔 건 고작 값싼 필름 카메라 하나였지만, 그 안에 정우를 담을 때마다 차올랐던 벅찬 감정은 값어치를 매길 수 없는 것이었다.

"그 마음을 너무 늦게 깨달아버렸지. 그래서 후회해. 아마 평생 후회할지도 몰라."

"……."

"그래서 정우가 더 행복해졌으면 해. 나 같은 거 없어도 보란 듯이 잘 지내서 내가 더는 미련 갖지 않게. 생각해보니까 끝까지 참 이기적이다. 그렇지?"

어디에도 이야기한 적 없는 세나의 뒤늦은 진심을 듣게 되자 혜나는 입술을 꾹 깨물었다. 이제 더 나올 눈물도 없다고 생각했는데, 또다시 투명한 액체가 방울방울 흘러내렸다.

"……언닌 진짜 바보야."

"이제 알았어? 그러니까 너도 나처럼 바보 되기 전에 한 숟갈 떠.”

세나가 전복죽을 한 숟갈 떠서 혜나의 입에 가져다 댔다. 반항할 줄 알았던 혜나는 순순히 입을 열었다. 오물오물 입에 있는 죽을 열심히 씹더니, 자그맣게 중얼거렸다.

“……정우 오빠, 나 많이 밉겠지?”

“왜?”

“……내가 은나정 씨한테 실수했거든.”

“사과해, 그럼.”

세나가 부드럽지만 단호한 음성으로 일침을 놓았다.

“미안하다고. 잘못했다고. 사과하면 돼. 그리고 다시 출근해서 네 몫을 완벽하게 해내. 물론 사과를 받아주는 건 나정 씨 몫이지만, 그게 두렵다고 회피하는 겁쟁이보다는 나으니까.”

말없이 죽만 오물거리던 혜나가 느릿하게 고개를 끄덕였다. 그녀가 또다시 눈물을 후드득 떨어트리자 세나는 양팔을 활짝 벌렸다. 그 순간만을 기다렸다는 듯 혜나가 세나의 품에 안기며 소리 내 펑펑 목 놓아 울기 시작했다.

“미안해, 혜나야.”

“……”

“뒤늦게 네 진심을 알아줘서 정말 미안.”

세나는 어린아이를 달래듯 혜나의 머리를 부드럽게 쓰다듬으며 간절히 바랐다. 부디 동생의 아픈 첫사랑이 이른 시간 안에 아물 수 있기를. 정우를 향한 미련이 여름 바람에 실려 훨훨 날아갈 수 있기를.

                              * * *

"주말 잘 보내고 월요일 날 봅시다."

이 과장의 가벼운 인사를 시작으로 팀원들이 퇴근 준비에 한창이었다. 나정도 포함이었는데, 오늘따라 책상을 정리하는 그녀의 손길이 굼벵이처럼 굼뜨고 느릿했다.

"그러고 보니까 나정 씨 그림은 언제 볼 수 있는 거야?"

오 대리가 짐을 싸다 말고 궁금하다는 눈빛을 내비쳤다. 하필 이럴 때. 하여튼 인생에 도움이 안 되는 사람이라 생각하며 나정은 최대한 살가운 투로 대답했다.

"다음 주 화요일에 잡힌 회의에 김세나 씨도 참여하기로 하셔서 그때 보여드리려고 했습니다."

"최 대리랑 김세나 씨가 그렇게 신뢰하는 거 보면 기대해도 되겠지?"

"다들 여유로운 걸 보니 시간이 넉넉한가 봅니다?"

묵묵히 상황을 지켜보던 정우가 운을 띄우자 오 대리가 헉, 숨을 죽이며 등을 움츠렸다. 다른 팀원들도 마찬가지였다. 정우가 아직 전원을 끄지 않은 모니터에 시선을 주며 말했다.

"다음 주 수요일에 있을 회의 자료도 미리 제출하면 더 좋을 거 같은데요."

"전 선약이 있어서요."

"저, 저도."

"고생이 많으십니다. 팀장님."

"그럼 다음 주에 뵙겠습니다."

팀원들이 날쌘 다람쥐처럼 후다닥, 부서를 빠져나갔다. 비로소 정우와 둘만 남게 되자 나정은 슬그머니 승강기가 있는 곳을 손으로 콕콕 가리켰다.

"저 팀장님……. 먼저 내려가서 기다리고 있을까요?"

"같이 가죠. 금방 끝납니다."

마지막으로 결재할 서류를 해치운 정우가 바로 자리에서 일어나 재킷을 챙겼다. 다행히 오늘은 다른 부서들도 일찍 퇴근한 터라 평소보다 눈치를 볼 필요가 없었다. 다행인 듯하면서도 괜스레 정우가 의식됐다. 진원에게 고백 아닌 고백까지 듣게 돼서 그런지 마음이 불편했다.

'띠링.'

도착한 승강기에 몸을 실은 참이었다. 정우가 등 뒤에 서는 게 느껴지나 싶더니, 나정이 별안간 어깨를 굳혔다. 등 뒤에서 온기가 느껴진 탓이었다. 손가락을 얽은 커다란 손의 체온이 나정은 낯설지 않았다.

"……팀장님."

"앞 봐요. 티 내지 말고."

서로의 새끼손가락이 얽히는 동시에 나머지 손가락이 갈고리처럼 나정의 손을 옭아맸다. 그뿐인가. 손등을 살며시 쓸어내리는 엄지의 촉감은 은밀하고 야릇해서 마치 나쁜 짓을 저지르는 것처럼 나정의 심장을 빠르게 뛰게 했다.

다른 직원들이 승강기에 올라탄 뒤에도 정우의 짓궂은 장난은 멈추지 않았다. 오히려 더 나정을 구석으로 몰아세우듯 도드라진 손마디 뼈를 살살 긁어냈다. 마치 그가 키스를 나눌 때마다 습관처럼 점막을 혀로 간지럽히는 듯한 느낌에 나정은 고개를 푹 숙였다. 얼굴에 열이 몰렸다. 더 웃긴 건 이런 밀회가 그녀도 싫지 않다는 것이다. 내가 원래 이런 스릴을 즐기는 취향이었나. 나정은 단연코 주목받는 것을 좋아하는 성향이 아니었다. 하지만 이건…… 이건 너무…….

"귀가 붉네."

정우가 아무도 들리지 못하게끔 나직이 속삭였다.

'띠링.'

승강기가 1층에 도착하자 직원들이 우르르, 빠져나갔다. 기다렸다는 듯 정우가 나정의 옆에 서며 등 뒤로 맞잡은 손을 배 앞으로 가져왔다. CCTV를 의식한 나정을 위한 배려였다. 그 세심함이 나정은 고마웠지만, 동시에 그가 손을 잡지 않았다면 굳이 하지 않아도 될 배려란 생각이 들었다.

"가만 보면 은근 짓궂은 거 알아요?"

"그래야 한 번이라도 날 더 봐주잖습니까."

정우의 막힘없는 대답에 나정의 입술이 느슨히 벌어졌다. 그가 눈을 깊이 맞추며 쐐기를 박았다.

"솔직히 은나정 씨도 싫지 않잖아."

'띵.'

다시금 승강기 문이 열리며 지하 주차장이 눈앞에 나타났다. 군말 없이 정우에게 이끌려 조수석에 올라탄 나정은 여전히 빠른 속도로 뛰어대는 심장을 진정시키려 왼쪽 가슴에 손을 얹었다. 솔직히 싫지 않잖아. 그 말이 계속 머릿속을 떠돌아다녔다. 그녀조차 몰랐던 속마음을 낱낱이 읽힌 거 같아 볼이 화끈거렸다.

'달칵.'

운전석 문이 열리며 정우가 다시 모습을 드러냈다. 그는 의자에 앉기 무섭게 나정에게 손을 뻗었다. 가녀린 그녀의 목을 파도처럼 휘감아서는 얼굴을 바짝 붙였다.

"팀장……, 으읍."

단숨에 나정의 입술이 그에게 먹혀들어 갔다. 깜짝 놀란 그녀의 양손이 부채처럼 쫙 펴지나 싶더니, 이내 그녀가 눈을 감으며 정우의 어깨에 팔을 둘렀다. 거칠게 시작된 입맞춤은 어느새 농밀한 키스로 이어졌다. 제 목소리라고는 믿을 수 없을 만큼 낯선 신음이 연달아 맞붙은 입술 새로 새어 나갔다.

정우가 이마를 맞대며 잠시나마 나정을 놓아주었다. 색색거리는 여자의 숨소리가 듣기 좋았다. 아래가 단숨에 뻐근해질 만큼. 나정은 길고 촘촘한 속눈썹을 들어 올리며 정우를 눈에 담았다.

"……갑자기 이러시면 좀 곤란한데."

"갑자기?"

그가 고개를 비스듬히 세우며 타액이 묻은 나정의 입술을 엄지로 슥, 닦아냈다.

"항상이겠지."

"……."

"난 은나정 씨만 보면 조절이 안 됩니다."

입술을 지분거리는 그의 손길이 따스하다 못해 노골적이었다. 그가 다시금 다가오려고 하자 나정은 필사적으로 정우의 입을 손으로 막아 세웠다.

"……안 돼요."

정우의 눈이 매섭게 가늘어졌다. 나정의 얼굴이 붉게 달아올라 있었다. 그녀는 꽤 절박하게 고개를 가로저었다.

"……더 했다가는 못 멈출 거 같아요."

"……."

"내가, 내가 큰일 낼 거 같다고요!"

미쳤나 봐. 지금 무슨 소리를 한 거야. 다급함에 튀어나온 진심이었다. 욕망을 감추지 못하는 정우의 진한 입맞춤에 매달린 게 큰 실수였다. 입술이 닿을 때마다 들리는 그의 낮은 숨소리가, 입술을 지분거리는 그의 은밀한 손길이 나정을 알 수 없는 감각에 휘말리게 했다. 자꾸만 아랫배를 간지럽히는 몽글몽글한 느낌에서 헤어 나올 수 없었다. 이대로 있다가는 그대로 휘말려버릴 거 같았다. 피식, 낮은 웃음소리가 불시에 나정의 귓가를 파고들었다. 의아한 눈으로 정우를 바라보자 그가 나정의 손바닥에 입술을 깊이 묻으며 다시금 그녀를 달아오르게 했다.

"큰일은 집에서 치러야지."

"……."

"그러니까 주말에 잊지 말아요. 우리 집 오기로 한 거."

* * *

이른 아침부터 나정의 손과 다리가 분주했다. 주말임에도 불구하고 그녀는 새벽부터 일어나 깨끗이 샤워를 하고, 얼굴에 열심히 퍼프를 두드렸다.

"약속 있어?"

"……깜짝이야. 뭐야, 왜 벌써 일어났어?"

나정의 어깨 너머로 얼굴을 들이민 주인공은 나은이었다. 운동을 다녀온 길이었는지 긴 다리에는 탄탄한 레깅스가 날씬한 상체에는 엉덩이까지 내려오는 바람막이가 걸쳐져 있었다.

"몸이 좀 뻐근해서 한 바퀴 돌고 왔어."

어쩜 쟤는 땀을 흘려도 예쁠까. 아무리 제 여동생이라지만 모델을 해도 손색없을 만큼 나은의 비율은 완벽했다. 머리숱조차 풍성한 게 앞머리를 쓸어 올리는 손짓 하나에도 절로 시선이 갔다.

"언니야말로 아침 일곱 시부터 뭐해? 웬 화장? 데이트라도 해?"

뜨끔. 나정은 놀란 심장을 간신히 다스리며 고개를 들었다. 어색한 미소도 함께였다.

"친구랑 약속이 있어서."

"친구? 회사원들 체력 좋네. 주말 아침부터 약속도 잡을 줄 알고."

"그럼 넌 어디 가는데? 약속 있는 거 아냐?"

"응. 오전에 스케줄 하나 있어."

"스케줄? 뭐?"

"알바."

"저번에 한다는 그 과외? 신기하다. 보통 주말 오전에 잘 안 잡지 않나?"

나정도 대학생 때 아르바이트 겸 몇몇 아이들을 가르친 경험이 있었다. 대다수의 학부모들은 평일 오후에 수업하는 것을 선호하곤 했다.

"언니 뭐 가지고 싶은 거 없어?"

"갑자기? 왜?"

나정이 화장을 하다 말고 고개를 돌렸다. 나은이 무언가 할 말이 있다는 듯 방문 앞에 서서 나정을 바라보고 있었다.

"곧 생일이잖아."

그러고 보니 곧 초여름이었다. 가장 싱그럽고 풋풋할 때 나정이 네가 세상에 태어났다며 부모님은 버릇처럼 말했다.

"됐어. 쓸데없는 데 돈 쓰지 말고 전공 서적 살 때나 보태. 아니면 점심 맛있는 거 사 먹든가. 학교 다니면서 돈 걱정 없이 밥 먹는 것도 엄청난 축복이다?"

장난 반 진심 반으로 한 소리인데, 나정을 바라보는 나은의 눈빛은 고요했다. 어딘가 모르게 화가 난 거 같기도 하고, 깊게 가라앉은 표정을 보아하니 뭔가를 꾹꾹 짓누르는 것처럼 느껴지기도 했다.

"왜…… 그런 눈으로 보는데?"

나정이 당혹스러운 목소리로 묻자 나은은 긴 침묵 끝에 입을 열었다.

"맘 접기 전에 적당한 거로 생각해 둬."

그러고는 냉정히 돌아서며 방문을 닫고 모습을 감췄다.

"……뭐야."

멍하니 앉아 있던 나정은 뒤늦게 시간을 확인하곤 서둘러 가방에 짐을 담기 시작했다. 지금 출발해야지만 늦지 않게 약속 장소에 도착할 수 있었다.

* * *

8층 808호. 오피스텔 호수를 바라보는 나정의 눈이 설렘 반, 초조함 반으로 일렁거렸다. 무사히 정우의 집까지 찾아오긴 했으나 막상 도착하니 초인종을 누르기가 선뜻 망설여졌다.

정우가 새로 이사한 곳은 나정의 집에서 도보로 15분밖에 걸리지 않았다. 그 사실이 새삼 그렇게 기분 좋을 수 없었다. 오는 도중 맛집으로 소문난 제과점에 들려 함께 먹을 샌드위치와 과일 주스를 포장했다. 만반의 준비를 하고 왔는데, 정작 나정은 막연한 눈으로 현관문을 바라보기만 했다.

"어차피 그림만 그릴 건데."

왜 이리 심장이 두근거리는 건지. 심호흡을 크게 몇 번 한 후, 손을 뻗은 찰나였다.

'띠리릭.'

도어록 잠금 버튼이 자동으로 해제되며 문이 스르르, 열렸다.

"어?"

나정이 놀란 눈으로 신발장에 서 있는 남자를 바라봤다. 남자는 팔짱을 낀 채 나정을 지그시 내려다봤다.

"······팀장님."

"언제까지 거기 서 있으려고 했습니까?"

"네?"

"도통 기다릴 수가 있어야지."

그렇다는 건 문 앞에서 자신이 지은 표정과 초조한 몸짓을 그가 다 봤다는 건데.

"들어와요."

정우가 나정의 팔목을 부드럽게 잡으며 집 안으로 이끌었다. 신발장에 발을 디디기 무섭게 나정은 입을 작게 벌렸다. 저번에 봤던 정우의 집도 크고 넓었지만, 새로 구한 집은 그보다 더 널따란 평수를 자랑했다.

"우와……."

게다가 집주인의 깔끔한 성격 덕분인지 모던하면서 심플한 인테리어가 눈길을 사로잡았다. 먼지 한 톨 보이지 않는 깨끗한 집이었다.

"맘에 들어요?"

"당연하죠. 근데 제 마음에 들어서 되나요. 집주인은 팀장님인데."

"은나정 씨 마음에 들었으면 됐습니다. 어차피 그러려고 산 집이니까."

나정의 두 발이 우뚝 멈추었다. 그녀는 획 돌아서서 떨리는 얼굴로 정우를 바라보았다.

"……지금 뭐라고 하셨어요?"

"뭘 말입니까?"

"아니, 방금 그래서 고른 집이라고……."

"말 그대로입니다. 자주 방문하게 될 텐데. 지내기 편한 곳이 좋지 않겠어요?"

나정의 머릿속에 종소리가 댕댕댕, 울렸다. 자주 방문하게 될 텐데. 그 한마디만이 뇌리에 꽂혀 오버랩처럼 울려 퍼졌다.

"그럼 저희 집 근처로 이사한 이유가……."

"자주 얼굴 볼 수 있고. 같이 출퇴근도 할 수 있고. 일석이조 아닌가."

200

때마침 집 계약기간이 끝났다는 말도 정우는 함께 덧붙였다. 그러나 나정에게는 그 말이 들리지 않았다. 그저 정우의 남다른 추진력이 경이롭게 느껴질 뿐이었다. 말로 형용하기 벅찬 감정이 가슴에 그득 차올랐다.

"근데."

정우가 성큼 다가와 나정을 빤히 내려다봤다. 노골적인 눈빛에 나정은 주춤하며 고개를 뒤로 물렀다.

"왜, 왜요?"

"화장했습니까?"

"네?"

"편히 와도 된다고 했던 거 같은데."

"아, 그게⋯⋯."

예정대로라면 열두 시쯤에 정우와 함께 점심을 먹고 그림을 그릴 예정이었다. 그런데 어젯밤 정우에게서 전화가 걸려 왔다. 피치 못할 사정으로 토요일이 아닌 일요일에 봐야 할 거 같다는 연락이었다. 한 달에 한 번은 꼭 본가에 있는 어머니와 식사를 하는데, 그게 바로 오늘이라는 이야기를 전하는 것도 잊지 않았다. 나정은 괜찮다 하면서도 가슴 한편에 자리 잡은 서운함을 억누르지 못했다. 냉큼 정우를 붙잡고 조심스레 물었다.

'일찍 보는 건 별로일까요?'

그렇게 성사된 만남이었다. 정우는 편히 와도 된다고 했지만, 나정은 좀 더 특별하게 보이고 싶은 마음에 아침 일찍부터 일어나

머리를 손질하고, 옷을 차려입었다. 그에 비해 정우의 옷차림은 가벼웠다. 몸에 걸친 것은 고작 남색 니트와 차콜 색감의 린넨 바지가 전부인데도, 넓은 체격이 그대로 도드라져 근사했다. 나정은 자신도 모르게 정우를 의식하며 한 걸음 물러났다.

"막 씻고 나오신 거예요?"

흘끔 고개를 들어 정우의 머리칼을 올려다봤다. 그가 늘 추구하던 포마드 헤어가 아니라, 검은 머리칼이 그의 이마를 차분히 덮고 있었다. 촉촉한 물기가 묻어난 게 젖은 감이 없지 않아 있었는데, 정우가 앞머리를 가볍게 흩트리며 말했다.

"아침에 조깅 좀 하느라요."

"주말인데도 운동을 다녀오신 거예요?"

"자기 관리하는 데 주말 평일 구분하는 사람도 있습니까?"

어쩐지 뼈를 때리는 대답에 나정은 조용히 입을 다물었다.

"그리고 좋은 몸 상태를 유지해야 은나정 씨도 만족할 거 아니야."

"네?"

만, 만족이라니. 나정은 순간 자신이 잘못 들었나 싶어 눈을 빠르게 끔뻑거렸다. 정우가 상체를 숙이며 나정과 깊숙이 눈을 맞추었다.

"그림."

"……."

"오늘 꼭 그려야 한다면서요."

"아……. 그렇죠. 그림. 그렇죠. 꼭 오늘 그려야만 하죠. 그래야 다음 주에 있을 회의에서 선보일 수 있을 테니까요."

미쳤나 봐, 내가 지금 무슨 생각을 한 거야. 불쑥 떠오른 빨간색의 장면이 이토록 한심스럽고 부끄러울 수 없었다. 나정은 달아오른 얼굴을 손으로 부채질하며 걸음을 옮겼다. 미리 정우가 준비를 해뒀는지 거실 한편에는 이젤과 도화지, 그리고 스케치에 필요한 미술용품이 완벽하게 갖춰져 있었다.

"늦어도 한 시에는 출발해야 한다고 하셨죠?"

나정이 이젤을 거실 중앙으로 가지고 오려던 참이었다. 정우가 소리 소문도 없이 나정의 등 뒤로 다가왔다. 긴 팔이 어깨 너머로 넘어온 순간 나정은 저도 모르게 찰싹, 정우의 팔목을 내리쳤다. 갑자기 분위기가 싸해지며 침묵이 찾아왔다.

"아, 그게."

나정은 어색하게 눈동자를 굴리며 마저 이젤을 중앙으로 끌어왔다. 그 모습을 지켜보는 정우의 두 눈이 깊고 잠잠했다.

"이 정도는 얼마든지 혼자 할 수 있어서요."

나정은 서둘러 상황을 무마했다. 고의가 아니었다고 말하려는데, 정우가 말없이 돌아서며 거실 중앙으로 걸어갔다. 그러고는 양팔을 서로 교차시키며 입고 있던 남색 니트를 머리 위로 벗어던졌다. 나정은 입술을 꾹 깨물었다. 하마터면 소리를 낼 뻔했다. 조깅 말고도 간단한 웨이트 운동을 한 모양인지 원래도 탄탄했던 그의 몸이 더 부풀어 오른 느낌이었다.

'꿀꺽.'

의지와 상관없이 마른침을 삼킨 나정은 고개를 털며 의자에 엉덩이를 붙였다. 집중하자, 집중. 머릿속을 지배하는 외설스런 장면들을 애써 지우며 하얀 도화지에 온 정신을 쏟아부었다. 떨리

는 손으로 연필을 집어 사각, 중심선을 그렸다. 걱정과 달리 진도
는 물 흐르듯 이어졌다. 무리 없이 그릴 수 있을 거라는 자신감
이 들었다.

하지만 정우의 몸을 다시금 마주한 순간, 나정의 굳은 다짐은
완전히 산산조각 났다. 이런 적은 처음이었다. 그의 맨몸을 몇 번
이나 봤음에도 오늘처럼 가슴이 아프게 두근거린 적은 처음이었
다. 손목을 타고 흐르는 혈관이 빠르게 뛰는 게 선연히 느껴질 정
도였다.

……왜 이러지, 진짜.

프로답지 못한 태도가 답답하게만 느껴졌다. 최대한 심호흡을
크게 하며 다시금 도구를 고쳐 잡는데, 손바닥에 묻어난 땀 때문
인지 그만 연필을 놓치고 말았다. 나정은 작게 한숨을 내쉬며 허
리를 숙였다. 바닥에 떨어진 연필을 집기 위해 팔을 뻗는데, 낯설
지 않은 두 발이 이젤의 코앞에 서 있는 게 보였다.

'끼이익.'

이젤이 옆으로 밀려나며 보드 블록처럼 도드라진 복근이 나정
의 눈앞에 나타났다.

"……팀장님."

대체 언제 여기까지. 아무런 기척도 느끼지 못한 거 같은데. 정
우가 손을 뻗어 나정의 턱을 살며시 움켜쥐었다. 자그마한 얼굴을
들어 올리며 똑바로 시선을 교차시켰다.

'쿵쿵. 쿵쿵쿵쿵쿵.'

심장이 아프게 뛰었다. 이 이상으로 심박수가 올라갔다가는 기
절할지도 모른다는 생각이 든 순간, 정우가 눈을 가늘게 뜨며 말

했다.

"자꾸 읽히지 말지."

그가 말하는 게 제 머릿속이란 걸 나정은 직감적으로 깨달았다. 정우가 상체를 숙이며 비스듬히 고개를 틀었다. 어느새 달뜬 숨을 내뱉고 있는 나정의 입술을 부드럽게 엄지로 훔치더니, 그 또한 불시에 억누르는 듯한 숨소리를 흘려보냈다.

"더는 감당이 안 될 거 같은데."

13. 낙원

　은연중에 느끼고는 있었다. 나정이 평소랑은 다르다는 걸. 유독 정우의 눈치를 살피는 것도 그렇고, 수시로 옷매무새를 정돈하는 게 무언가를 자꾸 의식하는 게 분명했다. 문제는 그 무언가가 정우의 눈에는 훤히 읽힌다는 것이었다.

　"팀장님이······."

　속마음을 들켰다는 생각에 나정은 억울하다는 표정을 지었다.

　"그런 말만 하지 않았어도 이렇게 되는 일은 없었잖아요."

　"그런 말? 무슨 말."

"······다 알고 있으면서."

정우의 입가에 만족스러운 미소가 번졌다. 일은 집에서 치러야 한다는 고작 그 한마디에 밤잠을 설쳤을 여자가 상상되어 절로 웃음이 새어 나왔다.

"그러니까 은나정 씨가 이렇게 달아오른 것도 이런 눈으로 날 바라보는 것도 다 내 탓이라는 겁니까?"

"제 눈이 어때서요?"

"당장이라도 잡아먹고 싶다는 눈?"

"······말도 안 돼. 팀장님이 절 잡아먹었으면 먹었죠, 제가 어떻게 팀장님을······."

아뿔싸. 말실수했다. 나정은 다급히 입을 막았지만, 엎질러진 물을 담기엔 이미 늦은 후였다. 정우의 눈이 고요했다. 먹잇감을 눈앞에 둔 포식자처럼 기민하게 나정의 몸을 훑어 내리며 나직이 속삭였다.

"잘 알고 있네."

"······."

"그럼 이제 차려진 밥상을 잘 먹기만 하면 되는 건가?"

"······잠, 잠깐만요. 악! 팀장님!"

이젤이 바닥으로 툭 널브러지며 정우의 양팔이 단숨에 나정의 허리와 허벅지 밑으로 파고들었다. 손쓸 새도 없이 두 다리가 허공 위로 부유했다. 두 팔은 떨어지지 않기 위해 정우의 목을 감싸 안은 지 오래였다. 그가 성큼성큼 거실을 지나쳐 안방으로 향했다. 새하얀 침실에 도착하자 킹사이즈의 침대에 나정의 몸이 풀썩, 내려앉았다.

"……안 돼요."

나정은 고개를 저으며 다가오는 정우의 드넓은 가슴팍을 막아 세웠다. 단단한 피부로 전해지는 뜨거운 온기에 진저리치면서도 차마 손을 뗄 수 없었다.

"점심에 본가도 가봐야 한다면서요."

"취소됐습니다."

"……네?"

"오늘 아침에 못 간다고 말씀드렸어요."

"……갑자기 왜."

"누구처럼 설레서 잠을 잘 수 있어야지."

그 '누구'는 당연히 나정을 뜻했다. 그걸 알아채지 못할 만큼 나정은 둔하지 않았다.

"은나정 씨가 나 때문에 밤잠을 설쳤다면 기꺼이 책임을 져야 하지 않겠어요?"

나정의 볼이 홧홧하게 달아올랐다. 안 그래도 열기 짙은 몸은 더욱 뜨거워지며 갈급한 갈증에 시달리기 시작했다.

"……처음이에요, 저."

나정은 불쑥 고백했다. 정우가 멈칫하며 고개를 숙였다. 바람에 너울거리는 천처럼 여자의 눈동자가 크게 일렁거렸다. 언젠가 이런 순간이 찾아올 거란 걸 예상하지 못한 건 아니었다. 정말로 좋아하는 사람이 생긴다면, 그 사람과 함께할 수 있다면. 그 상대가 정우라는 게 나정은 행복했지만, 한편으론 겁이 났다. 조금이라도 더 성숙하게 그를 대하고 싶은데 머리와 마음은 좀처럼 맞물리지 못했다. 모든 것이 하얗게 물들어 아무 생각도 떠오르지 않았다.

"심장이 터질 거 같아서, 그래서 뭘 어떻게 해야 할지 모르겠어요."

진심을 털어놓자 정우가 다가왔다. 그가 바르르 떨리는 나정의 눈두덩이에 살포시 입을 맞추며 부드럽게 미소 지었다.

"몸이 하고 싶은 대로 맡겨요."

"……."

"아무 생각도 하지 말고."

"……."

"나머지는 내가 다 알아서 할 테니까."

그 말을 증명하듯 정우는 나정의 이목구비 하나하나에 나비 같은 입맞춤을 선사하기 시작했다. 얼굴이 간지러운 건지, 가슴이 간지러운 건지 분간이 가지 않을 만큼 달콤한 입맞춤이었다.

콧등에 머물던 입술이 내려오기 무섭게 서로의 입술이 포개졌다. 느릿하고 부드러운 키스였다. 입안 깊숙이 들어온 혀가 점막을 쓸어내리며 나정의 혀를 감싸 올렸다. 얽힌 살덩이가 비벼지는 소리가 귓가를 야릇하게 자극했다. 부끄러웠지만, 나정은 멈추지 않았다. 하고 싶은 대로 하라는 정우의 말에 용기를 얻어 그의 목을 당겨 안았다. 그가 더 가까이 와줬으면 하는 마음을 가득 담아 서툴지만, 그에게 입을 맞추고 혀를 얽었다.

정우는 능숙하게 나정이 입고 있는 셔츠의 단추를 하나둘씩 풀어냈다. 마지막 단추가 툭, 풀리자 살구색의 속옷이 환히 드러났다. 그 안에 넘칠 듯한 하얀 피부를 바라보는 정우의 눈이 깊고 뜨거웠다. 나정은 파도처럼 밀려오는 민망함을 참지 못하며 양손을 교차시켜 어깨를 감싸 안았다. 하지만 그마저도 정우에 의해 힘한 번 쓰지 못하고 풀려났다. 그가 나정의 가는 팔목을 머리 위로 고정하며 말했다.

"그동안 이 한몸 바쳐 실컷 구경하게 해줬으면 나한테도 마땅한 기회는 줘야지."

그의 두 눈이 벌거벗은 제 몸을 훑어 내리자 나정은 발버둥 치며 반박했다.

"그거랑 이건 엄연히 다르죠."

"뭐가 됐든 난 느긋하게 감상하는 걸 좋아해서."

정우가 바둥거리는 나정의 팔목을 단번에 제압하며 시선을 내렸다. 집요한 눈길이 목선부터 느릿하게 타고 흐르기 시작하자 나정은 숨을 크게 들이켰다. 도무지 두 눈을 뜨고 보기가 버거운 광경이었다.

정우의 검은 눈이 굴곡진 언덕에 닿았을 때는 얼굴이 화끈하게 달아올랐다. 작은 체구에 비해 큰 가슴이 콤플렉스였던 나정이었다. 숨기기 바빴던 곳을 정우가 빤히 직시하자 배꼽이 간지러운 감각과 함께 다리 밑이 뜨겁게 젖어갔다. 그 은밀한 변화를 알아챈 듯 정우가 나직이 속삭였다.

"예쁘네."

"팀장……, 아!"

낯부끄러운 말에 당황하기도 잠시. 정우가 단숨에 나정의 등 뒤로 손을 옮겨 후크를 풀어냈다. 그리곤 손끝에 걸린 속옷을 미련 없이 침대 밑으로 밀어냈다.

"앗……."

나정은 짤막한 신음을 터트리며 입술을 깨물었다. 그녀의 귓불을 부드럽게 핥던 정우가 입술을 좀 더 내린 탓이었다. 그는 봉긋이 솟아오른 살결을 혀로 빙글 돌려대며 부드럽게 머금었다. 곤두선 감각을 무자비로 휘두르며 농락했다. 느릿하게 쓸어내리다 못해 잘근잘근 씹기까지 하자 나정의 허벅지가 움츠러들며 아랫배에도 힘이 들어갔다. 상상 이상의 전율이 정수리를 강타하며 등줄기를 찌르르 울렸다.

"······팀장님."

나정이 가쁜 숨을 내쉬며 정우의 머리칼 속으로 손을 집어넣었다. 그는 멈추는 대신 나정을 더 절벽으로 몰아세웠다. 몸 곳곳에 그의 입술이 닿지 않은 곳이 없었다. 차오르는 쾌감에 벅찬 눈으로 정우를 바라보면 그는 나정의 손목에 입을 맞추며 더 진한 선율을 선사했고, 더 깊숙이 입술을 묻으며 나정을 괴롭혔다. 마침내 그 누구의 손도 닿지 않은 은밀한 곳에 정우의 얼굴이 가까워지자 나정은 본능적으로 상체를 세웠다.

"······안 돼요."

"응. 돼."

"팀장님!"

간절함을 담아 소리쳤지만, 소용없었다. 그는 마지막 남은 속옷마저도 벗기며 침대 밑으로 툭 내던졌다. 나정은 울고 싶었다. 세상이 너무 밝았다. 생각해보니 아침 댓바람부터 정우의 침대에 누워 있는 꼴이었다. 물론 알고 있다. 더는 멈출 수도, 물러설 수도 없다는 걸. 그건 나정도 바라지 않는 바였다. 피어오른 불씨를 꺼트릴 마음은 추호도 없었다. 그래서일까. 그녀는 충동적으로 불쑥 내뱉었다.

"……팀장님도 벗어요."

나정의 허벅지를 부드럽게 쓰다듬던 정우가 움직임을 멈추며 허리를 곧게 세웠다.

"나만 벗는 건 뭔가 억울해요."

당황할 법도 한데 정우의 얼굴은 지나치게 평온했다. 도리어 침대 밑으로 내려가 나정을 지그시 내려다봤다. 대체 뭘 하려고. 떨리는 눈으로 그를 올려다보는데, 그가 린넨 바지에 채워진 버클 위에 손을 올렸다. 지이이익. 지퍼가 내려가며 영문으로 쓰인 속옷의 라인이 드러나자 나정은 고개를 가로저었다.

"……팀장님."

이런 그림을 바라는 게 아니었다. 난감한 그의 표정을 보고 싶었을 뿐, 한 치의 망설임도 없이 그것도 자신을 빤히 직시하며 그가 옷을 벗는 이런 불순한 장면 따위를 원한 게 아니었다. 그런데 왜 가슴은 난리 법석인지. 심장이 귀에 달린 건 아닐까 싶을 만큼 고동치는 소리가 나정의 몸 곳곳에서 울려 퍼졌다.

정우가 바지춤을 한 손으로 가볍게 잡은 채 나정에게 다가왔다.

"가만 보면 참 도발적이야."

"……팀장님, 잠깐만요."

"순진무구한 얼굴로 자극은 다 해놓고 모른 척 빼는 건 너무 매정하다는 생각 안 듭니까?"

정우가 바지를 벗어 던지자 나정은 두 눈을 질끈 감았다.

방금 내가 뭘 본 거지.

아주 잠깐이었지만 아주 용맹하고 끝도 없이 치솟은 무언가가 나정의 숨통을 단숨에 옥죄였다. 한 번쯤 생각했었다. 정우의 나신을. 상체도 이렇게 완벽하다면 하체 또한 완벽하지 않을까. 그런 불순한 상상을 남몰래 하지 않았다면 거짓말이었다. 하지만 이건 너무⋯⋯.

"약속했잖습니까."

침대에 걸터앉은 정우가 다소 상냥한 손짓으로 나정의 얼굴을 매만졌다. 간신히 호흡하던 나정은 파들파들 떨리는 입술을 앙다물며 실눈을 떴다. 그때였다. 딱딱한 무언가가 허벅지를 스쳐 지나갔다. 낯선 감촉에 몸을 절로 움츠린 나정이 정우의 어깨를 붙잡았다. 정우가 나직이 웃으며 좀 더 짓궂게 나정을 몰아세웠다.

"은나정 씨라면 얼마든지 벗어줄 수 있다고."

"⋯⋯."

"최선을 다하겠다는데, 관객이 눈을 감으면 되겠어요?"

이 남자는 늑대도 살쾡이도 아니다. 여우. 여우가 확실했다.

"나정아."

단 한 번도 정우에게서 이름을 불려본 적 없던 나정은 저도 모르게 몸을 떨었다. 피식, 정우가 낮게 웃으며 귓가에 다정히 속삭였다.

"눈 떠야지."

그러자 거짓말처럼 꾹 감긴 나정의 눈꺼풀이 밀려 올라갔다. 널따란 어깨가 시야를 가득 채우자 나정은 홀린 듯 정우의 단단한 골격을 따라 시선을 흘려보냈다. 그리고 마침내 외면하고 또 외면했던 용맹한 무언가와 마주하게 되었다. 나정은 침을 꿀꺽 삼키며 무의식적으로 중얼거렸다.

"⋯⋯잘못했어요."

정우가 살며시 미간을 좁혔다. 방금 자신이 뭘 들었냐는 듯이.
나정은 재차 고개를 도리질했다.

"……제가 경솔했던 거 같아요."

정우는 기가 찼다. 웃어야 할지 울어야 할지. 정우는 가볍게 나
정의 어깨를 내리눌렀다. 시트에 그녀의 등을 밀착시키며 가녀린
쇄골에 입술을 깊숙이 묻었다. 그리고 여전히 충격에서 헤어 나
오지 못하고 있는 사랑스러운 얼굴에 입을 맞추며 나른히 웃었다.

"그럼 이제 마땅한 죗값을 치르면 되겠네."

사람을 단단히 홀리게 만드는 미소였다. 나정은 멍하니 정우를
올려다봤다. 그리고 생각했다. 이 남자에게서 벗어날 방법은, 아
마 이 세상에 존재하지 않을 거라고.

그가 주는 '벌'은 아주 달콤했다. 이게 벌인지 설탕인지 분간이
가지 않을 만큼 나정은 드높은 교성을 터트리며 정우의 어깨를
꽉 끌어안았다. 서로의 맨몸을 밀착시키는 건 아주 은밀하고 기분
좋은 일이었다. 땀에 젖은 살결이 뒤엉킬 때마다 미끈거리고 끈적
거리는 감촉이 안 그래도 타오르는 갈증에 더욱 불을 지폈다. 이
미 나정은 정우의 손과 입에 의해 절정을 몇 번이나 겪은 터였다.
힘이 부치는 상체를 겨우 들어 고개를 내리자 몸 곳곳에 그가 남
긴 붉은 자국들이 시야에 담겨왔다.

"많이 아플 거야."

정우가 나정의 눈두덩이에 입 맞추며 말했다. 첫 경험이 아프다
는 건 스물일곱의 나정이 절대 모르는 바가 아니었다. 다만 기진
맥진한 상태라 아픔을 느낄 수 있나 싶었다.

사뭇 걱정되는지 정우가 나정의 배 밑으로 손을 내렸다. 다시금

그녀의 민감한 감각을 애태우며 몇 번을 겪어도 적응되지 않은 찌릿한 쾌감에 젖게 했다.

"……그만."

나정은 양손으로 시트를 있는 힘껏 움켜쥐며 애원했다. 더는 무리였다. 이 이상으로 젖었다가는 그대로 정신을 놓아버릴 거 같았다. 그뿐인가. 정우의 입술과 손은 이미 그녀가 흘린 흥분으로 엉망진창이었다. 촉촉한 물기를 머금고 있었다. 마침내 또 한 번의 절정이 들이닥친 순간, 나정이 허리를 휘며 눈을 질끈 감았다. 허벅지가 부르르 떨리며 이내 힘없이 시트로 툭 내려앉았다.

"벌써 지치면 안 되지."

정우는 안간힘을 다해 참는 중이었다. 부풀 대로 부푼 그의 욕망은 이제 한계치에 다다랐다. 더는 제어가 불가능했다. 그는 준비한 콘돔을 덧씌우며 나정의 허벅지를 팔에 휘감았다. 철저한 준비 속에 서로가 맞물린 순간, 나정이 눈을 뜨며 애처롭게 정우를 올려다봤다.

"……이상해요."

"아파?"

나정은 입술을 말아 물었다. 무어라 말로 형용하기 힘든 느낌이었다. 묵직한 통증을 느끼는 동시에 상상 이상의 열감이 뱃속에 자글자글 끓었다.

"모르겠어요. 그냥 막 뜨겁고……."

나정이 횡설수설하는 사이 정우가 조금 더 파고들었다.

"……아파요. 아파."

충분히 달래줬음에도 불구하고 그녀는 비좁고 뜨거웠다. 정우는 가까스로 인내심을 발휘하며 나정의 얼굴 곳곳에 자잘한 입맞춤을 남겼다.

"조금만 더."

정우답지 않은 애원에 나정은 더 힘껏 그를 껴안았다. 끝을 모르고 들어오는 그의 욕망이 어느 구간에 닿으며 멈춰 섰다. 이제 끝인 건가, 싶은 순간 정우가 작게 욕을 뇌까리며 나정의 귓가에 입술을 부딪쳤다.

"미안한데, 조금만 더 참죠."

그가 예고 없이 다시금 파고들었다. 나정의 맞붙은 입술 새로 작고 높은 교성이 터져 나왔다. 아프지만 찌릿한. 강렬한 감각끼리 교차하며 한 번도 느껴본 적 없는 커다란 쾌감을 만들어냈다.

그가 움직일 때마다 침대가 깊숙이 파이며 삐걱거리는 소리를 냈다. 뭉근하게 파고들던 몸짓이 어느 순간부터 격렬해지기 시작하자 나정은 두려움을 느꼈다. 이대로 있다가는 이 감각에, 이 쾌감에, 그리고 끝내 찾아올 전율에 잡아먹힐 거 같았다. 본능적으로 정우를 밀어내려고 하자 그가 입술을 머금으며 혀를 집어넣었다. 나정의 양손을 핀에 박힌 나비처럼 강하게 내리누르며 더더욱 그녀를 몰아붙였다 힘껏 밀어 올리며 그녀를 진창에 빠트렸다.

모든 것이 달콤하고 사랑스러웠다. 제 입속에서 산산이 부서지는 나정의 숨결도, 바둥거리는 여자의 가느다란 손목과 허벅지도. 하지만 그를 가장 벅차게 하는 것은 역시나 그의 욕망을 놓아주지 않는 나정의 몸이었다. 단 하나의 틈조차 허용하지 않고 그를 꽉 끌어안을 때면 살면서 느껴본 적 없는 미칠듯한 쾌감이 꼬리뼈를 타고 진하게 올라왔다.

좋았다. 나정의 마음도, 몸도. 그녀의 모든 게 다 제 것이라는 이기적인 생각을 하는 게 우습다는 걸 알면서도 정우는 멈추지 않았다. 끝내 나정의 가장 깊숙한 곳에 한껏 달아오른 욕망을 왈칵 쏟아냈다.

한동안 누구의 것인지도 모를 숨소리가 침실을 가득 채웠다. 그러다 문득 나정의 숨소리가 들리지 않자 정우가 허리를 세우며 시선을 내렸다.

"은나정."

다소 놀란 눈으로 나정의 얼굴을 매만지자 감겨 있던 나정의 눈이 스르르, 올라갔다. 관계를 갖는 도중 눈물을 흘렸는지 속눈썹이 촉촉하게 젖어 있었다.

"……너무해요."

"뭐?"

"팀장님은 뭐가 이렇게……."

그녀가 당장이라도 울 거 같은 얼굴을 하며 작게 중얼거렸다.

"……다 커요."

"하."

솔직하다 못해 당돌한 고백에 정우는 그만 웃어버렸다. 자그마한 여자를 품에 당겨 안으며 땀에 젖은 머리칼을 다정히 귀 뒤로 넘겨주었다.

"많이 아팠어요?"

"……아뇨. 아니, 아프긴 했는데."

뭐라고 말해야 할지 잘 모르겠다. 엄청난 폭풍이 휩쓸고 갔다고 해야 할까. 격렬하게 내달리다가 끝내 산산이 부서지는 현상은 생각보다 좋았다. 긴 절정 끝에 찾아오는 나른함 또한 나쁘지 않았다. 도무지 문장으로는 설명하기 어려운 감각이었다.

"다음에는 더 최선을 다하도록 하죠."

"……네?"

나정이 훌쩍이며 고개를 들었다. 아직 서로가 맞물린 상태였다. 몸 안에서 느껴지는 커다란 부피감에 나정이 입술을 벌리며 정우를 올려다봤다.

"뭐야. 왜, 왜 또……."

"자극한 게 누구인데."

"……전 아무 짓도 안 했는데요."

그런데 왜 또 커지냐며 아연한 눈으로 정우를 바라보자 그가 픽, 웃으며 나정의 눈 밑을 살살 어루만졌다.

"걱정 말아요. 더 안 할 거니까."

진심인 듯 그가 가볍게 몸을 일으켰다. 그러고는 욕실로 들어가 따스한 미온수에 적신 타월을 들고나왔다. 경직된 나정의 하얀 다리를 부드럽게 쓸어내리자 나정이 흠칫 무릎을 접으며 고개를 저었다.

"……괜찮은데."

"가만히 있어요. 다음날 가볍게 근육통이 올 수도 있으니까."

나정은 멍하니 정우의 손길을 받았다. 조금 전만 해도 거친 숨소리를 내뱉던 남자의 모습은 찾아볼 수 없었다. 아직도 생생하다. 그녀를 몰아붙일 때마다 꿈틀거리던 정우의 턱 근육이, 힘이 들어가던 그의 미간이 하나의 그림처럼 머릿속에 각인 돼 있었다.

섹시했다. 감당하기 벅찬 쾌감에 정우가 눈 밑을 찡그리고, 뜨거운 숨을 내쉴 때면 알 수 없는 전율이 나정의 몸을 타고 흘렀다. 그런 얼굴을 만든 게 꼭 자신 같아서. 더더욱 그에게 매달리며 그가 주는 열기에 몸과 정신을 내던질 수밖에 없었다.

"더 자극하고 싶은 게 아니라면 그만 쳐다보죠."

"아."

나정이 볼을 붉히며 고개를 돌렸다. 저도 모르게 단단한 허벅지 사이로 곤두선 정우의 욕망에 눈길을 주고 말았다. 남은 다리까지 착실하게 찜질해준 정우가 상체를 맞붙이며 나정을 다시금 끌어안았다. 따스한 온기가 전해지자 언제 그랬냐는 듯 나정의 눈꺼풀이 나른하게 풀렸다.

"피곤하면 자요."

"……배 안 고프세요? 같이 먹으려고 샌드위치 사 왔는데."

"글쎄. 덕분에 난 포식한 기분이라서."

무슨 뜻인지 냉큼 알아챈 나정이 아프지 않게 정우의 팔뚝을 꼬집었다. 정우가 낮게 웃으며 나정의 손을 제 가슴으로 끌어왔다.

"한숨 자고 일어나면 그때."

"……"

"그때 같이 먹죠."

나정의 입가에 만족스러운 미소가 번졌다. 그녀의 손금을 타고 흐르는 정우의 심장 소리가 크고 빨랐다. 어느 자장가보다 달콤한 선율이었다.

"……응. 그럴게요."

나정은 고개를 끄덕이며 눈을 감았다. 고작 숨을 몇 번 내쉬었을 뿐인데, 그녀는 금세 깊은 잠에 빠져들었다. 그 곁을 정우는 긴 시간 동안 지켰다. 나정의 등을 토닥이기도 하고, 작은 어깨를 부드럽게 쓰다듬어주기도 했다. 그럼 나정은 아이처럼 정우의 품을 파고들었다. 무어라 작게 웅얼거리며 정우의 가슴에 얼굴을 비볐다. 행복했다. 30년 넘게 살아온 그의 인생에서 이토록 가슴이 벅찬 적은 처음이었다.

* * *

나정이 눈을 떴을 때는 어스름한 어둠이 방을 가득 채우고 있었다. 눈꺼풀을 비비며 팔을 뻗는데, 무슨 일인지 정우의 체온이 느껴지지 않았다.

"……팀장님?"

허리를 세우자 턱밑까지 덮여 있던 이불이 스르르 내려갔다. 그제야 나정은 자신이 아무것도 입지 않았다는 걸 깨달았다. 황급히 가슴을 가리며 주변을 두리번거렸다. 아무도 없는 걸 확인하곤 조심스레 방의 불을 켰다. 그러자 침대 밑에 놓인 무언가가 보였다. 정우의 것으로 추정되는 맨투맨과 바지가 놓여 있었다. 작은 메모지도 함께였다.

편한 옷이 필요할 거 같아서 잠깐 이 앞에 다녀올게요.

나정의 입가에 벅찬 미소가 퍼졌다. 배려해주는 정우가 고마우면서도 한편으론 미안하기도 했다.

"내 사이즈는 아시려나. 아무 옷이나 사와도 괜찮은데."

나정은 정우가 반듯이 접어놓은 바지와 맨투맨을 하나둘 착용했다. 역시나 컸다. 그것도 아주 많이 컸다. 정우의 키는 어렴풋이 봐도 185cm는 훌쩍 넘어 보였다. 그에 반해 나정의 키는 161cm였다. 20cm는 가볍게 넘는 키 차이였다.

'삐삐삐삐. 띠리릭.'

갑자기 들리는 도어록 소리에 나정은 화들짝 놀라며 방문을 열었다. 정우가 온 게 확실했다. 반가운 마음에 신발장으로 달려가는데, 문을 열고 들어온 사람은 정우가 아니었다.

"팀장……."

"정우야. 자니?"

나정은 순간, 꿈을 꾸나 싶었다. 그건 눈앞에 있는 중년 여성도 마찬가지인 듯했다.

"어머. 내가 집을 잘못 방문했나?"

여자가 다소 놀란 표정을 지으며 현관문을 열어 문에 붙은 호수를 확인했다.

"아닌데. 우리 정우 집이 맞는데. 그리고 그 옷……."

나정의 차림새를 훑던 여자의 눈에 확신이 선 순간이었다.

'띠띠띠띠, 띠리릭.'

도어록이 다시금 해제되며 나정이 그토록 기다리던 상대가 모습을 나타냈다. 정우의 입에서 뜻밖의 부름이 흘러나온 건 그때였다.

"어머니."

……어머니?

나정은 잠시 눈을 감았다. 지금처럼 하늘이 원망스러운 적은 없었다. 왜 하필 오늘. 그것도 이런 순간에 삼자대면을 하게 된 건지.

"어머, 미안해요. 정말."

생각지 못한 사과에 나정의 두 눈이 번쩍 뜨였다. 혜수가 난처한 눈으로 나정과 정우를 번갈아 보고 있었다. 그녀는 진심으로 미안하다는 표정을 지었다.

"아니 난…… . 정우 네가 갑자기 점심 약속을 취소하길래 무슨 일이 있는 줄 알고."

단 한 번도 점심 약속을 깨트린 적 없는 정우였다. 아무리 일이 많아도 혜수를 위해 잠깐이라도 얼굴을 비추고 돌아가던 제 아들이었다. 그랬던 아들이 갑자기 약속을 취소하자 혜수의 입장에서는 정우에게 큰일이 생겼다고 생각할 수밖에 없었다. 오전 내내 전전긍긍하다가 애타는 마음을 뿌리치지 못하고 여기까지 찾아온 것이었다.

"내가 너무 경솔했네요. 아무리 아들 집이라도 함부로 문을 열고 오는 게 아닌데. 미안해요."

혜수의 눈치는 백 단이었다. 나정이 정우에게 어떤 존재인지 진즉에 알아챈 표정이었다. 드디어 정우에게 연인이 생겼다니. 가슴이 벅차 오르는 동시에 나정에게 잘못 보였으면 어떡하나, 초조함이 따라왔다.

"정우야. 엄마 다음에 올게. 아가씨. 정말 미안해요."

혜수는 손수 만든 반찬거리를 정우의 품에 안겨주며 급히 돌아섰다. 그 모습을 안절부절 지켜보던 나정이 대뜸 큰 목소리로 외쳤다.

"가, 가지 마세요. 어머니!"

……어머니? 혜수가 문고리를 잡아당기다 말고 뒤를 돌아봤다. 그녀를 바라보는 나정의 눈에 아연함이 들끓었다. 다급함에 입을 연 게 큰 실수였다.

"아, 저 어떻게 불러야 할지 몰라서. 기분 나쁘셨다면 사과드리겠습니다."

"아니, 내가 아가씨한테 기분 나쁠 게 뭐 있어요. 오히려 고맙지."

"……네?"

한눈에 봐도 혜수는 남다른 기품을 가지고 있는 사람이었다. 나이에 비해 날씬한 몸은 물론 우아한 생김새와 주름 하나 찾아볼 수 없는 긴 목선은 고상한 분위기를 물씬 풍겼다. 혜수가 기분 좋은 미소를 띠자 나정은 오히려 이 상황이 당황스러웠다. 일면식도 없는 제 부름에 당연히 그녀가 불쾌해할 줄 알았다.

"어머니라니. 살면서 못 들어본 소리도 아닌데, 예쁜 아가씨한테 들으니까 기분이 다르네요."

……예, 예쁜 아가씨.

나정은 제 차림새를 빠르게 살폈다. 정우가 준 맨투맨과 바지는 길어도 너무 길었다. 이 꼴을 보고도 예쁘다고 말해주는 혜수가 문득 천사는 아닐까, 하는 생각이 들었다. 나정은 양손을 꼼지락거리며 용기 내 물었다.

"괜찮으시면 샌드위치 드시고 가실래요? 혹시 몰라서 몇 개 더 포장해 왔거든요."

"나야 너무 좋죠. 근데."

혜수가 조심스레 정우의 눈치를 살폈다. 말없이 두 여자를 바라보던 정우가 한숨을 낮게 내쉬며 고개를 끄덕였다.

"그러세요."

혜수가 냉큼 단화를 벗고 나정에게 다가갔다. 멀리서도 예쁘장한 나정의 생김새는 거리가 가까워질수록 그 진가를 발휘했다. 전체적으로 아담하면서도 사랑스러운 느낌이 물씬 흐르는 아가씨였다.

"혹시 저녁 먹었을까요?"

"아뇨, 아직."

"반찬 좀 몇 가지 해왔는데, 같이 먹어요."

"감사합니다."

만난 지 고작 몇 분이나 됐다고 나정과 혜수는 어제 만난 사람처럼 죽이 잘 맞았다. 정우의 염려가 무색하게도 그녀들의 시시콜콜한 대화가 쉬지 않고 이어졌다.

"그러니까 같은 부서에서 일하는 사이라는 거죠?"

나정이 혜수가 만들어온 연근조림을 열심히 오물거리며 고개를 끄덕였다.

"네. 입사한 지 이제 1년 조금 넘었습니다. 팀장님이 평소에 잘 챙겨주셔서 힘들지 않게 다니고 있습니다."

"정말?"

혜수는 믿지 못하겠다는 눈빛이었다. 나정이 소심하게 덧붙였다.

"어……. 조금 냉정하실 때도 있긴 한데."

"난 솔직한 사람 좋아해요."

"조금이 아니라 많이 까칠하셔서 한동안 적응하기 힘들었습니다.”

풉, 혜수의 입에서 아이 같은 웃음소리가 터져 나왔다. 반면 정우는 팔짱을 낀 채 두 여자를 지그시 감상할 뿐이었다. 혹시 내가 실수한 건가. 이럴 때는 시어머니 점수를 따는 게 먼저라고 했는데. 진희의 가르침에 의하면 그러했다. 특히 아들만 있는 집은 더더욱. 시어머니에게 살뜰히 굴수록 넘어올 수밖에 없다며 최대한 잘 웃고, 열심히 대답하라고.

“내 아들이지만, 가끔 인간미란 게 있나 싶을 때가 있어서.”

걱정스러운 눈으로 정우를 바라보는 나정의 마음을 알아챈 혜수가 여유롭게 상황을 풀어갔다.

“물론 나한테는 너무 잘하지만. 그럼 뭐 해요. 내가 평생 옆에 끼고 살 것도 아닌데, 각시한테 잘해야지.”

나정의 볼이 발그레해졌다. 기분이 묘했다. 정우와 결혼이라니. 상상만으로도 기분 좋은 설렘이 가슴을 간지럽혔다.

“나정 씨는 고기보다는 야채를 좋아하나 봐요? 손이 자주 가는 게 다 그런 것들이네?”

“아, 아닙니다. 고기도 좋아해요.”

나정이 냉큼 팔을 뻗어 장조림에 깃들어진 아롱사태를 집어 들었다. 혜수가 또 한 번 웃음을 터트리며 흐뭇한 눈으로 나정을 바라봤다.

“딱 봐도 채식 좋아하게 생겼어요.”

“제가요?”

“계속 보고 있으면 하얀 토끼가 생각나서.”

나정에게는 익숙한 동물이었다. 슬그머니 정우를 바라봤다. 그는 아직도 팔짱을 낀 채 종잡을 수 없는 눈으로 나정을 바라보는 중이었다.

"태오가 그러더군요. 곧 있으면 형 연애할 수도 있다고."

"태오가요?"

반가운 이름이 언급되자 나정의 눈이 커다래졌다. 혜수가 고개를 끄덕이며 부드럽게 미소 지었다.

"미술학원에서 같이 수업 듣던 누나라던데, 그 아가씨가 나정 씨일 줄은 몰랐네요."

언제부턴가 태오는 정우를 일방적으로 피하기 일쑤였다. 아무리 혜수가 중간에 나서서 벌어진 두 사람의 사이를 좁히려고 해도 소용없었다. 늘 벽을 치기 바빴던 태오가 갑자기 정우의 이름을 언급한 건 불과 일주일 전이었다.

'혹시 할아버지가 또 형 결혼 문제로 나서려고 하면 그땐 엄마가 나서줘요. 형한테 여자 생겼다고. 엄마도 아는 사람이니까 좀 참고 기다리시라고.'

'그게 무슨 소리야? 태오, 너 뭐 아는 거라도 있어?'

'나중에. 나중에 다 설명해드릴게요.'

부모로서 걱정이 되는 건 사실이었지만, 그렇다고 정우에게 물어볼 수는 없는 셈이었다.

어려서부터 늘 억압된 삶을 살아온 아들이었다. 그런 와중에도 혜수를 실망시킨 적은 한 번도 없었다. 그게 가끔은 서글플 때가 있었다. 부족해도 좋으니까, 어설퍼도 좋으니까, 꼭 완벽하지 않아도 좋으니까. 때론 그녀에게 기대줬으면 했다. 삶에 들이닥친 고난을 홀로 맞서 싸우는 정우를 보고 있으면 가슴이 미어진 적이 한두 번이 아니었다.

그러니 때가 되면 말해주겠지. 정우가 만나는 사람이라면 당연히 좋은 여자일 거라는 막연한 확신이 섰다. 역시나 직감은 틀리지 않았다. 아무리 정우가 제 배에서 난 자식이 아니라지만 20년 넘게 엄마로서 그를 돌봐온 촉으로 느낄 수 있었다. 나정을 향한 정우의 감정은 생각보다 깊다는 걸. 그 조건만으로 나정은 좋은 사람이었다. 닫혀 있던 아들의 마음을 열어준 은인이나 다름없었다.

"정우 너, 회장님께는 인사드렸니?"

"아니요. 조만간 찾아뵐 생각이에요."

"그래? 내 도움이 필요하면 말하렴."

회장님? 조만간? 대화를 주의 깊게 듣고 있던 나정을 보며 혜수가 눈을 찡긋했다.

"나정 씨라면 언제든지 지원사격 하고 싶은 마음이 들어서."

아무리 이성 문제에 대해 둔한 편이라지만 대화에 숨겨진 의미를 알아채지 못할 만큼 나정은 바보가 아니었다. 그러고 보니 정우는 세현 가의 일원 중 한 명이었다. 회장님을 조만간 찾아뵙는다는 건 그 만남에 나정도 포함이란 소리였다.

"난 이만 가봐야겠다. 내일 선약이 있어서. 만나서 반가웠어요, 나정 씨. 기회가 되면 또 봤으면 하는데, 그럴 수 있을까요?"

혜수가 작별 인사 겸 손을 내밀었다. 나정은 자리에서 벌떡 일어나 혜수의 고운 손을 맞잡았다.

"그럼요. 언제든지 불러주세요."

"말이라도 그렇게 해줘서 고마워요. 사실 더 있고 싶은데, 나정 씨보다 정우한테 미움을 받을 거 같아서 이만 일어나볼게요. 아, 그리고 정우야."

혜수가 신발을 신다 말고 정우를 바라봤다.

"시간 되면 태오한테 한번 가줄 수 있을까? 자꾸 집에 늦게 들어오는 게 어디서 헛짓하고 다니는 건 아닌가 걱정했는데, 글쎄. 모델 일을 하고 있다지 뭐니."

"모델이요?"

정우가 살며시 눈가를 찌푸렸다. 그러다 체념 비슷한 한숨을 내쉬었다. 알 만했다. 누가 태오에게 그런 일을 추천해 줬는지. 그리고 그 뒤에 있는 배후자까지.

"얼마 전에 내 용돈이라면서 돈 봉투를 쥐여 주더라고. 세월 참 빨라. 그 코흘리개가 듬직한 스무 살이 될 줄 누가 알았겠어. 부담스럽겠지만, 네가 한 번 봐줬으면 해."

정우는 거절하지 않았다. 혜수가 말한 주소를 순순히 휴대폰에 입력했다. 혜수가 떠나고 비로소 정우와 둘만 남게 되자 나정은 꾹 참았던 숨을 터트렸다. 아무리 혜수가 편하게 대해줬다지만 잔뜩 긴장되는 건 어쩔 수 없었다.

"미안합니다. 예고도 없이 어머니랑 만나게 해서."

정우의 사과에 나정은 양손을 빠르게 내저었다.

"아니에요. 전 좋았어요. 되게 의외이기도 했고요."

"의외?"

"솔직히 팀장님 성격이 부드러운 편은 아니잖아요. 그래서 어머님도 약간 차갑지 않으실까, 했는데."

셛부른 선입견이었다. TV에서 봤던 시어머니들과는 전혀 다른 이미지였다.

"그래서 말인데요. 괜찮으면 내일 태오가 일한다는 스튜디오에 저도 같이 가도 될까요?"

태오를 못 본 지 꽤 많은 시간이 흘렀다. 만나게 되면 묻고 싶은 게 참 많았다.

"피곤할 텐데요."

"아뇨, 완전 쌩쌩한데요. 이거 봐요. 힘이 막 넘쳐요!"

나정이 있지도 않은 팔근육을 만들어 보이자 정우가 성큼 다가와 그녀의 얼굴을 매만졌다. 예고 없는 접촉에 나정의 심장이 쿵, 떨어졌다. 고작 그의 손길 한 번에 오늘 아침 그와 무슨 짓을 저질렀는지 실감 났다. 그리고 관계를 맺으며 맘껏 맛보았던 뜨거운 열기가 또다시 아랫배를 자극했다. 그러나 정우는 더 나정에게 손을 뻗지 않았다. 찰나였지만, 그의 얼굴에 보지 못한 그림자가 드리웠다 사라졌다. 그는 한참을 나정을 품에 안으며 서 있었을 뿐이었다.

* * *

다음날.

약속대로 나정과 정우는 간단한 아침 식사를 한 후, 태오가 있을 스튜디오로 향했다. 태오가 일한다는 스튜디오는 꽤 큰 크기를 자랑했다. 'EJ 스튜디오 2호점'이라고 적힌 문구가 나정의 시야를 꽉 채웠다.

정우가 미리 연락해둔 모양인지 데스크에 앉아 있던 직원이 'A-스튜디오'라는 팻말이 적힌 곳으로 두 사람을 안내했다. 자동문이 열리자 생소한 장면이 펼쳐졌다. 4개로 나눠진 포토라인에서 촬영이 한창이었다.

"헐. 한정우."

한창 촬영에 열중하던 포토그래퍼 중 한 명이 정우를 보고 놀란 입을 다물지 못했다. 그는 한때 정우와 자주 어울려 다녔던 대학 동창, 형택이었다.

"놀란 표정을 보니까 찔리는 게 있긴 하나 보네."

"아니, 정우야. 실은 그게 말이지. 태오 일은……."

'찰칵!'

갑자기 터진 플래시에 나정이 깜짝 놀라며 옆을 돌아봤다. 긴 생머리의 여성 모델이 카메라 렌즈를 주시하며 자세를 잡고 있었다. 가느다란 팔다리와 하얀 피부를 보며 나정은 자연스레 집에 있는 나은을 떠올렸다. 우리 둘째처럼 길쭉길쭉하네. 복에 겨운 감상도 잠시. 조명 반사판에 가려졌던 모델의 얼굴이 드러나자 나정은 뒤통수를 가격당한 사람처럼 멍하니 중얼거렸다.

"……은나은?"

시선을 끌었던 모델의 정체는 앞에서 보나 옆에서 보나 나은이었다. 나정은 혹시나 싶어 눈을 감았다 떴다. 그러나 몇 번을 봐도 제 동생의 얼굴이 확실했다. 지금쯤 과외 수업을 하고 있어야 할 그녀가 카메라 앞에서 주저 없이 포즈를 짓고 있자 어안이 벙벙했다. 때마침 포즈를 바꾸던 나은이 고개를 돌리면서 나정을 발견했다.

"자, 나은아. 이번에는 앉아서 가보자. 여기 의자 하나만 가져다 줘봐."

포토그래퍼의 요구에 스텝 중 한 명이 포토라인 중앙에 소품을 가져다 놓았다. 나은은 좀처럼 집중력을 발휘하지 못했다. 나정과의 갑작스러운 대면에 머릿속이 하얗게 물들어갔다.

"어? 뭐야? 형이 여기 왜 있어?"

설상가상으로 탈의실에서 촬영 복장으로 갈아입고 나온 태오의 등장에 나은이 눈살을 찌푸렸다. 그녀는 나정의 등 뒤에 서 있는 정우를 똑바로 주시했다. 초면인데도 남자의 생김새가 낯설지 않았다. 희미한 기억이었지만, 그 남자가 확실했다. 나정의 눈에서 닭똥 같은 눈물을 뚝뚝 흘리게 만든 그 남자 말이다.

"나정 누나도 왔어요? 설마 두 사람 드디어 사귀어?"

태오의 얼굴에 모처럼 밝은 미소가 떠올랐다. 아침 일곱 시부터 시작된 촬영으로 지친 컨디션이 언제 그랬냐는 듯 금세 회복됐다.

"근데 누나 표정이 왜 그래요?"

태오가 뻣뻣하게 굳어 있는 나정의 얼굴을 의아하게 바라봤다. 그제야 정우도 시선을 숙여 나정의 상태를 살폈다. 충격적인 광경을 목격한 것처럼 한동안 말을 잇지 못하던 나정은 별안간 차분한 얼굴로 돌아와 나은이 있는 포토라인 앞으로 걸어 나갔다.

"은나은."

포토그래퍼가 조용히 카메라를 내리며 나정을 바라봤다. 초면임에도 불구하고 두 사람 사이에 흐르는 기류가 심상치 않았다. 슬며시 주변을 두리번거리자 어서 그 자리에서 나오라는 형택의 손짓이 보였다.

잠시 촬영이 중간됐다. 비로소 나은과 마주하게 된 나정은 다소 낮은 목소리로 물었다.

"너 이게 뭐야."

"뭘."

"몰라서 물어? 무슨 상황인지 설명이 필요하다는 생각은 안 해?"

"언니도 다 봤으니까 알 거 아니야."

잠자코 두 사람의 대화를 듣던 태오가 미간을 찌푸렸다. 그러고 보니 나정도 나은도 둘 다 성이 '은' 씨였다. 불길한 직감이 뇌리를 스친 순간, 평소 볼 수 없는 날카로운 감정이 나정의 눈동자에 떠올랐다.

"아르바이트한다는 게 과외가 아니라 모델 활동이었어?"

나정은 확신할 수 있었다. 이런 일은 나은에게 어울리지 않는다고. 애초에 이쪽 세계에 관심조차 없는 여동생이었다. 어렸을 때부터 밥 먹듯이 제의받았던 캐스팅도 거들떠보지 않았다. 나은의 유일한 관심사가 있다면 그건 오직 '공부'였다.

"그럼 안 돼?"

"……뭐?"

당당한 건지. 당돌한 건지. 아니면 생각이 없는 건지. 뻔뻔스러운 나은의 대답에 나정은 충격에 빠진 얼굴이었다. 나은이 긴 머리칼을 쓸어 올리며 긴 한숨을 내쉬었다.

"돈 많이 준대서."

"……."

"그래서 시작했어. 과외 학생 부모님 대하기보다 덜 까다롭기도 하고. 근데 이게 뭐. 나쁜 짓 하는 것도 아니잖아."

"우기는 것도 정도가 있어. 네가 언제부터 이런 일에 관심을 보였다고 그래? 설마⋯⋯. 나 때문이니?"

정곡을 찌른 건지 나은의 눈동자가 얕게 흔들렸다. 그러자 나정은 얼마 전 나은이 했던 말을 떠올렸다.

'언니 뭐 가지고 싶은 거 없어?'
'갑자기? 왜?'
'곧 생일이잖아.'

"그럼 언니는 언제까지 나랑 은나랑 뒷바라지하려고 했는데?"

나은의 얼굴에 희미한 짜증이 번졌다.

"내가 스무 살 되기만을 얼마나 기다린 줄 알아?"

고등학생 때는 아르바이트를 하더라도 수중에 쥐는 돈에 한계가 있었다. 무엇보다 나정이 그걸 바라지 않았다. 나은이 돈 벌 궁리라도 하면 다른 생각은 말고 공부에만 전념하라며 두 동생의 뒷바라지를 부모님과 함께 강행한 큰 언니였다.

"그건 내가 다 너희를 좋아하니까⋯⋯."

"좋아서?"

"⋯⋯."

"좋은 사람이 그럼 한 장을 마음껏 못 그려서 그렇게 울어?"

"그걸 네가 어떻게⋯⋯."

나정은 가족에게 눈물을 보인 적이 결코 없었다. 밥 먹듯이 아르바이트를 해야 했던 대학생 시절에도 힘들다는 말조차 잘 꺼내지 않았다. 단 한 번. 집에서 맘 놓고 운 적이 있다면 그날뿐이었다. 고등학교 2학년 겨울. 미술을 배우고 싶다는 말을 전하기 위해 부모님의 방문 앞에 섰다가 힘없이 돌아서야만 했던. 꿈을 포기해야 했던 바로 그날. 아무에게도 들키지 않은 눈물이라고 생각했는데, 다른 사람도 아닌 나은이 그날 일을 알고 있다는 사실에 나정은 아무 말도 할 수 없었다.

"죄송합니다."

나은이 주변 스텝들을 향해 허리를 90도로 숙였다.

"잠깐만 쉬었다 갈게요."

싫은 소리를 하는 사람은 아무도 없었다. 나은이 무심히 나정을 지나쳐 스튜디오를 빠져나갔다. 그 사이, 정우가 나정의 곁으로 다가왔다.

"은나정 씨."

"……어떡하죠."

나정은 당장이라도 울 거 같은 표정을 지었다.

"나은이가 다 알아버린 거 같아요."

어떤 이야기라고 나정이 말하지도 않았는데, 정우는 눈치껏 태오를 향해 입구를 가리켰다.

"한태오."

정우의 부름에 태오는 고개를 절레절레 저으며 촬영 준비 중이던 형택과 가볍게 몇 마디를 나누었다. 그러고는 탈의실로 돌아가 다시 옷을 갈아입고 나왔다.

"안 그래도 나가보려고 했다고."

벌써 몇 달째 냉전 중인 은나은을 따라가야 하는 게 탐탁지 않았지만, 이 상황에 나설 수 있는 사람은 태오, 뿐이었다. 하물며 언제나 밝은 모습만 보여줬던 나정의 눈에 눈물이 어른거리는 걸 가만히 두고 볼 수 없었다.

"나정 누나."

"태오야."

"걱정 말아요. 잘 해결하고 올 테니까."

"……."

"나 믿죠?"

태오가 씩 웃어 보이자 나정이 고개를 느리게 끄덕였다. 잠시나마 안도감이 찾아온 순간이었다.

* * *

나은을 찾는 건 태오에게 그리 어려운 일이 아니었다. 가끔 그녀는 촬영 중간중간 건너편 스튜디오 옥상에 올라가 드넓은 서울 시내를 멀거니 구경할 때가 있었다. 이번에도 거기 있겠구나 싶어 옥상을 방문하자 역시나 익숙한 긴 생머리가 바람을 맞아 찰랑거리고 있었다.

"뭐 하러 왔어?"

인기척을 느낀 나은이 돌아보지도 않은 채 차갑게 말했다. 태오는 한숨을 작게 내쉬며 바지 주머니에 양손을 꽂아 넣었다.

"그렇게 멋대로 나가면 일이 다 해결 되냐?"

"남 일에 신경 끄시지?"

"남 일이 아니니까 여기까지 따라왔다는 생각은 안 들고?"

나은이 살며시 미간을 좁혔다. 그러다 나정의 곁에 서 있던 정우의 얼굴을 떠올리곤 태오를 빤히 바라봤다.

"그 남자가 네 형이라도 돼?"

"그렇다면?"

"거지 같네."

"뭐?"

태오가 황당하다는 듯 헛웃음을 터트렸다. 그에 반해 나은은 하필 꼬여도 이렇게 꼬일 게 뭐냐는 듯한 눈빛이었다.

"내 형이 마음에 안 드는 거야. 아님 내가 형 동생이라서 맘에 안 드는 거야?"

"둘 다면 어떡할 건데?"

"하."

첫 만남 때부터 느꼈지만, 나은은 보통 까다로운 게 아니었다. 나정과 자매지간이 맞나 싶을 정도로 매사에 차갑고 정이 없었다. 촬영을 끝내고 형택이 함께 회식이라도 하자고 하면 해결해야 할 과제가 있다며 매정하게 떠난 적이 부지기수였다. 그럼에도 태오가 별말 없이 나은과 계속 촬영을 진행하는 이유는 단 하나였다.

"그렇게 하루도 빠지지 않고 촬영장 찾아온 게 결국 나정 누나 때문이었다는 거네."

나은은 한 번도 촬영에 허투루 임한 적이 없었다. 이제 막 일을 시작한 터라 어려운 점도 많을 텐데, 다음날이면 거짓말같이 그 실력이 향상돼 있었다. 형택의 말로는 수시로 다른 모델들의 화보집을 구매해서 몇 시간씩 포즈 연습을 하는 거 같다고 했다. 남다른 집념이 아닐 수 없었다. 그렇다고 딱히 화보에 애정이 있어 보이는 것도 아니었다. 한 번쯤 묻고 싶었다. 대체 뭐가 널 그렇게 악착같이 만드는 건지. 그 이유를 비로소 알게 된 태오는 심드렁하니 물었다.

"네가 고생해서 번 돈을 나정 누나한테 준다고 해도 과연 누나가 기뻐할까?"

"뭐?"

"당사자는 원하지도 않는다는데 왜 혼자 유난이냐고."

"네가 뭘 안다고 함부로 말해."

나은이 자못 날카롭게 쏘아붙였다. 아직도 잊히지 않는다. 열아홉의 나정이 부모님의 방문 앞에서 체념하던 그 얼굴이. 애석하게도 초등학생이었던 나은이 할 수 있는 것은 아무것도 없었다. 꿈을 포기해야만 하는 언니의 뒷모습을 하염없이 바라보는 것밖에는.

우는 것조차 사치라는 듯 방 안에서 베개에 얼굴을 파묻고 숨죽여 울던 나정의 흐느낌이 아직도 나은에게는 아픔으로 남아 있었다. 알고 있다. 언니의 희생으로 자신과 나람이 좀 더 편하게 지낼 수 있었다는 걸. 그러니 언젠가는 꼭 그 은혜를 갚고 싶었다. 늦게라도 나정의 등에 꿈꿀 기회를 달아주고 싶었다.

"우리 형."

"……"

"좋은 사람이야."

갑작스러운 화제 전환에 나은이 인상을 찌푸렸다. 태오는 아랑곳하지 않고 준비한 다음 말을 꺼내었다.

"그리고 나정 누나도 좋은 사람이고."

"……."

"좋은 사람끼리 만났으니까 훼방 놓지 말라고 미리 경고하려고."

"네 친형이니까 좋은 사람이라고 말할 수 있는 거겠지."

"미안한데, 친형은 아니야."

"……."

"나랑 피 한 방울도 안 섞였거든."

그리 뱉는 태오의 얼굴이 3년 전과 달리 덤덤했다. 나은은 조용히 입을 다물었다. 나은에게 태오의 첫인상은 자기 멋에 사는, 쉽게 말해 자유분방한 애 그 이상 그 이하도 아니었다. 매사에 계획적인 나은과 달리 즉흥적으로 인생을 살아가는 게 뻔히 보여서 딱히 가까이하고 싶지 않았다. 그래서일까. 태오의 개인적인 가정사를 듣게 되자 나은은 기분이 묘했다. 한 번도 느껴보지 못한 서글픔이 녀석의 주변을 에워싸고 있었다.

"난 한참 후에 그 이야기를 듣게 됐어."

태오가 긴 침묵 끝에 입을 열었다.

"형이 미웠어. 원망도 됐고. 지금껏 나한테 잘해준 게 다 연기였던 걸까. 목적이 있어서 그 목적을 달성하는 과정 중에 나도 포함된 건 아닐까. 별별 생각을 다 했지."

정우가 가지고 있는 사연을 알게 된 건 작은 집을 방문하게 되면서였다. 송지영 여사의 외아들인 재준은 종종 태오를 집으로 불러들였다. 자신만큼이나 정우와 친밀한 사이가 없다며 태오의 환심을 끌었다.

'형. 정우 형 비밀이라는 게 뭐야?'

'너한테 말해주는 게 맞는지 모르겠다. 그래도 고등학생이면 알 거 다 알 나이니까. 실은 말야. 한정우, 그 녀석. 네 친형 아니야.'

'……뭐?'

'큰아버지가 입양한 아들이라고. 나도 그거 듣고 얼마나 기가 차던지. 어쩐지 한 씨 일가면 밥줄 하나는 단단하게 쥐고 태어난 건데, 악바리처럼 구는 게 수상했거든. 그러니까 태오, 너도 정우한테 잘해줘. 얼마나 짠한 인생이냐. 언제 버려질지 몰라서 이 악물고 사는 게 가끔은 안타깝다니까.'

그런 사람치고 재준의 얼굴에는 흥미로움이 가득했다. 하지만 이미 적잖이 충격을 받은 태오에게 그 모습은 보이지 않았다. 그날부터 지옥이 펼쳐졌다. 정우의 모든 게 다 의심스럽기 시작했다.

"가만히 있으면 미칠 거 같아서 사고란 사고는 다 치고 다녔어."

그중에 하나가 바이크였다. 위험하단 걸 알면서도 달릴 때만큼은 아무런 생각도 나지 않아 아침저녁을 불문하고 이곳저곳을 돌아다녔다.

"그러다 크게 교통사고가 났어. 아무리 내가 험한 말을 해도 표정 변화 없던 형이 그날 처음으로 울더라고."

목숨에는 크게 지장이 없었지만, 갈비뼈가 부러지고 오른쪽 복숭아뼈가 부러진 아찔한 사고였다. 사고 소식을 듣기 무섭게 정우는 태오가 입원한 병실에 찾아왔다. 아버지의 죽음 이후로 한 번도 울어본 적 없던 정우가 그날 온몸에 붕대를 감은 태오를 보고는 조용히 눈물을 흘렸다.

"얼마나 황당하던지. 자는 척하고 있어서 다행이었지. 솔직히 말하면 그것도 연기처럼 느껴졌어. 그만큼 형을 향한 불신이 컸으니까. 근데 내가 곧 어리석다는 걸 깨달았어."

어째서? 나은이 의문의 눈빛을 보내자 태오가 서울의 풍경을 멀거니 응시했다.

"형이 무릎 꿇고 빌었어."

"……."

"자길 평생 원망해도 좋으니까 죽지만 말아 달라고. 내가 평생 불행하게 살라고 하면 그렇게 살 테니까 너마저 아버지 옆으로 가면 안 된다고."

다들 정우가 태오에게만큼은 다정한 형이라고 말했지만, 태오는 그렇게 느껴본 적이 없었다. 평소 말 수 없는 정우의 무뚝뚝한 성격 때문인지 그가 무슨 말을 해도 감정이 느껴지지 않을 때가 태반이었다. 오히려 매달리는 쪽은 태오였다. 정우의 관심사가 무엇인지, 형에게 여자친구는 언제 생길지 틈만 나면 정우와 연락하며 그의 관심을 받고 싶어 했다. 그런데 그 생각이 얼마나 이기적이었는지를 사고가 난 뒤에야 깨달았다.

형은 한 번도 이 집에서 편히 지내본 적이 없다는 걸. 맘껏 표현하고 싶어도 그럴 수 없는 처지라는 걸. 정우에게 유일한 기쁨이 있다면 그건 동생인 태오, 바로 자신이었다. 비록 피는 섞이지 않았어도 태오의 탄생과 지금까지 자라온 모습을 지켜보는 게 정우에게는 몇 안 되는 행복 중 하나였다.

정우가 병실을 떠나자 태오는 베개가 다 젖도록 눈물을 흘렸다. 안 그래도 삶이 버거웠던 정우의 마음에 제가 비수를 꽂아 넣은 것만 같았다.

"그래서 지금은?"

태오가 고개를 돌려 나은을 바라봤다. 숨겨진 가정사를 누군가에게 털어놓은 적은 한 번도 없었다. 예고 없는 고백에 당황스러울 텐데, 나은은 지나치게 고요하며 잠잠했다.

"혹시 지금도 냉전이야?"

"냉전까지는 아니고."

"아직도 바이크 타고 다니는 거 보면 형한테 심술이 제대로 나 있는 거 아닌가."

"심술은 무슨. 내가 애냐? 그런 걸 느끼게."

나은은 믿지 못하겠다는 눈빛이었다. 울컥, 화가 치솟은 태오는 항변하려다가도 이야기의 맥락이 엇나갔다는 것을 느끼며 한숨을 푹 내쉬었다.

"내가 지금 너한테 그런 말이나 듣자고 이런 얘기를 꺼낸 거 같냐?"

"너처럼 후회하기 전에 언니랑 진지하게 대화를 나누어 보라는 충고를 하고 싶나 본데."

"뭐야, 용케 다 듣고 있었어?"

진즉에 태오의 머릿속을 꿰뚫고 있었다는 나은의 말에 태오는 희미한 기쁨을 느꼈다. 하지만 그것도 잠시. 나은이 삐딱하게 자세를 잡으며 아니꼬운 시선을 던졌다.

"너야말로 진짜 후회하기 싫으면 당장 네 형이랑 꼬인 관계부터 풀어. 난 우리 언니가 쓸데없이 중간에 껴서 난처해지는 거 딱 질색이야."

"너는······."

끝까지 인정하는 법이 없지. 태오가 이를 사리물며 낮게 탄식했다.

"아오, 쓸데없이 예쁜 것만 아니었으면."

잠시 정적이 흘렀다. 미쳤지, 한태오. 속마음으로 읊조린다는 게 신경질이 나 그만 입 밖으로 내던지고 말았다. 제 패를 직접 깐 셈이었다. 작게 욕을 뇌까리며 힐끔 눈을 드는데, 나은의 입가에 흔히 볼 수 없던 미소가 옅게 퍼져 있었다. 그녀가 불어오는 바람에 흐트러진 머릿결을 느긋하게 쓸어 올리며 장난스레 물었다.

"이제 알았니?"

태오는 차마 반박할 수 없었다. 인정하고 싶지 않지만, 은나은만큼 예쁜 여자를 본 적이 있냐고 묻는다면 이 순간만큼은 당연히 'NO'라고 망설임 없이 대답할 수 있을 거 같았다.

* * *

"무슨 일 없을 겁니다."

정우가 좀처럼 불안함을 떨치지 못하는 나정의 손을 붙잡았다. 나정은 스튜디오 입구를 막막하게 바라봤다.

"나은이가 그런 생각을 하고 있을 줄은 꿈에도 몰랐어요. 어떡하죠. 내가 일부러 동생들을 위해서 그림을 포기했다고 생각하면······. 그런 거 아닌데. 절대 아닌데."

한때 그림을 포기해야 했던 게 슬프지 않았다면 거짓말이었지만, 두 동생을 위해 그런 결정을 했다고 생각한 적은 한 번도 없었다. 버거웠던 학창 시절을 견딜 수 있던 것은 부모님의 아낌없는 사랑과 무럭무럭 자라나는 여동생들의 덕이 컸다.

나은과 나람이 태어났을 때, 작은 손으로 제 손가락을 잡았을 때의 그 촉감, 그 온기가 지칠 때마다 나정을 다시금 일어서게 했다. 무엇보다 그녀의 속을 썩여본 적 없는 동생들이었다. 행복만 줬으면 줬지, 동생들로 인해 아픔을 느껴본 적은 없다고 자신 있게 말할 수 있었다. 나정이 자리에서 벌떡 일어났다. 거짓말처럼 자동문이 열리며 나은이 모습을 드러냈다. 나정은 한달음에 나은의 곁으로 달려갔다. 그 뒤로는 정우도 함께였다.

"왜 아직도 여기 있어? 데이트 중 아니었어?"

"나은아. 있잖아."

"알아. 언니가 무슨 말 하고 싶은지."

굳이 말하지 않아도 진심을 알고 있다는 듯 나은이 팔을 뻗어 부스스해진 나정의 머리칼을 정돈했다.

"근데 언니."

"……"

"나도 이거 내가 하고 싶어서 하는 일이야."

"……진심이야?"

"어. 언니를 위해서 시작한 일은 맞지만 애초에 재미가 없었으면 진즉 때려치웠을 거야."

틀린 말은 아니었다. 나은은 시간 낭비라고 생각하는 일에는 아무리 앞에서 겪은 과정이 있더라도 미련 없이 손을 떼는 성격이었다.

"그리고 돈 벌어서 언니한테 보탬이 되고 싶다는 생각에는 여전히 변함없어.”

“……나은아.”

“알아. 언니 연봉 높은 대기업 다닌 후로 더는 돈에 허덕이지 않는 거. 근데 가족이라고 해서 무조건 헌신하는 것도 당연한 건 아니야. 그동안 베풀었으면 이제 받을 줄도 알아야지.”

나정은 더 말을 잇지 못했다. 나은의 나이는 고작 스물이었다. 철이 없어도 전혀 이상하지 않을 나이에 일찍 철이 들어버린 동생이 안쓰럽기도, 대견스럽기도 했다.

“아, 그리고 전할 말이 있는데요.”

나은이 잠자코 나정의 곁에 있는 정우를 바라보며 말했다. 불길함을 감지한 나정이 서둘러 나은의 앞을 막아섰다.

“나은아. 팀장님은…….”

“언니랑 관련된 거 아니니까 벌써 겁먹지 말아 줄래.”

“응? 그럼 뭐…….”

궁금증을 갖기 무섭게 또다시 자동문이 열렸다. 이번에 등장한 사람은 태오였다. 녀석을 보며 나은이 못다 한 말을 이었다.

“사과하고 싶대요, 쟤가.”

뒤늦게 상황 파악을 한 태오가 표정을 굳히며 나은을 바라봤다.

“야, 은나은.”

“그럼 난 볼일 다 봐서 이만. 언니는 집에서 봐.”

나은이 미련 없이 촬영장으로 돌아가자 태오는 신경질적으로 앞머리를 흩트렸다. 사고 칠 거 같은 예감이 들어서 급히 따라왔더니 역시나 직감은 엇나가는 법이 없었다.

“한태오.”

정우의 부름에 태오가 빠르게 그를 스쳐 지나갔다.

"몰라. 나도 촬영 있어. 형은……."

태오가 걸음을 멈추며 뒤를 돌아봤다. 복잡한 얼굴로 서 있는 정우를 보며 그는 작게 중얼거렸다.

"집에서 보든가."

* * *

"벌써 다 왔네요."

나정이 차창을 흘끔거리며 말했다. 집이 코앞이었다. 구름 한 점 없이 말간 하늘은 어느새 어둠에 잠겨 있었다. 스튜디오에서 나은을 맞닥뜨린 후 생각지 못한 슬픔에 휩싸였지만, 얼마 가지 않아 그 감정은 연기처럼 사라졌다.

계속 곁을 지켜줬던 정우 덕분이었다. 그는 나정이 좋지 않은 생각을 할까, 스튜디오를 나온 후부터 쉬지 않고 이곳저곳을 데리고 다녔다. 함께 손을 잡고 길거리를 걸었으며 미리 알아둔 유명한 맛집에 찾아가 점심을 해결했다.

"고마워요."

나정이 안전벨트를 탁, 끄르며 운전석에 앉은 정우와 눈을 맞추었다.

"팀장님 덕분에 나은이랑 잘 풀 수 있었어요. 다음에 시간 될 때 태오랑 팀장님한테 밥 한 끼 꼭 대접하고 싶어요."

정우는 말이 없었다. 이상한 일이었다. 집에 오기 전까지만 해도 간간이 미소를 지었던 거 같은데. 어젯밤 나정을 껴안으며 느꼈던 복잡한 감정이 그의 얼굴에 내려앉아 있었다. 무거운 침묵을 뚫고 나정이 조심스레 물었다.

"이런 말 실례되겠지만, 태오랑 전에 무슨 일 있었나요?"

나정은 직감했다. 정우와 태오 사이에 보이지 않는 커다란 벽이 존재한다고. 왜인지 모르겠지만 재현의 미술학원에서 태오를 처음 만난 날이 떠올랐다.

태오는 그때도 친화력이 좋은 아이였다. 옆자리에 앉게 된 나정에게 서슴없이 말을 걸며 누나는 무슨 계기로 그림을 배우려 하냐고 물었다. 나정이 대답을 머뭇거리며 되묻자 태오는 흔쾌히 입을 열었다.

'누굴 좀 이해하고 싶어서요. 재현이 형이 그림을 배우면 그럴 수 있다길래 한 번 찾아와봤어요.'

오늘에서야 그 말의 의미를 알 거 같았다. 어쩌면 그 대상이 정우는 아닐까 하는 짐작이 섰다.

"혹시 대답하기 불편하면 말 안 하셔도 돼요."

"태오는 잘못 없습니다. 끝까지 숨기려고 했던 내 잘못이죠."

"……숨겨요? 뭘?"

"실은 태오."

"……."

"내 친동생이 아닙니다."

예상치 못한 방향으로 이야기가 흘러가자 나정의 입술이 반쯤 벌어졌다. 놀란 감정을 추스르기엔 이미 늦은 후였다. 정우가 괜찮다는 듯 희미하게 웃으며 덧붙였다.

"정확히 따지면 내가 입양된 처지죠."

나정의 머릿속으로 언젠간 재현에게 들은 말이 바람처럼 스쳐 갔다.

'정우. 가정사가 좀 복잡해. 이것까지 자세히 말해주는 건 당사 자한테 예의가 아닌 거 같아서 솔직하게 이야기해 줄 수 없지만.'

그 가정사란 게 이런 사연을 담고 있을 줄은 꿈에도 몰랐다. 막 막한 눈으로 정우를 바라보는데, 그가 덤덤하게 그날의 진실을 고백했다.

"태오한테 미리 말을 해야 했었는데, 그러질 못했습니다. 그 아 이가 태어나고 자라나는 모습을 보면서 오늘은 이야기해야지, 아 니 내일은 꼭 이야기해 줘야지. 몇 번이나 다짐했는데도 막상 태 오의 얼굴을 보면 그 말을 삼키기 바빴죠."

사실 내가 네 친형이 아니라고. 태생조차 모르고 보육원에 버려 져 지금의 부모님께 입양이 됐다고. 고작 이 두 줄뿐인 진실을 전 하기가 그땐 왜 이렇게 버겁기만 하던지.

"아마 겁이 났던 거 같습니다. 태오가 날 전과 다르게 보지 않 을까. 다른 눈으로 보면 어떡하나. 생각해보면 못난 욕심이었죠. 친자식이 아니란 걸 아는데, 자꾸 부모님의 핏줄이길 바랐으니 까요."

그래서 더 자신의 삶에 여유가 없었는지 모른다. 부모님에게 흠 집 없는 자식이 되고 싶었다. 태오의 인생에 걸림돌이 되는 형은 절대 되고 싶지 않았다.

"사실 내 모든 여건을 따졌을 때 은나정 씨를 만나는 것조차 욕심일지도 모릅니다."

욕심. 그 두 글자가 나정의 가슴에 커다란 파문을 일으켰다. 누군가를 좋아한다는 것 자체가 욕심이란 걸 나정도 느껴본 적이 있었다. 버겁고, 또 서글픈 마음이었다.

잊으려야 잊을 수 없는 감정이었다. 어떻게 잊을 수 있을까. 눈앞의 이 남자를 좋아하며 갖게 된 마음인데. 가슴에 넘칠 듯 말 듯 파도처럼 찰랑거리는 그 아픔을 정우도 겪고 있다는 것에 나정은 호흡을 크게 들이켰다. 어쩌면 자신보다 그가 이 마음을 더 먼저 느꼈을지도 모른다는 생각이 들자 뜨거운 무언가가 목울대를 타고 올라왔다.

"만약 나와 함께 살게 된다면 곳곳에서 은나정 씨를 가만두지 않으려고 할 겁니다. 어머니와 태오를 제외하고 세현 일가에서 내 존재는 눈엣가시에 지나지 않으니까요."

맘 놓고 나정을 좋아하고 싶어도 언제나 이 전제가 정우의 발목을 붙잡았다. 생각해보면 항상 그랬다. 그녀가 기획팀에 입사할 때부터 시작된 증상이었다.

긴 야근에 지쳐 잠든 나정을 향해 손을 뻗고 싶을 때면. 달달한 음료를 마시는 것만으로 세상을 다 가진 거 같은 나정의 미소를 우연히 보게 될 때면. 아침마다 카페에 들려 나정이 좋아하는 음료를 몇 번이나 주문할까, 말까 고심했던 순간만 떠오르면. 정우는 자조적으로 웃곤 했다. 그의 일상은 손쓸 새도 없이 나정으로 가득 차 있었다. 그럴 때마다 매번 다짐했다.

좋아하지 말자. 다가가지 말자. 보고 싶어 하지 말자. 네 이름을 부르고 싶어 하지 말자. 이 감정이 깊어지더라도 절대 널 끌어들이지 말자. 나와 함께하게 되면 네가 분명 불행해질 테니까.

하지만 어젯밤 혜수가 집에 방문하면서 굳은 다짐은 물에 푼 물감처럼 흐려졌다. 나정을 위해서라도 '결혼'이라는 단어를 입 밖에 꺼내선 안 되는데, 도무지 확신이 서질 않았다. 결혼 아닌 연애만 해도 좋으니까 그녀를 제 세상에 끌어들이지 말자고 수천 번 되새겼는데도 자꾸만 두려워졌다. 아버지를 잃었을 때보다 더 큰 슬픔이 물밀듯이 밀려왔다. 정우는 손을 뻗었다. 이젠 자신의 전부가 돼버린 나정의 하얀 볼을 감싸며 한 번도 꺼내지 못한 진심을 내뱉었다.

"어쩌지."

"……."

"난 도저히 널 놓을 자신이 없는데."

그녀와 함께할 수 있다는 것만으로 행복했던 마음은 어느새 죽을 때까지 그녀의 곁에 있고 싶다는 간절함으로 번져 있었다. 인간이란 게 그랬다. 가지고, 가져도 허기를 채우지 못했다. 죽을 때까지 목말라했다.

정우도 마찬가지였다. 단 하나 다른 게 있다면 그 전제가 오직 나정에게만 해당한다는 것이었다. 물욕도, 명예도, 그토록 꿈꾸던 가족도 이 순간만큼은 그에게 어떤 안정감도 주지 못했다. 스물하나. 방황하던 정우를 지금까지 버티게 해준 나정만이 그에게 평온과 자유를 줄 수 있었다. 정우에게 이제 나정은 삶의 나침반이라고 해도 과언이 아니었다.

"은나정 씨가 제발 놓아달라고 해도 절대 놓아주지 않을 겁니다."

"……."

"내가 질렸다고, 다시는 보고 싶지 않다고 해도 어떻게든 내 옆에 있게 만들 겁니다."

꾹꾹 짓누르고 짓눌렀던 정우의 소유욕이 봇물 터지듯 터져 나왔다. 그의 본색이 온전히 드러나는 순간이었다. 기쁨, 초조함, 절망, 갈망, 애원, 간절함. 각기 다른 색깔을 가진 감정이 뒤죽박죽 뒤섞이는 걸 보며 나정은 조용히 웃었다.

"팀장님."

"……."

"좋아해요."

정우의 눈 밑이 빳빳하게 굳었다. 예상치 못한 고백이라는 듯. 나정은 좀 더 활짝 웃어 보였다.

"많이……. 아주 많이 좋아하고 있어요. 이렇게 누군가가 좋아질 수 있나 싶을 정도로 팀장님이 자꾸만 좋아져요."

그래서 겁이 날 때도 있었다. 이 남자와 함께하면 할수록 무럭무럭 자라나는 이 감정이 언젠간 나정을 슬프게 할까 봐 두려움을 느끼곤 했다. 하지만 정우와 눈을 마주칠 때면 불안함은 눈 녹듯이 사라졌다. 나정에게는 처음 있는 일이었다. 무슨 일을 하더라도 시작도 전에 상처받을까, 고민만 하던 그녀가 이제는 상처를 받아도 좋으니까 좋아하는 사람 곁에 있게 해달라고 간절히 바라고 있었다.

"고마워요."

"……."

"이런 마음을 갖게 해줘서. 느끼게 해줘서 정말 고마워요."

"……."

"팀장님 덕분에 꿈을 이루지 않아도 행복할 수 있다는 걸 알게 됐거든요."

꼭 그림을 그리지 않더라도. 혹여 뒤늦은 꿈을 이루지 못하게 될지라도 슬프지 않을 자신이 있었다.

"팀장님이 있어서 지금까지 그림을 그릴 수 있었어요."

한때 얼굴도, 이름도 몰랐던 정우가 제 꿈을 믿어주고, 묵묵히 응원해줬다는 사실이 이토록 행복할 수 없었다.

"그러니까 계속 내 옆에 있어 줘요."

"……."

"절대."

"……."

"절대로 어디 가지 말아요."

"하."

정우가 꽉 짓눌렀던 숨을 거칠게 내뱉으며 나정을 꽉 끌어안았다. 자그마한 뒤통수를 몇 번이나 쓰다듬으며 가슴에 차오른 뜨거움을 내쉬었다.

"나정아."

"……."

"고마워."

나정의 두 눈이 크게 뜨였다. 제 이름을 다정하게 불러준 정우의 목소리도 놀라웠지만 고맙다는 한마디가 마음을 크게 울렸다.

"열심히 살아 줘서."

"……."

"포기하지 않고 여기까지 달려와 줘서 고맙다는 말 꼭 하고 싶었습니다."

나정의 끈기와 열정이 없었다면 그녀를 다시 만난 일도 없었을 것이다. 그동안 고생했다며, 잘 버텼다며 정우가 머리를 한동안 쓰다듬자 나정은 왠지 모르게 울컥, 눈물이 차오르는 걸 느꼈다.

그녀에게 '삶'은 버티는 것이었다. 쉬지 않고 달려야지만 꿈꾸는 미래에 간신히 닿을까, 말까 하는 아득한 희망에 가까웠다. 가끔은 모든 걸 다 때려치우고 싶던 적도 있었다. 알아주지 않는 노력을 하는 게 무슨 소용이 있나, 서러웠던 적도 있었다. 그 마음을 정우가 어루만져주자 기분이 이상했다. 어린 애처럼 펑펑 울고 싶어졌다.

결국 눈물이 터져 나왔다. 훌쩍이며 정우의 너른 품에 얼굴을 묻었다. 그럼 그가 좀 더 꽉 나정을 안아주었다. 쉬지 않고 눈물이 흐르는데도, 나정은 슬프지 않았다. 오히려 다행이라는 생각이 들었다. 버티고 또 버텼기에 정우를 만난 게 아닐까. 그것만으로 나쁘지 않은 삶이었다. 아니, 가슴 벅차도록 행복한 삶이라고 나정은 자부할 수 있었다. 이제 그녀에게 정우는, 그리고 그에게 나정은 하나뿐인 낙원이자 행복이었다.

14. 설전

한바탕 폭풍 같던 주말이 지나고, 월요일이 찾아왔다.

나정은 아침부터 눈코 뜰 새 없이 바쁜 일정을 소화해야 했다. 브랜드 전시회가 코앞으로 다가오면서 신경 쓸 게 한두 가지 아니었다. 한 가지 좋은 점이 있다면 더는 동료들의 눈치를 보지 않고 회사에서도 맘껏 그림을 그릴 수 있다는 것이었다.

"와……. 최 대리가 어딘가 모르게 믿는 구석이 있더니. 거짓말은 아니었네. 나정 씨. 이 정도면 아마추어라고 볼 수 없겠는데?"

회의실에서 나정의 그림을 뚫어지게 바라보던 이주열 과장이 엄지를 추켜올렸다. 놀란 건 그만이 아니었다. 역시나 잘 해낼 줄 알았다는 듯 진원의 부드러운 미소와 함께 팀원 모두가 나정의 월등한 그림 실력에 놀란 입을 다물지 못했다.

"인삐라고 하나요? 골격 비율이 하나라도 엇나가면 어색해 보일 때가 있는데, 나정 씨 그림에는 그런 게 전혀 없네요?"

팀원 중 한 명이 내뱉은 감상평에 다들 수긍한다며 고개를 끄덕였다. 생각지 못한 칭찬에 나정은 겸연쩍게 웃었다.

"혜나 씨가 보기엔 어때?"

왜 하필 질문을 던져도 저쪽한테. 부드럽게 휘어진 나정의 입꼬리가 뻣뻣하게 굳었다. 혜나와는 무척 오랜만에 마주하는 터였다. 주열의 말대로 실연의 아픔을 겪기라도 한 건지 안 그래도 작은 얼굴은 수척해져 한 손으로 다 가려질 기세였다. 그 와중에 크고 또렷한 눈매는 여전히 아름답고 예뻤다.

"나쁘진 않네요."

설마 그게 다야? 여기저기서 의아한 눈빛을 내던지자 혜나가 작게 중얼거렸다.

"……그림이 너무 튀어도 안 된다면서요."

퉁명스러운 감상평이었지만, 기획에 맞는 그림을 그렸다는 칭찬에 가까웠다. 나정은 기분이 묘했다. 자신을 향한 혜나의 경계가 한풀 꺾인 느낌이었다. 뭐가 됐든 나쁜 건 아니겠거니 싶어 나정은 스케치한 그림에 시선을 주었다.

크고 건장한 체격의 남자가 세현 브랜드의 셔츠와 청바지를 입고 서 있는 그림이었다. 오직 모델이 입은 옷에만 시선이 집중될 수 있게 얼굴형만 그려져 있을 뿐, 이목구비는 그려지지 않은 채였다. 단추 풀린 셔츠 사이로 보일 듯 말 듯 한 가슴 근육과 탄탄한 복근이 실제 현존하는 모델을 떠올리게끔 생동감을 부여했다.

"근데 말이야. 이런 비슷한 몸매를 어디선가 본 것 같단 말이지."

이주열 과장이 턱을 쓰다듬으며 고개를 갸웃거리자 나정의 척추에 힘이 바짝 들어갔다.

"에이, 설마요. 이런 몸매가 우리 회사에 있다고요? 실제 모델이면 모를까. 너무 비현실적이지 않나요?"

"없긴 왜 없어?"

"누구요?"

'달칵.'

회의실 문이 열리며 누군가 걸어 들어왔다. 직원들은 조용히 등장한 남자와 나정이 탄생시킨 그림 속 모델을 번갈아 바라봤다. 정우에게 관심을 주지 않기 위해 부단히 노력 중인 사람은 오직 나정 한 명뿐이었다. 주열의 눈썰미가 남다른 건 알고 있었지만, 얼굴 없는 스케치의 주인공이 정우라고 추측할 수 있을 줄은 상상도 하지 못했다.

"왜 다들 여기 모여 있습니까?"

"팀장님. 이것 좀 보세요. 나정 씨가 드디어 최종 시안을 가져왔어요."

누군가 자랑스럽다는 목소리로 나정의 그림을 가리켰다. 정우의 시선이 하얀 도화지 위로 스쳤다. 무심하지만 진득한 눈빛에 나정은 긴장이 되지 않을 수 없었다. 사실은 어젯밤 정우의 집에서 함께 힘을 모아 탄생한 그림이었다.

마침내 원하는 컨셉이 나왔을 때는 어땠나. 누가 먼저랄 것도 없이 서로를 꽉 끌어안으며 입을 맞추었다. 그 후의 기억은 잘 나지 않았다. 아니, 나더라도 이 신성한 직장에서는 감히 떠올려서는 안 되는 것이었다. 침대가 깊숙이 패일 만큼 제 안을 파고들었던 정우의 얼굴과 몸짓을 기억하지 않기 위해 나정은 주먹을 꽉 쥐었다.

"좋네요."

덤덤한 음성이 회의실을 울렸다. 나정의 그림을 빤히 응시하던 정우의 입에서 나온 첫 감상평이었다. 팀원들의 얼굴에 화색이 돋았다.

"와, 나정 씨. 한 팀장님도 오케이 한 거면 김세나 씨도 만족하겠는데."

이제 전시회의 책임을 맡은 세나의 마지막 컨펌만이 남아 있었다. 최근 들어 그녀는 이름만 대면 알 만한 고급 브랜드의 촬영 감독을 맡으며 부쩍 일이 많아졌다. 일주일에 한 번 볼 수 있었던 얼굴은 이제 이주에 한 번 볼 수 있을까, 말까였다.

'똑똑.'

간결한 노크 소리가 울려 퍼졌다. 문이 열리며 웨이브진 갈색 머리의 여자가 얼굴을 보였다. 세나였다. 그녀가 미소를 머금으며 고개를 가볍게 숙였다. 언제 봐도 아름다운 외모가 단숨에 이목을 사로잡았다.

"늦어서 죄송합니다. 앞에 있던 회의가 길어지는 바람에요."

그녀를 타박하는 사람은 아무도 없었다. 단 한 명. 정우를 제외하면. 시간약속은 칼이라는 듯 그의 눈빛이 차가웠다. 그래도 한때 연인관계였던 두 사람이었기에 걱정이 됐는데 지나친 염려였다.

"나정 씨, 오랜만이에요. 잘 지냈어요?"

"네. 김세나 씨도 잘 지내셨죠?"

"그럼요. 너무 잘 지내서 탈인걸요. 오늘이 최종 컨펌 날이죠?"

나정이 고개를 끄덕였다. 자연스레 세나의 시선이 하얀 종이로 향했다. 부드럽지만 날카로운 눈썰미가 나정의 그림을 예리하게 훑어 내렸다. 긴장감에 마른침을 꿀꺽, 삼켰다. 맥박이 빠르게 뛰며 호흡이 가빠졌다. 세나의 감상평이 들린 건 그때였다.

"이대로 가도 나쁘지 않겠는데요?"

나정은 순간 꿈을 꾸나 싶었다. 도무지 믿기지 않아 떨리는 목소리로 되물었다.

"……그래도 한 번 더 손봐야 하지 않을까요?"

아무리 최종 시안이 나왔어도 몇 번의 수정과 컨펌이 오가는 게 모든 회사에서 기본적으로 추구하는 과정이었다.

"아뇨, 여기서 더 손을 봤다가는 오히려 브랜드가 주는 자연스러운 이미지를 훼손시킬 거 같아요."

세나가 단호히 고개를 저으며 미소 지었다.

"과하지 않게 잘 그렸네요. 고생했어요, 나정 씨."

나정은 한동안 멍한 상태에서 벗어나지 못했다. 그러던 중 회의를 끌고 가던 정우와 허공에서 눈이 마주쳤다. 평소라면 회의 시간에 왜 집중하지 못하고 있냐며 일침을 가했을 텐데, 그의 입가에 부드러운 미소가 걸려들었다. 그 모습이 꼭 잘 해냈다는 인사 같아 나정은 눈을 꾹 감았다. 가슴이 몽글몽글해지며 목이 멨다.

* * *

"나정 씨."

회의에 쓰인 자료를 정리하던 참이었다. 다음 스케줄이 있다던 세나가 회의실을 나가지 않은 채 문을 등지고 서 있었다.

"무슨 일 있으실까요?"

"아뇨. 아까 회의에 집중하느라 길게 이야기를 못 했잖아요. 수고했다는 말 꼭 전하고 싶어서요."

"아……."

말을 잇지 못하던 나정은 솔직하게 자신의 감정을 털어놓았다.

"사실 아직도 믿기지 않아요."

"뭐가요?"

"음……. 제가 보기엔 아마추어급에 지나지 않는 그림 같은데, 이대로 전시회에 출품해도 되는 게 맞는지 싶어서요."

"예술만큼 경력이 무의미한 분야는 없어요."

세나가 차분히 나정에게 다가와 그녀의 작고 하얀 손을 다정하게 쓸어내렸다.

"정말 중요한 건 작가가 표현하고자 하는 걸 제대로 전달하는 그림이냔 거죠. 말했잖아요. 아마추어한테는 프로가 가지지 못한 신선함이 있다고."

"……감사해요."

"나한테요? 이건 다 나정 씨가 해낸 건데."

"세나 씨가 믿고 맡겨주신 덕분에 이런 좋은 기회도 생겼으니까요."

"나정 씨가 믿게 해줬잖아요."

나정이 말을 잇지 못하며 세나를 바라봤다. 그녀가 전보다 더 활짝 웃으며 나정의 어깨를 다독였다.

"그만한 실력을 가지고 있으니까 나도, 최진원 대리님도 믿고 맡길 수 있었던 거예요."

왜인지 몰라도 그런 생각이 들었다. 어째서 한때 정우가 세나를 좋아할 수밖에 없었는지 알겠다는. 세나는 나정이 되고 싶은 어른에 가까운 얼굴을 하고 있었다. 부드럽지만 단호하고 출중한 능력을 지녔지만, 매사에 겸손할 줄 아는 사람. 때로는 남의 가치를 발견하는 데 기꺼이 나설 줄 아는 사람. 그녀가 정우의 전 여자친구라는 게 신경 쓰이지 않는다면 거짓말이겠지만, 이 순간만큼은 그 사실이 나정에게 영향력을 끼치지 못했다. 그저 세나가 가진 면들을 본받고 싶다는 생각뿐이었다.

"네. 마지막까지 최선을 다하겠습니다."

"나도 힘입어 마무리 잘 지어볼게요. 그리고……."

방금까지 온화하던 세나의 얼굴에 왠지 모를 망설임이 떠올랐다. 한참을 고민하던 그녀는 조심스레 나정의 손을 잡으며 고백했다.

"정우 말이에요."

그녀가 사적으로 정우에 대한 이야기를 꺼낸 적은 이번이 처음이었다. 무슨 말을 꺼낼까, 초조한 눈으로 세나를 바라보는데, 그녀가 미소를 머금으며 말을 이었다.

"나정 씨랑 참 잘 어울려요."

"……네?"

"아, 미안해요. 두 사람 사귀는 거 여기서는 입 밖으로 꺼내면
안 되는 거죠?"

"아뇨. 꼭 그건 아닌데. 혹시 티가 났나 싶어서요. 아니면 팀장님
이 혹시 말씀하신 걸까요?"

"설마요. 내 얼굴 보는 것도 싫어하는 사람인데."

"아……. 그럼 어떻게."

"글쎄요. 음……. 여자의 촉이랄까요?"

세나가 검지를 세우며 한쪽 눈꺼풀을 찡긋거렸다.

"정우를 다시 회사에서 만난 날부터 알아보겠더라고요. 마음에
담아둔 상대가 있구나."

그 사람이 나정이라는 걸, 세나의 진솔한 눈빛이 말해주었다.

"사실 정우랑 다시 잘해보고 싶은 마음도 있었어요. 근데 아무
리 그 친구랑 오랜 시간을 알았다고 해도, 추억은 이미 끝난 관계
앞에서는 별 힘을 못 쓰더라고요."

진심이 통하는 순간은 살면서 많지 않다는 걸 세나는 이번 기
회에 절실히 체감했다. 그리고 그 순간을 한 번 놓치게 되면 영영
붙잡을 수 없다는 것 또한. 그러니 더는 정우에게 그녀의 감정을
강요할 수 없었다.

"상처 줬다면 미안해요. 이번 기회에 진심으로 사과할게요. 내
가 눈치가 없었어요."

"아뇨, 전혀요."

나정이 황급히 손사래를 쳤다. 세나가 고의로 정우와 함께 있는
모습을 보여준 적은 없었다. 있다면 딱 한 번. 모두가 퇴근한 시간
을 틈타 정우의 식사를 챙겨주기 위해서였다. 그 장면을 맞닥뜨

린 후 가슴앓이를 한 건 사실이었지만, 이제는 지나간 일이었다.

"혹시 한 회장님께는 인사드렸나요?"

나정의 몸이 돌처럼 굳었다. 삐걱삐걱 돌아가는 그녀의 고갯짓이 부자연스러웠다.

"곧."

"……."

"드리러 갈 거 같아요."

며칠 전 정우와 함께 침실에서 나란히 누워 대화를 나누었다. 주제는 '한태평 회장'이었다. 정우는 괜히 나정이 부담스러울까 이야기를 꺼내지 않으려 했지만, 나정은 그럴수록 정우의 이야기를 듣고 싶어 했다.

'그럼 한 회장님이랑은 사이가 안 좋으신 거예요?'

'좋고 말고 할 것도 없습니다. 나 때문에 하나뿐인 장남을 잃으신 처지가 됐는데, 좋아한다는 것 자체가 말이 안 되죠.'

그 말을 전하는 정우의 표정이 덤덤해서 나정은 목 한구석이 시큰해짐을 느꼈다. 그런 삶이 곧 자신의 인생이라고 순응하기까지 얼마나 많은 아픔을 그가 겪었을지 상상조차 가지 않았다.

'우리 함께 찾아뵙고 인사드려요.'

그래서였다. 나정이 충동적으로 정우의 손을 잡고 권유한 것은.

'꼭 찾아뵙고 결혼을 전제로 사귀고 있다고 말씀드려요.'

'은나정 씨.'

'사실은 팀장님도 허락받고 싶은 거 아니에요?'

아무리 한 회장이 20년 넘게 냉철한 면만 보여줬어도 정우를 거
둬준 은인이란 것은 변하지 않은 사실이었다. 어쩌면 태주를 대
신해 아버지 노릇을 한 사람은 한 회장일지도 모른다. 태주의 죽
음 후로 그는 최소한 다른 식구들처럼 정우를 조롱한 적도, 차마
입에 담기 힘든 욕을 한 적도 없었다. 언제나 품위를 유지하며 정
우를 상대했다. 이따금 정우가 그림자처럼 끈질기게 따라붙는 죄
책감에 시달릴 때면 도리어 날카롭게 흐트러진 정우의 태도를 바
로잡았다.

'혹시 부담스러우면 가지 않아도 됩니다.'

결국 이번 주말에 한 회장을 찾아뵙자는 이야기가 오갔다. 정우
는 강요할 마음 없다며 나정을 배려했지만, 나정은 마음을 바꿀
생각이 없었다. 언젠가는 겪어야 할 일이었고, 어떻게든 넘어야
할 산이었다. 물론 걱정이 안 되는 건 아니었다. 한 번도 기업의 오
너를 정면으로 마주한 적은 없었다. 그리고 그 사람이 정우의 조
부라는 게 나정을 막막하게 하는 것도 사실이었다.

"걱정 말아요. 한 회장님도 분명 나정 씨를 마음에 들어 하실
테니까."

세나가 확신을 담아 말했다. 나정은 빠르게 눈꺼풀을 끔뻑였다.

이해할 수 없다는 눈빛이었다. 세나는 의미심장한 미소를 지으며 나정의 귓가에 무어라 속삭였다.

"알겠죠? 평소처럼만 하면 돼요, 평소처럼만."

* * *

대망의 주말이 찾아왔다. 새벽부터 눈이 번뜩 뜨인 나정은 어느 때보다 신중한 손길로 옷을 갈아입었다. 화장을 끝마쳤을 때는 어느덧 시곗바늘이 오전 아홉 시 반을 가리키고 있었다. 정우와 만나기로 한 약속 시각은 열 시였다.

"어디 가니?"

방문을 열고 나오자 아침 식사를 준비 중인 진희의 뒷모습이 보였다. 인기척을 느낀 그녀가 돌아서서 나정을 발견하고는 아, 하고 작게 감탄사를 내뱉었다.

"복장이 평소랑 좀 다르네? 그렇게 힘주고 어디가?"

"약속이 있어서요. 혹시 별로인가요?"

나정이 노심초사하며 몸에 걸친 살구색 원피스를 정돈했다.

"아니, 예뻐. 꼭 상견례 가는 것처럼."

원피스 자락의 주름을 정리하던 나정의 손길이 멈추었다. 가만히 생각해보면 아빠, 도권을 제외하곤 나머지 가족들은 죄다 눈치가 빠른 편이었다. 그중에서도 진희의 눈썰미가 남달랐다.

"나중에 나정이 결혼할 남자친구 데리고 오면 이렇게 입고 상견례 가면 되겠다."

사실 오늘 그 자리에 간다는 말이 목까지 차올랐지만, 간신히 집어삼켰다. 일단 급한 불부터 끈 후에 그때 차분히 정우를 다시 부모님께 인사시킬 생각이었다.

"엄마."

"응?"

나정이 구두를 신다 말고 배웅하러 온 진희를 빤히 바라봤다.

"엄마는 내가 갑자기 남자친구를 데리고 와서 결혼하고 싶다고 하면 허락해줄 거예요?"

"결혼을?"

"네."

나정은 궁금해졌다. 과연 부모님이 그런 자리를 갖게 되면 어떤 선택을 하게 될지. 세 자매 모두 갖은 사랑을 다 쏟으며 키워온 진희였다. 그래서 그녀가 쉽게 허락하진 않을 거라는 생각이 들었다.

"나정이, 네가 진심으로 좋아하는 사람이라면 엄만 다 좋아."

대답하는 진희의 목소리가 담백했다.

"나이가 들수록 누군가를 진심으로 좋아하는 게 쉬운 일은 아니거든. 엄마는 그 전제면 다 될 거 같아. 너무 행복할 거 같아."

잠시 말을 잇지 못하던 나정은 이내 활짝 미소 지었다.

"응. 그럼 됐어요."

너무나도 진희다운 대답에 나정은 씩씩하게 발을 내디뎠다.

"다녀오겠습니다."

문을 열고 나가자 화장한 햇살이 쏟아져 내렸다. 산뜻한 날씨만큼이나 가벼운 걸음걸이로 마당을 가로지르던 나정은 무언가를 보곤 걸음을 멈추었다. 익숙한 차량이 대문 밖에 주차돼 있었다.

'달칵.'

운전석 문이 열리며, 한 남자가 가볍지만 날렵한 몸짓으로 차에서 내렸다. 매끄러운 슈트 핏을 자랑하는 남자의 얼굴을 마주한 나정은 말을 잇지 못했다.

정우는 어렵지 않게 나정을 찾아냈다. 대문을 넘어 나타나는 돌계단 위에 그녀가 멍한 얼굴로 서 있었다. 그녀만큼이나 정우도 나정의 차림새에서 한동안 눈을 떼지 못했다. 편한 복장으로 가도 된다고 했던 거 같은데, 머리부터 발끝까지 신경 쓰지 않은 곳이 없었다. 특히나 오늘과 같은 깨끗한 초여름 날씨처럼 살구색 원피스가 나정의 하얀 피부를 더욱 돋보여주었다.

"늦지 않게 도착했네요."

정우가 손수 조수석 문을 열어주며 나정을 이끌었다. 순순히 끌려오던 나정은 차가 골목길을 빠져나가자 느지막이 입을 열었다.

"언제는 편하게 와도 된다면서요."

어딘가 모르게 그녀의 음성에서 억울함이 느껴졌다.

"뭘 말입니까?"

정우가 느긋하게 운전대를 돌리며 룸미러에 시선을 주었다. 나정의 얼굴에 보지 못한 초조함이 감돌았다.

"나한테는 편한 모습으로 나오라고 했으면서 정작 팀장님이 이렇게 입고 오면 어떡해요?"

정우는 평소랑 다르지 않은 차림이었다. 회사에 출근할 때처럼 군살 없는 몸매를 살려주는 슈트를 착용했다. 평소보다 슬림한 핏의 옷이긴 했지만, 그 이외에 별다른 특이점은 없었다.

"이렇게…… 시선을 다 가져가면 어떡하냐고요."

나정의 깊은 탄식과 함께 차가 신호에 걸려 멈추었다. 그 틈을 타 정우가 지그시 나정을 응시했다. 이제 보니 잠을 설치기라도 했는지 하얀 눈 밑에 보지 못한 그늘이 있었다. 하지만 그마저도.

"제가 회장님 눈에 뭐로 보이시겠어요? 손자가 이렇게 잘났는데, 제가 눈에 찰 수나 있겠어요?"

미치도록 사랑스러워 보인다면 드디어 머리가 미쳐버린 걸까. 뭘 입어도 눈길을 사로잡는 남자친구가 원망스럽다가도 이내 쓸데없이 잘생겼다며 탄식하는 그녀의 목소리가 무척 듣기 좋았다.

"내 눈에 예뻐 보였으면 됐지."

"……."

"얼마나 더 예뻐지려고 욕심을 부립니까. 지금도 감당하기 벅찬데."

낯간지러운 말에 나정은 기겁하며 창문에 등을 붙이더니, 입술을 꾹 다물었다. 정우가 낮은 웃음을 터트렸다. 거봐. 이렇게 말하면 꼼짝도 못 할 거면서. 남들 잘난 외모에는 잘만 칭찬해주면서 자기 외모를 언급하면 한없이 작아지는 여자였다.

"근데 가기 전에 회장님께 미리 연락드려야 하는 거 아니에요?"

나정이 조심스레 정우의 눈치를 살폈다. 정우가 부드럽게 액셀을 밟으며 대답했다.

"은나정 씨 오는 거 이미 알고 계십니다."

"진짜요?"

"며칠 전에 연락해서 말씀드렸어요."

"……뭐라고 하시던가요?"

"아무 말씀도 없으셨습니다."

"아……."

예상 못 한 그림도 아닌데, 막상 그 가정이 사실화되자 나정의 기분이 울적해졌다.

"걱정 말아요. 은나정 씨가 아니라 나 때문에 그러시는 거니까."

"팀장님 때문에요? 어째서요?"

나정이 이해할 수 없다는 눈을 했다. 정우는 핸들을 톡톡 두드리며 며칠 전 한 회장과 나눈 통화 내용을 떠올렸다. 정우가 한 회장에게 먼저 연락한 건 캐나다로 가지 않겠다고 무작정 선언한 후로 처음이었다. 그게 여전히 불쾌한 사유로 남은 모양인지 한 회장은 평소보다 낮고 까칠하게 정우를 상대했다.

'다시는 볼 일 없을 것처럼 굴더니 무슨 일로 먼저 연락을 다 했어.'

'의논드릴 이야기가 있습니다.'

'네가 언제부터 나와의 소통을 중요시 생각했다고. 모든 건 다 자기 의지대로 결정한 뒤 통보하는 게 네 방식이었던 거 같은데.'

'곧 함께 인사드리겠습니다.'

짧고 간결한 통화였지만, 굳이 나정을 언급하지 않아도 한 회장은 나정에 대해 이미 모든 것을 알고 있을 것이다.

회사에는 한 회장의 눈과 귀가 되는 사람들이 널려 있었다. 어쩌면 벌써 나정에 대해 뒷조사를 했을지도 모른다. 무엇보다 정우는 나정의 존재를 더는 감추고 싶지 않았다. 마음 같아선 공개 연애를 하고 싶었다. 요즘도 심심찮게 그녀를 향해 추파를 던지는 남직원들이 꽤 있어 신경이 거슬리던 참이었다.

"근데 저건 뭡니까?"

정우가 룸미러로 비추는 쇼핑백을 응시하며 물었다. 나정이 집을 나올 때부터 손에 꼭 쥐고 있던 것이었다.

"그런 게 있어요."

나정은 말끝을 흐리며 정면을 주시했다. 그토록 기다리던 한 회장의 거처가 바로 코앞에 있었다. 바라보는 것만으로도 숨이 턱 막히는 육중한 대문이 시야를 가득 채웠다. 정우의 차를 감지한 센서에 불이 반짝 들어왔다. 대문이 묵직한 소음을 내며 두 사람을 맞이했다.

* * *

성북동 저택은 나정이 상상했던 것보다 더 큰 웅장함을 자랑했다. 드라마에서나 봤던 재벌가의 집들이 초라하게 느껴질 만큼 한 회장이 소유한 땅은 끝도 없이 눈앞에 펼쳐졌다. 모교였던 'H 대학교'의 캠퍼스와 견주어도 밀리지 않겠다는 생각이 문득 들었을 때였다.

주차를 끝내고 다가온 정우가 곧바로 5층짜리 건물로 나정을 안내했다. 승강기를 타고 4층에 도착한 순간이었다. 무언가를 발견한 정우의 표정이 급속도로 어두워졌다.

"어머, 정우 네가 연락도 없이 회장님 거처에는 무슨 일이니?"

송지영 여사가 손에 쥐고 있던 찻잔을 내려놓으며 부드럽게 미소 지었다. 마치 정우가 오기만을 기다리고 있었다는 태도였다. 그녀의 옆에는 그의 외아들, 한재준도 함께였다.

"누구⋯⋯."

나정이 작게 속삭이자 정우가 무표정한 얼굴로 대답했다.

"작은 어머님입니다."

"아, 네. 그러시구나. 안녕하세요."

나정이 허리를 숙여 인사하자 지영이 눈썹을 들어 올리며 물었다.

"아가씬 누구?"

"말했잖아요. 한정우 이거라고."

재준이 삐딱한 자세로 앉아 새끼손가락을 가볍게 흔들어 보였다. 그게 무슨 망측스러운 예의냐며 지영은 아들을 나무라면서도 흥미로운 눈길로 나정을 훑어 내렸다.

"이름이 뭐죠?"

나정은 슬그머니 정우를 바라봤다. 그의 표정이 살벌했다. 묻지 않아도 간신히 분노를 억누르는 중이란 걸 알 수 있었다. 고로 정우와 지영의 사이가 좋지 못하다는 것 또한.

"은나정이라고 합니다."

"은나정 씨? 그런 이름은 어느 사교 모임에서도 들어본 적이 없는 거 같은데. 사는 동네가 어디이려나?"

"그만하시죠."

본격적인 나정의 호구 조사를 앞두고 정우가 단호히 선을 그었다. 지영이 눈웃음을 살살치며 고개를 갸웃거렸다.

"뭘 말이니? 그저 난 정우, 네가 웬 낯선 여자를 데려왔길래 걱정돼서 물어본 거뿐인데."

"누구한테 연락받고 이 자리까지 오신 건지 모르겠지만, 오늘 제가 뵙고자 하는 분은 작은 어머님이 아니라 한 회장님입니다."

그러니 적당히 하고 돌아가란 경고였다. 지영이 낮게 코웃음을 쳤다.

"정우 너, 꿈이 너무 큰 거 아니니? 결혼이 목적이었으면 회장님이 아니라 다른 식구들에게 먼저 인사를 시켰어야지. 재준아. 뭐 하니? 다들 기다리신다."

어서 문을 열라는 지영의 눈짓에 재준은 비릿하게 웃으며 미닫이문을 활짝 열었다. 한 회장을 제외한 한 씨 일가 식구들이 탐탁지 못한 눈으로 정우와 나정을 바라봤다. 대부분 태주가 정우를 입양하려고 했을 때 발 벗고 나서서 반대했던 인물들이었다.

숨죽이는 침묵이 다이닝 룸을 에워쌌다. 나정은 최대한 정중한 자세로 무릎을 꿇은 채 주변을 힐끔거렸다. 무슨 이유 때문인지 정우를 에워싼 식구들의 눈에 불신이 가득 차 있었다. 그게 나정을 향한 불만족스러움이라기보다 정우에 대한 원망에 가까워서 입안 가득 의문점이 맴돌았다.

대체 왜?

아무리 정우가 이 집에 입양됐다고 하지만, 얼마 전에 만난 혜수만 봐도 정우를 진심으로 아끼는 게 느껴졌다. 목적을 위해 그를 입양한 게 아니라 사랑하기 때문에, 그 사랑을 나눠주고 싶어서 가족으로 맞이했다는 것을 나정은 믿어 의심치 않았다.

"이 자리에 모이신 용건이 뭡니까."

여태 입을 다물고 있던 정우가 흔들림 없는 눈으로 정면을 주시했다. 위축은커녕 도리어 꼿꼿하게 허리를 세우는 그의 태도에 식구 중 한 명이 대뜸 손가락 들어 정우를 나무랐다.

"이 배은망덕한 자식 같으니라고! 네가 지금 그런 걸 따질 수 있는 위치인 줄 알아?"

"아이고, 형님. 진정하십쇼. 아직 본격적인 이야기도 안 꺼냈는데, 벌써 흥분하시면 어떡합니까."

"화가 안 나게 생겼어! 아직도 저 자식만 보면 피가 거꾸로 솟아. 저 녀석만 아니었으면 태주 형님이 그렇게 비참하게 돌아가실 일은 없었을 거 아니야. 다 타버린 형님 시신만 생각하면 내가 자다가도 벌떡 일어나. 여기가 턱 막혀서 숨을 못 쉬겠다고."

처절한 절규에 가까웠지만, 정우의 눈에는 가증스러운 연기로밖에 비치지 않았다. 한때는 태주의 죽음을 안타까워해서 가족들이 분통을 터트리는 줄 철석같이 믿은 적이 있었다. 그러나 먼 훗날 자신에게 '세현'의 지분을 깃털만큼이라도 빼앗길까, 내세우는 구실이라는 걸 알게 됐다. 아버지의 죽음이 고작 구실에 불과했다니. 그 사실을 알게 된 스물 한 살의 정우는 남몰래 숨어 눈물을 흘렸다. 비참했다. 언제나 모두에게 친절하고, 다정했던 아버지가 남모르게 이용당하신 건 아닐까, 그런 사람을 제 손으로 직접 떠나보낸 게 아닐까. 하지만 이젠 더는 흘릴 눈물도, 명분 따위도 없었다.

정우는 차분히 옆을 돌아봤다. 사전에 동의도 없이 이런 자리를 맞닥뜨린 나정이 당황스러울 만했다. 겁먹지 말라며 그녀의 손을 잡으려는데, 줄곧 마룻바닥에 시선을 고정했던 나정이 불쑥 입을 열었다.

"말씀 도중에 죄송한데요."

낯선 불청객의 음성에 식구들이 날을 세우며 나정을 주시했다. 쏟아지는 수많은 시선을 바라보며 나정은 의연하게 말을 이었다.

"그게 왜 한정우 씨 잘못이죠?"

15. 상사의 본색(色)

　이루 말할 수 없는 침묵이 흘렀다. 생각지 못한 나정의 발언에 다들 당황한 얼굴이었다. 그건 정우도 마찬가지였다. 네 잘못이 아니라고 말해주는 사람은 오직 어머니 혜수가 전부였다. 그런데 그녀가 아닌 나정의 입에서 그 말을 듣게 되자 누군가 뒤통수를 크게 가격한 기분이었다.

　"팀장님 아버님의 죽음이 안타까운 건 사실이지만, 이야기를 들어보니 불의의 사고로 돌아가신 거 같아서요. 근데 그 모든 책임을 왜 팀장님에게 전가하시는 거죠? 그건 너무 억지 아닌가요?"

그날의 정우는 고작 열아홉밖에 되지 않았다. 그때 그가 무얼 할 수 있었을까. 감정을 추스르는 것만으로도 벅찬 나이였다. 정우가 사람 아닌 대접을 몇십 년 동안 받고 자랐다는 사실에 나정의 가슴에 뜨거운 무언가가 차올랐다. 단 한 번. 예전에도 이런 감정을 비슷하게 느낀 적이 있었던 거 같다.

멋모르던 열일곱 살 때였다. 날치기범에게 상처 입은 대학생 오빠를 보며 나정은 멋도 모르고 달려든 적이 있었다. 그날과 같은 뜨거운 감정이 찾아오자 나정은 정우를 몰아붙였던 남자를 지그시 응시했다.

"그리고 아까부터 여쭙고 싶었던 건데."

"……."

"눈물도 안 나오시면서 얼굴은 왜 가리고 계세요?"

"내, 내가 언제."

방금까지 정우를 몰아붙였던 남자가 당황하며 황급히 손을 내렸다. 눈가가 촉촉하기는커녕 깨끗하다 못해 퍼석했다.

'쾅!'

남자가 테이블을 거세게 내려치며 이제는 나정을 향해 손가락질을 했다.

"내가 이럴 줄 알았지. 어? 끼리끼리 붙어먹는다고. 어디서 근본도 없는 계집애를 데려와서. 말하는 싹수만 봐도 부모가 자식 교육을 시켰는지 알 만해."

"제 부모님 본 적 있으세요?"

죄 없는 가족을 건드렸으니 화가 날 법도 한데 나정은 지나치게 초연했다. 뭐랄까. 막장 드라마 한 편을 눈앞에서 실시간으로 감상하는 기분이었다. 그래도 현실은 다르겠거니 싶었는데, 드라마와 별반 다르지 않은 광경을 보며 한숨이 나왔다. 한 회장의 집을 방문하며 은연중 느꼈던 두려움은 이미 완벽하게 사라진 후였다.

"저희 부모님이 어떤 사상을 가지고 지금까지 살아오셨는지. 그래서 어떤 마음으로 절 키우셨는지 일면식도 없으시면서 어떻게 아실 수 있죠? 함부로 판단하실 수 있는 명분이 있긴 하시고요?"

"아, 아니. 이 아가씨가 지금 뚫린 입이라고……."

"네. 입은 말하라고 뚫려 있는 거니까요."

그러니 할 말은 해야겠다며 나정은 정우의 손목을 붙잡고 자리에서 일어났다.

"팀장님. 그만 가요, 우리."

그리고 태연히 덧붙였다.

"더는 더러운 냄새 나서 못 버티겠어요."

더, 더러운 냄새?

"야!"

망측스러운 발언을 참지 못한 식구 중 몇 명이 자리에서 벌떡 일어났다. 나정을 향해 달려드는 인파를 가로막은 건 정우였다. 단단하고 넓은 가슴팍이 위협적으로 그들의 시야를 차단했다.

"사과하시죠."

"……뭐?"

"방금 은나정 씨 부모님에 대해 함부로 말씀하신 점."

"……."

"은나정 씨가 보는 앞에서 당장 사과하시는 게 좋으실 겁니다."

"야. 한정우. 네가 그러고도 한 씨 사람이라고 할 수 있어?"

"절 가족이라고 생각한 적은 한 번이라도 있으십니까?"

순순히 대답하는 사람은 아무도 없었다. 차라리 다행이었다. 이런 순간에서조차 돌아가신 아버지를 입에 올리고, 있지도 않은 가족애를 들먹였다가는 자신이 어떤 짓을 할지 알 수 없었다.

"제가 10년 넘게 이 집에 헌신한 건 오직 아버지 때문이었습니다."

"……."

"당신들한테 버림받을까 두려워서가 아니라."

"……."

"날 키워주고 길러주신 아버지의 마지막 소원을 이뤄드리고 싶었을 뿐입니다."

그 소원이 어려운 아이들을 위한 자선 사업이었다. 돈이 되지 않는 사업이라며 태주가 생각한 아이템들은 언제나 외면당하곤 했다. 그러니 자신이 어떻게든 기업의 수장이 돼서 좀 더 많은 아이에게 꿈을 심어주고, 또 그 아이들이 사회에 나와 누군가에게 희망을 줄 수 있게끔 하는 게 그의 꿈이자 인생의 최종 목표였다.

"단지 그뿐인데, 다들 뭔가 단단히 착각하고 계시는 얼굴이시네요."

그래, 단지 이뿐인 것을. 오직 아버지의 꿈을 위해 달려왔던 거뿐인 것을. 대체 뭐가 두려웠던 것일까. 뭐가 이토록 두려워 이 집에서 한 발짝도 나가지 못했던 걸까. 정우는 문득 자신의 어린 모습이 환영처럼 옆에 서 있는 걸 느꼈다. 이 아이의 손을 이제라도 잡고 이곳을 나간다면. 그럴 수만 있다면. 지금이라도 늦지 않았을까, 하는 희망이 가슴에 샘솟았다.

"더는 얼굴 보는 일 없었으면 합니다."

정우가 나정의 손을 잡은 채 단호히 돌아선 순간이었다.

"누구 마음대로."

미닫이문 너머로 엄중한 목소리가 흘러왔다. 닫힌 문이 천천히 열리며 누군가 걸어 나왔다. 한 회장이었다. 그가 뒷짐을 진 채 모습을 드러내자 어수선했던 분위기가 정돈되며 긴장감이 찾아왔다.

"당장 나가거라."

역시 아버님이지. 그럴 줄 알았다는 듯 식구들은 남몰래 정우를 비웃었다. 예상치 못한 일침이 그들의 정수리에 내려앉은 것도 그때였다.

"정우만 남고 싹 다 나가라는 소리 안 들려?"

"아, 아버님."

이 상황을 납득할 수 없던 송지영 여사가 고개를 불쑥 들었다. 그러나 그녀는 금세 입을 다물었다. 한 회장의 두 눈이 형형하게 번뜩이고 있었다. 더 나섰다가는 어떤 꼴을 당해도 전혀 이상할 게 없는 살벌한 눈빛이었다.

* * *

나정은 슬그머니 눈을 들었다. 뒷짐을 쥐고서 창밖 너머의 푸른 침엽수를 고요히 감상 중인 한 회장의 뒤태가 보였다. 그는 모든 식구를 내쫓다시피 돌려보낸 후, 정우와 나정을 개인 서재로 안내했다. 다소곳이 앉아 한 회장의 입이 열리기를 기다린 지 얼마나 흘렸을까.

"미안하네."

나정이 흠칫, 어깨를 떨며 고개를 들었다. 한 회장이 창밖을 등진 채 나정을 응시하고 있었다.

"일면식도 없는 아가씨 부모님을 욕보이게 해서. 자식 교육을 잘못시킨 내 잘못이야. 내 철없는 녀석들을 대신해 대신 사과하지."

"아……."

나정은 무어라 반응해야 할지 난처했다. 한 회장의 서재에 들어오며 절실히 깨달았다. 다이닝 룸에서 겪었던 풍경은 가벼운 테스트에 지나지 않았다는 걸. 진정한 고비는 지금부터라는 걸. 한 회장이 풍기는 분위기는 이 넓은 공간을 단번에 좌지우지할 만큼 엄하고 무거웠다.

"그래도 할 말은 똑 부러지게 다 하는 게 어디 가서 밥그릇 빼앗길 일은 없겠어."

그래서였다. 한 회장의 입가에 띤 무언가가 미소라는 걸 뒤늦게 알아챈 것은.

"정우랑 같은 부서라지?"

"……네, 그렇습니다."

"이번에 브랜드 전시회전에서 단독 그림을 맡은 직원도 아가씨인 거고?"

그새 정우가 말한 걸까. 하지만 옆에 앉은 정우의 표정을 보아하니 그 역시도 이 상황이 의문스럽다는 눈빛이었다.

"엊그제 세나가 방문해서 넌지시 흘리고 갔네."

"……김세나 씨가요?"

"왜? 내가 아가씨 뒷조사라도 했을까봐?"

"아, 아니요. 그건 아닌데."

"보아하니 세나도 아가씨가 썩 마음에 든 눈치던데."

나정은 며칠 전의 기억을 빠르게 더듬었다. 회의실에서 마지막으로 본 세나의 의미심장한 미소가 머릿속을 빠르게 스쳐 갔다.

'걱정 말아요. 한 회장님도 분명 나정 씨를 마음에 들어 하실 테니까.'

그게 이런 의미였을 줄이야.

"하지만 그건 엄연히 세나 의견이고. 내 의견은 아직 전하지 않은 거 같은데."

"회장님."

잠자코 앉아 있던 정우가 급히 입을 열었다. 한 회장의 입에서 나올 다음 말이 어떨지 뻔했다.

"무슨 말씀을 하셔도 저는 은나정 씨랑 헤어질 생각 전혀 없습니다."

서재를 울리는 정우의 음성은 단호하며 단단했다. 그 모습을 한 회장은 잠자코 응시할 뿐이었다.

"알고 있습니다. 10년 넘게 노력했어도 저는 여전히 죄인이란 거."

"……."

"하지만 그래도……."

이 상황을 떨리는 눈으로 바라보고 있는 나정의 손을 정우는 부드럽게 움켜잡았다. 손 사이사이를 얽으며 단단히 깍지를 끼었다.

"그래도 이 여자는 절대 못 놓습니다. 세현을 떠나라면 기꺼이 떠나겠습니다. 아버지가 제게 남겨주신 지분 또한 내놓으라면 모두 다 회장님에게든 태오에게든 양도하겠습니다. 손끝 하나 대지 않겠습니다. 어차피 제 것이었던 적은 한 번도 없었으니까요. 그리고 회장님 눈앞에서 사라지는 게 원하시는 바라면……."

정우가 결연한 표정으로 한 회장을 직시했다.

"그렇게 해드리겠습니다."

더는 그에게서 상처 어린 10대 시절의 소년은 찾아볼 수 없었다. 한 회장은 정우를 처음 봤던 날을 떠올렸다. 아이는 커갈수록 뿌리를 깊이 박은 나무처럼 갖은 고난이 찾아와도 흔들리지 않는 것처럼 보였다. 그러나 한 회장의 눈에는 아니었다. 어른스럽고 성숙한 정우의 내면은 본인의 의지가 아닌 죄책감에 만들어진 모습에 가까웠다. 그런데 그 회색빛의 자아가 더는 정우에게서 보이지 않았다. 순순히 인정할 수밖에 없었다.

"내가."

"……."

"태주에게 졌구나."

정우의 눈에 작은 파문이 일었다. 태주……. 은인 같은 아버지의 이름이었다.

"언젠가 태주, 그 녀석이 그러더구나."

한 회장이 지나간 세월을 되짚듯 젊은 시절의 태주의 얼굴을 떠올리며 쓸쓸히 말을 이었다.

"널 입양하는 게 널 위한 것 같아도 결국 자길 위한 일이라고. 정

우, 네게서 큰 깨달음을 얻었고, 큰 위로를 받았다며 보육원에 다
녀오면 종일 네 이야기를 하는데 시간 가는 줄 몰라 했지.”

태주는 한 회장에게 가장 믿음직스러운 자식이었다. 다른 형제
들과 달리 포용력도 넓고 이해심도 커서 언제나 남들 도와주기를
제 삶처럼 여기던 녀석이었다. 그런 아들이 보기 좋으면서도 염려
스러운 점도 있었다. 언젠간 그 보배 같은 성격이 녀석을 파도처
럼 덮치진 않을까 늘 걱정이 됐다.

그런데 죽어버릴 줄은 몰랐다. 눈앞에서 영영 사라져버릴 줄 몰
랐다. 어제만 해도 ‘아버지, 정우와 함께 찾아뵐게요.’ 하며 활짝
웃던 녀석이 싸늘한 시신이 되어 돌아왔을 때 한 회장은 다른 식
구들처럼 분통을 터트리는 대신 나직이 속삭였다. 미련한 놈 같
으니라고. 그러니 적당히 착해빠졌어야지. 정도껏 남을 도왔어야
지. 그랬다면 이 아비보다 먼저 가는 일은 없었을 거 아니냐며 남
몰래 비통의 눈물을 흘렸다.

“너를 미워하고 싶어도 맘껏 미워하지 못했다.”

“…….”

“너를 원망하고 싶어도 원망 한 번을 실컷 하지 못했어.”

누구에게도 꺼내지 못한 속사정을 한 회장은 거짓 하나 없이 털
어놓았다.

“내 아들놈의 자식이자 내 귀중한 손자니까.”

거짓이라곤 한 톨도 느껴지지 않는 진중한 음성에 정우는 얼굴
을 굳혔다. 시간이 멈춘 듯한 착각이 일었다.

“핏줄 한 방울 섞이지 않았다지만 커갈수록 네게서 태주 얼굴이
보이는 게 연은 연인가 싶었다.”

태오가 아닌 정우에게서 태주의 모습이 보일 때마다 한 회장은 이상한 기분을 느꼈다. 남이라면 남일 녀석을, 단호히 쳐내지 못했다. 어떻게든 정우를 쫓아내야 한다며 아우성치는 식구들의 이야기 역시 귀담아듣지 않았다. 정우를 외국에 있는 대학이 아닌 국내에 있는 대학에 보낸 것도 다 그 때문이었다. 태주는 항상 잠든 정우를 보며 버릇처럼 말하곤 했다.

　'저는 정우가 다른 애들처럼 실컷 뛰어놀고, 공부도 하고 싶을 때 실컷 하고, 먹고 싶은 것도 실컷 먹고 그렇게 걱정 없이 10대 시절을 보냈으면 합니다. 제 개인적인 욕심인 거 알지만, 이 아이의 남은 어린 시절만큼은 누리지 못한 자유를 맘껏 누렸으면 해요. 그게 부모의 역할 아니겠습니까?'

　태주의 진심을 알면서도 어린 정우를 바라보는 한 회장의 시선은 탐탁지 못했다. 언젠간 이 아이가 회사를 이끌고 갈 태주에게 큰 걸림돌이 될 거라는 걸 모르는 사람은 아무도 없었다.
　하지만 태주가 세상을 떠난 후로 미친 사람처럼 앞만 보고 달리는 정우를 보니, 한 회장은 그제야 뭔가 잘못됐다는 걸 깨달았다. 이건 태주가 바라지 않을 그림이라고. 그래서 정우를 회사로 끌어들였다. 태주가 그랬던 것처럼 밑바닥부터 기반을 갈고 닦아 언젠가는 다른 식구들에게 공격받지 못하도록 큰 재력과 명분을 손에 넘치도록 쥐여 줄 생각이었다.
　"근데 뭐? 세현을 떠나? 감히 내 곁을 떠나?"
　한 회장이 의자 팔걸이를 쿵, 내리치며 실망스럽다는 기색을 비쳤다.

"네가 날 최소한 할아버지라 생각했으면 통보가 아니라 대화를 시도했었어야지. 캐나다가 가기 싫었으면 그 이유를 솔직하게 털어놓았어야지. 안 가겠다는 말만 툭, 내뱉고 일방적으로 내 연락을 피하는 게 지금껏 널 키워 준 세월에 대한 보답인 게냐?"

한 번쯤 정우가 자신에게만큼은 솔직해지길 바랐다. 이기적인 바람일지 몰라도 정우가 용기 내 다가와 주길 한 회장은 간절히 염원하곤 했다.

"……회장님."

정우가 무겁게 운을 떼자 나정은 빠르게 그의 옆구리를 찔렀다. 그리고 자그맣게 중얼거렸다.

"회장님이 아니라 할아버지요."

한 번도 불러본 적 없는 부름이었다. 정우는 잠시 말을 잇지 못하더니, 마른침을 삼키며 천천히 입을 열었다.

"할아버지."

고작 그 한 번의 부름으로 한 회장의 시선이 돌아왔다.

"저 은나정 씨랑 결혼하고 싶습니다."

"……."

"할아버지 축복 속에서 당당히 행복한 가정을 이루고 싶습니다."

정우는 이 집에 발을 디딘 순간부터 지금까지 한 번도 어린애처럼 칭얼거려본 적이 없었다. 무언가를 갖고 싶다고, 무언가를 하고 싶다고 조른 적은 더더욱 없었다. 처음이었다. 그가 비로소 손자 같은 얼굴로 한 회장에게 간절히 원하는 표정을 보인 것은.

"아가씨 의견은 어떠한가."

나정이 눈을 동그랗게 뜨며 한 회장과 시선을 맞추었다.

"이 결혼을 진행할 명분이 아가씨에게 하나라도 있는지 묻는 게야."

명분. 그게 뭔지 잘 모르겠지만, 나정은 이거 하나만큼은 확신할 수 있었다.

"회장님도 아시겠지만, 팀장님은 마음을 쉽게 내어주는 분이 아니세요."

지금껏 나정이 지켜본 정우는 그러했다.

"근데 그런 사람이 절 좋아한대요. 아마 회장님이 생각하시는 것보다 더 대단한 사랑일 거예요. 저도 그 사랑을 겪고 깜짝 놀랐거든요. 저 또한 팀장님 덕분에 세상을 바라보는 눈이 바뀌었어요. 그리고……."

무언가를 망설이듯 말끝을 흐리던 나정은 어느 때보다 행복한 미소를 지으며 깍지 낀 손에 힘을 실었다.

"누군가를 좋아한다는 게 이렇게 행복한 일이라는 걸 팀장님 때문에 매일매일 깨닫고 있습니다."

그것만으로 이 결혼의 사유는 충분했다. 아들, 태주가 바라던 그대로였다. 상처받은 아이에게 꿈을 심어주고, 또 그 아이가 사회에 나와 누군가에게 희망을 줄 수 있게끔 하는. 그래서 행복을 안겨줄 수 있는 아들의 소원이 한 회장의 눈앞에서 이루어지는 순간이었다.

* * *

"저 말실수한 거 없겠죠?"

한 회장의 저택을 나와 함께 마당을 가로지르던 중이었다. 나정은 아직도 믿기지 않는다는 듯 한 회장이 자신에게 했던 말을 몇 번이나 곱씹어보았다.

'올해 안에 식 올리지.'

'……그렇게나 빨리요?'

'왜? 아가씨한테는 이 결혼이 절실하지 않나 보지? 우리 정우만 간절한 게야?'

우리 정우. 분명 우리 정우라고 했다. 그게 왜 이렇게 듣기 좋던지. 정작 그 소리를 들은 정우의 표정은 덤덤했다. 무슨 생각을 하나 빤히 그의 얼굴을 올려다보는데, 갑자기 정우가 걸음을 멈추며 나정을 확 끌어안았다.

"티, 팀장님!"

나정이 화들짝 놀라 그를 밀어내려고 했지만, 남자의 힘을 이기기란 역부족이었다. 결국 속수무책으로 그의 품에 안기었다. 짙은 한숨이 나정의 귓가를 적셨다.

"하……. 꿈은 아니겠지."

나정의 눈이 잠시 커졌다 본래의 크기로 돌아왔다. 그녀가 피식 웃으며 정우의 등을 쓰다듬었다.

"꼬집어드릴까요? 아니면 어디 한 대 때려……."

장난스럽게 말하던 나정은 입을 앙다물었다. 그녀를 바라보는 정우의 눈빛이 깊고 잠잠했다.

"예전부터 생각한 건데, 대체 어디서 나오는 배짱입니까?"

"배짱이요? 저 그런 거 없는데."

정우가 양손으로 나정의 볼을 꼬집었다.

"입은 말하기 위해서 뚫린 거라고 한 사람이 누구더라."

"아, 그건. 저도 모르게 화가 나서."

"그래서 그때도 그렇게 막무가내였나?"

"그때요? 언제요?"

나정이 영문 모를 눈을 하자 정우의 눈빛이 한층 더 짙어졌다.

"10년 전이었나."

"……."

"새벽 운동을 하던 중이었습니다."

"와, 그때도 그 시간에 운동하셨어요? 10년 전이면 팀장님이 스물하나일 땐데."

아이처럼 놀라는 나정의 얼굴을 정우는 빤히 직시했다.

"익숙한 길을 돌던 참에 어디선가 비명을 들었어요. 새벽 기도를 나가시던 할머니에게 웬 낯선 남자가 달려들고 있더군요."

나정의 미간이 살며시 찌푸려졌다. 뭔가 익숙한 이야기였다. 낯설지 않은 그림이 머릿속을 파고들었다.

"할머니는 가방을 날치기당한 것보다 그 속에 있는 남편의 사진을 잃어버렸다는 것에 눈물을 흘리셨습니다."

"……."

"왜인지 모르겠지만 아버지 생각이 났어요. 그래서 무작정 달려들었죠. 무모한 짓이었어요. 날치기범 손에 칼이 들려 있을 줄은 예상 범위에 없었으니까요."

"……팀장님."

"결국 난 손가락을 찔렸고, 더는 범인을 쫓아가지 못하게 됐습니다. 그리고 한 여고생을 만나게 됐죠."

"잠깐만요. 이 이야기……."

나정은 말을 잇지 못했다. 정우가 부드럽게 그녀의 뺨에 손을 얹었기 때문이었다. 그날의 흉터가 정확히 그의 약지에 여전히 상흔으로 남아 있었다.

"무턱대고 범인을 쫓아가는 게 참 대책 없다고 생각했는데, 언제부턴가 궁금해지더군요. 고작 열일곱밖에 되지 않은 여고생이 그렇게까지 달린 이유가 뭐였을까. 정말 불의를 참지 못해서 그랬던 걸까."

"……."

"착각일지 몰라도 내 눈에는 달리 보였습니다. 뭐랄까. 나처럼 꼭 절박해 보였달까."

뻣뻣하게 굳은 나정의 눈두덩을 정우는 다정히 쓸어주었다.

"나한테 은나정 씨는 늘 그리워하고, 마음을 억눌러야만 하는 대상이었는데."

"……."

"그럼에도 사랑하길 잘한 거 같네. 아니, 사랑할 수밖에 없었겠지."

파도처럼 일렁이는 나정의 말간 눈동자를 보며 정우는 옅게 미소 지었다.

"사랑하니까 여기까지 올 수 있었다는 확신이 들거든."

"……."

"고마워요. 포기하지 않고 은나정 씨 인생을 살아줘서."

그제야 나정은 알 거 같았다.

'나정아.'

'고마워.'

'열심히 살아줘서.'

'포기하지 않고 여기까지 달려와 줘서 고맙다는 말 꼭 하고 싶었습니다.'

언젠간 그에게 들었던 그 고백이 사실은 먼 과거에서부터 시작된 고백이었다는 걸. 나정은 입을 틀어막았다. 눈물이 터질 거 같았다.

"……왜 말씀 안 하셨어요? 전 그것도 모르고."

나정에게도 그날의 기억은 선명히 남아 있었다. 그림에 대한 갈증이 유독 심해져 마음이 슬픈 날이었다. 학교까지 걸어가면 기분이 나아지지 않을까 싶어서 아침 일찍 집을 나섰다. 걷는 내내 고민했다. 이제 그만 그림에 대한 마음은 접지 않는 게 좋지 않을까. 이룰 수 없는 꿈을 꿔서 여태 괴로운 게 아닐까. 절망 속에 갇혀 있던 와중에 그 상황을 맞닥뜨리게 됐다.

"……모자를 깊이 눌러쓰고 있어서 그 잘생긴 대학생 오빠가 팀장님일 줄은 전혀 몰랐어요."

나정의 눈에서 눈물이 주르륵 흘러내렸다. 범인을 잡고 돌아왔을 때 정우의 모습은 찾아볼 수 없었다. 숨이 벅차도록 달린 탓일까. 나정의 괴롭혔던 상념은 말끔히 사라진 후였다. 오히려 자신이 그림을 여전히 좋아한다는 사실을 자각하며 꿈을 놓치지 않을 수 있었다. 그리고 종종 생각하곤 했다. 그 오빠는 잘 지내고 있을까, 그런 소소한 것들에 대해서.

"그런 줄도 모르고 저는 팀장님이 인간미 없다고 생각했는데."

"다시 말해 봐요."

"……네? 아. 방금 건 말실수예요. 인간미 없다는 건 예전에 그랬다는 거지, 지금은 절대 아니에요."

"그게 아니라 잘생긴 오빠라면서."

나정이 눈물을 뚝 멈추며 정우를 올려다보았다. 그의 입가에 장난기 가득한 미소가 드리워 있었다.

"이럴 거면 좀 더 빨리 들이댈 걸 그랬나."

그가 다시금 나정을 가득 껴안으며 기쁨 섞인 한숨을 내쉬었다.

"그래도 내 곁에 와줬으니까."

"……."

"그거면 충분합니다."

10년 넘게 이어진 길고 지독한 짝사랑이 드디어 종지부를 찍는 순간이었다. 한동안 두 사람은 껴안은 채 서로의 숨소리를 들으며 미소 지었다. 문득 먼발치에 있는 한 회장의 저택이 나정의 눈에 들어왔다. 여전히 한 회장의 서재에 불이 켜져 있었다.

"한 회장님이 우리 보고 계시면 어떡해요?"

"글쎄요. 당장 내일이라도 식을 올리라고 하면 좋을 거 같긴 한데."

"아, 팀장님!"

놀라 발버둥 치는 나정을 정우는 절대 놓아주지 않았다. 꽉 끌어안으며 나정의 자그맣고 둥근 이마에 입을 살며시 맞추었다.

* * *

"한창 좋을 때 아니랄까 봐. 쯧쯧. 대낮부터 아주 좋은 거 보여
주는구만."

나정의 염려대로 한 회장은 유리창에 서서 여전히 부둥켜안고
있는 두 사람을 지켜보는 중이었다. 혀를 차는 모습을 보이면서도
그는 입가에 번진 미소만큼은 거두지 못했다.

정우와 나정이 손을 맞잡은 채 멈췄던 길을 다시 걷기 시작했을
때 한 회장은 등을 돌려 책상으로 다가왔다. 베이지 색감의 쇼핑
백이 고스란히 놓여 있었다. 나정이 떠나기 전, 제게 주고 간 것
이었다.

'이거 별거 아니긴 한데, 그래도 드리고 싶어서요.'

한 회장은 무심한 손길로 쇼핑백에 담긴 액자를 꺼내 들었다. 그
안에 담긴 무언가를 본 순간 그만 허허, 크게 웃어버렸다. 나정이
가지고 온 것은 바로 한 회장의 얼굴을 담은 그림이었다. 어디서
사진을 구한 건지, 지금보다 5년은 더 젊은 시절 그의 얼굴이 정
성스럽게 그려져 있었다.

"아마추어라더니."

꽤나 괜찮은 그림 실력이었다. 한동안 나정의 그림을 감상하던
한 회장은 고용인 한 명을 서재에 불러들였다. 그리고 나정이 주

고 간 선물을 서재 중앙에 걸어 두라는 지시를 내렸다.

* * *

"조심히 들어가요."

담백한 인사에 나정이 안전벨트를 풀다 말고 옆을 돌아봤다. 운전을 끝마친 정우의 입가에 미소가 번져 있었다. 어느 때보다 편안해 보이는 미소였다.

"오늘 수고 많았습니다."

"수고라뇨. 수고는 팀장님이 하셨죠."

정우가 가진 아픔을 온전히 다 알게 되며 나정이 든 생각은 단 하나였다.

"그래서 말인데 한 번만 더 힘쓰면 안 될까요?"

그게 무슨 말이냐며 정우의 긴 눈매가 가늘어졌다. 뜸을 들이던 나정은 바로 옆에 보이는 그녀의 집 대문을 바라보며 작게 중얼거렸다.

"저도 부모님께 팀장님을 인사시키고 싶어서요."

정우의 까만 동공이 잠시 팽창됐다가 본래의 크기로 돌아왔다.

"무슨 의미인지 알고 하는 말입니까?"

"……네."

나정이 천천히 고개를 끄덕였다. 정우의 눈빛이 한층 짙어지는 게 선연히 느껴졌다.

"오늘 아침에 엄마가 제 복장을 보고 그러시는 거예요. 결혼할 남자친구를 데리고 오면 이렇게 입고 상견례에 가면 좋겠다고."

그 말에 당장이라도 보답하고 싶은 마음이 드는 건 왜인지 모르겠다. 아마도 확신이 들어서 그런 걸까. 나정에게 연애는 아직 낯선 세계였다. 결혼은 더더욱 그랬다. 즐길 거 다 즐겨보고 결혼해야지, 신중하게 생각해야지, 수도 없이 다짐했지만, 정우 앞에만 서면 그 생각은 힘을 발휘하지 못했다.

무엇보다 한 회장에게 나정과 결혼하고 싶다는 정우의 두 눈에는 작은 망설임조차 찾아볼 수 없었다. 굳건했고, 견고했다. 이 여자가 아니면 절대 안 된다는 그의 단호함에 마음이 설탕처럼 녹아버린 탓일까. 나정은 불현듯 조급해졌다. 이 남자가 자신에게 흠뻑 빠진 이 순간을 절대 놓치면 안 될 거 같다는 생각이 들었다.

"혹시 부담되면 다음에 봐도 괜찮아요. 팀장님도 저한테 준비할 시간을 줬잖아요. 그러니까……."

'달칵.'

예고 없이 운전석 문이 열렸다. 정우가 가벼운 몸짓으로 차에서 내리며 보조석으로 다가왔다. 그리고 차 문을 열곤 멍한 표정의 나정을 향해 손을 내밀었다.

"가죠."

"……."

"바라던 순간인데, 내가 놓칠 거라고 생각했습니까?"

나정은 아무 말도 하지 못했다. 정우의 입가에 전과 다른 미소가 번져 있었다. 그것은 기쁨이었고, 행복이었다. 커다란 그의 손을 조심스레 맞잡았다. 두 사람은 손을 단단히 깍지 낀 채 함께 대문을 넘어섰다. 진희와 도권이 정성스럽게 가꾼 푸른 마당을 지나 현관문 앞에 선 순간이었다. 나정은 호흡을 크게 들이켜며 도어록에 손을 댔다.

'삐삐삐삐. 삐리릭.'

잠금장치가 해제되며 문을 잡아당기자 고소한 냄새가 바람처럼 실려 와 코끝을 자극했다.

"나정이니?"

"언니야?"

"때맞춰서 잘 왔어, 딸. 아빠가 막 꽃게탕 해뒀어. 손 씻고…….'

반가운 마음에 신발장까지 한걸음에 달려온 도권은 멈칫하며 손에 든 국자를 툭, 내려놓았다.

"여보. 뭐 해요? 나정이는요?"

뒤를 이어 진희가 등장하며 도권의 곁에 섰다. 그녀는 눈앞에 펼쳐진 광경에 말을 잇지 못하며 입을 틀어막았다.

"엄마. 국 다 식어요. 언니는 여태 신발장에서 뭐 해?"

마지막으로 나람이 신발장으로 다가왔다.

"응? 언니. 옆에 그분은…….'

정우를 발견한 나람의 얼굴에 화색이 돋아나기도 잠시. 맞잡은 손을 발견한 그녀가 기함하며 소리쳤다.

"대박! 뭐예요? 진짜 제 형부 된 거예요?"

그제야 정우가 입을 열었다. 나정의 손을 더욱 단단히 쥔 채 허리를 숙이며 자신을 소개했다.

"안녕하십니까. 은나정 씨 남자친구 한정우라고 합니다."

"세상에…….'

"여, 여보!"

"엄마!"

다리에 힘이 풀린 진희가 그대로 바닥에 주저앉자 도권이 서둘러 그녀의 허리를 받쳐 안았다. 실신할 거 같은 얼굴로 정우를 바라보던 진희가 다급한 목소리로 말했다.

"여보. 내 볼 좀 꼬집어봐요. 아니야. 뺨을 쳐봐요. 있는 힘껏 세게 쳐봐요."

"아이, 어떻게 당신 뺨을 쳐요. 고운 피부에 자국이라도 남으면 어떡하려고."

"꿈일까봐 그래요. 이거 꿈이면 안 되는데. 절대 안 되는데……."

"꿈 아니에요, 엄마."

나정이 다급히 진희의 곁으로 달려왔다.

"저, 정말? 꿈 아니야? 나 꿈꾸고 있는 거 아니니?"

"네. 아니에요."

"그럼 진짜로……."

진희의 두 눈이 다시 정우에게로 향했다. 그때나 지금이나 조각상보다 더 잘난 외모에 그녀는 말을 잇지 못했다. 정우가 부드럽게 웃으며 한 걸음 다가왔다.

"정식으로 인사드리고 싶어서 찾아뵙게 됐습니다."

"정식으로라면……."

"네. 은나정 씨와 결혼을 전제로 만나고 있습니다. 어머님과 아버님 허락 맡고 싶어서 실례를 무릅쓰고 찾아왔습니다."

"주여……."

이 모든 게 꿈이 아니었다는 것에 진희는 그대로 의식을 놓았다. 파도처럼 밀려오는 기쁨을 감당하지 못해 일어난 사태였다.

"엄마!"

"여보, 정신 차려요!"

"니야아아옹."

나정의 방에 있던 토루까지 출몰해 진희의 상태를 살폈다. 한동안 고성이 오가며 집안이 시끌벅적했다. 모두가 진희를 중심으로 둘러앉아 그녀의 정신을 깨우기 위해 아등바등 소리치기 바빴다. 그야말로 거하게 치른 환영식이 아닐 수 없었다.

* * *

한 달 후.

나정은 사뭇 설레는 얼굴로 거울 앞에 서서 옷매무새를 정돈했다. 특별한 날인만큼 평소 보지 못한 오프 숄더의 나염 무늬 원피스가 그녀의 몸에 입혀져 있었다. 긴 머리에는 굵직한 웨이브가 들어가 여성스러움을 한껏 살려주었으며 반묶음까지 더해주자 사랑스러운 분위기까지 물씬 풍기었다.

"우리 딸 너무 예쁘다."

진희가 흐뭇한 눈으로 나정의 옷맵시를 감상했다.

"나은이랑 나람이가 고생해서 고른 보람이 있네."

"비싼 옷은 아니겠죠?"

"글쎄."

진희가 모호한 미소를 지었다. 나정이 입은 원피스는 얼마 전 나은과 나람이 함께 모은 돈으로 구매한 것이었다. 나정의 그림이 브랜드 전시회 전에 걸린다는 소식을 듣고 깜짝 선물한 원피스였다.

'엄마. 절대 언니한테 얼마 줬다고 하지 말아요. 언니 성격에 호들갑 떨게 뻔해서 그래요.'

  원피스 한 장에 백만 원을 줬다고 하면, 나정은 당장이라도 환불하러 갈 게 뻔했다. 혹은 그 이상으로 동생들에게 선물을 할지도 모른다. 입이 근질거리는 것을 꾹 참으며 진희는 핸드백을 나정에게 내밀었다.

  "늦은 건 아니지?"

  "네. 지금 출발하면 딱 맞아요. 엄마도 오실 거죠?"

  "……응? 나? 당연히 가야지."

  가기야 하겠지만, 어쩌면 얼굴을 볼 수 없을지도 모르겠다는 말을 진희는 과감히 집어삼켰다.

  "그나저나 전시회 끝나면 바로 괌으로 떠난다고 했던가?"

  워크숍 때 얻어낸 포상 휴가를 회사 스케줄상 전시회가 끝난 후에 즐기기로 결정이 났다. 올 하반기 처음이자 마지막이 될 달콤한 휴가였다.

  "방에 있는 캐리어가 그 짐인 건가?"

  나정의 열린 방문 너머로 빨간 캐리어 하나가 보였다.

  "일단 생각나는 대로 싸긴 했는데, 오늘 와서 다시 살펴보려고요."

  "그래, 알겠어. 엄마는 시간 맞춰서 갈게."

  "네. 그럼 다녀올게요."

  나정은 하얀 플랫 슈즈에 발을 집어넣으며 문을 열었다. 쏟아지는 여름 햇살이 눈부시게 화창했다.

* * *

'세현'의 의류 브랜드 전시회는 강남의 한 갤러리에서 이루어졌다. 신상품을 전시회로 소개하는 경우는 생소했기에 여기저기서 호기심이 담긴 기사가 쏟아졌다.

나정은 갤러리와 이어진 계단에 서서 고개를 높이 들어 올렸다. 전시회를 예고하는 커다란 현수막이 여름 바람을 맞아 살랑거렸다. 회사에서 대여한 갤러리 관은 나정과도 연이 있는 곳이었다. 몇 달 전 정우가 보여줄 게 있다며 동창에게 연락해 단독으로 '오서화' 작가의 개인 전시회 전을 감상했던 바로 그곳이었다.

"내 그림이 오서화 작가님이랑 같은 곳에 걸리다니."

생각만으로도 가슴이 벅찼다. 설레는 발걸음으로 갤러리에 도착한 때였다. 익숙한 얼굴들이 하나둘씩 보였다.

"나정 씨 지금 온 거야?"

"어? 이 과장님. 일찍 오셨네요."

"한 팀장님한테 연락 못 받았어? 1시간은 더 일찍 출근하라고 문자 줬잖아."

"……네?"

무슨 소리지, 이게. 그런 연락은커녕 어제 정우와 마지막으로 나눈 메시지는 잘자라는 담백한 인사가 전부였다.

"아, 오 대리님. 그 위치 아니라니까요."

"아니, 아까는 여기가 맞다면서."

"김세나 감독님 이야기 못 들으셨어요? 정중앙인 듯하지만, 입구에서 보는 위치와 맞닿아야 한다고 했잖아요. 지금은 너무 정중앙이라고요. 이럼 그림에 시선이 가겠어요? 들어오자마자 눈에 확 박혀야 하는 게 포인트인데."

사다리에 앉아 액자의 위치를 조정하던 오 대리가 신경질적으로 혜나를 내려다봤다.

"혜나 씨 그렇게 안 봤는데 원래 이렇게 예민하고 까칠한 사람이었어? 누가 보면 내가 혜나 씨 부하직원인 줄 알겠어?"

"까칠한 게 아니라 프로페셔널한 거죠. 오 대리님이 제 사수라는 이유로 솔직하게 말해야 할 걸 말하지 못하는 게 더 안타깝지 않을까요?"

이게 대체 무슨 광경인 걸까. 나정은 눈앞에서 투덕거리는 두 여자를 멍하니 바라보았다. 이 과장이 곁에 와 작게 속닥거렸다.

"아침부터 저러고 있어. 벌써 30분 째야."

나정은 천천히 두 사람 곁으로 다가갔다. 인기척을 느낀 혜나가 언제 그랬냐는 듯 표정을 굳히며 몇 걸음 물러섰다.

"착각하지 말아요. 난 내 본업에 충실한 거니까."

"그래 보여요."

나정의 담백한 대답에 혜나의 눈이 커다래졌다. 하지만 금세 목소리를 가다듬으며 획 돌아섰다.

"전 이만 다른 스케줄이 있어서요."

나정은 입술을 가린 채 낮게 웃었다. 멀어져가는 혜나의 귓불이 붉었다. 그래도 그녀의 안목 덕분인지 나정의 그림은 가장 좋은 곳에 자리를 잡게 됐다. 예전에 세나가 언급했던 대로 갤러리에 방문하자마자 눈길을 사로잡는 그 위치였다.

길을 따라간 끝에는 나정의 그림이 곧 인물화가 되는 영상이 전시회장 정중앙에 커다란 스크린 화면으로 진행되는 것을 볼 수 있었다.

"와, 강하진이 모델계 대세이긴 하나 봐요."

영업팀 직원 중 한 명이 영상 속 남자를 보며 감탄을 잇지 못했다. 요즘 가장 핫하다는 '강하진'을 남자 모델로 섭외하는 데 가장 큰 일조를 한 사람이 있다면 단연 영업팀 소속의 최진원 대리였다.

"영상 보니까 어때요? 좀 실감이 나요?"

때마침 진원이 음료 한 잔을 들고 나정에게 다가왔다. 음료를 받아 든 나정은 한동안 벅찬 눈으로 영상을 바라봤다.

"그냥 꿈만 같아요."

"그 기분 오늘은 실컷 즐겨요."

"감사해요, 대리님. 좋은 모델 섭외하려고 노력 많이 하셨다면서요."

"그게 내 일이니까요. 덕분에 마스크 좋은 신입 모델도 찾아냈잖아요."

그 모델이 태오와 나은이란 것은 아무도 모르는 사실이었다. 20대 초반의 어린 모델을 섭외하기 위해 많은 모델이 언급됐는데, 그중에 요즘 떠오르는 잡지 모델이라며 누군가 태오와 나은의 사진을 가져왔을 때 얼마나 식겁한지 모른다. 만일의 상황에 대비해 나은에게 귀띔해주자 돌아온 반응은 어떠했나.

'싫다고 해봐. 그땐 진짜 언니 원망할지도 몰라. 설마 내 밥줄을 끊어내려는 건 아니지?'

결국 두 손 두 발 들 수밖에 없었다. 이제 와 뭐가 됐든 나은이 하고 싶은 게 이 길이라면 기꺼이 응원해주고 싶다는 마음뿐이었다. 중요한 건 내 인생의 주인인 내가 가장 행복한 거니까.

"앞으로 30분 후면 본격적인 행사가 시작되겠어요. 한 시간 후에는 런웨이도 시작될 텐데, 혹시 은나정 씨도 강하진 씨 팬이면 사인 한 장 정도는 받아줄 수 있어요."

"아, 그럼 저야 영광인데······."

나정의 얼굴에 화색이 돈나 싶다가도 누군가를 발견하곤 급히 입을 다물었다.

"할 이야기가 꽤 많나 봅니다?"

누가 들어도 까칠한 음성의 주인공은 다름 아닌 정우였다. 언제 나타난 건지 그가 나정과 진원의 등 뒤에 서 있었다. 잔무늬 체크의 남색 슈트와 연하늘색 셔츠를 입은 그는 오늘도 완벽하고 더없이 깔끔한 핏을 자랑했다. 전시회를 도와주기로 한 타 회사 관계자들이 정우를 힐끔거리는 게 노골적으로 느껴질 정도였다. 그걸 아는지 모르는지 정작 당사자의 시선은 나정에게 꽂혀 있었다. 옆에 있는 진원을 차갑게 응시하는 눈빛도 숨기지 않았다.

"업무적인 대화는 좀 봐주시죠?"

진원이 느긋한 태도로 나오자 정우의 표정이 한층 더 가라앉았다.

"미안하지만 내가 그렇게 인심이 넓은 사람이 아니라."

"뭐, 어련하시겠습니까. 어쨌든 나정 씨 생각 있으면 2시쯤에 백스테이지로 와요."

진원이 눈치껏 자리를 빠져주자 나정은 자연스레 정우의 시선을 의식했다. 다행히 그가 워낙 까칠하고 예민한 성격으로 유명한 터라 두 사람이 함께 있는 모습을 수상하게 여기는 사람은 주변에 아무도 없었다.

"한눈만 팔면 그새 날파리가 꼬이지."

"……날, 날파리라뇨."

진원을 두고 하는 말이 분명했다.

"팀장님은 가만히 있기만 해도 시선이 들끓잖아요."

"신경 안 씁니다."

"저도 신경 안 쓰는데요?"

"그렇지. 신경 쓰는 건 언제나 내 쪽이지."

"아니, 왜 또 말이 그쪽으로 흘러가요?"

정우의 두 눈이 나정의 몸에 걸쳐진 나염 원피스를 느릿하게 훑어 내렸다. 그 의미를 빠르게 알아챈 나정은 한발 물러서서 황급히 덧붙였다.

"나은이랑 나람이가 사준 옷이라 입고 온 거예요."

"예쁘네."

"……네?"

"은나정 씨랑 잘 어울립니다."

나정의 표정이 멍해졌다. 가끔 정우는 나정이 평소보다 옷차림과 화장에 신경을 쓰고 회사에 올 때면 탐탁지 않은 분위기를 풍기곤 했다. 다른 남자들의 관심을 지속해서 받는다는 게 그의 신경을 긁는 듯싶었다. 그러면서도 오직 그를 위해 잔뜩 멋을 부린 나정의 진심을 모르지 않기에 꾹꾹 분노를 누르는 모습을 보고 있으면 이 남자에게도 이런 귀여운 면이 있나 싶었다. 그랬던 남자가 오늘은 나정에게만 들릴 수 있게끔 다정한 목소리로 속삭였다.

"주인공답게 맘껏 즐겨요."

"……."

"오늘 하루는 눈감아 줄 테니까."

그게 무슨 말인지는 전시회가 시작되면서 알게 됐다.

* * *

생각보다 많은 관람객이 끊이지 않고 갤러리를 방문했다. 다들 입구에 발을 디디면 한동안 나정의 그림에서 눈을 떼지 못했다. 나정은 그 광경을 떨리는 마음으로 바라보았다. 얼굴 없는 모델의 상체와 옷이 갑자기 그림에서 영상으로 바뀌기 시작했을 때는 하나같이 감탄을 자아했다. 세나의 탁월한 아이디어가 빛을 발하는 순간이었다. 세계적으로 주목받고 있다는 커리어에 걸맞게 그녀가 선보인 영상은 신선하지만, 회사가 추구하는 자연스러운 이미지를 절대 놓치지 않았다.

화면에 이번 프로젝트의 메인모델인 '강하진'을 다음으로 태오와 나은의 얼굴이 잠깐 비쳤을 때, 나정은 자신의 꿈을 이룬 것처럼 가슴이 벅차올랐다.

"나정 씨, 한참 찾았는데 여기 있었네요."

"아, 세나 씨."

스테이지를 총괄하던 세나가 헤드셋을 낀 채 나정의 팔목을 붙잡았다.

"지금 올라가야지, 늦지 않게 인사할 수 있어요."

"……인사요? 저 그런 이야기 못 들었는데요."

전후 사정 설명도 없이 세나는 나정을 데리고 어디론가 향하기 시작했다. 도착한 곳은 전시회 중앙에 있는 단상이었다. 프로젝트를 함께한 부서의 팀장들이 전시회에 대한 소개와 앞으로 회사가 추구할 방향에 대해 간략히 전달하는 자리였다. 얼떨결에 단상에 올라선 나정은 순식간에 마이크가 손에 쥐어지자 숨을 굳혔다. 어느새 단상 앞에는 많은 인파가 몰려 있었다.

"본격적인 런웨이를 시작하기에 앞서 프로젝트를 총괄하셨던 팀장님들의 인사가 있겠습니다."

사회를 맡은 직원의 목소리를 시작으로 각 부서의 팀장들이 준비한 멘트를 능숙하게 흘려보냈다. 그중에는 정우도 포함이었다.

"기획 1팀의 팀장 한정우라고 합니다."

그가 마이크를 잡자 곳곳에서 시선이 몰려들었다. 존재감만으로 좌중을 압도한다는 말이 절로 나왔다. 쏟아지는 수많은 이목에 긴장이 될 법한데, 정우는 흐트러짐 없는 기색으로 상황을 마주했다.

"이렇게 좋은 날에 좋은 전시회를 열 수 있어서 영광입니다. 팀원 한 분 한 분 정성을 다해 준비한 프로젝트인 만큼 즐거운 마음으로 즐기고 가셨으면 좋겠습니다. 앞서 저희 직원이 전시회를 간략히 소개해드리도록 하겠습니다."

드디어 나정의 순서가 다가왔다. 정우의 시선이 담백하게 날아들자 그녀는 마른침을 꿀꺽 삼켰다. 심장이 널을 뛰듯이 크게 쿵쿵거렸다.

"안녕하세요, 기획 1팀의 사원 은나정이라고 합니다."

마이크를 타고 스피커로 전해지는 음성에 얕은 떨림이 일었다. 하지만 그것도 잠시. 옆에서 느껴지는 정우의 든든한 눈길에 나정은 호흡을 크게 들이켜며 다시금 입을 열었다.

"먼저 오늘 전시회에 찾아와주신 모든 분께 감사의 인사를 전합니다. 어떻게 하면 좀 더 친근하지만 신선하게 대중들에게 다가갈 수 있을까, 많은 동료분이 고민하며 오늘의 전시회를 준비했는데요. 그러면서 고객 분들이 세현의 옷을 찾아주는 가장 기본적인 이유가 뭘까, 그걸 참 많이 고민했던 거 같습니다."

나정의 머릿속으로 팀원들과 함께 머리를 맞댄 채 야근까지 강행하며 프로젝트를 준비하던 나날들이 스쳐 갔다.

"그리고 알게 됐습니다. 상업적인 면을 중요시하고 우선순위로 두는 것도 중요하지만, 저희가 좋아하는 옷, 보여드리고 싶은 옷, 세상 밖으로 빨리 만들어내고 싶은 옷을 기획했을 때 고객 분들이 가장 좋아해 주셨다는 걸요. 덕분에 저도 제가 뭘 할 때 가장 설레는지 알게 됐는데요."

우연일까. 아니면 필연일까. 말을 잇기 무섭게 정우와 눈이 마주쳤다. 남들이 보기에는 무표정한 그의 얼굴이었지만, 나정은 느낄 수 있었다. 까맣고 선명한 남자의 눈동자 속에 담긴 깊은 신뢰와 믿음을.

"비록 조금 늦었을지라도, 그리고 이루지 못할 꿈이라도 시도해 보는 게 좋다는 생각이 들었습니다. 저희가 준비한 브랜드 전시회에도 그 마음을 담기 위해 노력했습니다. 어떤 면에서는 생소하게 느껴질 수도 있겠지만, 그 또한 여러분에게 좋은 추억으로 담길 수 있게끔 최선을 다해 준비했으니까요. 즐거운 마음으로 함께해

주시면 감사하겠습니다. 그리고 제게 좋은 기회를 주신 동료 직원 분들에게도 감사의 인사를 전합니다."

담백한 인사를 끝으로 나정이 허리를 공손히 숙였다. 그와 함께 누군가 손뼉을 쳤다. 정우였다. 그를 시작으로 단상에 선 동료 직원들, 그리고 그 앞을 지키는 관람객들이 박수를 보내자 나정의 입가에 화사한 미소가 피어올랐다. 입사한 이래로 오늘만큼 행복한 적은 없었다. 그림을 포기하고, 취업을 택해야만 했던 과거의 서글픔이 깃털처럼 가벼워지는 기분이었다.

* * *

본격적인 런웨이가 시작되며 가슴을 울리는 비트가 전시회장 곳곳에 울려 퍼졌다. 사람들 모두가 '세현'이 하반기에 내보일 ss 컬렉션을 집중하며 감상했다.

여직원들이 백스테이지에서 옹기종기 모여 모델 '강하진'을 감상하기 위해 몰려 있을 때였다. 어디선가 나타난 긴 팔이 소리 없이 나정의 손목을 끌어당겼다.

"……팀장님?"

커다란 손의 주인은 정우였다.

"잠깐만요. 지금 어디 가시는 건데요?"

"조용히 따라오기만 해요."

두 사람이 도착한 곳은 지하 주차장이었다. 무어라 할 새 없이 나정의 몸이 조수석에 앉혀졌다. 그녀의 몸에 안전벨트까지 착용시킨 정우가 운전석으로 돌아와 지체할 거 없이 시동을 걸었다.

멍하니 앉아 있던 나정이 뒤늦게 정신을 차린 건 차가 주차장을 완벽히 빠져나간 후였다.

"……팀장님. 우리 어디 가는 거예요?"

"보라카이로 떠날 겁니다."

"보, 라카이요?"

에메랄드빛 바다로 유명한 장소가 떠오르자 나정은 화들짝 놀라며 되물었다.

"지금요? 당장요? 아니, 저희 모레 괌으로 떠나야 하잖아요."

전시회가 끝나는 대로 미뤄 두었던 워크숍 포상이 이루어질 계획이었다. 정우가 운전대를 돌리며 덤덤히 말했다.

"예정대로 다른 팀원들은 괌으로 떠날 겁니다."

"그럼 저희는요?"

"걱정 말아요. 아무도 눈치채지 못하게 다 손써 뒀으니까."

당혹스러운 마음에 입만 벙긋거리던 나정은 잊고 있던 사실이 번뜩 떠오르자 고개를 크게 내저었다.

"저 짐도 안 가지고 왔어요."

"그건 내가 미리 챙겨왔습니다."

정우가 룸미러로 뒷좌석을 눈짓했다. 나정의 입술이 느슨히 벌어졌다. 오늘 아침 방에서 본 빨간 캐리어가 떡하니 뒷좌석에 놓여 있었다. 익숙한 다른 캐리어도 함께였다.

"저건 저희 엄마 캐리어인데……."

"어머님이 꼼꼼하게 싸주셨겠지만, 혹시 필요한 게 있으면 공항이든 아니면 보라카이 가서 사도 늦지 않습니다."

"아니, 이게……."

나정은 문득 오늘 아침 모호한 미소를 짓던 진희의 얼굴을 떠올렸다. 설마 그 미소가 이런 의미였을 줄이야…….

그 후로는 모든 것이 일사천리로 이루어졌다. 눈 깜짝할 새에 차는 공항에 도착했고, 나정은 너무도 자연스럽게 정우의 손에 이끌려 비행기에 올라타게 됐다. 그의 재킷 안쪽에서 자신의 여권이 나왔을 때는 이 남자의 철저한 준비성과 추진력에 말을 잇지 못했다.

비행기를 타고 보라카이에 도착했을 때는 하늘이 남색 빛으로 물들어 있었다. 예약한 호텔 창 너머로는 말간 바닷물이 천천히 밀려오는 게 보였다. 하지만 그 어떤 풍경도 나정의 환심을 사지는 못했다. 오직 그녀의 시선은 승강기에 올라타기 무섭게 자신을 벽에 가둔 정우에게 꽂혀 있었다. 오롯이 둘만 남게 되자 그의 완벽한 본색이 드러났다.

"이제야 실컷 볼 수 있게 됐네."

나정에게는 익숙한 얼굴이었다. 아니, 오직 그녀에게만 허용되는 표정과 뜨거운 숨결이었다.

"……이러려고 몰래 준비한 거예요?"

"한 달 넘게 마음 편히 안아보질 못했는데. 내가 얼마나 이날을 기다린 줄 압니까?"

프로젝트가 막바지에 다다르며 나정과 정우는 데이트는커녕 맘 편히 서로의 얼굴을 마주 볼 시간도 없었다.

"그럼 당장 호텔로 가면 되잖아요. 힘들게 왜 보라카이까지 왔어요."

"신혼여행지로 나쁘지 않을 거 같아서."

신혼여행. 그 대목 앞에서 나정은 말문이 턱 막혔다.

"여기 말고도 추려놓은 후보가 많습니다. 월차든 연차든 이제 내 허락받고 써요. 결혼 준비하는 동안 부지런히 다녀야 하니까."

"……."

"물론 체력도 아껴 두면 더 좋고."

정우가 넥타이를 느슨히 잡아당기며 고개를 비틀었다. 아무 말도 하지 못하는 나정의 얼굴을 부드럽게 쓰다듬으며 낮은 숨결을 흘려보냈다.

"설마 나만 애탄 건가?"

말없이 정우를 응시하던 나정은 덥석 그를 끌어안았다. 말 못 할 감정이 가슴을 넘실거렸다. 생각해보면 언제나 그녀를 중심으로 살아가던 남자였다. 그 삶이 진정한 행복이라며 아낌없이 사랑을 베푸는 그를 보고 있자니 심장이 터질 것만 같았다.

"고마워요."

"……."

"날 기억해주고, 날 믿어주고, 날 좋아해줘서."

그가 자신을 기억해주지 않았다면. 제 꿈을 믿어주지 않았다면. 그래서 사랑해주지 않았다면.

지금 느끼는 이 수많은 감정을 살면서 느껴보지 못했을 거라고 나정은 감히 확신할 수 있었다. 10년이란 세월을 돌고 돌아 마주한 두 사람에게 남은 것은 단 하나뿐이었다.

"그럼 이제."

"……."

"본능에 충실하기만 하면 되는 건가."

정우가 낮게 속삭이는 동시에 승강기 문이 활짝 열렸다. 누가 먼저랄 것도 없이 두 사람은 손을 맞잡고 예약한 객실로 걸음을 옮겼다.

'달칵.'

객실 문이 닫히며 어둠이 밀려 나왔다. 두 사람은 과감히 그 속으로 몸을 집어넣었다. 서로를 가득 끌어안으며 입을 맞추었다. 응축된 뜨거운 숨결을 맘껏 즐기며 침대 위로 몸을 누였다.

나정은 어둠 속에서도 선명히 빛이 나는 남자의 본색을 지켜보았다. 넓은 어깨를 감싼 재킷이 툭, 떨어지고, 커다란 와이셔츠 단추가 하나하나 풀리며 군살 없는 탄탄한 상체가 드러나자 나정은 팔을 뻗어 정우를 당겨 안았다. 기꺼이 그에게 진한 입맞춤을 선사하며 간절히 바랐다.

함께하는 이 밤이 오늘만큼은 부디 길게 가주기를.

영영 끝나지 않기를.

오직 나에게만, 이 남자의 본색이 드러나기를.

-상사의 본색 Fin-

상사의
본색
외전

외전 1 ━━━

6개월 후.

봄의 기운이 파릇파릇, 얼어붙은 도로 위로 샘솟기 시작한 3월. 오늘도 가장 먼저 기획 1팀에 출근한 나정은 자리에 앉자마자 스케줄러를 차곡차곡 정리했다. 그러다 문득 오늘 저녁 일정 하나를 떠올렸다. 빠르게 종이에 적어 내려갔다.

재현 선배 찾아가기

나정은 여전히 재현이 운영하는 미술학원에 다니는 중이었다. 비록 예전처럼 수업이 있을 때마다 꼬박꼬박 찾아가지는 못하지만, 그래도 일주일에 한 번은 꼭 가려고 노력했다. 다만 오늘은 수업을 듣기 위해서가 아니라 다른 이유로 재현을 만나기로 약속돼 있었다.

"나정 씨. 좋은 아침."

"아, 이 과장님. 오셨어요?"

나정 다음으로 매번 출근 도장을 찍는 주열이 팔에 패딩을 걸친 채 반갑게 웃어 보였다.

"날이 많이 풀리긴 했나 봐. 이제 패딩은 못 입겠어. 회사 입구 앞에 오니까 땀나더라."

"그러게요. 엊그제만 해도 도로가 꽝꽝 얼었었는데."

"이제 4월 되고 5월 되면 완전한 봄이겠지. 그리고 보니까 5월에 워크숍이 있을 텐데, 이번에는 회장님이 무슨 상품을 거셨으려나. 저번 괌 여행도 끝내줬는데. 어떻게 생각해, 나정 씨?"

"어음……."

나정은 무슨 이유에서인지 말을 잇지 못했다. 그도 그럴 것이 5월에 있을 워크숍에 그녀는 참석하지 못할 예정이었다. 아니. 어쩌면 그 워크숍이 4월로 당겨질지도 모른다.

"워크숍은 4월에 진행될 겁니다."

불쑥 들린 낮은 음성에 나정과 주열의 고개가 동시에 돌아갔다. 두 사람 다음으로 부서에 출근하던 정우가 떡하니 등 뒤에서 있었다.

"4월에 진행된다고요? 매번 5월에 진행하지 않았습니까?"

"이번 연도는 예외입니다."

아니, 왜? 그런 눈빛으로 주열이 고개를 갸웃거리자 입을 연 사람은 정우가 아니라 나정이었다.

"……팀장님. 잠깐만 이것 좀 봐주시겠어요? 그리고 과장님. 저번에 재무팀에서 받아오실 파일 하나 있다면서요."

"아, 맞다. 또 깜빡했네. 나정 씨 아니었으면 오늘도 그냥 지나칠 뻔했어. 고마워. 기억났을 때 다녀와야겠다."

호기심에 가득 차 있던 주열이 미련 없이 등을 보이며 부서를 빠져나갔다. 그제야 나정은 참고 있던 숨을 내뱉었다. 그리고 태연자약한 얼굴로 서 있는 정우를 살짝은 원망 섞인 눈으로 올려다보았다.

"……들키면 어쩌려고 그래요?"

"어차피 때가 되면 다 알게 될 텐데, 뭘 그렇게 몸을 사려요."

"그래도……."

"이제 곧 5월의 신부가 될 사람이 말이야."

나정이 서둘러 정우의 입을 틀어막았다. 다행히 주변에 사람이 없어서 망정이었다.

"누가 들으면 어떡하려고 그래요."

반면 정우는 뭔가 이 상황이 만족스럽지 않은 듯 반듯한 눈썹을 추켜올렸다. 두 사람이 연애를 한 지도 벌써 6개월이 넘어가고 있었다. 남들이 보기에 결혼을 준비하기에는 다소 짧은 연애 기간이라고 할지 몰라도 정우에게는 아니었다. 나정을 맘에 담아둔 시간만 무려 10년이었다.

5개월 전.

'신혼여행지로 나쁘지 않을 거 같아서.'

'여기 말고도 추려 놓은 후보가 많습니다. 월차든 연차든 이제 내 허락받고 마음껏 써요. 결혼 준비하는 동안 부지런히 다녀야 하니까.'

꽘이 아닌 보라카이로 함께 떠나며 했던 말은 진심이었다. 정우는 없는 시간을 쪼개 나정과 주말만 되면 여행을 다녔다. 아껴뒀던 연차와 월차를 모두 합쳐 때로는 해외여행도 서슴지 않았다. 그리고 밤이 되면 어김없이 그녀의 몸 위에 군림했다.

'물론 체력도 아껴 두면 더 좋고.'

그 말을 증명하듯 나정을 끝도 없는 쾌감의 진창으로 빠트렸다. 뜨거운 절정을 감당 못 한 그녀의 눈에서 눈물이 또르르 떨어질 때까지 충실하게 그녀를 안고, 또 안았다.

시간이 지날수록 나정을 향한 정우의 마음은 식기는커녕 화마에 내던져진 사람처럼 활활 불타올랐다. 한시라도 빨리 그녀와 매일 아침을 맞이하고 싶은 충동이 수시로 들었다. 나정도 같은 마음이라고 생각했다. 그런데 결혼을 본격적으로 준비하기 시작하면서부터 그녀의 얼굴에 보지 못한 수심이 나타났다 사라졌다. 최근 들어 그 증상이 도드라진 터였다. 방금도 그녀의 얼굴에 잿빛이 떠올랐다가 자취를 감추자 정우가 한껏 짙어진 눈으로 나정의 상태를 살폈다. 그 눈길이 부담스럽게 느껴진 나정은 한 걸음 물러나며 상황을 정리했다.

"가까워지면…… 시기가 가까워지면 제가 직접 회사 식구들한테 말할게요. 지금은 좀 그래요."

아직은 솔직히 털어놓는 게 망설여졌다. 사람들의 눈치가 둔한 건지, 아니면 자신과 정우가 비밀 연애를 잘 유지한 건지 몰라도 두 사람이 사귀고 있다는 사실을 부서에서 아는 사람은 아무도 없었다. 한편 재무팀에서 받아올 서류가 있다던 주열은 부서를 앞둔 복도 앞에 우두커니 서 있었다. 그의 옆에는 오현정 대리도 함께였다.

"아니, 대체 언제까지 여기 서 있어야 해요."

"쓰읍. 오 대리 자꾸 눈치 없이 굴래? 지금 두 사람 사랑싸움 하는 거 안 보여?"

"아니, 그러니까 그 사랑싸움을 왜 애먼 회사에서 하냐고요. 안 그래도 지금 다들 벌써 몇 달째 팀장님 눈치를 보고 있는데."

부서에서 나정과 정우가 교제 중이라는 걸 모르는 사람은 아무도 없었다. 복사기도 알고 있다는 비밀 사내 연애를 언제까지 들키지 않을 수 있을 거라고, 장담하는 것은 그들만의 착각이었다. 팀원들이 두 사람의 연애 소식을 알게 된 건 5개월 전 있었던 프로젝트를 마무리 짓고 괌으로 떠나기 직전이었다.

'근데 왜 한 팀장님은 안 보이시죠?'
'개인적인 일정이 생겨서 못 가신다던데.'
'그래? 나정 씨는? 나정 씨도 안 보이는데.'
'몸이 안 좋다던데.'

뭔가 수상한 낌새를 알아챈 기획 1팀의 직원들은 서로를 바라보며 확신했다. 두 사람에게 뭔가가 있다. 역시나 촉은 빗나가지 않았다.

'세상에. 대박 사건. 오늘 아침에 한 팀장님 차에서 나정 씨가 내리는 거 있죠?'
'같이 출근한 건가?'
'이 정도면 사귄 지 꽤 된 거 같은데. 어떡하죠? 모르는 척해야겠죠?'
'당연히 모르는 척해야지. 한 팀장 성격에 어? 조금이라도 알은 체해 봐. 입에서 육두문자 그냥 나가는 거야. 최대한 포커페이스

를 유지하자고. 혹시나 다른 부서에서 눈치챈 낌새라도 보이면 절
대 아니라고 미친 듯이 물고 늘어져. 그럴 리 죽어도 없다고 말
이야.'

 괜히 다른 부서에서 말이 나와 한 팀장 귀에 들어가면 그의 신
경은 당연히 곤두설 게 뻔했다. 그럼 자연스레 그의 눈치를 봐야
하는 당사자들은 기획 1팀의 팀원들이었다. 그것만큼은 두고 볼
수 없다며 모두가 몸을 사리며 두 사람의 사이를 모른 체했다.
 혹시나 두 사람이 탕비실에 같이 있는 모습을 발견하면 황급히
회로를 변경했고, 같이 승강기를 타려고 하는 모습을 발견하면
비상구 계단을 이용해 퇴근하기도 했다. 두 사람은 알까. 누구 덕
분에 아직도 비밀 연애 아닌 연애를 유지하고 있는지.
"그래서 뭐야, 결혼을 한다는 거야, 만다는 거야."
"결혼? 두 사람 결혼한대?"
주열이 화들짝 놀라며 되묻자 오 대리가 쯧쯧, 혀를 낮게 찼다.
"딱 봐도 사이즈 나오잖아요. 결혼 앞두고 심란한 거지."
"오 대리. 설마……."
남다른 그녀의 눈썰미에 주열이 감탄하며 물었다.
"한 번 다녀온 거야?"
"……죽고 싶어요?"
왜 이야기가 그렇게 흘러가냐며 오 대리가 주먹을 쥐어 보였다.
"농담이지, 농담. 근데 왜 나정 씨 표정이 심란해 보일까?"
"원래 여자는 결혼식 문턱 밟기 전까지 복잡해지는 거예요."
"그렇다는 건 한 팀장님이 확신을 주지 못했다는 건가?"

"아오, 진짜 이 둔한 사람 같으니라고. 그런 게 아니라……. 아니다. 됐어요. 백날 설명해줘 봤자 뭐해. 남자들은 아무리 말해줘도 모를걸. 보니까 이 과장님도 이번 생에 깨닫기에는 글렀어요."

"나 이래 봐도 굉장히 섬세한 남자야."

섬세한 남자가 내 마음을 뻔히 알면서 모른 척해? 그 말이 턱까지 차올랐지만, 오 대리는 냉정히 주열에게서 돌아섰다. 그 모습을 물끄러미 지켜보던 주열이 흠, 소리 내며 턱을 쓰다듬었다. 여전히 나정의 얼굴에 수심이 사라지지 않은 상태였다.

* * *

퇴근하자 나정은 바로 회사를 빠져나왔다. 매일 같이 차를 타고 집으로 향하는 정우에게는 따로 선약이 있다고 말해둔 참이었다. 물론 그 선약의 상대가 재현이란 건 말하지 않았다.

올라탄 버스가 도로를 한창 내달렸을 때였다. 재현의 학원과 그리 멀지 않은 동네에서 하차한 나정은 길 건너편에 있는 카페로 향했다.

'딸랑.'

경쾌한 종소리가 귓가를 울리는 동시에 익숙한 얼굴이 보였다.

"나정아, 여기."

먼저 도착해 있던 재현이 반갑게 손을 들어 올렸다.

"선배, 오래 기다린 거예요?"

"아니. 나도 방금 왔어. 뭐 마실래?"

"음……. 저는 카페모카요."

"그래. 잠깐만 기다려. 금방 주문하고 올게."

재현이 주문을 하러 간 사이, 나정은 자리에 앉아 가방에서 스케치 노트를 꺼냈다. 한 달 전부터 구상한 그림을 꼼꼼히 살펴보는데, 자리로 돌아온 재현이 픽 웃으며 나정의 앞에 카페모카가 담긴 잔을 내려놓았다.

"이제 정우 어린 시절만 그리면 끝나는 건가?"

나정의 스케치북 안에는 정우의 얼굴로 추정되는 그림이 여러 개 그려져 있었다.

"네. 이제 아홉 살 한정우 씨만 그리면 되는데, 눈치챌까 봐 굉장히 조심스러워요."

"일하느라 그림 그리느라, 그리고 프러포즈 준비한다고 정우까지 속이느라 힘들겠어."

나정은 부정하지 않았다. 고개를 푹 숙이더니, 지친 얼굴로 재현을 바라봤다.

"……진짜 아닌 척 연기하는 거 못 해 먹겠어요."

처음부터 연기를 하려던 건 아니었다. 다만 주말마다 데이트하기를 원하는 정우의 눈을 피하기 위해서는 이 방법이 최선이었다. 아니면 그림을 그릴 시간이 없었다. 게다가 결혼식을 앞두고 준비할 것투성이었다.

나정의 식구와 정우네 식구가 한자리에 모이는 상견례도 남아 있었고, 일주일 후에는 웨딩드레스를 고르러 샵에도 가야 했다. 도무지 그림을 그릴 시간이 나지 않았다. 그 때문에 나정은 매일 새벽까지 그림을 그려야 했다. 날마다 쌓인 피로감이 문제였을까. 어느 날 정우가 나정의 눈 밑에 내려온 그림자를 보며 물었다.

'혹시 결혼 준비하는 게 부담스럽게 느껴집니까?'

'네? 부담스럽다뇨?'

'여자들은 가끔 결혼을 앞두고 마음이 싱숭생숭해진다던데.'

나정은 직감했다. 오호라. 이건 시간을 벌 수 있는 절호의 기회라고. 그런 마음이 들게끔 연기를 해 보이자 정우는 더는 주말마다 나정을 불러내지 않았다. 집에서 푹 쉴 수 있는 시간을 안겨주었다. 물론 그 시간 전부를 나정은 정우의 그림을 그리는데 쏟아부었다.

"이런 촉박한 와중에도 프러포즈를 먼저 해야겠다고 마음먹은 이유가 궁금하네."

나정이 재현에게 도움을 청해온 건 불과 한 달 전이었다. 수업이 끝나고, 모두가 귀가한 때였다.

'저 선배, 혹시 시간 괜찮으면 저 좀 도와주실 수 있을까요?'

'응. 당연히 되지. 뭐 어떤 건데?'

'사실은 제가 한정우 씨한테 프러포즈할 생각이거든요.'

'……프러포즈?'

보통은 프러포즈를 받기를 원할 텐데, 손수 프러포즈를 하겠다는 나정의 고백에 재현은 흥미로운 얼굴로 그녀의 이야기를 들어주었다.

'그러니까 정우의 일대기를 그려보고 싶다는 거지?'

'네. 근데 그 그림들을 보여줄 장소가 마땅치 않아서요.'

'그건 걱정 마. 내 동창 중에 갤러리를 운영하는 녀석이 한 명 있거든.'

'설마 그분……, 한 팀장님이랑도 동문이신가요?'

'응. 그걸 나정이 네가 어떻게 알아?'

나정도 그 갤러리를 방문한 적 있었다. 다른 사람도 아닌 정우가 직접 데리고 간 곳이었다. 그곳에서 평소 애정하던 오서화 작가의 개인 전시회를 봤던 게 어제 일처럼 새록새록 떠올랐다.

그 커다란 장소에서 자신의 그림을 건다는 게 믿기지 않았다. 무리라고 생각했지만, 재현은 워낙 친한 친구이기도 하고 새로운 전시회를 앞둔 며칠 전에는 모든 그림을 내리기 때문에 그 시간을 이용하면 된다고 나정을 안심시켰다. 나정은 더더욱 한 땀 한 땀 정우를 정성스럽게 담아내려고 노력했다. 이렇게 좋은 기회를 허투루 넘길 수 없었다.

"매번 받기만 한 거 같아서요."

나정이 신중한 목소리로 대답했다.

"생각해보면 한 팀장님은 제 가능성을 알아봐 준 사람이잖아요."

지금까지 그림을 그릴 수 있는 것에도 어떻게 보면 정우의 역할이 컸다. 그가 자신을 기억해줬기 때문에, 그리고 10년이란 긴 시간 동안 좋아해 줬기 때문에 가능한 일이었다. 기적이 아닐 수 없었다.

언젠간 그에게 물은 적이 있었다.

'팀장님은 대체 제 어디가 좋았던 거예요?'

'저번에 말하지 않았나? 여전히 잘 뛰어서 설렜다고.'

그와 사귀기 전에는 그게 무슨 말인가 싶었는데, 이제는 누구보다 잘 알고 있다. 그는 꿈을 잃지 않고 여전히 노력하는 나정의 모습을 좋아한 것이다.

살다 보면 노력해도 목표를 이루지 못하는 경우가 빈번했다. 그때마다 나정은 절실히 느낀 게 있었다. 유일하게 확실한 것은 '인생' 자체가 불확실하단 거였다. 목표를 정하고 끊임없이 달려도 원하는 결과를 얻어내지 못할 수도 있는 게 인생이었다.

하지만 누군가 나의 노력을 알아준다는 것. 꼭 결과가 좋지 않더라도 그것을 이루기 위해 치열하게 살아왔던 과정 하나하나를 기억해 준다는 것. 그리고 그 모습이 다른 누군가에게 기폭제가 되어 희망을 안겨준다는 것만으로 꽤 괜찮은 삶을 살아온 게 아닐까, 하는 마음이 들었다. 그러니 그런 생각을 하게 해준 정우에게 어떻게든 보답하고 싶었다.

"제가 느낀 이 감정을 팀장님에게도 똑같이 느끼게 해주고 싶어요."

나정의 진심을 전해 들은 재현은 특유의 미소를 지었다.

"그렇다고 너무 무리는 하지 말고."

"네. 오늘은 집에 가서 푹 쉬려고요."

"그래, 내가 도와줄 게 있으면 언제든 연락하고."

"고마워요, 선배."

"별말씀을."

"아, 맞다. 선배 전부터 궁금한 게 있었는데, 질문해도 돼요?"

"하나만 하려고? 열 개까지는 생각해볼게."

너그러운 대답에 나정은 전부터 줄곧 묻고 싶었던 의문점을 조심스레 터트렸다.

"선배는 왜 여자친구를 안 사귀는 거예요?"

정우를 통해 듣게 됐다. 대학생 때 잠깐 CC를 했던 여자친구 이후로 재현에게 더 이상의 여자는 없었다고. 옛 연인이 주는 추억과 향수가 강해서 그러나 싶었지만, 그건 또 아니라고 했다.

"그게 궁금했어?"

"그냥 살짝 이해가 안 가서요. 혹시 곤란한 질문이면 대답 안 해줘도 돼요."

나정이 괜찮다며 손을 좌우로 흔든 찰나였다.

"좋아하는 사람이 있었는데."

"……."

"좋아한다고 말하지 못했어."

"……."

"내가 그 사람의 가치를 뒤늦게 알아봤거든."

"아……."

잠시 재현의 말을 곱씹던 나정이 안타까운 눈빛을 내비쳤다.

"타이밍이 안 맞았던 거네요."

"그런가?"

"솔직히 저는 선배라면 마음먹기에 달려 있다고 생각하거든요. 연애하고 싶다면 얼마든지 가능하다고 해야 하나. 선배, 학교 다닐 때 인기 많았잖아요."

재현의 주변에는 언제나 사람이 넘쳐났다. 모난 곳 하나 없지만, 존재감은 뚜렷한 재현을 선후배 동기 할 거 없이 좋아했다.

"분명 더 좋은 사람 만날 거예요."

　확신에 찬 나정의 음성을 들으며 재현은 그저 부드러운 미소를 지어 보일 뿐이었다. 프러포즈를 성황리에 마치기 위한 계획에 대해 30분 정도 이야기를 나눈 무렵이었다.

"저 동생들이 초밥 좀 포장해 오라고 해서요. 즐겨 찾는 가게가 아홉 시면 문을 닫거든요. 먼저 일어나 볼게요. 오늘 고마웠어요, 선배."

"그래. 조심히 들어가."

　나정이 먼저 카페를 빠져나가자 웃음기 맺혀 있던 재현의 입꼬리가 스르르, 내려앉았다.

"좋은 사람이라……."

　그런 사람을 여태 만나지 못했기 때문에 아직도 연애를 못 하는 중이었다. 그리고 그 사람이 방금까지 눈앞에 있던 나정이란 걸 재현은 솔직하게 털어놓지 못했다.

　정우의 부탁으로 동아리 방에서 나정의 그림을 처음 본 순간부터였을까. 아니면 눈을 빛내며 재현을 바라보는 그 무구한 얼굴 때문이었을까. 언제부터인지 몰라도 재현은 대학 생활을 하는 내내 나정을 생각하지 않은 적이 없었다. 그녀의 아이 같은 순수한 미소가 좋았고, 그녀의 남다른 열정이 좋았다. 하지만 거기서 멈춰야 했다. 말 그대로 그 아이의 그런 면을 먼저 발견한 건 자신이 아니라 정우였다. 재현이 나설 수 있는 자리는 없었다. 물론 이제는 추억에 지나지 않은 감정이지만, 뭐랄까.

'……선배처럼 다정한 사람이요.'

'대학생 때부터 쭉 그랬어요. 다정하고 친절한 사람이 이상하게 좋더라고요.'

'선배, 실은요. 제가 예전부터 선배를…….'

나정이 고백하려던 순간을 떠올릴 때면 덧없는 후회를 곱씹곤 했다. 만약 내가 너를 더 빨리 만났더라면, 정우보다 더 먼저 너를 찾아냈다면 지금의 우리 관계가 달라졌으려나. 그런 의미 없는 가정을 하다 보면 결국 나오는 건 실없는 웃음이었다. 알고 있다. 나정은 정우의 옆에 있을 때 가장 행복해질 수 있다는 걸.

재현은 카페 창문 너머 네온사인 빛으로 물든 도로를 멀거니 바라보았다.

"이 나이에 소개팅이라도 받아야 하나."

평소 느끼지 못했던 외로움이 불쑥 찾아온 밤이었다.

* * *

동네에 있는 일식점에서 초밥을 포장해온 나정은 곧바로 집으로 향했다. 양손 가득 나온이 좋아하는 초밥 세트와 나람이 좋아하는 덮밥 세트를 쥐고 현관에 들어선 참이었다.

"……뭐지?"

웬 남성의 구두가 신발장에 놓여 있었다. 도권의 것이라기엔 멀끔하고 격식 있었다. 그는 평소 공사 현장을 돌아다니는 게 일상인지라 구두보다 운동화를 더 선호했다. 그런데 앞코가 반들반들한 게 낯설지 않은 기분이 들었다. 왜인지 한 남자의 얼굴이 불쑥 떠올랐다.

"형부, 대학교 다닐 때도 인기 장난 아니었죠?"

……형, 부?

나정이 화들짝 놀라며 신발을 냉큼 벗어 던졌다. 복도를 지나 거실에 들어서자 역시나 익숙한 뒤통수가 보였다.

"어머. 나정아, 언제 왔어?"

나정을 제일 먼저 발견한 진희의 알은체에 기다렸다는 듯 거실 중앙에 앉아 있던 남자의 고개가 돌아갔다. 눈이 마주친 나정이 황망한 표정을 지으며 물었다.

"……팀장님이 왜 여기 있어요?"

어떤 연락도 그에게 받지 못했다. 그런데 왜 팀장님이 여기 있는 거냐며 황당한 얼굴로 정우를 바라보자 나람이 대신해 입을 열었다.

"내가 불렀어."

"네가? 왜?"

나람은 쉽게 입을 열지 못했다. 보아하니 접이식 손님상에 포장해온 갖가지 음식들이 드넓게 펼쳐져 있었다.

"너 설마……."

예전에도 이런 비슷한 광경을 맞닥뜨린 적이 있었다. 호기심에 정우에게 연락했다가, 혹시 먹고 싶은 게 있으면 얼마든지 말하라는 정우의 말에 고민하는 기색 없이 생각해둔 메뉴를 주문했던 나람이었다. 그날 저녁 정우가 음식을 한가득 포장해 나정의 집을 방문했다.

"내가 먼저 연락한 거니까 처제한테는 뭐라고 하지 말죠."

"······처, 처제요?"

나정이 두 귀를 의심하며 나람과 정우를 번갈아 봤다. 나람이 입술을 뾰로통 내밀었다.

"그럼 내가 처제지. 뭐라고 불러?"

"그래도 이제 열일곱 된 애한테······."

······라고 하기엔 대체할 말이 없었다. 다만 뭔가 낯부끄러웠다. 정우가 아무렇지 않게 나람과 나은을 대할 때면 정말로 그와의 결혼이 얼마 남지 않았다는 게 실감 났다.

"나정이 너도 저녁 아직이지? 어서 와서 같이 먹어. 글쎄, 한 서방이 스테이크를 포장해온 거 있지?"

서슴없이 정우를 한 서방이라고 부르는 진희를 보며 나정은 아무 말도 하지 못했다. 27년 만에 첫째 딸에게 남자친구가 생겼다는 것도 놀라울 텐데, 6개월도 되지 않아 결혼 이야기가 오가자 나정의 식구들은 노파심을 보이기는커녕 두 팔 벌려 정우를 환영했다. '정우 군'이던 호칭은 금세 '한 서방'으로 바뀌었고, 두 여동생 또한 서슴없이 '형부'를 입에 올렸다.

그뿐인가. 회사에서는 육두문자를 방불케 하는 까칠한 성격의 소유자인 정우가 나정의 식구들 앞에서만큼은 그런 모습을 절대 보이지 않았다. 도리어 어려움 없이 지금의 상황에 적응했다. 언뜻 보면 즐기는 것 같기도 하다.

그는 한 달에 두 번씩은 꼭 나정의 집을 찾았다. 그 지극정성 덕분인지 유일하게 정우를 경계하던 도권도 어느 순간부터 그를 호의적으로 대하기 시작했다. 무엇보다 도권이 정우를 좋아할 수밖에 없는 이유가 있었다.

'……그러니까 나정이가 고등학생 때 붙잡은 소매치기범을 먼저 잡으려 했던 그 젊은 청년이 정우 군이란 건가?'

나정과 얽힌 정우의 사연을 알게 된 도권은 이런 운명이 또 있냐면서 놀란 감정을 감추지 못했다. 그것도 모자라 정우가 그때부터 따님을 마음에 담아 두고 있었다며 털어놓자 도권의 빗장은 완전히 풀려버렸다.

'……정우 군. 자네, 그렇게 안 봤는데 참 진국이야. 어? 사람 볼 줄 안단 말이지.'

그날부터 정우의 방문을 가장 반기는 사람은 도권이 됐다. 그런데 오늘은 어째서인지 그의 낯빛이 좋지 못했다. 평소 좋아하는 복분자를 앞에 두고 수심에 잠긴 표정을 짓고 있었다.
"아빠, 무슨 일 있어요?"
부엌에서 식기를 챙기던 나정이 조심스레 물었다. 함께 도와주던 진희가 한숨을 푹 내쉬었다.
"며칠 후에 한 회장님 뵙기로 했잖니. 그게 내심 걱정인 모양이야."
"저번에 만났을 때는 말씀 잘 나누셨잖아요."
결혼식 날짜를 정하기 전에, 한 회장을 비롯해 정우의 어머니인 혜수와 함께 한정식집에서 식사 자리를 가진 적이 있었다. 평범한 집안도 아니고 무려 세현 그룹의 오녀를 만나는 자리였다.

전날 청심환까지 먹고 갔던 도권은 걱정과 달리 차분한 얼굴로 대화를 나누었다. 도리어 한 회장이 나정에게 참 현명한 아버지를 뒀다며 덕담을 할 정도였다.

"이번에는 그 식구들 전부를 봐야 하니까 긴장이 배로 되나 봐."

"아……."

며칠 후에 있을 상견례 자리에는 세현 그룹의 일가족이 다 같이 모일 예정이었다. 부담을 안 느끼려야 안 느낄 수가 없었다. 게다가 나정은 그 자리에 한 번 참석한 적이 있었다. 따지고 보면 한 회장과 혜수를 제외하면 나정을 반기는 세현의 일원은 없었다. 오히려 잡아먹지 못해 안달이었다. 그 화살이 내일 있을 상견례에서 가족들에게 날아가면 어쩌나 노파심이 들긴 했지만, 정우가 또한 세현 그룹의 일원이란 건 변함없는 사실이었다. 그래서였다.

'그래도 얼굴 한 번은 비추는 게 예의지. 간단히 우리 쪽에서 식사를 준비하는 거로 하지.'

물론 나정은 큰 걱정을 하지 않았다. 한 회장도 그렇고, 혜수도 그렇고 두 사람 다 나정에게 절대적으로 호의적이었다. 그건 나정의 가족에게도 해당하는 사항이었다. 한마디로 든든한 지원자가 두 명이나 있는 셈이었다. 어떤 화살이 나와도 그들이 방패처럼 막아 낼 게 눈앞에 선히 그려졌다.

"아무래도 평범한 집안도 아니고 대기업 자제들을 만나는 거니 긴장이 안 될 수 없겠지."

"엄마도 혹시 부담돼요?"

"글쎄, 나는……."

잠시 고민하던 진희가 해맑게 웃으며 대답했다.

"드라마에서나 봤던 대저택을 두 눈으로 직접 볼 수 있다니까 좀 설레던걸?"

나정은 침묵했다. 이걸 불행이라고 해야 할지 다행이라고 해야 할지. 보아하니 도권을 제외한 식구들은 딱히 상견례 자리를 걱정하지 않는 듯싶었다.

"근데 한 팀장님은 언제부터 와 있던 거예요?"

"한 서방? 퇴근하자마자 바로 왔을걸?"

"……바로요?"

"응. 근데 나정이 너 언제까지 한 서방을 직함으로만 부를 거야? 두 사람 사귄 지 벌써 6개월이 넘어가는데."

"……제가 알아서 할게요."

정우를 주로 보는 장소가 회사이다 보니 직함이 자연스레 입에 붙을 수밖에 없었다. 남들처럼 자기라든지, 여보라든지, 오빠라든지, 그런 호칭으로 정우를 부르는 게 상상이 가지 않았다. 생각만 해도 등줄기에 소름이 돋아났다.

반면 정우는 도권의 이야기를 들어주면서도 두 눈은 나정에게서 떠날 줄을 몰랐다. 오늘 그가 이곳을 방문한 이유는 하나였다. 아침에 봤던 나정의 파르스름한 낯빛이 자꾸만 신경 쓰였다. 그래서 나정의 막냇동생인 나람에게 SOS를 청했다. 혹시 언니에게 안 좋은 일이라도 생긴 거냐고 묻자 최근에는 그럴 만한 사건이 없었다는 답변이 돌아왔다. 정우는 기쁘기보다 초조했다. 그럼 나정이 결혼을 앞두고 복잡한 심경에 그를 피하는 것밖에 말이 되지 않았다.

"은나정 씨."

"……네?"

나정이 식사를 하다 말고 눈을 들어 정우를 바라봤다. 그가 가족들이 들리지 않게끔 조용히 속삭였다.

"식사 끝나고 잠깐 나 좀 보죠."

"아……, 네."

나정은 어쩐지 불길한 직감이 들었다. 지금 이 상황이 못마땅하다는 감정이 정우의 새카만 눈동자에서 묻어났다. 아무래도 그를 피하는 게 더는 불가능인 것처럼 느껴졌다. 어떡하지. 아직 그려야 할 그림이 두 장이나 남았는데. 이대로 시간을 확보하지 못하면 한 달을 꼬박 넘게 준비한 프러포즈가 무산될 수 있었다.

식사를 끝내자 나정은 가족들이 보드게임에 정신이 팔린 틈을 타 정우를 뒤따라갔다. 마당 한편에 심겨 있는 나무 밑에서 정우가 걸음을 멈추며 뒤를 돌아봤다.

"대체 요즘 왜 이러지?"

"……왜 이러냐뇨?"

"몰라서 묻는 건가."

나정은 주춤 뒤로 물러섰다. 어둠이 내려앉은 정우의 얼굴이 꽤 살벌했다. 마치 처음 기획 1팀에 입사했을 때 그에게서 느꼈던 서늘함이 주위를 가득 둘러싼 것 같았다.

"벌써 한 달째 제대로 된 대화도 나누질 못한 거 알긴 합니까?"

"……"

"이유라도 말해줘야 내가 이해라도 할 거 아니야."

"……팀장님. 사실은요."

"설마 결혼이 이제 와 부담스럽게 느껴지는 건가."

"네? 절대 그럴 리가요. 그게 아니라……."

"그럼."

정우가 한 걸음 다가오며 나정을 빤히 내려다보았다.

"그게 아니면 뭔데."

어떡하지. 지금 상황에서는 어떤 명연기를 펼쳐도 정우가 넘어가 주지 않을 거 같았다.

"설마."

정우가 한쪽 눈썹을 추켜올리며 고개를 비스듬히 세웠다.

"나한테 마음이 식은 건가."

"……네?"

생각지 못한 발언에 나정이 화들짝 놀라며 고개를 들었다.

"그게 아니면 답이 없잖아."

"팀장님. 무슨 소리세요. 마음이 식다뇨."

"가만히 보고 있으면 나 혼자만 애타는 거 같아서 하는 말입니다."

"……."

"알고 있습니다. 은나정 씨보다 내가 더 좋아한다는 거. 이 관계에도 갑과 을이 있다면 명백히 을은 내 쪽이겠지."

"……그런 거 아니에요."

역시 사실대로 말해야 하나. 깊이 고민하며 입술을 달싹거리던 때였다.

"오늘은 이만 가보겠습니다. 상견례 자리에서 보는 걸로 하죠."

"……팀장님, 잠깐만요."

"은나정 씨도 피곤할 텐데 가서 푹 쉬어요. 연락도 없이 찾아온 건 미안합니다. 단지 한 번이라도 더 얼굴을 보고 싶어서 그랬어요."

나정이 서둘러 정우를 붙잡았지만, 소용없었다. 그는 냉랭히 외면하며 등을 돌렸다. 멀어져가는 그의 모습을 나정이 황망한 눈으로 바라보는데, 등 뒤에서 낮은 수군거림이 들려왔다.

"방금 사랑싸움 한 거 맞지?"

"뭐야. 결혼 앞두고."

"한 서방 분명 상처받은 눈빛이었어."

"어떡해요? 우리 형부 상처받았으면?"

……저기요?

나정이 눈을 가늘게 뜨며 나무를 가림막 삼아 숨어 있는 가족들을 바라보았다.

"거기서 뭐 하세요?"

"아니, 두 사람 분위기가 심상치 않길래 걱정돼서 따라와 봤지. 근데……."

이런 상황이 펼쳐지고 있을 줄은 몰랐다며 가족들의 얼굴이 침울해졌다. 그중에서도 진희의 표정이 제일 좋지 않았다.

"사실 오늘 한 서방이 우리 집 방문한 것도 나람이가 먼저 연락해서 그런 게 아니라 한 서방이 먼저 나람이한테 연락해서 오게 된 거거든."

"……한 팀장님이요?"

"그래. 한 번이라도 더 네 얼굴 보려고 온 거 같은데."

그런데 그리 매정하게 떠나보낼 수가 있냐며 가족들이 원망스러운 얼굴로 나정을 바라보았다. 나정은 야트막한 한숨을 내쉬었다. 자꾸만 일이 꼬이는 기분이었다. 정우가 깊이 오해해버린 거 같아 뒤늦게 연락을 취했지만, 그의 목소리를 끝내 들을 수 없었다. 답답한 상황이 며칠째 이어지던 중이었다. 대망의 상견례 자리가 찾아왔다.

* * *

날이 무척 좋았다. 쨍쨍한 햇살이 내려앉은 마당을 가로지르는 도권의 발걸음이 초조했다. 그는 빳빳하게 다려진 양복을 수시로 다듬으며 진희를 향해 물었다.

"여보, 나 넥타이 흐트러지진 않았죠?"

"아이, 참. 몇 번이나 물어봐요. 괜찮다니까요."

도권은 아침부터 이 와이셔츠는 괜찮냐며 진회색 양복은 너무 칙칙해 보이지 않냐며 양말은 시계는 깔끔하게 메탈을 차는 게 낫지 않겠냐며 물음표 살인마가 되어 온 가족을 괴롭히고 다녔다.

"아빠, 긴장 좀 풀어요. 너무 없어 보이잖아요."

보다 못한 나은이 따끔히 일침을 가하자 도권이 화들짝 놀라며 눈꺼풀을 끔뻑거렸다.

"어, 없어 보여?"

"그래요, 저번에 한 회장님 독대할 때처럼 편한 모습으로 있어 보세요."

"그거야 나도 그러고 싶지."

도권은 엄연히 이 집의 가장이었다. 가장답게 상견례 자리에서 책임감 있는 모습을 보여야 했다. 그런데 세현 일가의 대가족을 한 번에 만난다고 하니 그동안 수많은 클라이언트와 미팅을 했다지만, 오늘처럼 떨린 적은 없었다.

"그나저나 나정이는 왜 안 나와?"

"아, 언니. 뭐 챙길 게 있다고 하던데."

"금방 가요."

때마침 나정이 문을 열고 나왔다. 가족들은 멍하니 나정이 돌계단을 내려오는 모습을 감상했다. 그녀의 몸을 감싼 새하얀 원피스 자락이 발을 내디딜 때마다 나비의 날갯짓처럼 부드럽게 펄럭였다.

"아무리 내 딸이라지만 너무 예쁘지 않아요?"

진희가 감격에 찬 목소리로 말했다.

"그러게나 말입니다. 우리 나정이 처음 세상에 나왔을 때가 생각나네."

"3kg도 안 되는 쪼꼬미가 언제 저렇게 컸을까요."

"자자, 추억은 집에 와서 젖어도 늦지 않으니까 빨리 차 시동부터 걸어요. 지금 출발해야지 늦지 않게 도착할 수 있단 말이에요."

나람이 상황을 재빠르게 정리하며 앞장서 걸어갔다. 그 뒤를 나은과 나정이 뒤따랐다. 그 모습을 도권과 진희가 흐뭇한 눈으로 감상했다. 눈에 넣어도 안 아플 세 자매가 언제 이렇게 커버린 건지. 저마다 어울리는 색감의 원피스를 입고 서로를 바라보며 대

화를 나누는 게 꼭 어렸을 적 나란히 잠든 모습을 떠올리게끔 했
다. 그 때문일까. 긴장감에 한껏 굳어 있던 도권의 표정이 한결 풀
려 있었다.

* * *

끝없이 펼쳐진 한 회장의 저택은 가족들의 호기심을 사로잡기
에 충분했다. 유일하게 감흥 없는 표정으로 창밖을 바라보는 사
람이 있다면 나은이었다.

"어머, 세상에. 이 땅이 대체 다 몇 평이야?"

"몇 평이 아니라 몇천 평은 돼 보이는데요?"

"와……. 우리 언니 재벌가에 시집가는 게 맞긴 하구나."

"그런 거 아니라니까."

나정이 단호히 선을 그었다. 정우가 세현 그룹의 일가족은 맞지
만, 그가 이 막대한 땅을 물려받을 수 있느냐는 별개의 문제였다.
언젠간 그가 말한 적이 있었다.

'전에도 말했지만, 나한테 넘겨질 재산은 그리 많지 않을 겁니
다. 어쩌면 한 푼도 못 받을 수 있고.'

그 재산을 받는 건 정우에게 이제야 가지게 된 자유를 도로 내
놓는 것과 다를 게 없었다. 얻어가는 게 클수록 그에 합당한 가
치를 내놓는 게 세현 그룹의 철칙이라면 철칙이었다. 그런 의미
로 그는 돈이 아닌 자유를 택했다. 그래야지만 나정과 좀 더 함

께 있을 수 있었다. 오롯이 서로를 바라보며 연애 생활에 충실할
수 있었다.

'그런 거 바라고 팀장님 만나는 거 아닌 거 알잖아요.'

그건 나정도 마찬가지였다. 괜히 재벌과 결혼한다는 이유로 제
가족들이 세상의 눈치를 보며 생활하는 것만큼은 원치 않았다.
지금처럼 지냈으면 하는 게 나정이 이 결혼에 건 유일한 조건이
었다.
"어? 형부다!"
차가 주차장에 진입한 때였다. 나람이 차에서 내리기 무섭게 혜
수와 대화를 나누고 있는 정우를 향해 소리쳤다.
"어쩜 뒷모습만 봐도 저렇게 잘생김이 묻어날 수 있지."
나람이 황홀한 표정을 지으며 감탄했다. 정우를 형부로 맞이하
게 되면서 나람은 평소 좋아하는 보이 그룹의 덕질을 청산했다.
그리고 새로운 덕질을 하기 시작했다. 다섯 명을 합쳐놓은 비주얼
이 정우의 발끝만큼도 못 미친다는 게 그 이유였다.
"형부!"
나람의 부름에 정우가 뒤를 돌아보았다. 나정은 잠시 입을 다
물었다. 뒷모습만 봐도 잘생김이 묻어난다는 나람의 말처럼 한껏
차려입은 정우에게서는 후광 같은 게 비쳤다. 말끔히 올린 포마
드 헤어와 긴 팔다리에 감긴 스트라이프 무늬 남색 정장은 오늘
따라 더 그가 가진 특유의 서늘함과 날카로움을 도드라지게 했
다. 새삼 이럴 때마다 느끼곤 한다. 내가 저런 사람이랑 결혼을

하는구나.

"오셨어요?"

혜수가 살갑게 나정의 가족들을 맞이했다.

"초대해 주셔서 감사해요."

"더 극진히 대접해 드렸어야 했는데, 밖에서 보자니 보는 눈이 많아서요. 괜히 부담 드릴까봐 성북동으로 모신 건데, 다음에 시간 나면 저희끼리 또 식사 한번 해요."

"그럼 저희야 너무 감사하죠."

혜수와 진희는 친자매가 아닐까 싶을 만큼 죽이 잘 맞았다. 첫 만남부터 물 흐르듯 대화를 이어가던 두 사람이었다. 혜수가 어쩜 그리 세 딸을 똑 부러지게 키웠냐며 칭찬을 하자 진희는 자신이 정우를 자식으로 뒀으면 동네방네 자랑을 하고 다녔을 거라며 덕담을 받아쳤다. 가만히 듣고 있으면 귓속까지 소름이 돋아나는, 감당하기 벅찬 칭찬전(戰)이 아닐 수 없었다.

"팀장님."

혜수의 안내를 받아 가족들이 한 회장의 저택으로 들어간 참이었다. 어느 정도 거리를 두고 걸어가는 정우의 소맷자락을 나정이 조심스레 붙잡았다. 그가 걸음을 멈추며 시선을 숙이자 나정은 조용히 입술을 말아 물었다. 정우의 얼굴에는 표정이 없었다. 그도 그럴 것이 일주일만의 대면이었다. 회사에서 마주쳐도 업무적인 이야기를 할 때를 제외하면 그는 나정에게 눈길을 주지 않았다.

"혹시 저녁에 시간 되세요?"

정우의 눈매가 가느스름해졌다. 갑자기 그건 왜 묻냐는 듯.

"같이 갈 곳이 있어서요. 꼭 전해야 할 말도 있고요."

"할 말은 여기서도 얼마든지 할 수 있잖습니까."

그러니 지금 당장 말하라는 소리였다. 아니, 지금 당장 들어야겠다며 정우의 두 눈이 집요하게 나정을 훑어 내렸다.

"안 돼요, 지금은."

"왜 안 되지?"

"그런 게 있어요. 끝나고 둘이서 봐요."

그 말을 끝으로 나정은 서둘러 집 안으로 들어갔다. 그 모습을 물끄러미 바라보던 정우가 복잡한 표정을 지으며 목을 조이던 넥타이를 느슨히 잡아당겼다.

* * *

나정은 마른침을 조용히 삼켰다. 예상은 했지만, 드넓은 다이닝 룸의 분위기는 지나치게 고요했다. 한 회장의 초대를 받고 자리에 참석한 세현 일가 사람들은 하나같이 못마땅한 얼굴로 나정의 식구들을 응시했다. 아무리 그래도 수준이란 게 있지, 평범해도 지나치게 평범한 집안을 결혼 상대로 낙점할 수 있냐는 비난이 가득 묻어났다. 틈만 나면 정우를 공격했던 송지영 여사가 한 회장이 아직 다이닝 룸에 들어오지 않은 틈을 타 입을 열었다.

"이런 자리, 처음이시죠?"

"네, 그렇습니다."

진희가 순순히 수긍하자 지영이 낮게 웃었다.

"원하지 않아도 몇 번이나 이런 자리를 겪게 되실 텐데, 감당하실 수 있겠어요?"

"여보."

옆에 있던 그의 남편이 지영을 말렸지만, 사람은 쉽게 변하지 않는 법이었다. 건너편에 앉은 혜수가 적당히 하라며 눈치를 줬지만, 지영은 예나 지금이나 뚫린 입을 막을 생각이 결코 없었다.

"아니, 그렇잖아요. 얼마나 대단한 집안이길래 아버님이 직접 저희를 자리에 초대하셨나 싶었는데, 이건 좀…… 너무하지 않나요?"

또 시작인가. 나정은 턱까지 차오른 한숨을 꾹 삼키며 가족들의 상태를 살폈다. 자신은 이미 이런 상황을 한 번 겪어서 그런지 별 타격이 없었다. 문제는 부모님과 두 여동생이었다. 상처를 입으면 어떡하나, 노파심에 그들을 바라보는데 무슨 일인지 그 누구 하나 인상을 구기는 사람이 없었다. 도리어 평온한 얼굴로 세현 일 가족을 마주했다.

걱정이 되는 건 정우도 마찬가지였다. 솔직히 말하면 한 회장을 이해할 수 없었다. 뻔히 이런 상황이 벌어질 거란 걸 그가 모를 리 없을 텐데, 어째서 나정의 가족들을 이곳에 초대했는지 이해하기 어려웠다. 그때였다. 미닫이문이 스르르 열리며 한 회장이 다이닝 룸에 모습을 드러낸 순간, 도권이 입을 열었다.

"실례되는 말씀이지만, 저는 뭐가 너무한지 잘 모르겠습니다."

생각지 못한 반박에 지영이 당황한 듯 눈을 끔뻑거렸다. 그러다가도 돌연 입술을 비틀며 미간을 좁혔다.

"그걸 정말 몰라서 묻는 건 아니겠죠?"

"여기 모이신 분들이 보시기에 저희 집안이 한없이 부족해 보이실 수 있겠지만, 제 딸 나정이는 어느 것 하나 부족한 점이 없는 아이라서요."

나정이 놀란 눈으로 도권을 바라봤다. 그의 목소리가 지나치게 차분했다. 가장으로서 이 자리를 책임져야 한다는 막대한 중압감을 느꼈던 모습은 전혀 찾아볼 수 없었다.

"아직도 새록새록 기억이 납니다. 나정이가 저와 집사람에게 기적처럼 찾아와줬던 날이."

고요한 공기 사이로 도권이 나긋한 목소리가 울려 퍼졌다.

"날개만 없었을 뿐이지, 천사가 다름없었습니다. 2.61kg. 우리 나정이가 태어났을 때 첫 몸무게입니다. 다른 두 여동생과 달리 체구가 참 작았죠. 하지만 심지만큼은 누구보다 곧고 단단한 아이로 자라줬습니다."

나정은 도권이 소수점 하나 틀리지 않고 자신의 태어난 몸무게를 기억하는 것도 놀라웠지만, 그의 눈에 비친 애틋함이 더 놀라워 더 말을 잇지 못했다. 진중하기보다는 장난스러운 면모가 가득한 아빠였다. 그랬던 도권이 이 순간만큼은 누구보다 흔들림 없는 얼굴로 상황을 이끌었다.

"저희도 부모가 처음인지라 나정이가 태어났을 때 여러모로 서툴렀습니다. 새벽에 갑자기 아이가 열이 심각하게 올라서 어쩔 줄 몰라 하는데, 응급실을 가는 순간까지 우리 나정이는 울음 한 번을 터트리지 않았어요."

그날이 떠오른다는 듯 곁에 앉은 진희의 얼굴에도 추억을 회상하는 먹먹함이 묻어났다.

"생각해보면 매번 그랬습니다. 뭐 하나 쉽게 흔들리는 법이 없었죠. 제가 다니던 회사가 중간에 부도가 나는 바람에 단칸방에서 지내게 됐을 때도 투정 한 번을 부리지 않았습니다. 부모인 내가 아이를 챙겨줘야 하는데, 오히려 나정이한테서 위로를 받을 때가 많았어요. 그래 봤자 사회생활을 한 번도 해본 적 없는 천진난만한 10대 소녀일 뿐인데 말입니다."

한 번도 들은 적 없는 아빠의 진심이었다. 나정의 목울대가 느리게 솟았다 내려앉았다. 어쩐지 목이 메어 왔다.

"그 나이 때 할 수 있는 것과 즐길 수 있는 게 있는데, 집 사정이 좋지 않다 보니까 맘껏 누리질 못했어요. 어렸을 때부터 모든 걸 스스로 해결해 온 아입니다. 그런데도 참 밝게 자라줬습니다."

우리가 해준 건 아무것도 없다며, 그러니 부족한 사람은 자신이라며 진심을 전하는 도권의 음성이 따스하다 못해 다정해서 나정은 입술을 꾹 깨물었다.

"그리고 뭔가 착각하신 거 같은데."

"……."

"저희는 세현 그룹을 보고 나정이를 보내는 게 아니라 한 서방이라는 사람을 보고 이 결혼을 허락하는 겁니다."

순간 도권의 눈동자에 날카로운 빛이 서렸다.

"한 서방이 우리 나정이를 진심으로 좋아하기 때문에, 그리고 그 마음이 우리 가족에게도 온전히 와 닿았기 때문에 이 자리에 참석한 겁니다."

그 말인즉 세현 그룹이 가지고 있는 위상이 탐나서 나온 게 절대 아니라는 소리였다.

"한 서방이 아니라면 우리 나정이를 이곳에 보낼 마음 절대 없

습니다. 나정이만이 아닙니다. 우리 나은이도 나람이도 저희에게
는 무엇과도 바꿀 수 없는 축복이고, 보물입니다. 그리고 조금이
라도 현명한 어른이라면 집안의 위상을 따지는 게 아니라 여태껏
잘 자라준 이 두 친구가 일평생을 함께하기로 약속했다는 것에 진
심으로 축하해 주는 게 맞지 않겠습니까."

부드럽지만 단호한 일침에 그 누구도 섣불리 입을 열지 못했다.

'짝짝짝.'

경쾌한 박수 소리가 들린 건 그때였다. 소리가 난 곳으로 고개
를 돌리자 잠자코 상황을 주시하던 한 회장의 입술에 만족스러
운 미소가 번져 있었다.

"내가 왜 정우 짝을 나정 양으로 점찍었는지 이젠 알겠지?"

누가 봐도 나정은 사랑받고 자란 티가 물씬 났다. 정우 또한 좋
은 양부모에게 입양돼 사랑을 받고 자랐지만, 태주를 코앞에서
떠나보내면서 끝없는 터널에 갇혀야 했다. 그런데 그런 그를 세
상 밖으로 꺼내준 사람이 바로 나정이었다. 정우가 가진 가련한
마음과 아픔을 품어줄 수 있는 유일한 사람이 있다면 그건 나정
뿐이었다.

"둘째 며느리는 갈수록 학습효과가 떨어지는 것 같단 말이지."

"……아버님, 학습 효과라뇨."

그게 무슨 말이냐며 지영의 눈이 크게 흔들렸다.

"그때 호되게 당했으면 뭐라도 하나 바뀌어서 와야 할 거 아니
야."

지영을 비롯해 자리에 참석한 일가족 모두가 한동안 한 회장을
만나지 못했다. 아니, 정확히 말하면 그가 그들을 만나주지 않았

다. 6개월 전. 정우와 나정이 한 회장을 찾아온 그 날부터 시작된 그림이었다. 그랬기에 한 회장의 연락은 그들에게 목마른 사막에서 오아시스를 발견한 것과 같은 희망을 안겨주었다. 모두가 입모아 한 가지 의견을 도출했다. 오늘 상견례 자리에서 어떻게든 정우와 나정의 결혼을 무산시키자고. 그 마음이 참으로 못났다는 듯 한 회장이 쯧쯧, 혀를 낮게 찼다.

"기회를 주면 덥석 물 줄 알아야지. 개 버릇 남 못 준다고 또 애먼 짓을 하려고 하니. 귀한 손님들 모셔놓고 아주 잘하는 짓이다."

그래도 짐승 아닌 사람이기에 한 번의 기회를 더 주기 위해 이 자리에 불렀지만, 헛된 기대에 지나지 않았다.

"……아버님. 저희는 단지 정우를 생각해서 그러는 거죠."

"오호, 둘째 며느리의 본심이 그렇다면 내 앞으로 상속된 지분율을 정우에게 넘겨줘도 불만은 없겠구만."

"……네?"

지영의 눈이 휘둥그레졌다. 그녀만이 아니었다. 모두가 목석처럼 얼어붙어 방금 한 회장이 내뱉은 말을 곱씹었다. 놀란 건 정우도 마찬가지였다. 냉정히 말하면 자신은 세현 가의 핏줄이 아니었다. 한 회장의 지분율이 일부분 상속돼도 자신이 아니라 남동생 태오에게 갈 거라고 어렸을 때부터 확신했다.

"아버지! 그게 무슨 말씀이십니까. 그건 상도덕에 어긋나죠."

"상도덕? 거, 말 한번 잘했다. 격식을 갖춰야 하는 자리에서 미천한 욕심을 숨김없이 드러내는 건 상도덕에 어긋나지 않고? 어쩜 하나만 알고 둘은 몰라. 이리 시야가 좁아서 너희한테 어떻게 회사를 맡길 수 있겠어."

한 회장이 생각하는 리더는 자신의 혈육이 아니라 좀 더 멀리 세상을 바라볼 줄 알고, 넓은 견해를 가진 사람이었다. 만약 그의 자식들이 그 기준에 도달하지 못한다면 전문경영인에게 미련 없이 회사를 넘겨줄 생각도 하고 있었다.

"내가 누누이 말했던 거 같은데. 내 심기를 건드릴 생각이 아니라면 상속 이야기는 입 밖에도 꺼내지 말라고."

지금 그의 관심사는 나정과 정우였다. 두 사람의 결혼이었다. 그리고 또 하나의 관심사가 있다면. 한 회장의 시선이 허리를 곧게 세운 채 앉아 있는 나은과 나람에게로 향했다. 토끼를 닮은 첫째 언니처럼 두 자매 또한 모난 곳이 하나 없었다.

"불우한 환경에서 자랐다지만 어쩜 이리 다 예쁘게 잘 자라줬을꼬."

한 회장에게 손자는 많았지만, 손녀는 한 명도 없었다. 세나와 혜나를 그가 어렸을 때부터 예뻐하는 이유도 거기에 있었다. 하지만 그녀들보다 어린 나은과 나람을 보고 있노라면 어여쁜 손녀가 하나도 아닌 셋이나 생겨난 기분이었다.

'우와, 그럼 저희는 뭐라고 불러야 해요? 할아버지라고 부르면 좀 그렇겠죠?'

그중에서도 막내 나람의 붙임성이 참 볼 만했다. 서슴없이 할아버지라고 부르면 안 되냐는 아이를 보며 한 회장은 흔쾌히 고개를 끄덕였다.

"첫째는 열심히 노력해서 우리 회사에 입사하고, 둘째는 S대 다니면서 자기 밥벌이까지 책임질 줄 알고, 셋째는 운동신경이 좋아 상이란 상은 다 휩쓸고 다니고.”

사람은 노출되는 환경에 쉽게 지배당하곤 한다. 하지만 세 자매는 달랐다. 빈약한 환경 속에서도 서로를 끈끈히 챙기며 꿈을 향해 달려갔다.

“다 현명한 부모 밑에서 자라서 그런 거겠지.”

한 회장이 한층 깊어진 눈으로 도권과 진희를 번갈아 바라봤다.

“그러니 재롱을 떨 거면 좀 재롱답게 떨란 말이야.”

그가 돌연 날카로운 눈빛을 띠며 자식들에게 일침을 가했다.

“자꾸 이런 식으로 구리게 굴면 내 집 문턱은커녕 세현의 문턱조차 못 밟게 할 게야.”

“아버지, 잠깐만요.”

이대로는 억울하다며 자식들이 원성을 쏟아냈지만, 한 회장은 그들의 이야기를 한 귀로 듣고 한 귀로 흘려보냈다.

* * *

나정은 숨을 크게 내쉬며 가슴을 쓸어내렸다. 상견례 자리가 가족에게 아무런 타격도 주지 않고 무사히 끝이 났다.

“고생했어.”

진희가 곁에 다가와 나정의 등을 쓰다듬었다.

“엄마도요. 바로 집으로 가실 거죠?”

“아니. 회장님께서 따로 차 한잔하자고 하셔서 잠깐 이야기 나누다 가려고.”

"회장님이요?"

"응. 나람이랑 나은이도 왔으면 한다고 하셔서 함께 가려고. 나정이 넌 한 서방이랑 따로 데이트해야지?"

그날밤 정우를 그대로 돌려보낸 게 신경이 쓰였는지 진희는 저녁 시간만큼은 단둘이 보내길 바라는 눈치였다. 나정은 고개를 끄덕였다. 안 그래도 오늘 저녁에 정우를 어디론가 데려갈 생각이었다.

"나정아, 우린 집에서 보자!"

어디선가 들린 활기찬 음성에 나정의 고개가 돌아갔다. 진중한 모습은 어디 가고 도권이 손을 경쾌하게 흔들며 한 회장이 서 있는 곳으로 뛰어가고 있었다. 그러다 나정이 무언가를 발견하곤 크게 소리쳤다.

"아빠, 앞에 돌부리 조심해요!"

'퍼억.'

미처 앞을 보지 못한 도권이 그대로 잔디밭에 고꾸라졌다. 세 딸이 화들짝 놀라며 도권에게 달려갔다.

"눈을 어디에다 두고 다니는 거예요."

"어쩐지 아까 좀 멋있어 보이더라니."

"어디 봐 봐요. 살 까진 거 아니에요?"

그 모습을 진희가 흐뭇하게 감상했다. 그러다 등 뒤에서 느껴지는 인기척에 뒤를 돌아봤다. 정우가 서 있었다.

"오늘 실례를 범하게 된 점 대신해 사과드리겠습니다."

"아휴, 실례라니. 그런 걸로 마음 쓰지 말아요. 이런 넓은 집 구경도 해보고. 나름 유쾌한 시간이었어요. 아, 그리고 나정이가 한 서방한테 따로 할 말이 있다던데."

"할 말이요?"

"얘, 나정아!"

진희의 부름에 도권을 챙기던 나정이 고개를 돌렸다. 이리로 와 보라는 손짓에 나정은 두 여동생에게 무어라 말하며 걸음을 옮겼다.

"자, 그럼 할 말 잘 전하고."

"……네?"

"엄마는 이만 간다."

진희가 순식간에 멀어져가자 나정의 표정이 아득해졌다. 그 사이, 정우가 그녀에게 한 걸음 다가왔다.

"할 말이 뭡니까."

"아……."

순간 나정의 머릿속이 하얘졌다. 마음의 준비를 할 새도 없이 정우를 맞닥뜨리자 심장이 빠르게 쿵쿵, 뛰었다. 나정은 오래도록 준비한 멘트를 입 밖으로 꺼냈다.

"오늘 저녁에 나랑 데이트해요. 꼭 전하고 싶은 말이 있어요."

외전 2 ────

대체 무슨 말을 하려고.

정우는 나정의 손에 이끌려 가면서도 갑갑한 심정을 수시로 억눌러야 했다. 그녀에게 무슨 일이 있긴 있었던 거 같은데, 좀처럼 입을 열지 않으니 자꾸만 불안한 예감이 밀려왔다. 설마. 결혼을 다시 생각해보겠다는 건 아니겠지. 며칠 전 오랜만에 동창회를 찾았다가 먼저 결혼한 동문들에게 전해 들은 이야기가 불쑥 떠올랐다.

'솔직히 우리 아내도 결혼식 문턱 밟기까지는 모르는 일이라면서 전날까지 이 결혼이 옳은 건지 아닌 건지 고민했다는데, 이거 당일 전날 파혼당하는 거 아닌가 싶어서 엄청 쫄렸잖냐.'
'충분히 그럴 수 있다고 생각해. 내 집사람도 그랬는걸.'
'하긴. 나도 그런 감정이 들긴 했지. 결혼이란 게 복잡미묘하잖아. 이 사람과 평생 살아야 한다는 서약을 맺는 거니 신중해지려야 신중해질 수밖에 없지.'

정우로서는 동창들의 말이 이해되지 않았다. 그런 생각 자체를 가진 적이 없어서 그럴까. 나정과 평생을 함께 살아간다는 것은 그에게 축복이었고, 기적이었다. 상상만으로 한 번도 느껴보지 못한 뜨거운 희열이 가슴 속에 퍼져나갔다.

그런데 나정은 아닌 걸까. 아니면 자신이 그녀에게 확신을 주지 못한 걸까. 결혼식이 얼마 남지 않은 시점에서 컨디션이 좋지 못한 그녀를 보니 별별 생각이 다 들었다. 그 때문에 최근에는 잠을 설친 적도 빈번했다. 왜 그러냐고 나정에게 직접 물어볼까 싶다가도 혹시나 심란한 마음에 불붙이기라도 할까, 인내하고 또 인내했다.

"어때요? 맛 괜찮아요?"

나정이 예약한 한식당에서 식사를 하던 중이었다. 정우가 먹던 쌀밥 위에 파릇파릇한 색감의 깻잎무침이 올라왔다. 나정이 어서 먹어보라며 턱으로 공깃밥을 가리켰다. 묵묵히 반찬과 밥을 씹던 정우가 나지막이 말했다.

"맛있네요."

"팀장님은 양식보다는 한정식이잖아요. 나름 고심해서 고른 곳인데, 입맛에 맞는 거 같아서 다행이에요."

그 말대로 정우는 평소 양식을 즐겨 먹는 편이 아니었다. 그건 나정도 마찬가지였다. 면보다는 밥을, 고기보다는 해산물을 선호하는 두 사람이었다. 그래. 이렇게 음식 취향도 죽이 잘 맞는데. 이 결혼을 무른다는 건 말이 안 된다. 혹시나 만일에 대비해 그런 이야기를 나정이 입 밖으로 꺼낸다 해도 정우는 절대 그녀를 놔주지 않을 생각이었다.

어떻게 내 품에 오게 됐는데. 내가 얼마나 이 순간을 기다렸는데. 얼마나 오랜 시간 널 잊지 못해 괴로워했는데.

"대체 해야 한다는 말이 뭡니까?"

"아……."

식사가 어느 정도 끝이 나자 정우가 더는 참지 못하고 단도직입적으로 물었다.

"여기 말고 다른 장소 가서 말씀드릴게요."

"다른 장소?"

그게 어디냐며 정우가 한쪽 눈썹을 찡그렸다. 그때 나정의 휴대폰이 진동했다.

재현 선배

발신자 이름이 낯설지 않아 정우의 표정이 한층 가라앉았다. 나정은 조심스레 통화 버튼을 누르며 스피커를 귓가에 가져다 댔다.

"네, 선배. 지금 출발하려고요. 네네. 금방 도착할 거 같아요."

통화는 간결하게 끝이 났다.

"이제 그만 일어나 볼까요?"

나정이 테이블에 놓인 빌지를 집으려던 찰나였다. 정우가 먼저 손을 뻗었다. 나정보다 두 뼘은 긴 팔이 단번에 빌지를 낚아채자 나정이 자리에서 벌떡 일어났다.

"팀장님이 저보다 재력이 좋은 건 누구보다 잘 알고 있지만, 오늘은 양보 못 해요. 제가 꼭 사야 해요."

데이트할 때마다 매번 결제하는 건 정우의 몫이었다. 나정이 어떻게든 계산하려고 하면 그는 긴 팔과 긴 다리, 그리고 훤칠한 키를 이용해 그녀보다 더 빨리 계산대에 도착했다. 여유로운 한마디를 덧붙이는 것도 잊지 않았다.

'원래 이런 건 능력 있는 사람이 사는 겁니다.'

 반박할 수 없는 소리였지만, 오늘은 절대 허락할 수 없었다. 나
정이 토끼처럼 깡충 튀어 정우의 손에 들린 빌지를 빼앗아 가더
니 발 빠르게 계산대로 향했다. 그 모습이 정우는 좋기보다 탐탁
지 않았다. 방금 나정에게 걸려 온 재현의 전화가 신경을 극도로
긁은 탓이었다. 이젠 아무 감정이 없다지만, 그래도 나정이 오랜
시간 재현을 짝사랑했다는 것은 정우에게 여전히 못마땅한 사실
로 남아 있었다.
 그래서 가끔 재현을 포함해 셋이서 만날 때면 유치한 걸 알면서
도 나정을 품에 끼고 다녔다. 그 모습이 투정 부리는 어린아이 같
다며 재현은 매번 웃음을 터트렸다. 정우는 굴하지 않았다. 꿋꿋
이 나정의 제 옆에 찰싹 붙여 놓았다.
"이 주소로 가주시면 돼요."
 식당을 빠져나와 막 차에 올라탄 때였다. 시동이 걸리기 무섭게
나정이 내비게이션에 주소를 찍었다. 정우는 순순히 운전대를 잡
으며 액셀을 밟았다. 정작 머릿속은 뒤죽박죽이었다. 혹시나 나
정이 다시 재현에게 마음이라도 생긴 거라면…….
 하. 무슨 생각을 하는 거냐, 한정우. 가도 너무 갔잖아. 그럴 일
없는데도, 왜 자꾸 이유를 알 수 없는 불안감에 목이 메는지.
 심란한 마음으로 얼마나 도로를 내달렸을까. 건물 하나가 정우
의 시야에 걸려들었다. 익숙한 외형에 눈을 가늘게 뜨자 기다렸
다는 듯 나정이 덧붙였다.
"맞아요. 전에 팀장님이 저 데리고 와줬던 곳."

이곳은 정우의 대학 동문이 운영하는 갤러리였다. 언젠간 나정과 함께 온 곳이기도 했다. 대체 여긴 왜……. 종잡을 수 없는 장소 선택에 정우는 차를 주차하며 앞서 나아가는 나정의 뒤를 따랐다.

건물에 들어서자 하얀 벽면이 눈길을 끌었다. 그림 한 점 찾아보기 어려웠다. 아마 다음 전시회 준비를 위해 그전에 걸린 작품을 모두 내린 듯싶었다.

"팀장님. 저 잠깐만 화장실 좀 다녀올게요."

나정이 잠시만 기다리라며 갤러리 안쪽으로 들어가자 정우는 그제야 참고 있던 한숨을 야트막하게 터트렸다.

"사람 애간장 태우는 것도 아니고."

또 기다림의 연속이었다. 하다하다 이젠 심장이 답답해서 터질 지경이었다. 더는 버티는 게 한계였다. 나정이 돌아오면 이번엔 기필코 그녀에게서 이야기를 전해 듣고 말겠다며 복잡한 마음을 다시금 정리하는데.

'탁.'

'탁.'

'탁.'

갑자기 불이 하나둘씩 꺼지며 주위가 어두컴컴해졌다.

"뭐야."

정우가 주변을 경계하며 고개를 두리번거렸다. 사람의 실루엣이 하나도 보이지 않았다. 설마 아무도 없다고 생각한 건가. 아직 나정이 화장실에서 돌아오지 않았다. 화장실은 갤러리 안쪽 내부에 자리 잡고 있었다. 자칫하면 길을 헤맬 수도 있었다.

"은나정."

정우가 낮은 목소리로 나정을 부르며 발걸음을 뗀 순간이었다.

'탁.'

예고 없이 주황빛을 머금은 조명이 들어오며 시야를 밝혔다. 조금 전 나정이 향하던 길목에 있는 공간이었다. 무의식적으로 그곳을 향해 다리를 움직이던 정우는 돌연 걸음을 멈추었다. 분명 그림이 다 내려갔다고 생각했는데, 아니었다. 열 작품 가까이 돼보이는 그림이 제각기 다른 모양의 하얀 액자에 담겨 벽면에 걸려 있었다. 그 속에 담긴 그림이 정우에게는 낯설지 않았다. 그럴 수밖에 없었다. 하얀 도화지를 가득 채운 것은 다름 아닌 그의 얼굴이었다.

아홉 살. 입양이 돼 처음으로 양부모님과 사진을 찍은 날.

열네 살. 입학한 중학교 앞에서 아버지와 함께 활짝 웃고 있는 그의 모습.

열일곱 살. 어린 티가 조금은 사라지고, 차분한 얼굴로 교정 앞에서 교복을 입고 사진을 찍은 날. 어렴풋이 활짝 웃어보라며 소리치던 아버지의 목소리가 귓가에 들리는 듯도 했다.

스물하나. 누가 찍었는지 몰라도 동아리 방에서 팔짱을 낀 채 잠든 정우의 모습이 한 땀 한 땀 정성스럽게 그려져 있었다.

마치 그의 일대기를 담은 듯한 전시였다. 마지막으로 가장 최근에 찍은 사진과 똑같은 그림이 정우의 발걸음을 이끌었다. 나정과 함께 집에서 아늑한 데이트를 즐기던 날이었다. 무슨 일인지 나정이 카메라를 들고 정우를 찍기 시작했다.

'갑자기 웬 사진?'

'나중에 모델 사진 필요할 때 써먹으려고요.'

'이거 초상권 침해인데.'

'그런 게 어디 있어요. 내가 모델 부탁하면 언제든지 흔쾌히 해 준다면서요.'

그런 이유를 들먹이며 나정은 틈만 나면 정우의 사진을 찍어갔다. 그중 하나가 그림으로 표현돼 있자 형용하기 힘든 감정이 그의 가슴을 휘젓고 지나갔다. 액자 밑에 붙여진 작품명을 확인한 정우의 두 눈이 얕게 흔들렸다.

나의 사랑 나의 자랑♥

그제야 알 거 같았다. 나정이 왜 한동안 그를 피해 다녔는지. 정우는 주위를 크게 둘러보았다. 당장 나정을 찾아야 했다. 그녀의 얼굴을 보고 이야기를 나누고 싶었다. 그 간절함을 읽어낸 걸까. 화장실을 간다고 사라졌던 나정이 복도 끄트머리에서 모습을 드러냈다. 그녀의 양손에는 촛불이 꽂힌 케이크가 들려 있었다.

정우는 그 모습을 멍하니 감상했다. 한 발 한 발 나정이 다가올 때마다 심장이 바람에 너울거리는 천처럼 크게 울렁거렸다. 마침내 서로의 시선이 오롯이 맞물린 순간, 나정이 수줍게 미소 지으며 말했다.

"여전히 아마추어 같은 그림이지만, 그래도 조금이라도 특별한 기억을 선물해주고 싶었어요."

"특별한 기억? 갑자기 왜……."

정우가 의문스러운 눈빛을 내비치자 나정의 입가에 밴 미소가, 잘 익은 복숭아가 톡, 터진 것처럼 한층 더 진해졌다.

"프러포즈하고 싶어서요."

여전히 현실감 없어 보이는 정우를 향해 나정은 손수 준비한 예쁜 디자인의 케이크를 내밀었다. 어느 때보다 달콤한 목소리로 속삭였다.

"나랑."

"……."

"결혼해줄래요, 한정우 씨?"

정우는 순간 두 귀를 의심했다. 나정이 한 걸음 더 다가와 일렁이는 촛불 사이로 활짝 웃어 보였다.

"나랑 결혼해줘요."

"……은나정."

"프러포즈는 내가 먼저 꼭 해주고 싶었어요."

생각해보면 그에게는 항상 받기만 했었다. 만약 제 인생에 그가 나타나지 않았다면 그림에 대한 열정도, 꿈도 다시 갖지 못했겠지. 늘 그래왔던 것처럼 현실에 굴복하며 그저 눈앞에 있는 일을 해치우기 바빴겠지.

생각해보면 참 숨이 막히는 삶이 아닐 수 없었다. 그 반복되는 굴레에서 손을 내밀어주고, 용기를 불어넣어 준 사람이 정우였다. 그를 만난 덕분에 나정은, 삶의 기준이 바뀌었고 세상을 바라보는 눈도 달라졌다. 그러니 이번에는 자신이 그에게 특별한 추억을 선물해주고 싶었다.

"그래서 한동안 날 피해 다닌 건가."

정우가 작고 둥그런 공간을 채운 나정의 그림을 보며 속삭였다.

"미안해요. 회사 다니면서 열 장 넘게 그리려다 보니까 도무지 시간이 안 나더라고요. 그동안 많이 서운했죠?"

"그걸 지금 말이라고……."

순간 서운한 감정이 파도처럼 밀려왔지만, 정우는 돌연 애틋한 눈으로 나정을 응시했다. 그의 커다란 손은 이미 그녀의 얼굴을 감싸 안은 채였다.

"한동안 잠을 설친 게 결혼 때문이 아니라 이걸 준비하느라 그런 거였네."

"아……."

나정이 새삼 푸석해진 피부를 의식하며 어색하게 웃었다.

"최근에 다크써클이 좀 심하게 내려오긴 했죠."

"하. 난 그것도 모르고."

정우가 나직한 한숨을 흘리며 실소했다.

"은나정 씨가 이 결혼을 다시 생각해보자고 할까 봐 얼마나 가슴 졸였는지 압니까?"

"네? 설마 그럴 리가요."

나정의 두 눈이 토끼처럼 커다래졌다.

"제가 미치지 않고서 왜 팀장님 같은 사람이랑 결혼을 좋내요."

"내가 어떤 사람인데?"

"그걸 꼭 말로 해야 하나요."

"난 지금 당장 들어야겠는데."

"어……. 그게 그러니까……."

이 남자도 가끔 보면 참 짓궂은 면이 있다. 그러나 그간 홀로 마음고생 했을 그를 생각하니, 나정은 차오르는 부끄러움을 꾹 억누르며 입술을 달싹였다.

"제 인생에서 팀장님만큼 잘생긴 사람도 처음이자 마지막일 거고요."

"……."

"제 인생에서 팀장님만큼 몸 좋은 사람도 처음이자 마지막일 거예요. 그리고……."

나정의 얼굴은 어느새 토마토처럼 빨갛게 달아오른 지 오래였다. 평소 애교가 많은 편도 아니고, 낯부끄러운 말도 잘하는 편이 아니라 그런지 얼굴이 터질 것만 같았다. 그럼에도 나정은 목까지 차오른 진심을 두 눈 꾹 감고 내뱉었다.

"제 인생에서 한정우 씨만큼 좋아하는 사람을 다시는 만날 수 없을 거예요. 그러니까……."

"……."

"……나랑 결혼해줘요."

어쩐지 아이 같은 칭얼거림에 정우는 더는 참지 못하고 나정을 덥석 끌어안았다. 순간 휘청거리는 그녀의 허리를 단단히 받치며 귓가에 억누르는 듯한 음성을 흘려보냈다.

"진짜 큰일이야."

"……뭐가요?"

"시간이 흐를수록 감정이 무뎌지기는커녕 자꾸만 깊어져서."

"……."

"어디까지 널 좋아할 수 있을지 이젠 나도 예측이 안 돼."

이렇게나 누군가를 좋아해 본 적이 있었나. 아니, 좋아한다는 말로는 감히 표현하기 부족한 감정이었다.

사랑.

나정을 위해 모든 걸 내줘도 아깝지 않을 거 같은 이 마음이 사랑이라면 그는 지금 사랑을 하고 있었다.

"나도 그래요."

나정이 두 눈을 감으며 정우의 향기를 깊숙이 들이마셨다.

"나도 팀장님이 점점 더 좋아져서 큰일이에요."

그래서 이 결혼을 일말의 고민도 없이 승낙한 것도 있었다. 나정은 그런 직감이 들었다. 아마 다시 태어나도 이렇게 날 좋아해 주는 사람을, 그리고 내가 좋아할 사람을 만날 순 없을 거라고.

"근데 내 어린 시절 사진은 어디서 구한 겁니까?"

정우가 아홉 살 때 찍은 사진을 보며 물었다.

"아, 이거요. 어머님께 몇 장 받았어요. 그리고 동아리방에서 찍힌 사진은 재현 선배한테 얻은 거예요."

"송재현?"

정우가 왜 그 녀석 이름이 여기서 나오냐며 눈살을 찌푸린 순간, 익숙한 그림자가 두 사람에게 드리웠다.

"나 그만 숨어 있어도 되는 거지?"

뒤편에서 대기하고 있던 재현이 싱긋 웃으며 모습을 드러냈다.

"언제 사랑의 대화가 끝날까 싶어서 가만히 기다리는데, 이대로 있다가는 날을 샐 거 같아서."

"아……, 죄송해요, 선배. 너무 오래 기다리게 했죠."

정우와 나눈 대화를 재현이 고스란히 들었다는 것에 나정은 뒤늦게 얼굴을 붉혔다. 재현은 나정이 이곳에 오기 전에 미리 갤러리에 도착해 그녀가 그린 그림을 거는 것을 도맡았다. 그의 도움이 아니었다면 성공적으로 이루지 못했을 프러포즈였다.

"결혼 축하한다, 정우야."

"설마 둘이 계속 연락하고 지낸 거야?"

"이런 순간까지 질투하는 건 좀 너무하지 않아? 그래도 명색에 내가 네 죽마고운데. 하긴 뭐 나정이 문제에서만큼은 그게 한정우답지."

재현이 픽, 웃으며 고개를 절레절레 저었다. 그러더니 손에 들린 쇼핑백 두 개를 각각 나정과 정우에게 나눠주었다.

"이건 두 사람에게 주는 내 결혼 선물이야."

"결혼 선물이요?"

"응. 별건 아니고. 여기서 말고 집 가서 풀어봐. 나는 다음 스케줄이 있어서 이만 가볼게."

"어? 식사라도 한 끼 대접하려고 했는데."

"다음에. 회포는 신혼여행 다녀온 후에 풀자고. 불청객은 이쯤에서 빠져줘야지."

"고마워요, 선배."

"아니야. 덕분에 나도 즐거운 시간이었어. 나중에 또 연락하자."

재현이 정겹게 손을 흔들며 갤러리를 빠져나갔다. 그제야 나정은 얼굴에서 느껴지는 따가운 눈초리의 주인공을 바라봤다.

"선배랑은 아무 일도 없었어요."

"압니다."

"아는데 왜……."

"그냥."

"……."

"유치한 거 아는데 송재현을 5년씩이나 짝사랑했다는 게 여전히 마음에 들지 않아서."

"아, 그건. 멋모르던 시절 이야기잖아요."

"그것도 아는데."

알면서도 질투가 나는 건 어쩔 수 없었다.

"그래도 저 녀석 아니었으면 내 마음을 깨닫지도 못했겠지."

재현이 7년 전 성사됐던 거래를 잊지 않고 기억해줬기 때문에 나정과 얽힐 수 있었고, 그래서 정우는 비로소 용기를 낼 수 있었다.

"우와……."

나정은 쇼핑백에 담긴 선물을 확인하고는 입을 다물지 못했다. 뒤따라 재현의 선물을 꺼내 본 정우 또한 말을 잇지 못했다.

재현이 선물한 것은 그림이었다. 하얀 드레스를 입고 있는 나정과 그런 그녀의 손을 꽉 맞잡고 있는 정우의 모습이 담겨 있었다. 화창한 햇살 아래 미소를 머금은 두 사람은 누가 봐도 행복해 보였다.

"재현 선배 그림을 이런 식으로 보는 건 처음이에요."

항상 학생들의 그림을 피드백 해주는 것만 봤지, 그의 작품을 보는 것은 대학생 때 이후로 무척 오랜만이었다. 누가 봐도 정성스레 그린 그림이었다. 어쩌면 재현이 두 사람에게 바라는 풍경일지도 모르겠다는 생각이 들자 마음이 뭉클해졌다. 나정은 가슴 가득 액자를 끌어안으며 정우를 바라보았다. 그의 입가에도 나정과 같은 미소가 떠올라 있었다. 이제 정말로 결혼식이 코앞으로 다가와 있었다.

* * *

일주일 후.

회사에 출근한 나정은 아침부터 부서 사람들의 눈치를 부지런히 살폈다. 때가 되면 가방에 담아둔 종이를 꺼내 전달하고 싶은데, 좀처럼 기회가 생기지 않았다. 점심시간이 얼마 남지 않았을 때쯤이었다. 양치를 하고 돌아온 주열을 향해 나정이 비장한 얼굴로 입을 열었다.

"과장님. 저 고백할 게 있어요."

"고백? 미안하지만 난 임자 있는 여자는 받아줄 마음이 못 되는데."

"아, 무슨 소리예요. 저 장난하는 거 아니거든요."

"농담이야, 농담. 무슨 고백인데?"

주열이 어디 한번 말해 보라며 능청스럽게 자세를 잡자 나정은 가방에서 하얀 종이를 꺼내 내밀었다.

"이게 뭐지?"

주열이 반으로 접힌 종이를 활짝 펼친 때였다. 거짓말처럼 그의 입가에 맺힌 미소가 사라졌다. 나정이 자그맣게 중얼거렸다.

"……저 결혼해요."

한순간이었다. 부서에 있던 다른 팀원들이 동시에 동작을 멈춘 것은.

"……겨, 결혼?"

주열이 더듬거리며 되묻자 나정이 고개를 끄덕였다.

"네."

"어디 청첩장 좀 줘 봐."

"나도."

"나도 볼 수 있을까?"

나정은 당황하지 않고 팀원 수만큼 준비한 청첩장을 하나둘씩 나눠주었다.

"죄송해요. 미리 말씀 못 드려서. 너무 갑작스러운 소식이긴 하지만 5월에 식을 올리게 됐어요."

"신랑 되는 사람이……."

팀원 중 한 명이 청첩장에 적힌 신랑의 이름을 눈으로 읽어 내려간 순간이었다.

"납니다."

익숙한 음성이 부서를 울렸다. 뒤를 돌아보니 정우가 무표정한 얼굴로 팀원들을 응시하며 서 있었다. 나정은 직감했다. 팀원들이 충격에 빠질 거라고. 그 누구도 쉽게 받아들이지 못할 그림이었다. 뜬금없어도 너무 뜬금없는 전개라며 당혹할 팀원들의 얼굴을 상상하는데, 뜻밖의 외침이 부서를 가득 채웠다.

"할렐루야!"

……응?

나정의 표정이 잠시 멍해졌다. 누군가 크게 소리치자 너나 할 거 없이 기다렸다는 듯 손뼉을 부딪치기 바빴다. 누군가는 신고 있던 운동화를 머리 높이 들어 맞부딪치며 환호성을 내지르기까지

했다. 상황을 파악할 새도 없이 팀원들이 서로를 껴안으며 기쁨의 눈물을 흘렸다.

"드디어 눈치 싸움 끝이다."

"이제 편히 회사 다닐 수 있겠어요!"

"6개월 동안 숨 막혀 죽는 줄 알았잖아."

"이게 얼마만의 자유죠?"

……저, 기요?

이 그림이 당혹스러운 건 오직 나정뿐이었다. 얼떨떨해 하는 그녀를 향해 팀원들은 큰 목소리로 축하 인사를 건넸다.

"결혼 축하해, 나정 씨!"

"팀장님. 결혼 진심으로 축하드립니다!"

"……아니, 잠깐만요."

이상해도 너무 이상했다. 좀처럼 상황을 납득하지 못하던 나정의 머릿속으로 한 가지의 가정이 번뜩 스쳐 지나갔다.

"설마 알고 계셨어요?"

"두 사람 연애하는 거?"

"당연하지."

"복사기도 아는 사내 연애를 우리가 모를 리 있나."

……말도 안 돼.

"아니, 언제부터요?"

"작년 프로젝트 끝난 직후부터?"

그렇다는 건 6개월 가까이 정우와 나정이 연애 중이란 걸 알고 있었다는 건데. 알면서도 모른 척해준 걸 다행이라고 생각해야 하는 건지.

"근데 말이야. 왜 청첩장 아래에 우리 회사명이 적혀 있는 거지?"

"그러게요. 회사에서 직원들 청첩장도 마련해 주기도 하나."

"복지 좋은 건 알고 있었지만, 이런 개인적인 일까지……."

잠깐만. 설마, 하는 직감이 모두의 얼굴을 스쳐 지나갔다. 아무리 그래도 청첩장에 회사 이름이 들어가는 건 말이 되지 않았다. 그 회사 오너의 식구가 아닌 이상 말이다.

"숨기려고 했던 건 아니었습니다."

잠자코 상황을 주시하기만 하던 정우가 불쑥 입을 열었다. 밀려오는 불안감에 팀원들이 눈을 빠르게 끔뻑거렸다. 에이, 그래도 그것만은 아닐 거라며 모두들 부정했으나 정우가 확신의 쐐기를 박았다.

"본의 아니게 인사가 늦어지게 됐네요."

"그, 그럼 우리 회사에 다닌다던 그 소문만 무성했던 회장님 손자라는 분이……."

"네. 바로 접니다."

"……세상에. 이게 또 뭔 날벼락이래."

누군가 마음의 소리를 냉큼 입 밖으로 내뱉자 정우의 가지런한 눈썹이 추켜올라 갔다.

"날벼락?"

"……헙! 죄송합니다. 말이 헛나갔습니다."

방금까지 환호에 가득 찼던 팀원들의 얼굴이 흙구름이 낀 것처럼 어둠침침해졌다. 다른 사람도 아닌 한정우 팀장이 숨겨진 한 회장님의 손자였다니. 하필 다른 상사도 아닌 우리 부서 상사라니. 청천벽력도 이런 청천벽력이 없었다. 이제야 눈치 싸움에서 해방되나 싶더니, 더 커다란 벽이 기다리고 있을 줄이야.

"어차피 내가 회장님 손자라고 해서 달라지는 건 아무것도 없습니다. 저는 여전히 기획 1팀의 팀장이고 앞으로 쭉 그럴 겁니다."

그거야 팀장님이니까 편히 할 수 있는 말이고요. 팀원들은 당장이라도 울 거 같은 표정이었다.

"어쨌든 우리 사이를 진심으로 축하해줘서 고맙습니다. 그럼 모두 결혼식에 참석하는 걸로 알고 있죠."

"……."

"아, 그리고 여태껏 모른 척했던 것처럼 결혼식 당일 전까지 앞으로도 쭉 지금처럼 행동해주면 고맙겠습니다."

예. 누구 말씀인데, 기꺼이 떠받들어야죠. 체념한 직원들의 얼굴을 보며 나정은 자그맣게 웃음을 터트렸다. 뭔가 일이 이상하게 꼬인 듯한데도, 이 상황이 썩 나쁘지 않았다. 어쩐지 유쾌한 그림이 펼쳐질 거 같은 직감이 들었다.

* * *

두 달 후.

세상의 빛이 모두 모인 것처럼 화창한 날씨가 아침을 열었다. 며칠 전 비가 올 수 있다던 기상예보와 달리 하늘은 구름 한 점 없이 맑고 깨끗했다.

"우리 나정이 시집가기 딱 좋은 날씨네."

도권이 만족스러운 미소를 지으며 하늘을 드넓게 바라봤다.

"아빠, 언니한테 가 보셨어요?"

"그럼. 진즉에 갔다 왔지."

나정은 현재 신부대기실에서 대기 중이었다. 가장 먼저 나정을 찾았던 도권은 눈에 힘을 꾹 줘야 했다. 하마터면 주책맞게 눈물이 터질 뻔했다. 순백한 웨딩드레스를 입은 나정이 그렇게 곱고 단아할 수 없었다. 엊그제만 해도 '아빠!' 하고 아장아장 걷던 첫째가 어느새 결혼을 한다고 하니 실감이 나질 않았다.

"나은 언니, 나랑 같이 신부대기실에 다녀오자."

"먼저 가 있어. 나 잠깐 누구랑 이야기 좀 하다 갈게."

"누구?"

나람의 질문에 나은은 대답해주지 않았다. 그녀의 두 눈은 분주히 식장에 가득 찬 사람들을 두리번거렸다. 이내 여자들의 관심을 한몸에 받는 누군가를 발견하고는 차분한 걸음걸이로 그 앞까지 걸어갔다.

"안 올 것처럼 굴더니 용케 왔네?"

"안 온다고 한 적은 없었던 거 같은데."

깔끔한 검정 정장의 차림의 태오가 고개를 돌려 나은을 지그시 내려다봤다.

"그래? 그럼 상견례 자리에는 왜 안 왔어?"

나은과 태오는 벌써 몇 개월째 한 브랜드의 커플 모델로서 활동 중이었다. 일주일에 최소 두 번은 얼굴을 마주 보며 호흡을 맞추는 게 이제 일상이라면 일상이었다. 가끔은 태오가 나은의 학교 앞까지 바이크를 끌고 데리러 온 적도 있었다. 나은은 순순히 태오의 뒤에 자리를 잡으며 그의 허리를 끌어안았다.

'시간이 촉박해서 어쩔 수 없이 타는 거야.'

'누가 뭐래.'

그 후로도 몇 번이나 태오가 나은을 데리러 왔다. 그 때문인지 몰라도, 학교에서 끈덕지게 소개팅 자리를 마련해주고 싶다던 선배들이 더는 따라붙지 않았다. 그런데 어느 날부터 꼬박꼬박 나은을 데리러 오던 태오가 코빼기도 보이지 않았다. 나정과 정우의 상견례 자리를 앞둔 며칠 전이었다.

'한태오, 너 모레 상견례 자리에 참석할 거지?'

'생각 중.'

'생각하고 말 게 있어? 당연히 와야 하는 거 아니야?'

'당연히가 어디 있어. 그리고 형이랑 엄마가 어련히 잘하실까.'

어쩐지 쌀쌀맞은 어투였다. 그 후부터였을까. 나은은 태오의 얼굴을 보기가 더 힘들어졌다. 촬영 때를 제외하고 태오는 마치 자신을 피하는 것처럼 모습을 드러내지 않았다.

"나한테 뭐 불만 있어?"

"뭐래."

"그럼 왜 어린애처럼 굴지? 지금 이거 알아달라고 시위하는 거 아니야?"

"……어린애?"

한순간에 태오의 표정이 어두워졌다.

"내가 진짜 어린애였으면 이렇게 굴지도 않았어."

어딘가 모르게 그의 음성에서 복잡미묘한 감정이 느껴졌다. 태오가 상견례 자리에 참석하지 않은 건 순전히 눈앞의 나은 때문이었다. 제 머리가 어떻게 된 건지 몰라도 자꾸만 이 계집애가 언제부턴가 여자로 보이기 시작했다.

대체 왜.

하필 다른 사람도 아닌 은나은이란 말인가. 태오를 좋아하는 다른 여자애들과 달리 살갑게 구는 것도 아니고, 도리어 차갑게 굴면 차갑게 굴었지 뭐 하나 쉽사리 틈을 보이지 않는 나은이었다. 그런데 왜 자꾸만 눈에 거슬리는지. 촬영 때 눈이라도 마주치면 이상하게 심장이 움찔거렸다. 그리고 그때마다 무의식적으로 생각했다.

예쁘긴 더럽게 예쁘네.

그뿐인가. 그녀가 서슴없이 자신의 허리를 안고 바이크를 얻어 탈 때면 목 끝이 간지러워 미칠 지경이었다. 하지만 태오를 가장 미치게 만드는 건 그녀가 나정의 여동생이라는 것이다. 그 사실을 상기할 때면 흔들리는 마음을 다잡아야 했다. 일시적인 현상일 뿐이다. 그저 스쳐 갈 잠깐의 호기심일 뿐이다.

"너 혹시 나 좋아하니?"

"……뭐?"

예상치 못한 질문에 태오의 얼굴이 흐트러졌다. 나은이 낮게 웃으며 되물었다.

"그래서 여태 날 피해 다녔구나. 자꾸 보면 좋아질 거 같아서?"

"누가 좋아한대!"

버럭, 하는 성질머리를 보아하니 나은은 더더욱 확신할 수 있었다.

"그래? 난 겹사돈도 나쁘지 않다고 생각했는데. 법적으로 문제되는 거 전혀 없잖아."

"……."

"뭐, 네가 아니면 아닌 거고."

태오의 표정이 잠시 멍해졌다. 방금 나은이 한 말을 머릿속에 제대로 입력하기까지 꽤 많은 침묵이 소요됐다. 비로소 은나은이 자신에게도 마음이 있다는 사실을 깨닫게 됐을 때 그녀는 이미 돌아선 뒤였다.

"야, 은나은. 멈춰."

"……."

"잠깐만 서 보라고."

나은은 등 뒤로 다급히 달려오는 태오의 발소리를 들으며 입꼬리를 휘었다.

* * *

"어머, 나정 씨 너무 예쁘다."

직장 동료들이 하나둘씩 신부대기실에 입성하며 웨딩드레스를 입은 나정을 축하하기 바빴다. 나정이 입은 오프 숄더의 쉬폰 드레스는 그녀의 곧은 어깨 라인을 살려주면서 화사함을 한껏 얹어주었다. 특히 토끼처럼 하얀 피부가 순백의 드레스와 찰떡처럼 어울렸다.

"고마워요, 다들 참석해주셔서."

"아휴, 당연히 와야지. 미래의 세현 그룹 사모님이 될 수도 있는⋯⋯."

오 대리가 눈치 없이 입을 터는 여직원의 옆구리를 퍽, 찔렀다.

"제발 장소 좀 구분하자."

"⋯⋯네. 미안, 나정 씨. 내가 그만 말실수를 했네."

나정은 터져 나오려는 웃음을 꾹 참으며 자신을 대신해 동료 직원의 입을 막아준 현정을 바라봤다.

"감사해요, 오 대리님."

"감사할 게 뭐 있나."

말은 툴툴거리면서도 현정의 얼굴에는 그동안 나정에게 못살게 굴었던 것에 대해 미안한 감정이 묻어 있었다. 잠자코 상황을 바라보던 주열이 입을 열었다.

"나정 씨, 모르지? 나정 씨랑 팀장님 비밀 연애를 적극적으로 막아준 사람이 오 대리인 거."

"정말요?"

"아니, 이 과장님. 그런 쓸데없는 이야기를 왜 말해요? 하여간 인생에 도움이라고는 하나도 안 되는 사람이라니까."

"깎인 이미지 회복시켜줘도 불만이 많네."

"누가 회복시켜주래요?"

"고마워요, 오 대리님."

현정이 멈칫하며 나정을 응시했다. 나정의 얼굴에 진심으로 고맙다는 미소가 피어올라 있었다.

"별, 별거 고마워하네. 아무튼 결혼 축하하고. 신혼여행 조심히 다녀와요."

뒤늦게 부끄러움이 몰려오는지 현정은 황급히 주열과 나머지 직원들을 데리고 자리를 떠났다. 그와 동시에 또 다른 하객 세 명이 나정에게 다가왔다.

"우와, 나정 씨 드레스 너무 잘 어울리는데요?"

"아, 세나 씨. 바쁜데 시간 내 찾아와 줘서 고마워요."

세나가 어깨에 카메라를 걸친 채 감탄사를 자아냈다. 그녀의 옆에는 여동생 혜나와 최진원 대리도 함께였다.

"당연히 와야죠. 5월의 신부답게 화사하고 좋네요. 안 그래, 혜나야?"

"……뭐 예쁘긴 하네, 나보단 아니지만."

어쩜 이리 표현에 서툰 사람만 가득한지. 하지만 그 마음을 알 거 같아 나정은 선심 쓰듯 혜나를 향해 웃어 보였다.

"고마워요, 혜나 씨. 다만 오늘은 내가 혜나 씨보다 좀 더 예쁜 거 같지만요."

"……하."

"아무튼 와줘서 고마워요."

혜나가 작게 콧방귀를 뀌며 돌아섰다. 먼저 식장에 가 있겠다는 말도 잊지 않았다. 그러다 잠시 흘긋 돌아서서 나정을 바라보고는, 결혼 축하한다는 말을 자그맣게 내뱉었다. 그 모습을 지켜보던 세나가 못 말린다는 듯 고개를 저으며 동생의 진심을 대신해 전했다.

"말은 저렇게 해도 진심으로 축하하러 온 거니까 나정 씨가 너그럽게 이해 부탁해요."

"알고 있어요."

여동생이 두 명이나 있는 나정에게 혜나의 틱틱거리는 듯한 말투는 서툰 표현에 지나지 않았다.

"축하해요."

본인의 순서가 돌아오기만을 기다리고 있던 진원이 깔끔한 정장 차림으로 나정을 바라보며 말했다.

"고마워요, 최 대리님."

"아쉽네. 진짜 가 버려서."

"대리님은 더 좋은 분 만나실 수 있을 거예요."

"그 말이 더 마음에 비수를 꽂는 건 모르죠?"

"진심으로 그랬으면 하는 마음에 하는 말인걸요."

알고 있다는 듯 진원이 부드러운 미소를 지었다. 그리고 나정에게 꼭 전하고 싶은 말을 조용히 내뱉었다.

"행복해요. 진심으로."

"네. 꼭 그럴게요."

때마침 신부대기실 문이 열리며 오늘 식을 도와줄 웨딩 플래너 몇 명이 나타났다.

"신부님, 이제 준비하겠습니다."

외전 3 ━━━━━

결혼식은 따사로운 봄 날씨를 만끽할 수 있게끔 야외 식장에서 진행됐다. 비가 온다는 기상청 예보와 달리 머리칼을 흩트리는 바람결은 산뜻했다. 모든 게 두 사람을 위해 갖춰진 것처럼 완벽한 풍경이 아닐 수 없었다.

마치 바다를 연상케 하는 맑은 하늘과 끝없이 이어진 푸른 마당, 그리고 곳곳에 심어진 푸른 나무까지. 마지막으로 꽃잎이 자욱하게 뿌려진 버진 로드가 기분 좋은 향내를 가득 풍기자 예식에 참석한 하객들의 입가에도 기분 좋은 미소가 피어올랐다.

"자, 그럼 신랑 입장하겠습니다."

사회를 맡은 남자가 식의 시작을 알리자 버진 로드 입구에 훤칠한 생김새의 남자가 들어섰다. 이미 한차례 하객들을 맞이하며 이목을 죄다 쓸고 온 정우였다. 원래도 슈트가 잘 어울렸지만, 단단히 여문 골격에 틈 없이 맞붙은 턱시도는 오직 그를 위해 세상에 존재하는 옷처럼 느껴졌다.

"신랑 입장!"

사회자의 우렁찬 외침과 함께 봄바람과 어울리는 음악이 스피커를 타고 흘러나왔다. 그 박자에 맞춰 정우가 움직였다. 환호하는 하객들에게 간결하게 고개 숙이며 앞으로 나아가는 그의 걸음걸이에서는 어떤 망설임도 찾아볼 수 없었다. 오직 이날만을 기다린 신랑의 모습다웠다.

"자, 이제 오늘 예식의 주인공이시죠. 우리 어여쁜 신부님을 모시도록 하겠습니다."

정우가 양발을 가지런히 모으며 시선을 널리 뻗었다. 도권의 팔짱을 끼고 버진 로드 입구로 들어서는 나정의 모습이 보였다.

"나정아, 떨리니?"

대기 중이던 도권이 나정의 귓가에 다정히 속삭였다. 나정은 심호흡을 크게 하며 대답했다.

"조금요. 아빠는요?"

"아빠는 떨리기보다 뭐랄까. 현실감이 없네."

"뭐가요?"

"우리 딸을 보내야 한다는 게."

"보내다뇨. 앞으로도 자주 볼 건데요."

"혹시나 한 서방이 서운하게 하는 일 있으면 언제든 집으로 와. 아빠는 누가 뭐래도 네 편이야. 네 엄마도 나도, 그리고 우리 나람이랑 나은이 모두 네 행복이 우선이야."

어렸을 때부터 도권이 입버릇처럼 하던 말이었다.

나정이 너의 행복. 나정이 너의 삶. 나정이 너의 기쁨이 곧 아빠의 행복이라며 진득한 사랑을 끊임없이 보내주었다. 그런 부모님 덕분에 나정은 이 자리에 자신이 서 있을 수 있다는 생각을 했다.

"근데 아빠."

"……"

"그럴 일은 절대 없을 거예요."

나정은 건너편에 서서 오롯이 자신만을 응시하는 정우를 보며 속삭였다.

"저 지금 너무 행복하거든요."

"자, 신부님 입장하시겠습니다!"

신부의 입장을 알리는 경쾌한 음악이 울려 퍼졌다. 나정은 도권의 손을 맞잡고 정우에게 나아갈 때마다 심장박동수가 빨라지는 것을 느꼈다. 기분 좋은 설렘이 가슴에 가득 들어찼다. 오직 정우만이 줄 수 있는 감정이었다. 그러니 도권이 걱정하는 일은 절대 일어나지 않을 것이다. 정우의 손을 맞잡은 순간, 나정은 확신할 수 있었다. 이 남자는 분명 날 행복하게 해줄 거라고. 그리고 자신 또한 이 남자를 꼭 행복하게 해줄 거라고.

* * *

"도착하면 연락하고."

"네. 엄마도 조심히 들어가세요."

화기애애한 분위기 속에 예식이 끝난 후, 두 사람의 신혼여행을 앞두고 대화가 한창이었다.

"한 서방 고생 많았어. 우리 나정이 잘 부탁할게."

"걱정 안 하셔도 됩니다. 도착하면 연락드리겠습니다."

"언니 조심히 잘 다녀와! 조카 만들어오면 더 좋고!"

"하여간 은나람. 또 나설 곳 안 나설 곳 구분 못하지."

진희가 앞서가지 말라며 꾸짖자 나람이 입술을 삐죽 내밀었다.

"아, 왜요. 형부 닮은 딸 있다고 생각해봐요. 엄마 기뻐요, 안 기뻐요?"

"아휴, 상상만으로도 좋지."

……나람아. 엄마. 제발요, 그만. 아직 주변에 보는 눈이 많았다. 그러나 진희는 굴하지 않았다. 운전석에 올라탄 정우를 향해 비장한 표정을 지어 보였다.

"한 서방."

"……."

"파이팅이네."

뒤따라 나람도 합세하며 주먹을 다부지게 쥐어 보였다.

"형부, 파이팅!"

"즈발 이제 그믄 흐그 드르그세요.(제발 이제 그만 하고 들어가세요.)"

보다 못한 나정이 어금니를 사리물며 두 사람을 뜯어말리자 정우가 낮게 웃음을 터트렸다. 차에 시동이 걸리며 두 사람을 태운 웨딩카가 하객들에게서 멀어지는 순간이었다. 나람이 양팔을 머리 높이 들며 흔들어 보였다. 마지막 인사를 당차게 전하는 것도 잊지 않았다.

"형부, 언니. 원래 모든 역사는 신혼여행에서 시작되는 거래요. 잘 다녀와요!"

* * *

신혼여행지는 정우가 언젠간 나정을 데리고 온 적 있는 보라카이였다. 한 회장이 직접 고심해서 고른 특1등급 호텔에 도착하자 나정은 짐을 풀기 무섭게 침대에 드러누웠다. 결혼식을 준비하느라 아침부터 바짝 긴장한 탓인지 뒤늦게 피로감이 파도처럼 밀려왔다.

"보라카이 말고도 더 좋은 후보가 있었는데, 왜 굳이 여길 고른 겁니까?"

나정과 달리 여전히 멀쩡해 보이는 정우가 열린 창문 너머로 밀려오는 석양을 보며 물었다.

"그냥 여기가 좋았어요. 여기서 만든 추억이 자꾸만 생각나더라고요."

"추억?"

"네."

정우와 결혼을 약속한 장소였다. 더 예쁜 관광지도 신혼여행 후보에 있었지만, 나정은 자꾸만 이곳에서 사랑을 고백하던 정우의 모습이 떠올라 주저 없이 보라카이를 택했다.

"그 밤이 그렇게 좋았나 보네."

"……밤이요?"

무슨 말인가 싶어 눈꺼풀을 느리게 끔뻑이자 어느새 정우가 코앞까지 다가와 있었다. 그가 침대에 걸터앉자 그 무게에 따라 시트가 푹 꺼지더니, 커다란 손이 나정의 뺨을 감쌌다.

"내가 이곳에서 안겨준 추억은 딱 하나뿐인 거 같은데."

그의 시선이 나정의 머리부터 발끝까지 느리게 훑어 내렸다. 그제야 정우가 말하는 밤의 의미가 무엇인지 깨달은 나정이 볼을 붉히며 소리쳤다.

"그 밤 말고요!"

"꼭 싫었다는 것처럼 말하네."

"아뇨, 좋았어요. 엄청 좋았는데……."

아니, 지금 내가 뭐라는 거야. 당황한 마음에 말이 막 튀어나왔다. 정우가 큭, 웃음을 터트리며 나정의 머리를 부드럽게 쓰다듬었다.

"하여간 은나정. 은근 밝힌다니까."

쉬지 않고 몸을 섞어 온 사이였다. 그런데도 이런 이야기가 나올 때면 토마토처럼 얼굴을 물들이는 여자의 반응이 정우는 신기하면서 귀여웠다.

"근데 우리……."

"……."

"진짜 결혼했네요."

나정이 오른손, 네 번째 손가락에 낀 결혼반지를 지그시 바라보았다. 태주가 정우에게 유품으로 남겨준 반지와 똑같은 디자인의 것이었다.

추후에 알게 됐다. 정우가 낀 반지가 실은 나정과 과거에 얽히며 입은 상흔을 가리고 다니기 위한 거였다는 것을. 두 사람의 추억이 담긴 물건이자 태주의 유품이었다. 나정은 일말의 고민도 하지 않고 정우에게 말했다. 이 반지와 똑같은 디자인의 반지를 가지고 싶다고. 오늘 식장에서 정우가 이 반지를 제게 끼워줄 때 여러모로 많은 감정이 가슴을 스쳐 지나갔다. 그중 하나를 나정은 툭 끄집어냈다.

"저 생각보다 고집 되게 심해요."

갑작스러운 화제 전환에 정우가 조용히 나정을 내려다보았다.

"저 팀장님이 생각하는 것처럼 강단 있는 성격도 아니에요."

"……."

"우유부단할 때도 많고, 겁도 많아요. 가끔 아이처럼 칭얼거릴 수도 있어요."

얼마 전 진희가 전해준 말이 떠올랐다. 부부는 사랑만으로 이어갈 수 있는 사이가 아니라고. 하지만 또 그 사랑 때문에 이어갈 수 있는 게 부부 사이라고. 그게 무슨 말일까, 싶었는데 이젠 알 거 같다. 지금처럼 행복한 순간만 있을 순 없겠지. 분명 원치 않은 슬픔도 찾아올 것이고, 때로는 서로에게 실망해 다투는 날도 생길 것이다.

"그래도 은나정인 건 변함없잖습니까."

정우의 담백한 대답에 나정의 두 눈이 휘둥그레졌다.

"걱정하지 마. 너한테 실망할 일 없으니까."

"……."

"사랑이 식지 않아서 문제지."

나정의 목울대가 느리게 솟아올랐다 내려앉았다. 참 변함없는 남자였다. 시간이 흐를수록 좋아지면 좋아졌지, 이 남자야말로 실망할 일이 없게 해서 문제였다.

"그럼 내 모델도 평생 해주는 거죠?"

나정이 장난삼아 물었다.

"모델?"

"응. 한정우 씨가 그랬잖아요. 내가 원하면 얼마든지 모델로 서주겠다고. 얼마든지 벗어줄 수 있다고."

나를 사랑한다면 나의 모델도 평생 해달라는 어린아이 같은 부탁에 정우의 얼굴에서 표정이 사라졌다.

"그건 무리일 거 같은데."

"……왜요?"

정우의 까만 눈이 전과 달리 짙은 빛을 띠었다. 문득 6개월 전 보라카이에서 밤새도록 그에게 매달렸던 밤이 생각나는 건 왜일까.

"나는 이제 네가 바라보는 것만으로도."

"……."

"감당이 안 돼."

다리 밑에서 느껴지는 단단한 감각에 나정은 흠칫하며 마른침을 삼켰다. 어느새 다가온 정우가 콧등을 맞댄 채 낮게 속삭였다.

"저녁 알차게 챙겨 먹었죠?"

"……그건 왜요?"

"역사를 새롭게 쓰려면 체력이 든든히 받쳐줘야지."

새삼 나람이 했던 말을 떠올린 나정은 핀에 박힌 나비처럼 꼼짝도 하지 못했다. 정우가 셔츠 단추를 하나둘씩 풀어가고 있었다.

"장모님 응원에 부응해 드려야죠."

마지막 단추까지 완벽히 풀어낸 그가 주저 없이 셔츠를 벗어 던졌다. 굴곡이 도드라지는 단단한 골격이 눈앞에 나타나자 나정은 멍하니 정우를 올려다보았다. 언제 봐도 완벽한 몸이었다. 사람을 단숨에 홀릴 만큼.

그가 성큼 다가와 나정의 입술을 훔쳤다. 부드럽게 혀를 얽으며 입천장을 간지럽혔다. 한 손으로는 간드러지게 나정의 하얀 몸을 연주했다. 뜨거운 감각이 다리 사이로 스며들자 나정은 참지 못하고 정우의 목에 팔을 둘렀다. 맞붙은 가슴으로 누구의 것인지도 모를 심장 소리가 크게 울려 퍼졌다. 그 소리가 머리까지 퍼져

갔을 때 정우가 입술을 잠시 떼어내며 속삭였다.

 사랑해.

 그 고백에 화답하듯 나정은 벅차오르는 감정을 참지 못하며 정우를 꽉 끌어안았다. 그리고 그녀 또한 정우의 귓가에 속삭였다.

 사랑해요.

 어느덧 석양이 물러가고, 여름밤의 향기가 물씬 밀려왔다. 두 사람. 아니, 어쩌면 세 사람이 될지도 모르는 역사가 새롭게 쓰이기 시작하는 순간이었다.

-상사의 본색 외전 끝-

작가 후기

그런 말을 들은 적이 있습니다. 인생이 우리에게 한 가지 확신을 줄 수 있다면 그건 아마도 인생 자체가 불확실한 것일 거라고요.

우리는 수많은 풍파와 수많은 선택을 마주하기 마련입니다. 작중에 나오는 여주인공 나정이처럼 꿈을 포기해야만 하는 순간이 찾아오거나 정우처럼 사랑하는 사람에게 다가설 수 없는 순간이 찾아오는 것처럼요.

하지만 꿈을 이루지 못했을지언정 저는 그게 실패한 삶이라고 생각하지 않습니다. 누군가는 당신이 치열하게 살아온 과정을 보며 꿈을 꾸고 또 용기를 얻을 테니까요. 무언가를 얻기 위해 뜨겁게 노력한 적이 한 번이라도 있다면 그것만으로 값진 삶이 아닐까 싶습니다. 그 순간 느꼈던 나의 마음, 열정, 숨소리 모두 가슴 속에 남아 있을 테니까요.

그런 생각을 가지고 쓰게 된 글이 〈상사의 본색〉이었습니다. 지금껏 써온 작품들과 다소 다른 색인지라 잘 마무리 지을 수 있을까, 이런저런 걱정이 많았는데 함께 힘써 주신 좋은 분들 덕분에 무사히 마침표를 찍을 수 있었습니다.

첫 작품부터 지금까지 함께해 주신 독자님, 또 전 작품에서 연을 맺게 된 독자님, 그리고 이번에 〈상사의 본색〉으로 새롭게 인연을 맺게 된 모든 독자님들 진심으로 감사합니다.

더불어 지금까지 쭉 함께하고 있는 쉼표 출판사와 가연 출판사에게도 감사한다는 말씀을 전합니다.

저는 또 새로운 글로 늦지 않게 찾아뵙겠습니다. 그때까지 항상 건강하고, 행복하세요.

차해솔 올림